KB058015

책으로
세상을
움직이다

책으로 세상을 움직이다

기획회의 엮음

한국출판마케팅연구소

책으로 세상을 움직이다

2007년 9월 20일   1판 1쇄 발행

펴낸이   한기호
펴낸곳   한국출판마케팅연구소
             출판등록 2000년 11월 6일 제10-2065호
             주소 121-818 서울시 마포구 동교동 184-17 경문사빌딩 4층
             전화 02-336-5675 팩스 02-337-5347
             이메일 kpm@kpm21.co.kr
             홈페이지 www.kpm21.co.kr

인쇄   예림인쇄
총판   ㈜송인서적 전화 02-491-2555 팩스 02-439-5088

ISBN 978-89-89420-50-7 03810

편집자가 세상을 움직인다

한 신문의 칼럼에도 쓴 바 있지만, 『브리짓 존스의 일기』『악마는 프라다를 입는다』『달콤한 나의 도시』 등 젊은 여성들이 즐겨 읽는 문학인 칙릿 주인공들의 직업이 편집자임을 알고는 깜짝 놀란 적이 있다.

이야기의 중심에 서는 인물이 학자나 저널리스트에서 편집자로 바뀌는 이유는 분명 있을 것이다. 나는 앞의 칼럼에서 그 이유를 인간이 지녀야 할 최고의 미덕으로 편집자적 안목을 꼽기 시작했다는 데에서 찾았다.

과거에는 정보의 원천생산자나 전달자가 세상을 주도했지만 정보의 소유권마저 개중個衆에게 넘어간 뒤 그 위력이 크게 떨어졌다. 지금 대중은 정보를 스스로 편집해가며 읽는다. 편집자는 거미집처럼 얽혀 있으면서 기하급수적으로 늘어나는 정보를 자기만의 이야기로 꿰어서 대중용으로 포장해내는 기술에서는 거의 최고 수준이다. 칙릿의 주인공이 편집자인 것은 편집능력을 갖춘 자여야 새로운 시대를 주도할 수 있다는 세태를 반영한 것 아닐까.

일본의 출판전문 월간지 〈편집회의〉 2007년 2월호 특집 「필요한 것은 주위를 끌어들일 수 있는 영향력! – 사람을 움직이고, 사회를 움직이는 편집자가 되자!」의 머리말에는 편집자는 "자기만족을 위해 일을 하는 것이 아니라 자신이 공들인 책과 잡지가 얼마나 사회에 영향을 미칠지 항상 생각해야 한다. 한 권의 책 또는 기사를 계기로 사내 사람들을 끌어들이고 사람들을 움직이고, 더 나아가서는 시장을 움직이는 편집력"이 필요하다는 지적이 있다.

또한 "주위 사람을 능숙하게 자기 편으로 끌어들이는 책을 만들어 판매와 연결짓는 편집자와 책을 출발점으로 세상과 사람의 의식을 바꾸어가려는 프로젝트를 준비하는 편집자"를 일컬어 '프로젝트 리더형 편집자'라고 했다. 예전에 편집자는 책만 잘 만들면 되었다. 그러나 이제는 기획단계에서부터 마케팅까지 염두에 두어야 한다. 로버트 라이시는『부유한 노예』에서 기획력과 마케팅력을 함께 갖춘 사람을 기크&슈링크라고 일컬었다. 기크geeks란 "예술가나 발명가 혹은 디자이너, 엔지니어, 금융전문가, 과학자, 작가, 음악가와 같은 성격의 소유자로, 특정 분야에서 새로운 가능성을 볼 수 있는 능력이 있고 그러한 가능성을 찾고 개발하는 데에서 희열을 느끼는 사람들"이다. 슈링크shrinks는 "마케팅 전문가, 재능을 발굴해내는 사람, 비를 오게 하는 주술사, 유행을 감지하는 사람, 제작자, 컨설턴트, 저돌적으로 밀어붙이는 사람, 즉 사람들이 시장에서 가지고 보고 경험하고 싶어 하는 새로운 가능성이 무엇인지를 밝혀내고 그 기회를 어떻게 하면 잘 살리지를 아는 사람들"이다.

요즘 일부 출판사의 마케팅전문가 가운데 편집자 출신이 적지 않다. 그 반대의 경우도 늘고 있다. 책의 내용을 정확하게 파악해 독자의 욕구에 맞게 만들 줄 알며 동시에 마케팅기획까지 하는 사람들로 교체되는 것이다. 그들이야말로 "사람을 움직이고, 사회를 움직이는" 프로젝트 리더형 편집자에 가깝다. 몇 년 전부터 등장한 1인 출판과 출판기업 내부의 1인 출판이라 할 수 있는 임프린트 또한 프로젝트 리더형이라 할 수 있다.

이제 자본은 인간의 노동력이 아닌 인간의 상상력이나 창의력에 투자할 태세다. 따라서 앞으로 편집자는 사회적 트렌드를 만들어낼 수 있어야 한다. 그러려면 언론과 연대하고, 기업체의 후원이나 NGO, NPO와의 협력도 이끌어내 책이나 잡지를 공익적 수준으로 끌어올려야 한다. 쉽게 말하면 책을 매개로 한 공익이벤트를 전 사회적으로 벌이는 것이라고나 할까? 어쩌면 이것이야말로 과잉공급과 과잉경쟁 시대에 책의 가능성을 열어가는 지름길이 아닐까.

현장 편집자들이 자신의 책에 대한 생각과 책을 만드는 과정에서 만난 사람과 사건을 이야기하는 〈기획회의〉의 '기획자노트릴레이'가 90회를 넘어섰다. 60회까지 연재는 2005년과 2006년에 『책으로 세상을 편집하다』와 『책으로 세상과 소통하다』 두 권의 책으로 펴냈다. 이번에 61회부터 90회까지 연재를 묶어 『책으로 세상을 움직이다』를 내놓는다. 이번 책에서 경험을 털어놓은 사람 가운데 절반 가까운 이가 영업자 출신이거나 현직 영업자다. 이 책에 담긴 30명의 경험을 통섭한다면 '키크&슈링크'의 능력을 갖추기가 한결 쉬울 것이다. 이것이 우리가 이번 책의 제목을 『책으로 세상을 움직이다』로 정한 이유다. 세상을 움직이는 편집자들의 앞날에 영광만 가득하기를 간절히 기원한다.

2007년 9월
한국출판마케팅연구소 소장 한기호

| 차례 |

1부 ● 책에서 길을 묻다

'누가' '왜' 인문학의 위기를 말하는가

박성모 소명출판 대표

병이 들었다고들 한다. 마음 또는 정신보다 몸이 먼저 반응한다. 자꾸만 목이 마르다. 일종의 조건반사에 가까운 반응이다. 육체적 현상 이전의 설명할 수 없는 피로가 간단없이 찾아든다. 100년 전에 제출된, 개를 실험 대상으로 삼은 파블로프의 조건반사이론은 내가 보기에 마음의 흐름과 몸의 반응을 비유적으로 명쾌하게 설명한다. 물론 나는 개가 아니다!

또 물을 찾는다. 나의 몸은 나의 마음보다 먼저 반응한다. 일종의 조건반사에 따라 물을 찾는 횟수가 잦다는 것은 내면의 공허가 깊다는 증거이리라. 요즘 들어서의 일이지만, 습관처럼, 나는 몸의 반응에서 마음의 상태를 읽곤 한다. 뭐, 그렇게 어렵게 말할 필요도 없다. 겪어본 사람들은 알겠지만 물은 몸의 갈증보다 마음의 갈증을 달래는 데 효과적이다.

단돈 몇백 원이면 몸에 좋은 천연 성분이 다 들어 있다는 광천수를 언제든, 어디서든 쉽게 마실 수 있다. 웬만한 도시엔 24시간 문을 여는 편의점이 골목 사이사이에 즐비하고, 그곳에서 광천수는 항상 싱싱한 자태로 우리를 맞는다. 생수生水, 생명을 주는 물이다. 말 그대로 생명의 욕망을 가뿐하게 채워주는 생명수가 그렇게 늘 우리 곁에 있다. 이 얼마나 근사한 일인가. 이 얼마나 편리한 충족인가.

대기를 거쳐 지표로 내려앉는 과정에서 물에는 탁기가 섞인다. 탁해진 물은 지하로 내려가면서 걸러지고 정화된다. 그리고 때가 되면 저절로 샘물로 터져 솟아오른다. 이것이 알량한 나의 상식으로 정리할 수 있는 물의 순환과정이다.

그런데 요즘엔 그런 자연 그대로의 샘물을 찾는 사람을 찾아보기란 쉽지 않다. 그 순환을 몸으로 호흡하는 사람이 많지 않다는 말이다. 토요일 휴무가 정착하면서, 주말이면 도로를 가득 메운 자동차 행렬이 끝없이 이어진다. 휴무가 아니라 몸살이다. 그 피곤한 행렬의 길목 어디쯤에서 또는 화사한 관광 프로그램의 단골 코스로 자리 잡은 길을 따라가다 보면, '천년장수'를 약속하는 약수터가 인파 속에 서서히 말라가고 있다. 몸에 좋은 것이라면 만사를 제쳐놓고 달려드는 사람들 틈바구니에서 그렇게 샘물은 자신의 생명을 마감하고 있다.

그들은 샘물로 육체의 목을 축이겠지만 그것을 몸이 원하는 방식으로, 다시 말해 마음이 바라는 방식으로 소유할 수는 없다. 세월에 자기 몸이 쇠하고 병이 온다는 신호를 뒤늦게 알아차린 사람들, 그들만의 느리지만 차분하고 목적이 분명한 발걸음, 그 시간이 흘린 땀방울만이 샘물의 온전한 주인이다. 자연법칙으로서의 샘물은, 내가 생각하기에, 그렇게 우리 곁에 존재한다. 그런데 세상의 명산대천은 병들어가고, 나는 자꾸만 목이 마르다. 병이 온 증거다.

인문학은 샘물답게 그대로 두어야

많은 사람들이 '인문학'을 샘물에 비유하곤 한다. 아마도 그럴 것이다. 그리고 그들은 또 말한다. 우리들의 '생명의 양식'인 인문학이 고사枯死 상황에 처해 있다고. 내게도 그런 것처럼 보인다. 또 그들은 말한다. 인간을 기르는 생명의 물인 인문학이 말라 죽으면 우리의 삶도 말라버릴 것이라고. 나도 그렇게 생각한다. 그래서 어쨌다는 말인가. 인문학이 죽어가고 있으니 인큐베이터에 넣어서라도 살려내야 한다고? 묻건대, 그렇다면 그 인큐베이터는 누가 마련해주는가? 인큐베이터에서 '배양된' 인문학은 과연 우리의 생명을 살리는 데 봉사할 수 있을까?

인문학의 위기를 말하는 사람들은 매스컴에 따르면, 각 대학의 문과대 학장이거나, 관련분야의 학자이거나, 문인 들이다. 그들의 진정성을 곡해할 생각은 추호도 없다. 아니 나에겐 그럴 능력이 없다. 하지만 출판인들이 인문학의 위기를 말할 때에는 사정이 달라진다. 나도 이른바 '인문학 출판업자' 가운데 한 사람이기 때문이다. 나로서도 인문학의 위기가 달가울 리 없다. '화폐라는 이름의 신'이 지배하는 자본주의 사회에서 우리의 생명과 정신을 지켜주는 것은 '돈' 말고 내세울 게 별로 없음을 잘 안다. 그러나 생명의 물이라고 말하는 인문학의 이름으로, 인문학을 팔아 돈을 번다는 발상은 내 '상식'으로서는 이해하기가 쉽지 않다. 계곡을 파헤치고 관정鑿井을 뚫어 '먹는 샘물'을 제조하는 현대판 '봉이 김선달'을 나는 좀처럼 이해할 수 없다. 물론 언젠가는 이런 내 생각도 순하게 바뀔지 모른다.

나를 아는 사람들은 종종 질책과 애정이 뒤섞인 아리송한 충고를 한다. 왜 안 팔리는 책들에 그렇게 비싼 돈을 퍼붓느냐고. 퍼부을 돈도 없지만 그렇게 보였던 듯하다. 이 물음에 대한 나의 대답은 지극히 간결하다. 첫째는 저자에 대한 예의 때문이다. 단 하나의 각주를 추적하기 위해 충혈된 눈으로 며칠 밤낮을 결판낸 사람들의 창조적 희열은 내 믿음으로는 돈의 문제가 아니다. 팔리든 팔리지 않든 그것은 그 다음의 문제다. 둘째는 독자에 대한 예의 때문이다. 오랫동안 퇴색하지 않는다면 언젠가, 누군가 그 책에 눈길을 주지 않겠는가. 셋째는 나에 대한 예의 때문이다. '눈 가리고 아웅' 식으로, 조금 점잖게 말하자면 기술적으로 그 책에 걸맞게 형태를 부여하는 화사한 그림을 나도 그릴 줄 안다. 그러나 그렇게 하기가 쉽지 않다. 냉혹한 결과가 따르지만, 물리적인 현실이자 나에겐 벼락을 피할 최소한의 피뢰침이기 때문이다. 천성이거나 팔자다. 우리 출판사에 그렇게 만든 책이 없는 것은 아니다. 그 책들을 볼 때마다 나는 저자에게, 독자에게, 특히 나에게 미안할 따름이다.

인문학을 샘물에 비유할 수 있으려면, 그렇게 샘물로 두어야 한다. 물론 인문학의 범위가 정확하지 않긴 하다. 삶이 대개 그럴진대 어찌 그 삶의 이면을 말하는 인문학의 경계가 명확할 수 있겠는가. 분류의 함정이긴 하지만 그래도 인문학에 감히 '생명'이라는 수식어를 붙이려면 그 생명으로 '장사'를 하려고 해서는 안 된다. 짧은 생각일지도 모르지만 나는 그렇게 생각한다. 이런 나의 '폭언'에 항의를 제기할 '저자나 출판업자'들이 적지 않을 줄 안다. 누군 그걸 모르느냐고. 누군 땅 파서 이런 짓 하는 줄 아느냐고. 누군 당신처럼 예의고 염치고 없는 줄 아느냐고. 대단히 미안하지만, 이런 항변에 대답할 힘이 나에겐 아직 없다. 시간이 지나면 화사한 '변명'을 할 수 있게 될지도 모르겠다. 나는, 다만 지금 떠오르는 생각을 적고 있을 따름이다.

걸어온 10여 년을 뒤돌아볼 때

출판업에 종사하는 사람들이나 출판평론가들이 흔히 말하는 '기획'이나

'콘텐츠' 같은 말이 내게는 아주 낯설고 어렵다. 명색이 10여 년을 책 만드는 일에 몸담아 온 자가 어떻게 그런 말을 할 수 있느냐며, 웬 아닌 밤중에 홍두깨 같은 소리냐며 뜨악한 표정을 짓는 사람도 있을 것이다. 그러나 어쩌겠는가, 사실은 사실이니. 나의 무능력 또는 무감각의 소치인지 모르겠으나 나는 출판계에 넘쳐나는 '기획'이라는 말의 함의를 좀처럼 파악하기가 어렵다. 기어이, 굳이 밝혀야 한다면 '꼼수' 그 이상도 그 이하도 아닌 것만 같다. 오해하지 마시라. 여기에서 말하는 '꼼수'란 '세상에서 성공하는 법'이라는 말을 내 어법대로, 그러니까 '날것'으로 표현한 것에 지나지 않으니까. 그 어느 누가 '세상에서 성공하는 법'을 궁리하지 않을 수 있겠는가.

물론 나라고 공든 기획의 결과로 나온 책을 두고 '오호!!' 하며 경탄한 적이 왜 없겠는가. 적어도 내가 불감증 환자는 아니라는 뜻이다. 하지만 어쩐 일인지 우리의 출판계에 차고 넘치는 기획의 대부분은 내 눈에 '꼼수'로 보인다. 점잖은 표현을 사용하자면 '허'를 '실'인 것처럼 포장한 상품의 그럴듯한 '마케팅 전략'으로밖에 보이지 않는다. 속이 너무 훤히 들여다보여 비위가 상할 지경이다.

지금 생각하면 민망할 정도로 나 또한 '꼼수'의 회오리에 휩싸여 짧지 않은 시간을 헤맸다. 먹여 살려야 할 처자식이 있고, 몇 안 되긴 하지만 직원의 살림을 조금이라도 헤아려야 할 위치에 있는 출판사의 어엿한 '가장'이 아닌가. 엄숙한 성경의 말씀이나 다산 선생의 편지 글에 담긴 '가장의 의무'를 들먹이지 않더라도, 노동 강도에 정확히 반비례하는 소명출판 '식구'의 숫자와 의욕, 그때마다 불편한 심기와 미안함을 감출 길이 없다. 그들의 '목구멍에 거미줄을 치게' 할 수는 없지 않은가. 그때마다 '꼼수'는 늘 내 몸에 들러붙어 있는 혹처럼 아우성을 치곤 한다. 불편한 욕망이다.

공교롭게도 내게 원고를 청탁한 주체가 〈기획회의〉이다. 대충 잡아도 15년여를 책 만드는 일에 묻혀 지내오면서도 출판계에 터놓고 지낼 사람 하나가 선뜻 떠오르지 않는다. 분명 뭐가 잘못돼도 한참 잘못된 일이다. 아무튼, 어림발치에서 두세 번 대면한 한기호 소장과의 안면 때문에 대답은 쉽게 했지만, 휴대전화를 닫는 순간 아뜩하기만 했다. '무엇이든 자유롭게 말하면 된다'고 했지만, 아차 싶었다. 아, 항상 후회를 남기는 반 보 뒤처지는 오판이라니. 내 이름을 걸고 출판사를 시작한 지 10여 년, 출판에 관한 이러저러한 내 나름의 생각이 없을 리 없다. 차라리 분명한 주제를 주고 이러이러한 내용의 글을 써달라고 요청했다면, 이 글을 쓰는 게 이렇게 어렵지만은 않을 텐데. 생겨먹은 모양이 이러니 어쩌겠는가.

'자유롭게 말해도 좋다'고 했으니, 이 자리를 빌어 그야말로 '자유롭게' 말하고 싶은 것이 있다. 얼마 전 내가 공적인 자리에서 말한 바 있거니와, 인문학 관련 학술출판사인 소명출판은 직원을 착취한 대가로 그 명맥을 유지해왔다. 그렇다면 도대체 어찌해야 할 것인가. '좋은 책'을 만들고 싶은 나의 욕망을 접어야 하는가. 깨끗하게 자신의 '죄악'을 이실직고하고 출판계를 떠나는 게 옳지 않은가. 이렇게 '식구들'을 착취하고서 얻을 수 있는 게 뭐가 있단 말인가.

소명출판을 끌고 온 10년여의 시간이 두서없이 몰려온다. 이런 경험이야 구구절절 풀어놓지 않아도 출판계의 '선수'들은 뻔할 뻔자이니 상세한 내용은 생략하기로 한다. 한마디가 남는다. 나는 '참 나쁜 사장'이었고, 지금도 그렇다. 그렇다고 아주 할 말이 없는 건 아닌데, '변명을 해서 무엇하겠는가'라는 자조감이 뻐근하게 압도한다. 참 나쁜 사장의 전범 '박성모,'

18

그가 나이며 소명출판이다. 냉정하자. 좀더 확대한다면 '나'를 벗어난다. 이런 나에게 누구든 실컷 돌을 던지시라. 그리고 비난하시라.

'좋은' 인문학 책을 찾는 이들을 위하여

어쨌거나 이런 '죄의식'에서 벗어나려면 나도 '꼼수'를 배우긴 배워야 할 듯하다. 그런데 마음이 썩 가질 않는다. 아니, 내게 기획능력이 없어서, 가공할 콘텐츠가 없어서 그런지도 모른다. 아마 그럴 것이다. 잠깐 지나가듯 이야기했지만, 소명출판에서도 나름의 '기획'이 전혀 없었던 것은 아니다. 가공할 '콘텐츠'가 전혀 없는 것도 아니다. 예를 들면, 문학권력으로부터 자유롭거나 능력은 있되 '제대로' 출판할 수 없는 작가들을 위한 '소명소설' 시리즈도 기획해서 몇 권을 낸 바 있고(지금은 까마득히 잊혀졌다!), 질적으로 뛰어난 학술서적을 '명품'으로 만들겠다는 의욕에서 출발한 'MAB' 시리즈, 기타 한국문학을 중심으로 한 '소명학술' 시리즈, '일본근대사상' 시리즈, '중국근대사상' 시리즈 등등 그럴 듯한 시리즈 기획을 기억하는 사람들은 기억할 것이다.

그러나 그 어느 것 하나 시장에서 '성공'하지 못했다. 한결같이 '물먹는 하마 신세'를 면하지 못했다. 순수하게 재판을 찍은 것을 헤아려 보면 열 개의 손가락을 다 꼽지 못한다. 그런데 어떻게 소명출판이 이렇듯 어엿한 (?) 출판사의 자리에 서게 되었을까. 여기에서 아무래도 고백하고 넘어가야겠다. 학술진흥재단이나 문화관광부, 대한민국학술원, 문예진흥원 등의 지원이 없었더라면 아마도 소명출판은 그 수명을 이어오지 못했을 것이다. 당연하게도 지원을 해준 기관에 고마움을 표해야 할 터이다.

그러나 이마저도 선뜻 마음이 내키지 않는다. '좋은 책'이 '팔리지' 않는 것은 무엇 때문인가. 이 기관들의 지원이 언제까지 계속될 수 있을까. '불안한 생명 연장의 꿈'을 접어야 할 순간이 바로 내일 닥치지 않을까. 나는 이런 생각을 쉽사리 떨칠 수 없다. 그렇게 '좋은' '고급의' '인문학' 책을 계속 출판하고 싶다면, 정성에 정성을 더하여 '로또'를 찾는 게 낫지 않을까. '밀어내기 하듯' 여러 권을 내면서 '식구들'을 혹사시킬 게 아니라 한 권이라도 쓸 만한 것을 만드는 게 어느 모로 보나 현명하지 않은가. 그럴지도 모른다. 아니, 그렇지 않을지도 모른다.

'좋은' '고급의' '인문학' 책을 갖고 싶어 하고 읽고 싶어 하는 소수의(어쩌면 다수의) 저자와 독자는 어찌할 것인가. 제 몸 하나 추스르지 못하면서 오지랖 넓은 것, 나의 병이다. 그런 내게 언제부턴가 거꾸로 상상하는 습관이 하나 들러붙었다. 경이로운 인류유산에 관해 우리는 너무나 쉽게 말하곤 한다. 만리타향 멀다 않고 그 유산들을 찾아 나선다. 감동하다 못해 경탄한다. 만리장성에 경탄하고 아그라 요새에 경탄한다. 그뿐이랴. 앙코르와트, 콜로세움, 타지마할 등등 경탄할 게 차고 넘친다. 그냥 이름만으로도 경탄할 유산은 지구 곳곳에 넘쳐난다. 그런 까닭에 굳이 동북공정을 말하지 않아도 자국의 문화유산을 유네스코 세계문화유산 목록에 올리려는 국가간 기 싸움이 놀랍도록 치열하다. 과거의 기억, 영토를 앗기고 앗았던 시대의 굴욕과 영화가 현재형으로 부활한다.

대부분의 경탄할 만한 세계문화유산은 전제적 통치자들이 지배하던 시대의 산물이다. 이들 유산은 수많은 사람들의 생명을 요구했다. '영광의 제단'에 바친 피의 흔적을 사람들은 기억하지 못한다. 위대한 유산이 거느린 죽음의 기억을 기꺼이 망각하고, 그 외관에 눈이 멀어 찬탄만을 자아낼 따름이다. 무한한 자긍심의 터전이자 신화와 전설의 공간으로 부활한 위대한 유산의 이면에 화석처럼 굳어 있는 아픈 기억들을 나는 떠올리곤 한다. 만리장성 축조에 징발된 지아비를 하염없이 기다리는 아낙네가 떠오른다. 불심을 내걸고 수많은 생명을 앗아간 타지마할의 핏빛 그림자가 떠오른다. 이런 식이다. 자발적이든 강제적이든 위대한 유산의 역사에는 '경이적인' 억압의 흔적이 뚜렷이 남아 있을 터이다.

그런데 우리는 그런 유산을 진정한 창조이며 경천동지할 신기神技라고 믿어왔고 또 믿고 있다. 지구화시대, 사람들은 경이의 세계유산을 찾아 오늘도 수만 리를 떠난다. 돌아오는 그들의 가슴에는 영감의 광채가 새겨져 있는 듯하다. 그들의 영감은 다시 끝없는 찬사가 되어, 화려한 찬양의 언어로 부활하여 우리 곁으로 다가온다. '지구인'으로서 그 언어(그리고 책)를 모르는 사람은 이미 교양인이 아니며, 그런 것을 모르고서는 역사도 인문학도 없는 것처럼 말하는 사람도 없지 않다. 아니, 아주 많다?!

그저 묵묵히 '소명'의 책을 만들 뿐

오해하지 않길 바란다. 뭐 거창한 말을 하려고 했던 게 아니다. 내 깜냥에 어찌 그런 생각을 할 수 있겠는가. 그저 소소한 우리 책 동네 이야기를 하고 싶어서 과장을 조금 섞어 말했을 뿐이다. 아는 사람은 알겠지만 소명출판은 통칭 학술출판사다. '전문'이라는 접두어를 붙이든 말든 상관없다. '학술'이라는 말 자체에 이미 전문이라는 의미가 담겨 있기 때문이다. '학술'이란 무엇인가. '인문'이란 무엇인가. '학문'이란 무엇인가. 뜬금없이 이런 물음이 떠올랐다. 학자도 아닌 주제에 이런 말의 심오한 의미를 제대로 파악하고 있을 리 없다. 그저 '서당개 풍월 읊듯이' 건성건성 알고 있을 따름. 그래도 '공식적'인 글이니 조금은 정확성을 기해야 한다. 이럴 땐 사전을 찾아보는 게 경험상 제일 낫다. 국립국어연구원에서 펴낸『표준국어대사전』을 펼쳐 보았다.

- 학술學術: 학문과 기술을 아울러 이르는 말 또는 학문의 이론이나 방법
- 인문人文: 인류의 문화 또는 인물과 문물을 아우르는 말, 인류의 질서
- 인문학人文學＝人文科學: 언어 철학 역사 따위를 연구하는 학문
- 학문學問: 어떤 분야를 체계적으로 배워서 익힘 또는 그런 지식

이런 설명을 보고 있노라니 어쩐지 그 뜻이 점점 애매모호해지는 듯하기도 하고, 지금 내가 하고 싶은 말의 의미를 한결 일목요연하게 설명할수 있을 듯하기도 하다. 물론 위의 설명은 그야말로 '사전적인 의미'만을적어놓은 것이어서 앙상하기 그지없다. 내가 아는 친구에 물었더니 이렇게 대답한다. '학술'은 배우는 기술 즉 테크닉이며, '인문'은 사람의 무늬, '인문학'은 사람의 내적·외적 무늬를 끊임없이 다시 그리는 작업이며, '학문'은 묻는 능력을 일컫는다고. 나도 그의 말에 동의한다. 이처럼 하나의 개념은 개인이나 집단에 따라 다른 방식으로 정의될 수 있지만, 나의관심을 끄는 것은 그런 복잡한 개념 정의가 아니라 나와 소명출판이 직접관련을 맺고 있는 '인문학'의 앞에 나 있는 길이다.

앞에서 말했듯이 학계와 출판계가 담합이라도 하듯이 '인문학의 위기'를 외친다. '묵직한' 성명서도 여럿 발표되었다. 그러나 어디 인문학의 위기가 어제오늘의 일인가. 인문학, 그러니까 내 친구의 말마따나 사람의무늬를 끊임없이 다시 그리는 작업은 기존의 사회에서 그다지 환영받지못한다. 왜 그렇지 않겠는가. 지금 당신들의 모습이 전부가 아니다, 수많

은 무늬들이 당신들 속에 깃들어 있는데 정작 당신은 그것을 모르고 있다, 역사를 보고 철학을 보라, 어디 인간이 지배의 논리에 고착되어 있을 성싶으냐. 이렇게 말하는데 몇몇 '생각 있는 사람'을 빼고 그 누가 인문학을 달갑게 여기겠는가. 내가 생각하기에 그것이 인문학의 '숙명'이다. 더구나 자본의 전면적인 지배가 공공연해진 상황에서는 말할 것도 없다.

이런 마당에 새삼스럽게 '인문학의 위기'라니. 나는 이 말이 진정 못마땅하다. 어떤 사람은 이른바 제도권 학자들의 무능력과 무기력을 변명하기 위한 수사학에 불과하다고 말하기도 한다. 나로서는 그런지 여부를 확신할 수 없다. 제도권에도 얼마든지 훌륭한 학자들이 있다는 것을 경험으로 알고 있다. 교묘하게 제도의 안과 밖을 넘나들며 줄타기하는 사람들 또한 자유롭게 존재하는 것도 안다. 문제는 인문학의 위기를 내세우는 출판계의 태도 또는 속셈이 못마땅하다는 것이다. 왜 그럴까. 위기를 돌파할 대변자를 자처하면서 인문학을 '하향편준화'하는 대열에 앞장서는 사람들을 비난할 생각은 조금도 없다. 그들은 그들의 길을 가면 된다. 하지만 인문학의 위기를 생존의 '무기'로 휘두르지는 말았으면 좋겠다. 이른바 '잘나가는 저자'의 '권위'에 기대 실속을 챙기면서도 짐짓 인문학의 위기를 엄숙하게 말하는 그들의 진실이 참 궁금하다. 아니, 궁금하지 않다!

앞에서 '기획'을 '꼼수'라고 했지만, 내가 생각하기에 기획의 진정한 의미는 창조다. 별 내용도 없는 책에 화사한 장정과 그림 몇 장 더 넣고 뺀다고 책의 진정한 '품질'이 나아지는 것은 진정 아니다. 책의 내용을 돋보이게 할 수 있는 '형식'은 중요하다. 두말할 것도 없다. 그러나 북디자인이니 뭐니 하는 이름의 '형식들'이 앙상한 내용을 장악하고, 급기야 그것이 '아름다운' 상품으로 변신하는 예들을 보면서 나는 자꾸만 망연해진다. 내 언어로 표현하면 그것은 '북디자이너'가 아니고 찢어버리고 싶은 D학점이다. '부~욱D자녀'다. 목마른 내 몸이 요즘 부쩍 물을 요구하는 횟수가 많아진 것도 이 때문인지 모른다. 나도 그렇게 하고 싶다는 생각이 고개를 쳐드는 것도 숨길 수 없다. 하지만 내가, 소명출판이 그렇게 하기란 역부족인 듯하다. 이유는 묻지 말아 달라.

언젠가 가까이 지내는 저자들과 한가롭게 대화를 나눈 적이 있다. 이런저런 이야기 끝에 학술출판의 자생력 상실이라는 게 주제로 떠올랐다. 나는 그때, 조금 '무모하게' 이렇게 말했다. "어쨌거나 소명출판은 라면을 만들지 라면땅을 만들지는 않겠다!" 창조의 부스러기를 주워 모아 온갖 감미료와 조미료를 섞어 만든 '라면땅' 같은 책을 나는 만들지 않겠다고 선언 아닌 선언을 하고 말았던 것이다. 이 '약속'을 지킬 수 있을지는 아직 잘 모른다. 그러나 지키고는 싶다. 생각건대 나는 아무래도 출판업자로서는 아마추어에 지나지 않는다. 그러나 어쩌겠는가. 이것 아니면 달리 하고 싶은 일도, 할 수 있는 일도 없는 바에야 프로에 가려진 아마추어로 그저 묵묵히 '소명'의 책을 만들면서 살아갈 수밖에. 어쩌면 이것이 나 자신을 사랑하는 방식인지도 모른다.

◆**박성모**── 버리고 싶은 고집이 있다. 문학공부와 헌책방 나들이가 한때 내 삶의 핵이었다. 문학공부는 상상력과 기억력이 한계점까지 다다랐음을 알고 서럽게 포기했다. 헌책방 나들이 역시 주머니 사정 정도가 아니라, 가산을 들어먹는 일이었다. 핵이 옮겨 앉은 자리가 책 만드는 일이 됐다. 빚 갚을 데가 많다. 초심 안에서 돈을 모을 수 있다면 좋겠다. 지금 나는 행복하다.

업계의 비밀

염종선 인문·계간지 출판부 부서장

2007년 3월, 파주출판도시 창비 대회의실. 창 밖에는 봄을 재촉하는 비가 추적추적 내린다. 모임 시작 시각인 3시 30분이 다가오자 우산을 털며 하나둘씩 회의실로 들어선다. 서울에서, 대전에서 광주에서 그리고 부산에서 달려온 편집위원들이다. 모두 열다섯. 해외에 체류 중인 세 분, 갑작스런 개인사정 때문에 불참하게 된 두 분을 제외하고는 모두 모인 셈이다. 서로 손짓으로 눈짓으로 인사를 나누고 자리에 앉아 가방에서 꺼내는 것은 계간〈창작과비평〉2007년 봄호다. 그때쯤이면 각자의 책상 앞에서 근무하던 편집팀 직원도 삼삼오오 책을 끼고 합석한다.

지독한 평가와 심의

바야흐로 창비 합평회가 시작되고 있다. 합평회는 자유로운 독회이자 난상토론장이다. 글 하나하나를 두고 시시비비가 시작된다. 더러는 일치된 찬사가 쏟아지고 더러는 난타를 당하기도 한다. 하지만 대부분은 애정 어린 비판과 격려이며 그를 통한 상호간의 공부이다. 다른 사람의 글에 대해 이러쿵저러쿵하는 것이 일견 주제넘고 건방진 일이라 여겨질 수도 있지만, 글에 대한 애정과 존중, 그리고 각각의 글에 대한 집중력 있는 독서가 없다면 이런 모임은 애초에 이루어지지 못했을 것이다.

평가는 잡지에 실린 글에 대한 것으로 그치지 않는다. 직접 책을 만드는 데 관여한 상임편집위원진(백낙청 편집인, 백영서 주간을 포함해 6인으로 구성된다)과 편집실무자들에게도 뜨거운 화살은 날아온다. 특집 제목과 구성에 대한 지적, 논조나 방향에 대한 지적은 당연한 것이고, 오탈자와 교열상태, 심지어 레이아웃에 대한 지적까지 심심찮다. 특히 머리가 허옇게 센 원로선생님들의 지적이 날카롭다. 그럴 때면 편집실무자들은 아연 긴장한다. 처음에는 몹시 낯부끄럽고 몸 둘 바를 몰랐지만 이제는 맷집이 생겨 담담하게 받아들인다. 인간이 어찌 실수가 없겠는가. 배우고 때때로 고쳐나가면 되지 않겠는가. 이런 낙천적인 자세를 익혀가고 있다. 이번 회의는 쉬는 시간도 없이 두 시간 반이나 계속되었다. 회의가 끝나면 일산에서 저녁자리가 이어지고 못다한 이야기와 다음 호 기획에 관한 의견 교환이 계속된다.

내가 알기로 이런 평가회가 시작된 것은 계간지 창간 25주년(1991) 때부터이다. 그 후로 지금까지 15년간 계절마다 한차례도 빠짐없이 잡지가 발간되고 이주일이 지나면 개최되었다. 편집위원들의 합평회 말고도 출판팀 편집자들의 합동평가회가 따로 있으니, 10년 근무한 사람은 이런 회의에 80번쯤 참석하는 셈이다. 50번쯤 참석하면 대충 흐름을 알게 되고 70번이 되어가는 고참 편집자들은 약간의 도가 트이는 경지에 이르지만, 때마다 변화하는 잡지의 이슈와 내용은 긴장을 늦추기 어렵게 한다.

이런 엄밀한 자체평가와 분석이 계간〈창작과비평〉의 질을 담보해왔다고 생각한다. 사실 조금 지독한 일이다. 독회를 준비하는 일, 발표하는 일,

토론하는 일이 모두 만만치 않다. 단행본도 비슷한 공정이 있다. 책이 출간되면 기획과 편집, 교정교열, 디자인에 대한 출판사 내부의 자체심의가 진행되고 결과물이 사내게시판에 공지된다. 심의단은 처음에는 각 팀의 부서장들로 구성되었지만, 이제는 좀더 폭을 넓혀 4-5년차 정도의 중간편집자들로까지 확장되었다. 물론 심의자는 동시에 편집자이기도 하므로, 한번은 심의자로서 다른 한번은 편집자로서, 심의를 하고 심의를 받는다. 하나의 책을 두고 심의자와 책임편집자의 공방이 벌어지기도 하고 서로 얼굴을 붉힐 때도 있지만, 결국 약이 된다. 심의를 하면서 배우는 바가 있고 심의를 받으면서 배우는 바가 있다. 그러니까 이 지독한 과정들이 창비 출판의 자양분이 된다는 셈이다.

편집의 기본 됨됨이

원고를 청탁받고 집필을 약속한 이유 가운데 하나는 이 지면이 꼭 '기획'에 성공한 사람들이 영광스런 후일담을 쓰는 난은 아닐 거라고 생각했기 때문이다. 사실 기획자라는 것이 편집자-영업자-경영자를 통칭하는 말일 뿐더러, 기획이라는 말 자체도 매우 포괄적이어서 반反기획 또는 전前기획까지도 담아낼 수 있다고 본다. 무슨 말이냐 하면 우리 출판계에 만연한 좁은 의미의 '기획' 붐에 대한 이야기는 이미 귀에 딱지가 앉도록 들었을 터이니, 나 하나 정도는 좀 삐딱선을 타도 되지 않을까 싶다는 것이다. 창비에 몸담고 있는 사람으로서 창비의 가장 큰 자산이기도 하고 가장 큰 약점일 수도 있는(그러나 출판계 전체 차원에서 보았을 때는 충분히 강조할 만한) 몇가지를 두서없이 말해보고자 한다.

　내가 창비에 입사한 것은 지금부터 12년 전의 일이다. 그때 나는 스물아

홉 살 먹은 늙은 예비역병장이었고, 출판사에 취직하면 널널하게 책을 읽고 글을 만지고 가끔은 쓸 수도 있을 거라는 막연한 생각을 하고 있었다. 그때나 지금이나 출판계의 사정은 어려웠고 편집자들은 박봉에 시달렸지만 뭐 대수냐 싶었다. 까까머리를 하고 마포의 허름한 사무실로(매우 어두 침침해서 뚜껑을 덮은 관 속이라고 착각할 수도 있는 복도를 지났다) 들어서며 나는 이곳이 앞으로의 내 요람이자 무덤이 될지도 모른다는 생각을 했다. 그건 논리적으로는 설명할 수 없는 어떤 까마득한 느낌이었는데, 왠지 그랬다. 바로 그 입사일이었을 거다. 그때도 머리가 희끗희끗하셨던 대선배 편집 자인 편집국장(지금은 대표이사로 계신다)과의 대화가 떠오른다. 1980년대의 내로라하는 사회과학출판사들이 왜 흔적도 없어졌는지 아느냐? (글쎄요.) 창비가 아직 건재한 이유는 무엇이라고 생각하는가? (더욱 글쎄요.)

기억력이 별로 좋지 않기에, 그 다음 대화는 내 마음대로 줄거리만 복기해본다. 내가 입사하던 1990년대 중반에는 이른바 운동권 출판사들이 급속한 쇠퇴의 길을 걷고 있었다. 문제는 대부분의 출판운동가(출판을 통해 사회운동을 했던 사람이란 뜻이다)들이 크고 거창한 주의주장과 정치적 이슈를 내걸었던 데 비해 정작 출판활동 자체에 대한 기본을 갖추지 않았다는 점이다. 그 기본의 부실함이란 무엇인가. 가장 단적인 예가 당시 사회과학 서적의 무수한 오탈자와 비문, 그리고 오역, 책 내용의 부정확하고 그릇된 사실관계 같은 점이었고, 더욱 중요한 것은 그에 대한 출판인들의 무감각이었다. 일견 사소해 보일지도 모르지만, 이러한 것들은 결국 사람들을 실사구시에서 점점 멀어지게 하고 주의주장의 견강부회, 허장성세, 오늘 먹고 내일 죽자 정신으로 이어지게 마련이다. 이 모든 것이 붕괴와 몰락을 재촉했다.

내실을 갖추지 않고 기본기를 쌓지 않고 멀리 내다보며 차근차근 나아가지 않으면, 조금만 센 바람이 불어도 허무하게 무너지고 만다. 나는 첫날부터 약간의 감동을 먹고 고개를 주억거렸다. 그리고 하나하나 밑바닥부터 열심히 하자고 마음먹었다. 사실 창비는 신입편집자들이 들어오면 기본기에 충실할 것을 요구한다. 물론 이러한 전략이 언제 어디서나 반드시 옳다고 할 수는 없다. 어쩌면 시대에 뒤떨어진 것으로 여겨질지도 모른다. 출판환경은 날로 급변해왔고 그에 따라 독자의 취향과 요구 또한 복잡하고 다변화되었다. 이것을 따라잡는 일만 해도 얼마나 힘든가. 그러나 아무리 부정해도 부정할 수 없는 것은 책을 구성하는 밑바닥의 작은 것들이 견실하지 않고는 제대로 된 구조를 지을 수 없다는 점이다.

편집자 생활을 해오면서 느꼈던 점 한두 가지는 이런 것과 음양으로 연결되어 있다. 나는 처음 편집을 시작하며 여러 필자의 글을 접했다. 감탄을 하며 따라 외우고 싶은 문장도 많았지만, 상당한 경우에는 악문과 오문, 주술관계 모호(때로는 실종, 또는 피랍) 때문에 심각한 정신적 고통을 겪으며 머리를 쥐어뜯었다. 필자들의 '직종'을 나누어 도매금으로 넘기는 것은 몰상식한 일이지만, 그나마 문학평론가나 작가들은 덜했다. 인문학－사회과학－법학으로 들어서면 말과 글의 미궁에 빠져드는 일이 매우 잦았다. 학계에서 인정받고 있는 저명학자라고 예외가 아니었다.

한마디로 글쓰기란 작업을 하나의 독립된 영역으로 인식하지 못했다. 즉 글쓰기란 저절로 알게 되는 게 아니라 의식적으로 교육받고 수련해야 하는 것임을 알지 못했던 것이다. 생각해보자. 글쓰기가 언제 우리 지식사회의 화두였던 적이 있었나. 그나마 대입논술이라는 왜곡된 형태로나마 사회적으로 공론화된 게 겨우 몇 년 사이의 일이다. 이분들이 대학사회에서 제자들을 지도할 때, 정확한 글쓰기, 쉽고 간명한 글쓰기, 아름다운 글쓰기를 가르치리라고는 생각하기 어렵다. 이런 무감각의 재생산을 생각할 때마다 안타까운 느낌을 지울 수 없었다.

하나 더. 우리의 출판풍토에서 필자와 편집자의 소통 부재, 또는 일방통행은 심각한 문제이다. 단행본을 만들 때도 그렇고 잡지를 편집할 때도 그렇지만, 생각보다 많은 필자들이 자신의 글에 대한 편집진의 조언이나 지적에 대해 매우 민감하고 경직된 반응을 보인다. 편집자의 코멘트나 의견 제시는 상호간 소통의 한 과정이며 토론의 행위이다. 필자는 제시된 의견 가운데 자기의 판단과 책임 아래 타당한 것은 받아들이고 그렇지 않은 것은 받아들이지 않으면 된다. 그런데 우리에게는 글에 대한 주고받음의 문화 자체가 형성되어 있지 않다. 그러니 이러한 과정에 대해 선입견을 갖게 되고 그 과정이 서로에게 매우 고통스러운 게 되고 만다.

우리 출판계에는 필자가 가져온 원고 그대로 책을 만들어내는 경우가 허다하다고 알고 있다. 그렇다면 출판은 활자가 박힌 종이묶음을 찍어내는 물리적 프로세스에 그치고 말 것이다. 이는 대중서보다는 특히 학술서 분야에서 빈번하다고 여겨진다. 대중서야말로 수많은 독자대중의 눈에 들지 않으면 살아남을 수 없으므로 그들의 눈높이와 취향, 이해수준에 맞추고자 몇 배의 공을 들이지만, 학술서는 필자의 초고가 액면 그대로 책이 되는 경우가 적지 않고 또 그것을 당연시하기도 한다. 필자는 독자와 소통하는 데, 그리고 편집자와 소통하는 데 별반 관심이 없는 듯하다. 심하게 말하자면 개별 분과학문의 동업자들 간 평가와 인정이 중요할 뿐이다. 그러니 암호화된 용어가 난무하고 독자의 목을 죄는 개념들이 마구 유통된다. 인문사회서가 독자들의 외면을 받는 이유가 단지 외적인 환경의 변화

탓이라고만 할 수 없는 까닭이 여기에 있다.

필자들에 대한 이야기가 길어졌지만 문제는 이것만이 아니다. 무엇보다 훌륭한 편집자들이 양성되지 않기 때문에 악순환은 계속된다. 이것은 편집자와 출판경영인 모두가 반성해야 할 일이다. 그러나 책임으로 따지자면 후자가 더 크다는 점은 부정할 수 없다. 도대체 우리 출판계에 진실로 제대로 된 편집자를 길러내야 한다는 문제의식이 있는 출판경영인이 몇 퍼센트나 되는지 궁금하다. 열 손가락 밖으로 꼽을 수 있을지 모르겠다. 사회적인 평균으로 봤을 때, 늘씬하게 책을 뽑아내는 '기획'에 드는 품에 비해 책의 내용적 정확성과 기본을 다지기 위해 바쳐지는 열정이 턱없이 부족하다.

창비의 독특한 외래어표기

전체 논의에서 다소 옆길로 새는 일일지도 모르지만, 귀한 지면을 빌린 김에 한 가지 밝혀두고 싶은 게 있다면, 그것은 창비의 외래어표기법에 관한 것이다. 이에 관해서는 직간접적으로 문의도 많이 들어오고 이러저러한 오해도 적지 않다. 나 자신도 항상 곱씹어 생각해보는 대목이므로 편집자로서 '노트'를 적는다면 꼭 넣고 싶은 부분이다.

창비는 필자들과 편집자들 사이에서 독특한 외래어표기법으로 이름이 나 있다. 이름이 나 있다는 말이 꼭 호평을 받는다는 의미는 아니고, 고개를 갸우뚱하거나 "잘났어, 정말⋯" 같은 냉소적인 반응도 있다. 그런데 창비의 이 독특하고 '탈법적인' 표기는 최근 몇 해의 일이 아니라 벌써 몇십년 이상의 장구한 역사를 가진 것이고 또 그만한 사연을 담고 있다.

정부 고시 외래어표기법(1985)의 '표기의 원칙'은 아래와 같이 4개항으로 총론적인 기본 골격을 제시하고 있다. "제1항, 외래어는 국어의 현용 24자모만으로 적는다. 제2항, 외래어의 1음운은 원칙적으로 1기호로 적는다. 제3항, 받침에는 'ㄱ, ㄴ, ㄹ, ㅁ, ㅂ, ㅅ, ㅇ'만을 쓴다. 제4항, 파열음 표기에는 된소리를 쓰지 않는 것을 원칙으로 한다. 제5항, 이미 굳어진 외래어는 관용을 존중하되, 그 범위와 용례는 따로 정한다."

외래어를 우리말로 적을 때 가장 중요한 원칙으로 삼아야 할 것은 무엇인가. 그것은 외래어를 현지음 또는 원지음을 존중하여 적는 것이다. (현지음을 중요시하는 것은 일견 너무나 당연해서 논의의 여지가 없다고 여겨질 수도 있다. 그런데 그간의 우리의 언어생활에서 세계 각국의 외래어는 주로 영미식으로 걸러진 채 사용되어왔다는 점에 유의해야 한다.) 이런 기본원칙이 확고히 선 다음, 그 복잡 다양하고 우리말로 표현하기 힘든 현지음을 어떤 세부원칙으로 계열화하고 정리해서 적느냐를 고민해야 한다.

그런데 이 순서가 뒤바뀌면, 표기법 제정 때 (그리고 지금도 여전히) 압도적인 미국식 문화와 사고방식의 포로가 되기 십상이다. 지금이야 굉장히 개선되었지만, 인터넷 보급과 해외로의 이동이 그다지 보편적이지 않았던 1990년대 초중반까지만 해도 아르젠티나, 이탤리, 베니스, 부페, 크리스챤 디오르, 노블리스 오블리제 등의 영어식(또는 사이비 영어식) 세례를 받은 정체불명의 표기가 매우 흔했다. 생각해보면 이런 단어들이 아르헨티나, 이탈리아, 베네치아, 뷔페, 크리스티앙 디오르, 노블레스 오블리주 등으로 정정된 것은 그리 오래전의 일이 아니다.

창비는 오래전부터 현지음에 근거한 외래어표기를 주장해왔고, 한 걸음 더 나아가 영어 이외의 서구어(프랑스어, 이딸리아어, 스페인어, 러시아어 등)에서 매우 특징적으로 발견되는 [p] [t] [k]의 된소리 표기를 인정하고 있다. 영어에서는 그런 음들을 자기 식에 맞게 [ㅍ][ㅌ][ㅋ]처럼 읽어버리지만, 우리말로는 [ㅃ][ㄸ][ㄲ]에 더욱 가까운 것이 현지의 발음이다. '나는 빠리의 택시운전사' '삐노끼오의 모험' 같은 책제목 표기도 그렇게 나온 것이다. (그 밖에도 일본어, 중국어를 포함하여 몇몇 특징적인 표기가 있는데, 여기서는 생략한다.)

범국가적으로 통일해서 쓰는 외래어 표기규범이 엄연히 존재하는데, 일개 출판사가 다른 원칙을 내세워서 표기를 하는 일은 결코 쉬운 일이 아니다. 그리고 그것이 바람직한 것이냐에 대한 논쟁이 있을 수 있다. (지금이 군사독재시대도 아닌데 표기법도 '법'이라고, 법을 어기는 것 자체가 미덕이 되지도 않으니까 말이다. 게다가 저마다 나름의 표기를 고집한다면 언어생활의 혼란이 공해가 될 것임은 불을 보듯 뻔하지 않은가. 그러니 최소한의 규범이 필요한 것은 인정할 수밖에 없다.) 그러나 한 가지 분명한 것은 한국어(조선어)는 한국만이 아니라 북한을 포함한 한반도 전역과 해외에서 쓰이는 '민족'의 말과 글이라는 점이며, 현재의 한반도 상황에 따른 어떤 미완의 것, 불완전성을 반영하고 있다는 점이다. 이것은 우리가 싫든 좋든 인정할 수밖에 없는 사실이다. 실제로 북한에서는 외래어표기에서 우리보다 좀더 광범위하게 된소리를 사용하고 있다.

지금 남과 북이 '겨레말큰사전' 편찬 같은 매우 방대하고도 의미있는 사업을 진행하고 있는데, 숱한 난관과 걸림돌이 존재하는데도 이런 사업이 벌어지고 있다는 것은 우리의 말글이 아직 '표준화'되지 않았음을 증명하는 것이기도 하다. 여기에 외래어를 표기하는 방법도 포함됨은 두말할 필요가 없다. 미완성인 채로 남아 있는 어문정책의 '근대화'는 국민국가의 결락으로 특징지어지는 한반도의 현대사를 반영하는 것에 다름없다. 비록 이른 시일은 아니겠지만 나는 남북이 현재의 이 불완전성을 극복한 새로운 표기체계를 만들어낼 것이라고 믿는다. 말과 글을 다루는 것을 업으로 가진 사람이라면 이런 점을 좀더 깊게 그리고 개방적으로 생각하고 고민할 필요가 있다.

내가 겪은 창비 40주년, 계간지와 주간지

간단하게 개인적인 이력도 적어두자. 창비에서 10년 정도 단행본 작업을 하다가 계간지팀에 와서 잡지를 편집하게 되었다. 내가 편집자로서 손때를 묻힌 단행본은 수십 권이 되지만, 그 가운데서도 기억에 남는 책들이 있다. 황석영 장편소설 『손님』, 아리엘 도르프만의 『우리 집에 불났어』, 이융남 박사의 『공룡대탐험』, 인권만화 『십시일반』 등은 나를 편집자로 만들어준 책들이며, 그 책들을 작업하던 때의 흥분과 설렘은 잊을 수 없다. 무엇보다 훌륭한 저자가 있었고 열성적인 동료와 공동작업을 할 수 있었기에 이런 좋은 책이 나올 수 있었다. 재주 없는 편집자로선 대단한 행운이 아닐 수 없다.

계간 〈창작과비평〉 편집장이란 직함을 받게 된 것은 계간지팀 팀장으로 근무한 지 1년이 좀 못 되어서였다. 창간 40주년을 맞으면서 편집인, 주간을 비롯한 계간지 편집진은 한껏 긴장을 하고 있었다. 신발끈을 조여 매듯 조직개편을 하고 마음가짐을 다졌다. 창비는 세계적으로도 유례가 드물고 국내에서도 남들이 부러워할 만한 발행부수와 정기독자를 확보하고 있지만, 한국의 출판외적인 조건이 너무 열악해지고 있었고 독자들의 연령대도 좀처럼 낮아지지 않는 상황이었다. 정치적 민주화를 위해 싸워 그것을 얻어냈지만, 이제는 그 자유로운 공간에서 개성과 다양성이 꽃피고

34

그것이 비판적 잡지의 기반을 잠식하는 역설적 상황이 빚어졌다.

일단 계간지 지면혁신이라는 과제가 제기되었다. 주변의 가까운 필자들을 중심으로 지면혁신위원회를 꾸리고, 창비의 독자들과 만나 회의를 열고 함께 밥 먹고 술 마시면서 아이디어를 구하고 방향을 잡아나갔다. 표지와 본문 디자인, 색도인쇄를 포함해서 외적인 포장을 바꾸는 일도 일이었지만, 더욱 중요한 것은 내용의 혁신이었다. 무엇으로 혁신할 것인가. 어떤 알맹이를 가지고 혁신할 것인가가 가장 중요한 과제였다.

지면혁신은 늘 있어왔던 작업이었지만, 이번은 더욱 특별하고 강도 높게 진행되었다. 계간지란 형식이 현재의 우리 매체환경에 적합한가에서부터 '창작과비평'이라는 제호가 너무 딱딱하지 않은가, 이를테면 격월간지 형식은 어떠하며 일찍이 출판사 이름을 바꾸었듯이('창작과비평사'는 파주로 이전하면서 '창비'로 사명을 변경했다) 잡지 제목도 바꿀 필요는 없는가 등의 발본적인 의논들이 있었다.

무엇보다 중요했던 혁신의 정신에 대해 숙고가 거듭되었고 창비 편집위원회는 그것을 '운동성' '논쟁성' '현장성'의 회복이라는 말들로 정리해냈다. 우리 사회에 민주화의 시대가 열린 후 십수 년이 경과하면서, 무기력과 자족에 빠진 진보진영 내에 혁신의 경종을 울리기 위해 필요한 바가 무엇인지를 고민한 후 도출해낸 과제이다. 그것은 다른 한편, 수십 년간 아무도 모르게 조금씩 쌓여온 창비 내부의 관성과 안주심리에 대한 자기부정과 채찍질이기도 했다.

기왕의 계간지 체제를 튼튼하게 유지하면서도 새로운 인터넷 매체를 고민하기 시작한 것도 그때부터이다. 〈창비주간논평〉(weekly.changbi.com)이란 주간週刊 단위의 온라인 칼럼은 그렇게 해서 나오게 되었다. 계간지라는 매체가 가진 시의성의 한계를 극복하고 좀더 친밀한 형식으로 구체적인 현안에 개입하자는 취지였다. 〈창비주간논평〉은 수개월간의 준비기간을 거쳐 2006년 5월 1일부터 시작되었다. 마침 한미FTA가 초미의 현안으로 떠오르고 있었다. 그리고 남북관계는 하루가 다르게 요동치고 있었다. 핵실험이 진행되고 한반도 전체가 들썩거렸다. 모두 미시세계로 흩어져 있는 동안, 엄청난 거대담론의 소용돌이가 우리의 일상을 뒤흔들어놓은 것이다. 〈창비주간논평〉은 이런 거대한 격류를 정면에서 대응하면서도 작은 생활의 국면을 놓치지 않으려고 애쓰고 있다. '남북의 점진적 통합과정과 연계된 한반도의 총체적 개혁'을 준비하기 위한 이론적·실천적 기초를 조성하는 것이 지금 창비의 계간지와 주간매체가 추구하는 과제이다. 작은 덩치로 감당하기에는 너무나 큰 꿈일지도 모른다. 그러나 누군가는 꾸어야 할 꿈이다. 그리고 시간이 지남에 따라 더 많은 사람들이 꿀 꿈이다.

글을 쓰고 나니, 이런저런 생각이 든다. 평소에 회사 안에서 하던 말, 하던 생각과는 조금 다른 이야기가 되어버린 부분도 없지 않다. 겸허하게 자기를 성찰하기보다 남의 허물을 들추며 욱대긴 것이 마음에 걸린다. 그러나 밖을 바라보며 할 이야기가 우선 절실한 것은 사실이다. 내부에는 내부의 문제가 있고 그것을 풀기 위한 내부의 언어가 있으리라 믿는다. 나는 창비가 사회적으로 나름의 의미를 축적해나간 과정에서도 안으로는 많은 혁신의 과제가 있었다고 생각하는 편이다. 창비의 40년 역사를 긍정적으로 평가할수록 그렇다. 무릇 모든 조직은 날마다, 달마다, 해마다 혁신하지 않으면 정체되고 가라앉게 마련이다. 어쩌면 그게 자연스러운 과정이다.

그러니 갱신은 언제나 요구되는 생명활동의 일부인 것이다.

어쨌거나 한국출판계에 대한 근본적인 문제의식은 분명하다. 우리가 서구의 출판선진국에서 배울 점은 다른 무엇보다도 그들이 장구한 세월 동안 쌓아올린 탄탄한 기반과 저변이다. 이런 저력이 없으면 모두가, 함께, 서서히 무너질 수밖에 없다. 우수한 마케팅기법도 새로운 조직형태도 함께 무너질 것이다. 이게 바로 아는 사람은 다 아는, 그러나 별로 주목하지는 않는, 업계의 비밀이다.

◆**염종선**──1995년 창비를 통해 지상의 출판계에 정식으로 입문했다. 10년간 문학팀과 인문사회팀 등에서 일하며 빛을 본 책 소수, 빛을 보지 못한 책 다수를 만들었다. 특히 후자에서 편집자의 무한한 책임을 느끼며 숙연해진다. 지금은 계간〈창작과비평〉과〈창비주간논평〉, 인문서의 편집책임을 맡고 있다.

'편집자'임을 속일 수 없는 몇 가지 증거

이영미 웅진지식하우스 문학 임프린트 주간

10년 넘게, 아니지, 20년 가까이 책을 만드는 편집자로 살다 보니 내게는 일종의 '직업병' 같은 몇 가지 습관이 생겼다. 물론 타고난 성격일 수도 있고, 직업과는 별 관련이 없는 그저 개인적인 취향이 아니냐고 따진다면 굳이 반박할 생각은 없다. 하지만 같은 뱃속에서 태어나 아주 긴 세월을 한 집에서 살았던 내 형제를 봐도 그렇고, 결혼하고 별로 떨어져 지내 본 적이 없는 남편에게선 눈 씻고 찾아봐도 전혀 발견할 수 없는 행태라면 '사적인 영역'과는 거리가 좀 먼 것이 아닐까. 오히려 건너편 책상에 앉아 있는, '편집자'라는 직업 외에 나와 공통점이라고는 거의 없는, 세대차 많이 나는 후배들이 종종 비슷한 양상을 보이는 것으로 보아 내 마음대로 섣불리 '직업병'이라고 단정 지은 것이다.

누구는 편집자로서 구구절절 살아온 히스토리를 들려주고, 또 다른 이는 혼자만 알고 있던 기획 노하우를 줄줄 풀어놓는 이 귀한 지면에, 그런 시시껄렁한 습관 같은 것에 대해 쓰는 게 말이나 되느냐고 몰아붙여도 할 말은 없다. 정색을 하고 들려줄 만한 특별한 히스토리나 기획 노하우를 가지고 있지 않다는 것이 더 정직한 이유겠지만, 그럼에도 여태 잘리지 않은 채 현업에서 질기게 버티는 걸 보면 뭔가 나도 모르는 비장의 꼼수라도 가지고 있는 것이리라 자위할밖에. 아무리 감추려 해도 나를 '영락없는 편집자'로 규정지을 수밖에 없는 몇 가지 습관에 대해 이야기하다 보면, 누가 알겠는가, 없던 노하우도 튀어나올지. 물론 안 나와도 할 수 없고.

내가 원래 그리 계획적인 인간이었나

결혼한 지 10년을 훌쩍 넘긴 주부지만 신혼 초나 지금이나 내 손으로 예쁜 그릇 하나 사본 적이 없다. 신혼살림조차도 바깥일 하느라 바쁘다고 둘러대기만 하는 철없는 딸을 대신해 모두 친정어머니 혼자 당신의 기호에 맞는 것들로 골랐다. 그러니 오죽하면 집들이에 놀러 온 친구들이 방을 둘러보면서 "한 달 살았어도 10년 된 듯한 분위기"라고 놀렸을까. 무심한 성격 탓인가, 살림에 관련된 것뿐만 아니라 특별히 애착을 갖고 아끼는 물건도 그다지 없는 편이다.

그런 내가 유일하게 욕심을 내고 사족을 못 쓰는 물건이 하나 있으니, 그건 바로 스케줄러 구실을 하는 달력이나 다이어리다. 안 그래도 좁아 정신없는 내 책상 위에는 네모 칸이 그려진 탁상 달력이 두 개나 놓여 있다. 그 가운데 하나에는 업무적인 스케줄이나 회의 일정, 그 달 나올 책들의 출간 계획 등을 빽빽이 적어 놓았다. 각종 포스트잇을 이용해 그 달 만난 저자들에 관한 정보나 새로 알게 된 주요 전화번호, 곧잘 잊어버리곤 하는 숫자들도 꼼꼼히 적어 붙인다. 이렇게 하면 달력이 다이어리 역할을 충분히 해내는 셈이어서, 1년이 지난 다음에도 버리지 않고 뒤적거려 보면 작년 그맘때의 일들을 쉽게 기억해내고 비교할 수 있다.

이런 업무용 달력과는 별도로 또 다른 달력에는 사적으로 기억하고 반드시 제 날짜에 처리해야 할 일들을 표시해 놓는다. 시댁 어른들 생신, 아이 학교 모임, 꼭 입금해야 하는 관리비, 병원 검진 등 주로 주부로서 기억해야 할 일들이다. 강인선 기자가 쓴 『힐러리처럼 일하고 콘디처럼 승리하라』를 보면, 미국의 막강한 권력자였던 올브라이트 국무장관도 집안의 터진 수도관 때문에 힘들어했다고 한다. 그는 "회사에서는 아무리 야근이 잦고 할 일이 많아도 얼마든지 버틸 수 있는데, 집에서 뭔가 삐끗하면 갑자기 생활과 인생 전체가 흔들리는 것처럼 속이 상하면서 다 엎어버리고 어딘가로 도망치고 싶은 심정이 된다"고까지 했다. 그러니 더군다나 소심하면서도 예민한 성격인 나는 사소한 가정사 탓에 회사 일에 온전히 집중하지 못할까 봐 모든 일에 미리미리 계획을 세우고 준비를 한다.

퇴근하기 전에는 대부분 스프링으로 묶인 두꺼운 노트에 내일 해야 할 일 목록을 중요도 순으로 정리하는 것도 습관이 되었다. 1부터 많을 때는 20이 넘는 번호가 매겨지는데, 아침에 출근해서 제일 먼저 이 목록을 훑어보는 걸로 '희망찬' 하루 일과가 시작된다. 머리가 반짝반짝 잘 도는 후배들은 PDA나 컴퓨터의 메모지 기능을 쓰라고 권하기도 하지만, 빨간펜으로 쫙쫙 줄을 그어가며 목록을 하나하나 지워가는 맛을 그들이 몰라서 하는 소리다.

원래 내가 이렇게 계획적이고 꼼꼼한 인간이었나 감탄하면서 가끔 되짚어 보는데, 진작 그랬다면 어쩜 훨씬 더 좋은 대학에 들어갈 수 있었을지도 모른다. 아마도 편집자가 되면서부터 대부분 월 단위로 일을 시작하고 마무리해야 하는 책의 출간 일정에 익숙해지면서 생긴 버릇인 듯하다. 또한 교정을 본다거나 카피를 쓸 때는 일정 정도의 시간을 시끄러운 혼란의 틈바구니에서도 바깥 소음을 임의로 단절시킨 채 정신을 집중해야 하는데, 그리고 나서 한동안 멍해진 상태를 회복시키는 데도 이런 계획표는 꼭 필요하다. 책 한 권을 만들기 위해 집중하면서도 이것저것 불쑥불쑥 쏟아지는 업무와, 종종 새까맣게 까먹고 마는 정신없는 기억력 사이에서, 멀티 유즈풀하게 안테나를 세우고 꿋꿋이 편집자로 살아남기 위해 생긴 일종의 '용불용설'이 아닌가 싶다.

대체 수첩이랑 펜이 몇 개야?

가방 속에 쏙 들어가는 크기의 작은 수첩은 눈에 띌 때마다 부지런히 사모으는 주요 쇼핑 품목이다. 버스나 지하철 같은 대중교통을 이용할 때 나는 책을 읽기보다 주로 책의 카피나 제목 등에 대해 중얼중얼 고민하는데, 이때 생각나는 대로 수첩에 죽 적어 놓는 리스트 가운데 하나가 그대로 책 제목으로 붙을 확률이 높다. 예를 들면 『스페인, 너는 자유다』 『일곱 살부터 하버드를 준비하라』 『황홀한 쿠바』 『책 읽는 여자는 위험하다』 등의 제목을 정할 때 바로 그랬다.

　길 가다가 문득 떠오르는 기획 아이디어도 그 자리에서 수첩을 꺼내 끼적거리고, 책을 읽다가 맘에 드는 문장이 있으면 즉시 옮겨 적는다. 때론 표지 이미지를 디자이너한테 맡기기에 앞서 슥슥 그려 보기도 하고, 서점에서 발견한 유니크한 일러스트레이터나 디자이너의 이메일 주소며, 처음 찾아간 약속 장소의 약도나 버스 번호도 빠뜨리지 않고 적는다. 이렇게 메모 집착증 환자처럼 적어대면서, 나는 수첩에 아직도 종이 여분이 충분히 남아 있는데도 새로운 다이어리나 수첩을 보기만 하면 또 하나 갖고 싶어 욕심을 부린다. 독서용 노트도 필요하고, 영어 단어장도 있어야 하며, 기획 아이디어 또한 따로 정리하고 싶기 때문이다. 바로 나 같은 사람 때문에 출판사들이 종종 책에 '종이 배꼽'을 붙여 유혹하는 마케팅이 먹히는 듯하다.

늘 무언가 수첩에 적으려면 반드시 펜이 필요한 법. 하지만 급하게 찾으면 늘 없는 것이 또한 펜이다. 디자인하우스에서 모셨던 이영혜 사장은 언제나 줄로 된 볼펜을 목에 걸고 다니면서 맹렬한 워킹우먼으로서의 모범을 보였다. 나는 쓰던 펜을 버리기보다는 오히려 무의식중에 자꾸만 챙기는 바람에 언젠가 가방을 뒤지니 펜이 자그마치 일곱 개나 나오기도 했다. 화장실에 갈 때도 들고 가고, 바지 주머니나 외투 주머니에서도 하나씩 나오고, 연필꽂이에도 가득, 책상 위에도 늘 서너 개가 뒹굴고 있으니 펜에 대한 욕심도 수첩 못지않은 모양이다.

지금은 교정지를 들여다볼 일이 별로 없어 덜하지만, 한때 내 왼손 검지 손톱 주위에는 빨갛고 파란 점들이 가득 찍혀 있곤 했다. 편집자들이 교정 볼 때 주로 쓰는 플러스펜은 뚜껑을 오래 열어두면 금방 닳기 때문에 나도 모르게 왼손에 잡고 있는 뚜껑에 펜을 자꾸 꽂다가 대신 손가락을 찍는 것이다. 골똘히 생각에 빠질 때마다 펜 뚜껑을 잘근잘근 씹는 버릇이 있는 나는 가끔 입에 물고 있는 뚜껑에 펜을 꽂느라 실수하여 얼굴에 붉은 선이 그어진 것도 모르고 종일 헤헤거리며 돌아다닌 적도 있다.

신이시여, 어째서 이런 형벌을!

결혼하고 나서부터 이사를 참 많이도 했다. 신혼 살림집에서 2년을 못 채우고 아이를 낳는 바람에 시댁 근처로 첫 이사를 할 때는 정말이지 몰랐다. 내 젊은 날이 그렇게 이사로 점철될 줄은. 집주인이 갑자기 비워 달라고 해서, 겨울에 집이 너무 추워서, 재개발이 돼서 등등, 이유도 참 다양하다. 오랫동안 한 집에 머물고 싶어 하는 내 의사는 전혀 존중받지 못했다. 심지어는 맨 위층에 주인이 살고 있어서 비워 달랄 일도 없고, 새집이라 재개발될 일도 없으며, 난방시설이 빵빵해서 추울 일도 없는 전셋집을 얻었기에 여기선 천년만년 살 거라고 호언장담을 했더니, 결국은 경매에 넘어가 이사를 해야 했던 가슴 시린 추억마저 있다.

돈이 없어 집을 떡 하니 사지 못한 것이 죄라면 죄겠지만, 거의 1년에 한 번꼴로 하나같이 타의에 의해 이사를 하면서 하늘을 원망하기도 했다. "신이시여, 왜 제게 이런 형벌을 주시나이까?" 그런데 지금은 생각이 좀 달라졌다. 곰곰이 생각해보니 이사는 '형벌'이 아니라 편집자인 내게 내리는 '신의 특별한 선물'이었던 것이다. 뭐든 잘 버리지 못하고 치우기 싫어하고 쌓아두기 좋아하고 정리정돈에 둔한 나. 내 인생에 그나마 '이사'라는 이벤트가 없었다면 나는 어쩌면 온갖 잡동사니와 종이 뭉치와 책 더미에 둘러싸여 질식사했을지도 모른다.

이런 '신의 선물'이 회사에서는 더욱 무수히 내려졌다. 자그마한 공간에 다들 아기자기하게 모여앉아 가족 같은 분위기의 출판사에서 근무하는 친구가 부러워 나 또한 처음 편집자의 길로 들어섰다고 해도 과언이 아니다. 그런데 어찌된 일인지 내가 들어간 출판사들은 하나같이 컸고, 조직 간 변화가 잦았으며, 따라서 1년이 멀다 하게 책상을, 층을, 때론 빌딩을 옮겨야만 했다.

그럴 때마다 고민에 고민을 거듭했다. 틀림없이 별 쓰임새가 없을 테지만 계속 지니고 있는 오래된 기록, 분명히 다시 필요할 듯해서 보관해 둔 회의자료, 나중에 기획용으로 쓰려고 스크랩해놓은 신문조각, 이미 출간 작업이 끝났는데도 언젠가는 비교해 보면서 읽으려고 둔 원서, 벌써 리젝트한 것이면서도 미련이 남아 가지고 있는 원고 뭉치. 이것들을 과연 버릴 것인가, 말 것인가.

결혼하기 전에는 거의 이사를 하지 않았는데도 중고등학교 시절 밤새 끼적대던 일기장이나 대학교 때 가슴 두근거리며 읽던 수많은 글귀들은 찾아볼 수 없다. 그 점으로 미루어 보아 분명 원래의 나는 종이 뭉치에 연연해 하지 않는 과감한 성격이었던 게 분명하다. 하지만 편집자가 되고 나서부터는 10년도 더 전에 내 손으로 만든 책들이 그 잦은 이사 속에서도 사라지지 않고 그대로 정갈하게 책꽂이에 꽂혀 있다. 물론 말도 못하게 조악하고 촌스러우며 가독성이 떨어지기 때문에 읽겠다고 다시 들춰볼 일도 없는 책들이지만. 이렇게 책에서부터 시작된 애착은 다른 품목으로도 옮아가서 지금 내 옷장에는 1년 내내 한 번도 건드리지 않은 옷들이 잔뜩 뭉쳐 있다.

지난 해 일본에 잠깐 출장을 갔을 때 유수의 출판사인 고단샤에 들른 적이 있다. 하늘을 찌를 듯한 고층 빌딩에 세련된 내부 인테리어, 예쁜 리셉셔니스트가 앉아 있는 깔끔한 로비와 접견실이 부러워 부지런히 카메라에 담았다. 그러다 호기심이 생겨 일부러 부탁하여 편집자들의 사무실을 좀 구경시켜 달라고 했다. 다행히도 그들의 책상 위는 나와 별 다름없이 수많은 책과 각종 원고 더미가 잔뜩 쌓인 채로 지저분해서, 여기 편집자들도 별수 없구나, 남몰래 슬쩍 웃었던 기억이 난다.

다 그놈의 호기심 탓에

내가 항상 종이 뭉치 속에서 허우적대는 것은 잘 버리지 못하는 성격이 가장 큰 원인이겠지만, 거기다 이것저것 긁어모으기까지 좋아하니 일종의

'고질병' 수준이라 하겠다. 컴퓨터만 켜면 인터넷으로 언제든 오늘의 기사를 휘리릭 검색할 수 있는 요즘에도 나는 여전히 종이 신문 읽기를 매우 즐긴다. 누군가 내게 "아침에 한 시간의 자유 시간을 주면 뭘 하겠는가"라고 묻는다면 나는 주저하지 않고 "신문을 보겠다"고 대답할 정도로 일종의 취미가 되어버렸다. 하지만 스무 가지도 넘는 오늘의 할 일이 줄줄이 기다리고 있는 아침에 마음 편히 커피를 마시며 신문을 뒤적거리기란 그리 쉬운 일이 아니다. 때문에 어떤 날은 날짜가 지나 버려둔 신문 더미 앞에 쪼그리고 앉아 혹시 꼭 봐야 되는 기사인데 놓친 건 없나 아쉬워서 뒤적뒤적 손이 까매지도록 넘겨보기도 한다.

또한 퇴근 후 별 약속이 없을 때는 종종 모든 조간과 경제신문, 석간까지 팔에 가득 안은 채 버스를 탈 때도 있다. 멀쩡히 차려입은 여자가 무거운 신문 덩이를 보물처럼 가슴에 품고 있는 모양을 이상하게 쳐다보는 사람이 있는가 하면, 가끔은 옆자리에 앉은 아저씨가 신문 좀 하나 빌려달라며 말을 걸기도 한다. 남편은 나의 이런 고상한 취미를 가리켜 '폐품 수집'이라고 부른다.

내게 신문만큼 재미있는 읽을거리도 드물다. 특히 현재 만드는 책이나 골몰하는 이슈를 떠올리며 이런저런 기사를 읽다 보면 쉽사리 해결책을 얻기도 한다. 자극적인 헤드라인이나 재기발랄한 광고에서 책 제목이나 디자인에 대한 힌트를 얻기도 하고, 작은 칼럼 하나가 그대로 기획의 실마리가 되기도 한다. 나는 마치 신문 자료실에 근무하는 직원처럼 잘 드는 커터를 손에 들고 앉아 밤늦도록 가지고 온 신문을 다 읽고 기사를 슥슥 스크랩하여, 여러 개의 주제 봉투에 담아 분류한다. 물론 다시 꺼내본다는 보장은 없지만.

요즘에는 그 '폐품 수집'에 더욱 열을 올리고 있다. 이번에 중학교에 막 입학한 아들 녀석 때문인데, 책 만드는 편집자를 엄마로 두었음에도 놈은 문자에 도무지 관심이 없어 책을 들여다보는 일은 거의 없고 어떻게 하면 오늘도 무사히 컴퓨터 게임을 할 수 있을까만 호시탐탐 노리고 있다. 머지 않은 미래에 대입과 논술이라는 장벽을 만나게 될 아이에게 신문 읽기를 좋아하는 편집자 엄마가 해줄 수 있는 일이 뭘까 고민하다가, 얼마 전부터 아이에게 필요한 좋은 기사를 선별하여 하루에 일정량을 읽도록 강제로 시키고 있다. '폐품의 재활용'이라고나 할까. 다 읽고 나서 모아놓은 신문 더미가 제법 두툼하게 쌓여 가고 있지만, 그것이 어떤 결과로 나타날지는 하느님만이 알 일이다.

한편 내 침대맡은 물론 거실 여기저기에는 그렇게 가져와서는 미처 읽지 못해 버리지도 못하는 신문 뭉치뿐만 아니라 여러 권의 책이 늘 지저분하게 쌓여 있어, 집안일을 봐주시는 친정어머니가 청소할 때마다 골머리를 앓으신다. 예전에는 분명 한번 책을 집으면 끝까지 다 읽어야 한다는 일종의 강박관념까지 있었는데, 어찌된 일인지 이제는 계속 다른 책으로 관심이 분산되어 여러 권의 책을 가져다 놓고 돌려가며 읽는 것에 너무나 익숙해졌다. 이는 책이 지닌 재미나 완성도와는 큰 상관이 없는 듯하다.

예를 들면 잘 나가는 베스트셀러를 읽고 있는데, 관심 있는 저자의 신간이 나왔다는 소식에 냉큼 그 책을 사서 읽다가, 작가가 책에 언급한 고전의 내용이 궁금하여 그 책을 찾아내 줄까지 쳐가며 뒤적이다가, 정기구독하는 잡지가 눈에 띄어 책장을 넘기며 머리를 식히다가, 그곳 미술관에 있다는 명화가 보고 싶어 그림 서적을 찾아 들여다보다가, 옆 팀에서 출간한 책 내용이 궁금하여 꺼내 보다가, 갑자기 영어회화가 걱정되어 쉬운 원서를 꺼내 읽기도 하고, 이참에 한참 미뤄두었던 일본어 첫걸음도 다시 두드리는 식이다. 그러니 늘 예닐곱 권의 책이 정신없이 쌓일 수밖에. 나쁘게 말하면 집중력과 지구력이 떨어지는 거라고 할 수도 있겠지만, 좋게 말하면 전형적인 편집자로서 끝없이 펼쳐지는 호기심과 독서에 대한 욕심을 어쩌지 못한 탓이라고 변명할 수밖에.

오늘은 누구랑 뭘 먹을까

대부분의 사람들도 그렇겠지만 내게는 혼자 밥 먹는 것처럼 곤욕스러운 일도 없다. 기본적으로 '먹는다'는 행위는 생명을 잇기 위한 최소한의 움직임이기도 하지만, 반면 즐거움을 추구하는 대표적인 유희이기도 하다. 그러니 집에서든 바깥 식당에서든 그 즐거운 행위를 나누지 못하고 혼자 하는 것은, 어쩔 수 없는 경우가 아니면 피하고 싶다.

강금실 전 법무부장관은 이번에 출간한 책 『서른의 당신에게』에서 이런 말을 했다.

"가장 행복한 시간은 좋아하는 사람들과 맛있는 것을 먹을 때. 서로 좋아한다는 것은 내게 타인이, 타인에게 내가 받아들여져서 공감하며, 마음속의 따뜻한 느낌이 그만큼 더 확장되는 것인데, 즐거움을 주는 음식이 곁들여진다면 금상첨화가 아닌가."

예전에는 낯을 많이 가리는 편이었는데, 세월의 흐름과 더불어 사람을 많이 만나야 하는 편집자로 살면서부터 얼굴 피부가 두꺼워졌다. 특히 밥을 함께 먹으면 금방 친해진다는 속설을 믿기에 나는 처음 만나는 사람과도

가능하면 식사 약속을 한다. 서로 상대방을 잘 모르는 채 어색한 대화를 주고받느니, 마주 보고 앉아 한 찌개를 같이 떠먹으면서 가장 인간적인 모습을 보여주고 나면 훨씬 더 친근감이 느껴져 이야기가 잘 풀리고, 다음에 다시 만났을 때도 별로 거리감이 생기지 않는다.

'식사도 비즈니스'라는 말이 있듯이 저자들과 만날 때도 주로 식사 약속을 한다. 미식가도 아니고 잘 아는 식당도 많지 않지만, 상대방이 누구냐에 따라 나름대로 시원한 생태탕이나 전통 깊은 냉면, 맛있는 스파게티 등으로 메뉴를 신중하게 고른다. 때로는 상대방의 주도하에 뒤를 따라다니며 먹는 경우도 있는데, 그러다 보니 나의 식성은 전혀 까다롭지 않고 뭐든 가리지 않고 맛있게 먹는 편이다. 먹는 자리에서는 대부분 경계심이 풀어지고 심성이 너그러워지기 때문에, 그 순간만큼은 저자와 편집자 사이가 아니라 오래된 지인들처럼 여러 사적인 이야기까지도 수더분하게 나눌 수 있다.

한 사람의 저자를 내 편으로 만들면 그것은 곧 열 사람의 저자를 얻는 것과 같다. 한 번 좋은 연을 맺은 저자들은 누가 시켜서도 아니요, 자발적으로 가지를 치고 새끼를 낳는 법이다. 어린 편집자 시절에는 그 원리를 잘 몰랐다. 모든 것이 오로지 비즈니스였고, 저자는 언제나 대하기 어려운 사람들이었으며, 책 한 권이 끝나고 나면 저자들과의 인연도 그렇게 끝이 났다.

그런데 출판계에 있는 사람들은 다들 느끼겠지만 여기만큼 좁은 세상이 어디 있겠는가. 한 다리 건너면 다 아는 사람들이고, 다시 안 볼 것처럼 헤어져도 반드시 다시 만나는 데가 이곳이고, 오늘의 이름 없는 저자가 내일의 대박 저자로 나타나는 곳 또한 출판계가 아니던가.

나는 개인 이메일 주소록에 저자들의 주소를 정리해놓고 자주 들여다보면서 마치 친구에게 하듯 종종 안부 메일을 보낸다. 책이 나올 때마다 관련 있거나 관심을 가질 만한 분에게 짧은 메모를 붙여 보내고, 요즘에는 휴대전화 문자도 자주 이용한다. 매니저를 자처하여 큰 행사 때마다 함께 참석하고, 저자와 같이 있는 시간을 진심으로 즐긴다. 책을 만드는 편집자에서 관리자로 점점 역할이 바뀌면서, 내가 하는 대부분의 일은 이제 주로 그런 것들이다. 나는 언제 어디서든 편하게 전화하여 안부를 물을 수 있는, '내 저자'라고 손꼽을 수 있는 그들이 자랑스럽고, 그들 또한 나를 언제 어디서든 마음 놓고 의논할 수 있는 편한 편집자로 여겨주길 바란다.

달력이나 수첩에 광분하고, 가방 속에서 펜이 쏟아지며, 신문 뭉치를 들고 다니고, 책을 여러 권 놓고 보며, 늘 누군가와 점심 약속이 있는 것. 그야말로 지극히 촌스럽고 지독히도 아날로그적인 것들뿐이어서 갑자기 부끄러움이 앞선다.

결국 이런 습관을 빙자하여 말하려 했던, 내가 가지고 있는 편집자로서의 알량한 노하우란, 계획을 짜서 시간관리를 하고, 그때그때 메모를 열심히 하고, 자료를 보관하고 수집하는 것을 즐기며, 책을 이것저것 많이 읽고, 사람들과의 만남을 좋아하는 것 정도임이 기어이 만천하에 드러나고 말았다. 그러나 그 정도만으로도 쓸 만한 책을 기획하거나 만들 수 있고, 많은 사람들과 진심으로 소통할 수 있으며, 생명이 긴 편집자로 살아남을 수 있다는 것을 보여주는 한 실례가 될 수 있다면 이 졸고가 추구한 소기의 목적은 달성한 셈이다.

이 글을 청탁받고 얼마 안 있어 건강하던 아버지께서 갑자기 쓰러지셨고, 열흘간 사경을 헤매시다가 결국 운명을 달리하셨다. 밥벌이의 지겨움에 굴하지 않고 편집자로서 꾸준히 살 수 있도록 강한 생활력을 물려주신 아버지께 이 글을 바친다.

◆**이영미**── 잡스럽게 여러 출판사를 드나들었지만 그래도 나의 편집자 인생은 크게 세 부분으로 나누어진다. 처음 발을 디딘 '문학사상사'에서는 작가들의 반듯한 글을 원 없이 읽었고, 잦은 구인정책 덕분에 수없이 많은 선후배와 연을 맺었다. 독특한 회사인 '디자인하우스'에서는 마이너리티였지만, 구질구질하지 않으면서 세련되고도 다양한 문화를 경험했다. 혹마지막 직장이 될지도 모를 '웅진지식하우스'에서는 이제야 진정으로 책 만드는 즐거움이 뭔지 만끽하고 있다.

출판, 함께 산 오르기

정민용 도서출판 후마니타스 대표

이후의 후!
마징가의 마!
어머니의 니!
연필 한 타스의 타스!

출판사의 시작은 '후마니타스'를 발음하게 하는 것, 그리고 기억하게 하는 것에서 출발해야 했다. '후마니스타'든 '후마니'든 심지어 '후만희'든 어떻게 불러도 상관없을 만큼 후마니타스는 일부러 기억해주는 이름이 아니었다. 단번에 알아듣기도 힘든지라 아침마다 영업자는 전화에 대고 힘주어 한 글자씩 발음하다가 급기야 오행시를 지었던 것이다. "후마니타스인데요…. 거 있잖아요. 이후의 '후'! 마징가의 '마'! 어머니의 '니'! 연필 한 타스 할 때 '타스'! 후!마!니!타!스!요." 듣던 사람 모두가 웃었다. 이는 "어느 출판사에서 오셨어요?" "후마니타스요." "네?" 같은 대화의 어려움을 익히 공감하고 있던 탓이다.

'후마니타스' 기억하게 하기

"무엇이 사과인가"라는 철학적 질문이 '사과'라는 이름에 대한 것이 아니라 사과를 사과이게 하는 실재, 곧 이데아를 향하는 것처럼, 후마니타스가 이름으로 기억되기 힘든 까닭에 우리는 "무엇이 후마니타스인가"라는 질문을 항상 받는 듯했다. 후마니타스가 무슨 뜻인지, 어떤 책을 냈는지, 사회과학 책을 출판하는 이유가 무엇인지에서부터, 왜 책이 많지 않은지, 그럼 어떻게 먹고사는지에 이르기까지…. (물론, 아직도 스스로에게 설명해야 할 고민은 계속된다. 후마니타스는 어떤 책을 내고 어떤 책을 내지 않을 것인지, 후마니타스에서 개인과 회사는 어떤 관계를 가져야 하는지, 후마니타스적인 영업은 무엇인지 등도 포함해서다.)

얼마 되지는 않았지만, 이제 많은 사람들이 후마니타스를 기억해주고, 틀리지 않게 이름을 불러주며, 심지어 출판사 이름을 보고 책을 사기도 한다. 필자와 역자, 관련 연구자나 활동가, 책을 만들면서 만나는 사람들, 편집자, 독자로 이어지는 출판의 연계 고리 전체가 어느 정도 만들어진 셈이다. 하지만 햇수로 5년이 지난 지금, 출판사를 만들 때 꿈꾸었던 길에 우리는 얼마나 와 있는 것일까.

초보들의 '출판사 만들기'

처음부터 '그 일'을 하기로 정해진 사람은 없겠지만 출판사를 시작할 때 우리(주간님, 편집장님, 나)는 모두 아마추어였다. 대학원이니 연구소니 연구회 같은 평온한 울타리에서 걸어 나온 것까지는 좋았지만, 출판사를 시작하려면 사업자 등록을 먼저 해야 하는지 출판사 등록을 먼저 해야 하는지도 모를 정도였다. 책을 소비하는 사람에서 책을 만드는 사람으로 모드를 전환하려면, '책은 어떻게 만들어지는가'부터 배워야 했다.

선배의 소개로, 당시 인문사회과학 출판계에 신선한 바람을 불어넣던 이후 출판사를 찾았다. 제작을 담당하던 제작부장님의 강연을 한바탕 듣고 거래처 목록도 받아 왔다. 그 목록대로 출력소, 지업사, 인쇄소, 제본소, 재단집, 코팅집 등을 돌아다니면서 거래를 시작했는데, 단가를 협상할 때마다 편집장과 나는 이렇게 말했다. "이후랑 똑같이 해주세요."

이때 파주, 을지로, 합정동, 마포 등을 돌아다니면서 '책 만드는 사람들'을 만났던 충격 어린 기억이 아직도 문득문득 생각난다. 거대한 기계가 돌아가는 인쇄소나 제본소에서 몸과 몸에 익힌 감각으로 일하는 사람들의 모습은 대단해 보였다. 뿐만 아니라 미끄러운 필름을 자유자재로 만지던 출력소 아저씨, 전 재산일 낡은 인쇄기 한 대를 이리저리 올라타고 다니면서 문제 있는 곳을 귀신같이 찾아 기름을 치고 잉크를 바꿔 넣던 을지로 인쇄소 아저씨, 지업사에서 인쇄소 또는 인쇄소에서 제본소로 엄청난 덩치의 종이나 인쇄물을 나르는 오토바이 아저씨, 좁은 을지로 인쇄 골목을 날쌔게 누비고 다니는 커피 손수레 아줌마에 이르기까지…. 몸으로 일하는 사람들이 상호 의존적으로 연결되어 책이라는 하나의 결과물을 생산하는 이 새로운 세계의 광경은 그 자체로도 신기했지만, 미처 생각하지 못했던 사실을 깨닫게 했다. 책이 '노동'의 결과물임을.

이제 서점과 계약할 차례였다. 역시 이후 출판사의 거래 서점을 참고해서 주요 서점을 돌아다녔는데, 하루에 30개 출판사가 사업자 등록을 한다고 하니 '어디서 또 하나 왔나 보다' 하는 눈초리들이었다. 어떻게 좀 출고율을 높여볼까 떼를 쓸 때면 서점들은 하나같이 "교보 갔다 오셨어요?"라고 했는데, 이는 교보문고가 다른 서점의 기준이 됨을 말해주었다.

'기준이 되는 서점' '서점 중의 서점'이라…. 교보문고는 역시 군더더기 없이 단호하고 깔끔했고, 출고율을 깎인 우리는 투덜대면서 다른 서점들의 출고율도 내렸다. 그렇게 황사 낀 여름 햇빛 속을 헤매고 다니면서 모든 계약을 마치고 사무실로 돌아온 날, 출판에 첫발을 들여놓은 아마추어들은 스스로가 뿌듯하고 대견해, 1년 후, 2년 후, 5년 후를 꿈꾸면서 오랫동안 술잔을 기울였다.

출판, 함께 산 오르기

그로부터 5년이 지난 지금 후마니타스는 열세 명이 되었다. 사업이 확장된 것도 아니고 그렇다고 돈을 번 것도 아니다. 출판사 인원을 소규모로 유지하고 가능한 한 외주를 활용해서 몸집을 가볍게 하는 보통의 신생 출판사와는 달리, 후마니타스는 일이 있으면 사람을 채용했고, 그러다 보니 열세 명이 되었다. 이는 "돈은 사람이 번다"는 후마니타스 주간의 철학이 반영된 결과이며, 나는 그것이 큰 틀에서 옳았다고 믿는다. 일회적인 외주를 통해 여러 가지 재정적 부담에서 자유롭기보다는, 일이 필요한 사람에게 안정적인 일자리를 마련해주면 그것이 결과적으로 출판사에도 도움이 된다는 이야기다.

더욱 흥미로운 것은, 대부분이 후마니타스에 들어와서 처음으로 '출판'을 시작했다는 점이다. 초기 구성원 세 사람을 제외한 열 명 가운데 출판 경험이 있는 사람은 단 세 명이고, 나머지는 다양한 경험의 소유자들이다. 대기업 키드회사, 노숙인 쉼터 외료팀, 실내 설비 공사, 신문 디자인, 공무원 시험 준비, 국회, 대학교 4학년…. 출판사라는 정체성이 강하지 않아서이기도 했겠지만, 출판 경험보다는 '함께 일하고 싶은' 사람들을 만났기 때문이 아닐까 생각한다.

아무리 그래도 출판 경험이 많은 사람들이 의기투합해도 일이 될까 말까일 텐데, 출판사로서 후마니타스는 어떻게 작동 가능했던 것일까. 나의 결론은 이렇다. 책을 만든다는 것은 개인의 뛰어난 전문적 능력에 기댄다기보다는 여러 사람이 함께하는 공동의 작업이라는 것, 그 때문에 출판의 특별한 기술과 능력도 중요하지만 책과 필자, 함께 일하는 사람에 대한 태도, 세상에 대한 따뜻한 시선, 서로의 장점을 배우려는 자세 등이 훨씬 중요하다는 것이다. 실제로 후마니타스의 책들은 대부분 서로 원고를 읽어주고 의견을 주고받거나 심지어 논쟁하며, 교정이나 편집 등 기술적으로 부족한 부분을 채워주면서 공동으로 만들어낸 결과물이다. 이 과정에서 편집자든 디자이너든 책이 자기 개인의 '작품'이 아님(사실, 곧잘 잊게 된다)을 배우고, 결과에 대한 평가를 공유한다. 후마니타스의 책들이 그 부족함에도 불구하고 일면 평가를 받는다면 '그렇게' 책을 만들었기 때문이라고 믿는다. 그리고 이 과정에서 다른 사람의 목소리에 귀기울이게 되고, 특별한 출판인이 되어가는 모습들이 자랑스럽다.

예전에 한 선생님께서, 학문을 산 오르기에 비유하면서 자기가 잘 할 수 있는 주제나 분야를 택해서 올라갈 것, 그렇게 정상에 오르면 산 전체가 보인다고 조언하신 적이 있다. 가지 않은 길에 미련도 있었고, 출판이 과연 내 일인가를 한참 고민할 때였다. 시간이 지나면서 산을 오르는 데 한 가지 길만 있는 것이 아니라는 것, 올라가다 보면 결국 그 길과도 만나게 됨을 이해했다. 뿐만 아니라 그 산을 혼자 올라가는 것이 아니라 다른 사람들과 함께라는 것, 그 길에서 점점 더 많은 사람들과 만나고 있다는 것도 알게 되었다.

출판, 사람들과 소통하기

후마니타스의 한 편집자는 새로운 책을 맡게 될 때마다 필자 또는 책과 '연애'하는 기분으로 일한다고 했다. 실제로 이 편집자는 원고 독해를 바탕으로, 필자의 관점을 충분히 고려하면서 편집 방향과 일정·사안 등을 필자와 공유하고 상의함으로써, 출판을 필자와 편집자의 공동 작업으로 만들었다. 뿐만 아니라 이 작업을 매우 즐거워했으며, 책이 좋은 평가를 받으면 자기 일처럼 기뻐하고 그렇지 않으면 진심으로 마음 아파했다. 옆에서 보면 '지인'의 책을 만들고 있는 것이 아닐까 생각될 정도였다.

출판 경험이 전혀 없던 이 편집자가 필자를 대하는 태도와 열정에 나는 깊은 감명을 받았다. 출판사를 시작한 지 5년이 지났건만 아직도 이 일이 내 일이라고 생각하지 않고 있었구나, 그리고 그저 처리해야 할 '일'이라고 생각하고 있었던 것은 아닐까, 필자와 책에 대해 충분히 진지하지 못했구나, 나는 책 만드는 즐거움을 알고 있는 것일까….

노숙인 쉼터에서 활동했던 이 선배의 경험은 교정 원칙 등과는 좀 다른, 사람과 소통하는 것과 관계가 있다. 사실 강한 인내를 요구하는 교정과 교열의 지루함이 출판의 어두운 면이라면, 이 과정에서 만나는 사람들의 사고와 신념의 깊이를 엿보는 즐거움은 그보다 훨씬 크다. 그러고 보니 강양구, 고세훈, 곽준혁, 구갑우, 김명인, 김병수, 김연철, 김유선, 김진숙, 문광훈, 박수형, 박순성, 박찬표, 발레리 줄레조, 손석춘, 송두율, 이강국, 이기홍, 전태일기념사업회, 정이환, 정태영, 최장집, 하종강, 한재각 등의 저자와 역자, 그리고 이보다 더 많은 사람을 만났다. 후마니타스의 사람들이 앞으로도 만나게 될 '보석' 같은 사람들과 소통하면서 어느새 큰 바위 얼굴을 닮아가는 자기 자신을 발견하게 되기를 바란다.

다른 의견이 필요하다

출판을 준비 중인 책 가운데 선스타인의 『왜 사회는 이견을 필요로 하는가』가 있다. 이 책은 한 사회에서 하나의 의견만이 존재하거나 또는 하나로 통합되는 것보다, 다른 의견이 존재하는 것이 사회의 건강에 도움이 된다고 말한다. 그것은 "순응하는 사람들은 무임승차자이다. 그들은 자신이 갖고 있는 것 가운데 어떤 것도 보태지 않은 채 다른 사람들의 행위에서 이득을 얻는다. 반대로 다른 목소리를 내는 사람들은 정보나 아이디어를 공동체에 제공함으로써 다른 사람들에게 이득을 준다"는 이유이다. 뿐만 아니라 집단적 순응이 만들어낸 지식의 위조knowledge falsification는 단순한 오류가 아니라 그 집단에 재앙을 부를 수도 있다고 했다.

이러한 재앙과 관련, 리영희는『전환시대의 논리』첫 번째 글에서, 벌거벗은 임금님의 우화를 이야기한다. 그는 "허위가 진리의 가면을 쓰고 나타날 수 있는 그 사회의 제도와 풍토는 어떤 것"인지 개탄하는 한편, "마침내 한 어린이가 나타나서" 입을 다물고 사실을 말하지 않은 "현명한 어른들을 타락에서 구하기는 했지만 그동안 이 왕국을 지배한 타락과 비인간화와 비굴과 자기 모독, 그리고 지적 암흑 상태가 결과한 인간 파괴와 사회적 해독"은 측량할 수 없을 정도라고 지적한다.

『침묵과 열광: 황우석 사태 7년의 기록』은 집단 논리에 순응하지 않는 소수의 사람, 강양구, 김병수, 한재각이 자신의 불이익을 감수하고 사회에 던지는 '다른 의견'의 기록이다. 당시는 황우석 교수가 '국민적 영웅'으로 환영받고 있었고 그에 대한 열광이 절정에 달해, 문제 제기 자체가 '자살행위'라고 주변에서 말렸다고 한다. 책이 나오기 전까지 사실이 조금씩 밝혀지기는 했지만 필자들은 꽤나 절박한 심정으로 사건을 추적하고 글을 썼다. 뿐만 아니라 이 책은 이러한 침묵의 핵심, "허위가 진리의 가면을 쓰고 나타날 수 있는 그 사회의 제도와 풍토"인 과학기술동맹과 침묵의 카르텔을 겨냥했다는 점에서 높이 평가받을 만하다. 사회가 발전하는 것은 다른 의견을 말하는 이런 사람들 때문이 아닐까.

출판사 안에서도 다른 의견은 좋은 결과를 만들어 낸다. 최근 후마니타스에서는 『소금꽃나무』를 출간하면서 이 책이 어떤 모습이 되어야 할 것인가를 둘러싸고 의견 차이가 있었다. 잠깐 책에 대해 말하자면, 『소금꽃나무』는 20여 년 전 한진중공업 용접공이었다가 해고된 김진숙 민주노총 부산지역본부 지도위원의 글과 말을 모은 책이다. 김진숙 지도위원은 박창수, 배달호, 김주익, 조수원 등 열사들의 추도사와 각종 집회의 연대사로 유명하다. 특히, 2003년 10월 22일 부산역 광장에서 금속노조 한진중공업 지회장이었던 김주익을 추모하면서 그가 낭독했던 추도사 "세기를 넘어 전태일과 김주익의 유서가 같은 나라"는 3000여 청중을 울렸고, 아직도 그 동영상과 글이 입에서 입으로 전해져 사람들의 눈시울을 뜨겁게 한다.

문제는 김 지도의 글이 좀 특별하다는 것이다. 그의 글에는 읽는 사람의 마음을 훑고 지나가는 남다른 문학적 깊이와 현실세계가 있었다. 그의 밝은 눈은, 장기 농성 중인 비정규직 해고자에게서, 봄이 오면 원피스 입고 삼랑진 딸기밭에 가고 싶다는 빛나는 청춘의 소박한 꿈을 발견한다. 20년, 40년이 지나면 박창수, 김주익, 곽재규에 대한 부채감을 내려놓을 수 있을까, 라는 회한에서 자신을 지탱하는 것이 이들에 대한 부채감임을 말한다. 추모사에서 열사의 아이들에게 아비는 너를 사랑했단다, 라고 대신 말해준다.

다른 한편, 아이들이 노동하는 부모를 부끄러워하지 않는 세상을 꿈꾸면서, 거북선을 만든 사람은 이순신이 아니라 '노동자'였다고 말하고, 비정규직이 정규직의 미래이므로 연대할 것을 주장한다. 짧은 글들을 모아서 '어떤 책'으로 만들어낼 것인가는 결국 현장 문학에 대한 기대를 담아내려는 방향과, 운동성을 강조하는 방향 사이의 논쟁으로 이어졌다. 그 과정에서 운동과 개인의 삶, 열정과 이성, 이 글에 불편해 하는 사람들, 계급의 숨겨진 상처 등등 많은 이야기가 오갔다. 책은 두 방향의 어느 중간쯤에서 그 모습을 드러냈고, 인터넷 서점이나 블로그에 올라온 독자들의 리뷰는 정확히 그 지점을 지적하고 있다. 담당 편집자는 본인의 고민을 들킨 듯하면서도 정확하게 독해한 독자에게 고마워했다. 서로 의견이 다른 사람들과 소통하면서 사고가 확장되는 즐거움, 그것이 책을 만드는 즐거움 가운데 으뜸이 아닐까.

서로 위로하기

김진숙 지도위원에게 출판을 제안했을 때, 그는 유독 나무를 좋아해서 다음 생에 나무로 태어났으면 하고 생각한다고, 그런데 겨우 그런 글을 책으로 내기 위해 나무를 잘라도 될까 회의스럽다고 말했다. 꼭 책을 내고 싶었기 때문에 우리는 나무를 심겠노라고 말했다. 그러나 그때 출판사 한쪽 구석에는 오자가 생겨 표지를 다시 인쇄하는 바람에 버림받은 표지가 꽤 많이 쌓여 있었다. 연습장이라도 만들어 쓸 요량이었지만 괜히 김진숙 지도위원에게 미안하기도 했다. 그러나 나무를 심기는커녕 지금은 이런 사연을 가지고 연습장이 되기를 기다리는 표지가 그때보다 더 많이 쌓여 있다. 그 옆에는 각종 스티커가 쌓여 있다.

출판하면서 듣기에 가장 두려운 소리는? "큰일 났어요!"라는 다섯 글자이다. 인쇄 사고가 났거나 오자가 발견되었다는 뜻이다. 어떤 문제든 해결할 수 없는 문제는 없다고 자위하지만, 최악의 경우에는 다시 인쇄를 해야 하는 법.『미완의 귀향과 그 이후』가 그랬다.

이 책은 2003년 '민주인사'로 초청되었다가 간첩 혐의로 10개월간 반인권적 인신 구속을 겪었던 '송두율 사건'에 대한 의문에서 출발했다. 송두율 교수가 석방되어 독일로 돌아간 후, 온 나라를 떠들썩하게 했던 '간첩 사건'이 마치 아무 일도 없었던 듯이 그 자체로 종결되었고, 이에 대해 어떠한 비판적 성찰과 평가도 뒤따르지 않았다는 데 의문을 갖게 된 것이다. 그러나 국가보안법이 단순한 억압 장치가 아니라 그것에 반대하는 사람들의 사고방식에까지 내면화되어 있다는 점에서, 그리고 당사자들에게는 매우 민감한 사안이었기 때문에 이 문제를 다룬다는 것 자체가 쉬운 작업이 아니었다. 이 책을 기획했던 주간과 편집자, 그리고 표지 디자이너에게는 매우 힘들고 고통스러운 일이었으리라 짐작된다.

특히 어려웠던 것은 표지 디자인이었다. 송두율 선생이 중요 화두로 삼고 있는 '멜랑콜리'의 느낌을 살려 표지를 디자인하기로 했고, 송 선생님이 그에 맞는 그림으로 재독 화가 송현숙 화백의 〈한 획〉(1 brushstroke)을 그림 파일로 보내주셨다. 문제는 한 사람을 제외하고는 직접 그림을 본 적도 없고 도록도 찾을 수 없었다는 점이다. 게다가 컴퓨터로 띄운 그림은 모니터마다 색이 달랐고, 워낙 오묘해서 보는 사람마다 다르게 받아들였다. 결국 깊은 녹색이라는 데 합의하고 표지를 인쇄했는데, 밝은 연두색으로 인쇄되는 사고가 발생했다. 오랜 고민 끝에 재인쇄에 들어갔지만 그마저도 실패, 표지를 세 번째 인쇄하는 초유의 사태가 발생했다. 깊은 녹색을 찾는 데는 성공했지만 분위기도 안 좋아졌고 엄청난 양의 나무를 희생시켰다는 데 내내 마음이 불편해야 했다.

어느 날씨 좋은 날, 그 마음의 상처가 아물 때쯤 삼청동 길을 걷다가 송현숙 화백의 그림이 걸려 있는 갤러리를 발견했다. 반가운 마음에 들어갔는데 한 쪽 벽에 걸려 있는 그림의 제목이 '한 획'이었다. 가까이 다가가서 보니 회색이었다! 안내자가 송현숙 화백의 도록을 꺼내 주면서 말했다. "송현숙 화백에게 단숨에 그은 〈한 획〉은 그림 제목이라기보다 연작이예요." 도록에는 '한 획'이라는 제목의 그림들이 아주 많았다. 그 가운데 그림 한 점이 눈에 띄었는데, 우리가 처음 인쇄했던 밝은 연두색과 거의 비슷한 색의 〈한 획〉이었다. 모파상의 단편 「목걸이」의 반전이 생각났다. 빌린 목걸이를 잃어버려 새 것으로 물어주고 그 돈을 갚기 위해 평생 힘들게 살았는데 알고 보니 모조품이었다는 이야기. 첫 번째 표지로 갔어도 됐고, 색깔 때문에 며칠을 고민하지 않아도 됐는데 말이다. 복잡한 심경이 잠깐 지나가고 우리는 여느 때처럼 서로 마주보며 말했다. "그래도 우리 〈한 획〉이 젤 예쁘네."

'여럿이 함께'라는 생존전략

후마니타스는 아직도 좌충우돌 중이다. 만들면서 배워 가는지라 최종 교정에 들어가는 시점부터 책이 나오기 직전까지 "큰일 날 뻔했다"는 말이 지뢰처럼 곳곳에서 터진다. 그러다가 아무 문제 없는 것으로 판명되고 나면 '서로 칭찬하기'와 '자화자찬'으로 시끌벅적하다. 이런 외인부대를 보고 김진숙 지도위원은 진담 반 농담 반 '겉으로는 허술해 보이지만 무서운 사람들'이라고 표현했다. 주변에서 여러 번 출판을 권유했으나 한사코 거절하던 그가 후마니타스에서 책을 내기로 결정했을 때, 나는 그것이 후마니타스의 사람들 때문이라고 생각하기로 했다. 이 '허술해 보이지만 무서운 사람들'과라면 잘 할 수 있을 것 같았던 것이 아닐까.

한때, '여럿이 함께'라는 식의 말들은 듣기 좋으라고 금언처럼 말하는 희망적 '수사'에 불과하다고 생각했던 적이 있다. 그러나 『불평등의 파장』(출판 준비 중)이라는 책에서 저자 윌킨슨은 '여럿이 함께'라는 전략은 서로의 필요 때문에 인류가 선택한 것이라고 말한다. 수렵·채집사회에서 인류는 희소자원을 둘러싸고 '만인에 대한 만인의 투쟁'을 벌인 것이 아니라 오히려 선물을 교환하고 식량을 공유했다고 한다. 경쟁이 가져오는 끊임없는 갈등과 공포로 고통스러워하는 대신, 경쟁을 폐기하고 협력하여 상호이익을 얻는 쪽을 선택했던 것이다.

실제로 출판사의 경험을 생각하면 '여럿이 함께'는 각자에게 도움이 되는 전략이다. 그 '여럿'이 누구인가. 함께 이야기하면 어느덧 내 고민이 사소해져서 툭툭 털어버리게 만드는 사람, 이야기하는 사이에 자신이 꾸는 꿈에 전염되도록 하는 사람, 중요한 결정을 할 때 가지고 있는 의견이 궁금해지는 사람, 함께 일하면 잘 될 듯싶은 그런 사람이 있다. 출판이라는 산을 좌충우돌 함께 오르는 나의 동료들이 서로에게 그런 사람이 되기를, 그래서 서로에게 도움이 되기를 바란다. 인류 진화의 비밀을 따라서….

◆정민용──중국어를 전공했지만 정치학을 공부하게 됐고, 정치학을 공부했지만 출판 일을 하고 있다. 선배들 학위 논문을 편집하고 칭찬받는 즐거움에 편집을 시작했고, 지금은 책을 통해 사람을 만나고 공부하는 즐거움을 조금씩 배워가는 중이다.

'투우사'로서의 편집자, 좌충우돌 출판입문기

이재원 도서출판 그린비 편집장

4, 9(2), 62…. "출판인으로서 자신의 역사를 돌아보는 원고"이기도 하다는 원고청탁서를 받자마자 이 숫자들이 떠올랐다. 앞에서부터 내가 집필에 참여한 책, 번역한 책, 편집을 담당한 책의 숫자이다. 정말이지 우연한 기회로 출판계에 입문한 게 1997년이니, 군복무 기간을 빼도 나는 벌써 8년 경력의 편집자이다. 이렇게 적고 보니, 경력에 비해 많다면 많고 적다면 적은 책이 내 손을 거쳐 활자화된 셈인 듯하다. 뿌듯해해야 할지 부끄러워해야 할지….

돌이켜 보면 내가 지금까지 살아오면서 정말 하고 싶었던, 그러니까 직접 원해서 한 일은 딱 세 가지밖에 없었다. 첫사랑, 공부, 결혼. 요컨대 다시 한 번 강조하면 나는 출판인이 될 생각이 눈곱만치도 없었다. 그랬던 내가 출판계에 입문하게 된 계기는 한 선배의 제안 때문이었다. 자기가 출판사를 하나 꾸릴 생각인데 도와줄 수 없느냐는 것이었다. 그래서 '이것도 일종의 아르바이트'라고 너무나도 쉽게 생각해 번역과 기획을 맡게 됐는데, 그게 곧 숱한 불면의 밤과 케케묵은 니코틴 냄새의 세계에 발목이 잡히게 된 시작이었음을, 그때는 정말이지 꿈조차 꾸지 못했다.

5년의 도제기간

그 선배의 제안으로 내가 제일 처음 기획한 책은『오래된 습관, 복잡한 반성』(전2권)이었다. 당시 학생운동가들 사이에서 '오습복반'이라는 애칭으로 불렸던 이 책은 '90년대 학생운동의 성찰과 전망'과 '학생운동의 감추어진 일상문화'라는 각각의 부제가 잘 말해주듯이, 90년대 학생운동을 새로운 시각에서 결산하는 책이었다. '새로운 시각'이란 당시 국내 학생운동계에 본격적으로 소개되기 시작한 '신좌파'의 문제의식을 토대로 삼았다는 뜻이다. 당시만 해도 대부분의 학생운동가들은 민족주의 아니면 맑스-레닌주의에 경도되어 있었다. 그래서인지 기존 학생운동의 역사를 다룬 책들도 다 그런 시각에서 씌어졌다. 그러나 나는 그런 식의 책은 만들고 싶지 않았다. 무엇보다도 90년대의 학생운동은 1992년부터 1999년까지 내가 몸담았던 세계였으므로 그것은 '나의 이야기'이기도 했기 때문이다. 그 누군들 자신의 이야기를 뻔하게 말하고 싶어하겠는가?

팔자에도 없을 법했던 번역이란 것을 제일 처음 하게 된 책은『선언 150년 이후』였다. 이 책은 당시 출판 150주년을 맞이했던 '저 유명한'『공산당 선언』의 공과를 냉정하게 따져 묻는 여러 지식인과 활동가의 글을 묶은 책이었다. 그런데 공교롭게도, 아니면 무의식적으로 원해서였든, 여기에 수록된 글도 신좌파의 시각을 반영한 것들이 많았다. 더더욱 공교롭게도 이후 작업한『대중과 폭력 - 1991년 5월의 기억』『잊혀진 것들의 기억』『신좌파의 상상력: 세계적 차원에서 본 1968』까지 모두 동일하게 신좌파의 시각이 반영된 책들이었다. 그래서인지 아는 사람들 사이에서는 나뿐만 아니라 내가 관여했던 출판사까지 '신좌파 편집자' 또는 '신좌파 출판사'라는, 당시로서도 그다지 '도움이 되지 않은' 딱지를 달게 됐다.

각설하고, 이런 분위기는 내게 편집자로서의 정체성을 진지하게 고민하게 만들었다. 왜냐하면 이런 분위기가 내 자존심을 건드렸기 때문이다. 다른 사람들도 그렇겠지만, 나는 웬만해서는 화를 잘 내지 않는다. 그러나 자존심을 건들면 이야기가 달라진다(신기한 점은 평소에 화를 잘 안 내기 때문에 주변 사람들은 이 사실을 까맣게 모른다는 점이다. 그래서 늘 일을 터뜨리고서야 후회를 한다).

또 한번 각설하고, 지금 생각해봐도 참 기이한 일이지만 지금이나 당시나 출판사에 '좌파'라는 딱지가 붙으면 곧이어 '아마추어'라는 딱지가 따라붙는다. 요컨대 취지는 좋으나 테크닉이 부족하다는 것이다. 누구나 쉽게 무시할 수 없는 내용을 다루는 책들을 만드니 내용을 가지고 말해봤자 학술토론이 되어버릴 가능성이 커서 그랬는지 "편집이 조악하다" "번역이 거칠다" "오타가 많다" "마케팅을 안 한다. 그만큼 오만하다" 같은 뒷말들이 슬슬 들려왔다. 그 중에서도 압권이었던 뒷말은 두 개였다. 하나는 "이 출판사는 반反-전대협(이후 한총련) 계열의 정파가 자금을 대주는 곳이니, 굳이 책을 모양새 좋게 만들어 많이 팔 필요를 못 느끼는 출판사이다"라는 소문이었고, 또 하나는 "이 출판사는 서울대를 증오해서 서울대 필자들과는 작업하지 않는다더라"라는 소문이었다.

원해서했든 아니든 '지금' 자기가 하는 일에 대해 이런 뒷말을 들으면 그 누군들 기분이 좋겠는가? 그래서 그때부터 나는 이런 뒷말을 듣지 않으려고 나름대로 각고의 노력을 했다. 방법은 별다른 게 없었다. 한편으로는 한 명의 유능한 편집자(그리고 한 명의 실력 있는 번역가)가 되기 위해서 더 많이 읽고 쓰고 공부하면서 스스로를 갈고 닦을 것, 또 한편으로는 더 좋은 책을 기획하고 만들어 "돈 안 되는 책들만 만드는 운동권 출판사"라는 대외 이미지를 불식시키는 것, 당시로서는 그 밖의 다른 것은 생각나질 않았다.

시행착오

편집자로서의 정체성을 고민한 내 각고의 노력이 처음으로 반영된 기획은 미국 평론가 수전 손택의 전집이었다. 2002년 선보인『해석에 반대한다』를 필두로『은유로서의 질병』『타인의 고통』『사진에 관하여』까지는 내가 직접 작업에 참여했다. 그 이후에 출판된『우울한 열정』『강조해야 할 것』『나, 그리고 그밖의 것들』『앨리스, 깨어나지 않는 영혼』은 내가 작업에 참여하지 않았고 곧 나올 손택의 다른 책들도 이제는 내가 관여할 수 없겠지만, 아무튼 판권을 놓친『급진적 의지의 스타일』을 제외하고는 애초의 손택 전집 출간이라는 내 구상이 조만간 실현될 수 있을 듯하다.

아무튼 이 책들이 나름대로 독자의 호응을 꾸준히 받게 되면서 나는 여러모로 편집자로서 부쩍 큰 내 모습에 기뻤다. 그러나 언제나 그렇듯이 기쁜 일만 있었던 것은 아니다. 한 명의 당당한 편집자가 되기 위해서 거의 맨땅에 헤딩해가며, 의욕적으로 하나하나씩 일을 습득하는 과정에서, 굳이 원하지 않았던 숱한 실수도 저질렀기 때문이다.

그 숱한 실수 가운데 하나가 인간관계의 문제였다. 편집자로서의 정체성에는 '편집자로서 원고를 기획하고 만지는 능력' 이외의 것들도 있었는데 그게 바로 '인간관계를 다루는 능력'이었다. 지은이는 두말할 나위도 없고, 옮긴이와 기타 출판관계자들(특히 '사장'과 '기자')과의 관계 말이다. 가장 먼저 문제가 된 것은 '사장'과의 관계였다. 제대하고 나서 바로 작업하게 된 번역서『즐거운 살인 – 범죄소설의 사회사』가 화근이었다.

『즐거운 살인』은 맑스주의 경제학자로 유명한 에르네스트 만델이 역사유물론을 범죄소설 분석에 적용해 범죄소설의 이데올로기를 파헤쳐본 책이다. 그래서 이 책을 번역하려면 맑스주의에 대한 기본 지식만 필요한 것이 아니었다. 만델 자신이 엄청난 범죄소설 애독자였던지라 수많은 작품들을 언급하고 있어서 이 책을 번역하는 사람은 이 작품들에 대한 사전지식이 있거나, 사전지식이 없다면 일일이 찾아볼 각오가 있어야 했다. 게다가 만델이 언급하는 작품들에는 영미권뿐만 아니라 일본과 유럽의 작품까지 포함되어 있었다!

사실 이 책은 내가 입대하기 전에 기획했던 거라, 원래 계획대로라면 내가 제대하기 전까지는 이 책이 나와 있었어야 했다. 그런데 번역작업이 차일피일 미뤄졌고, 옮긴이가 내 선배 가운데 하나라는 이유만으로 결국 제대한 나에게 이 책을 제일 먼저 마무리하라는 임무가 떨어졌던 것이다. 일단 들어온 부분까지 교정교열을 완료하고, 그동안 나머지 부분을 계속 재촉해 받으라는 것이었다. 그래서 교정교열을 시작했는데 문제가 많았다. 무엇보다 만델이 언급하는 작품들의 제목부터 번역이 잘못되어 있거나 아예 번역이 안 되어 있었다. 그러니 그 작품에서 인용한 대목들인들 제대로 옮겨져 있을 수 있었겠는가? 아무튼 그래서 나는 교정교열에 상당한 시간이 필요할 거라고 보고했다. 그랬더니 사장(나를 출판계에 입문시킨 그 선배)과 연락도 잘 안 되고 하니 그냥 나보고 재번역하라는 것이었다. 그래서 옮긴이와의 사적인 관계도 있고 하니, 먼저 옮긴이에게 양해를 구해서 허락을 받으면 내가 하겠다고 말했고, 그러자고 합의가 됐다.

나는 이 책이 제대 이후 처음 맡게 된 책이자, 군대에서도 고참들 눈칫밥 먹으며 갈고닦은 솜씨를 시험해볼 수 있는 첫 책이라고 생각해 그야말로 온 노력을 다 기울였다. 일례로 만델이 언급한 책들 가운데 국역되었거나 영역된 것들은 모조리 구입했을 뿐만 아니라, 유럽 작품처럼 도저히 구하지 못할 책들은 각종 범죄소설·추리소설 동호회에 가입해 그 내용을 문의하기도 했다. 무려 40여 쪽에 달하는 이 책의 부록, 작가/비평가·작품 색인은 이런 과정을 거쳐 작성된 것이다.

그런데 청천벽력 같은 일이 벌어졌다. 최종교정지를 끝마치고 있을 때쯤 사장이 날 부르더니 옮긴이 이름을 원래의 옮긴이 이름으로 하면 안 되냐는 것이었다. 자초지종을 따져 물으니 예전 옮긴이에게 옮긴이 교체에 관해 양해를 구하는 게 늦어졌고, 그 와중에 예전 옮긴이가 모종(?!)의 이유로 부랴부랴 마지막 부분 번역을 넘길 테니 책을 빨리 내달라고 부탁했다는 것이다. 여기까지만 들어도 울화통이 치밀 판인데 말꼬리를 흐리며 한 말이 결정타였다. "그 사람 약력이 너보다는 판매에 도움이 되기도 하니 이해 좀 해줘라…."

그 순간 나는 내 귀를 의심할 수밖에 없었다. 이 사람이 과연 '오습복반'을 밤새 같이 만들며 '필자의 우상'과 '품격의 우상'에서 자유로워지자고 말한 그때 그 사람이 맞나, 라고 말이다. 아무튼 이러저러한 우여곡절 끝에 결국 나는 내 이름을 표지에 올리지 못했다. 그때 생각은 이랬다. '누구를 탓하랴? 사장의 말을 직접 끝까지 철저하게 확인해 보지 않은 내 탓이지. 그리고 시장질서에 뛰어든 사장의 고충을 이해해야지.' 그러나 지금 이 글을 쓰면서 다시 옛 기억을 떠올려 보니 내가 틀린 듯하다. '그때 끝까지 따졌어야 했는데. 그때 확실히 따졌다면 훗날 이런 식의 어처구니없는 일이 다시 일어나게 하지 않을 수 있었을 텐데.'(결국 그 선배는 출판계를 떠났고, 그 출판사는 다른 분이 인수해 출판사 명을 바꾸지 않고 '잘' 운영하고 있다. 독자들로서는 무척 다행한 일이다.)

아무튼 이런 일로 한바탕 가슴앓이를 한 뒤에는 옮긴이와 문제가 발생했다. 그때 작업했던 책은 『해석에 반대한다』였다. 내가 만든 책들을 알고 계신 분은 눈치챘겠지만, 그동안은 그런 문제가 생길 일이 별로 없었다. 『선언 150년 이후』는 내가 몸담았던 카피레프트 모임에서 작업한 것이었고, 『신좌파의 상상력』은 내가 직접 번역한 책이었으니 말이다. 그런데 『해석에 반대한다』는 나와 전혀 안면이 없던 옮긴이와 직접 작업하게 된 첫 번째 책이었고, 그래서 문제가 생겼다.

문제의 발단은 『해석에 반대한다』의 옮긴이가 교정지를 받으러 온 날 일어났다. 손수 기획한 손택 전집의 첫 번째 책이라 잔뜩 의욕에 불탔었던 나는 '지나칠 만큼' 꼼꼼하게 교정교열을 본 나머지 교정지를 새빨갛게 만들어놓았던 것이다. 이런 교정지를 보고 좋아할 옮긴이는 당연히 없을 테지만, 그때만 해도 나는 꼭 고쳐야 할 부분만 고쳤다고 생각했다. '고칠 부분을 고치다 보니 이렇게 됐는데 어쩌란 말인가?' 그런데 역시, 세상사는 그렇게 쉬운 것이 아니었다.

교정지를 보고 당황한 옮긴이는 자신을 무시하는 게 아니냐는 항변과 함께 담당 편집자인 나에게 자신을 설득하라고 요구했고, 나도 나를 성격 이상자처럼 취급하는 옮긴이의 말에 욱해서 그럼 한번 같이 살펴보자고 했다. "여기 '모방의 모방'이라고 수정한 부분 있잖아요. '모방을 위한 모방'이라고 옮기셨는데 그렇게 옮기면 플라톤이 그런 말을 한 취지가 잘 안 삽니다. 플라톤은 이 세계 자체가 이데아의 모방이기 때문에, 이 세계를 모방하는 예술은 이데아를 기준으로 2등급 낮은 것이라는 취지에서 '모방의 모방'이라는 표현을 썼잖습니까? 『국가론』안 읽으셨나 봐요?"

내 딴에는 '설득력 있게' 옮긴이에게 말한다고 '근거'를 댔던 것인데, 옮긴이는 '그것도 모르냐'라는 타박으로 내 말을 들었던 모양이다. 하긴 입장을 바꿔놓고 생각해보면, 본의가 아니더라도 나 역시 기분 나쁠 법한 화법이었다. 틀린 말은 아니었지만, 어쨌거나. 아무튼 그 책의 옮긴이는 불쾌한 기색으로 자리를 떴고, 결국 8개월가량 더 지난 뒤에야 최종 번역원고를 넘기는 식으로 내게 복수했다. 돌이켜보건대, 그때 상대방의 태도는 '일개 편집자인 네가 전문 번역가인 나를!'이라는 식이었던 듯싶다. 그게 또 내 자존심을 건드렸고, 내가 당장 맞불을 놓자 불이 확…!

마지막으로, 편집자로서의 8년 경력 가운데 가장 화려한(?!) 에피소드. 이번에는 한 일간지 기자와의 문제였다. 당시 친하게 알고 지내던 후배가 그 일간지의 기자가 됐다며 내게 전화를 해왔다. 그러면서 하는 말이 그곳에서 독자 옴부즈맨을 뽑는데 해볼 생각이 없느냐는 것이었다. 나는 이번에도 별 생각 없이 덥석 일을 맡아버렸다.

그 일간지는 독자 옴부즈맨이 직접 작성한 보고서를 주마다 지면에 싣고 있었다. 여러 동료 옴부즈맨들이 차례차례 보고서를 썼고, 순번이 돌고 돌아 이제는 내가 보고서를 써야 할 차례가 됐다. 나는 무슨 내용으로 보고서를 쓸까 고민하다가, 내가 가장 관심 있게 지속적으로 보는 지면에 대한 보고서를 쓰면 되겠다고 생각했다. 그 지면은 서평란이었다. 내가 쓴 보고서의 요지는 이랬다. "인터넷의 발달 같은 매체환경의 변화로 책의 내용을 요약한 글들이 넘쳐나니, 타 매체와의 싸움에서 경쟁력을 갖추려면 단순히 내용만 요약된 서평이 아닌 한 단계 '질' 높은 서평을 수록해야 한다."

그런데 나도 '업계' 사람인지라 기자들의 노고를 잘 알고 있다는 걸 밝히려고 한 말이 문제가 됐다. 대부분 주요 일간지들이 토요일에 서평란을 내보내니 아무리 늦어도 원고를 금요일 오전까지는 마감시킬 테고, 그렇게 계산하면 기자들이 3일 반나절 안에 평균 251쪽(당시 대한출판문화협회가 발표한 출판통계에 따르면 평균 쪽수가 251쪽이었다)에 달하는 책을 읽고 생각을 정리한 뒤 원고지 5-10매 분량의 콤팩트한 기사를 써야 한다. 그러니 출판사들이 신간과 함께 보내주는 보도자료는 기자들에게 가뭄의 단비다. 빠른 시간 안에 책의 내용을 훑어볼 수 있으니….

그러면서 덧붙이기를, 내가 보고서를 작성하기로 한 주에 어느 한 기자가 신간 세 권의 서평(총 1214쪽 분량)을 썼는데 상황이 이러니 내용요약 위주의 서평이 양산될 수밖에 없는 것 아니냐고 했다. 내 딴에는 기자들 편에 서서 신문사의 구조적 문제를 지적한 것이었고 데스크에게 발상의 전환을 요구했던 것인데, 하필 그 주에 신간 세 권의 서평을 맡게 된 그 '어느 한 기자'에게는 그렇게 읽히지 않았던 모양이다. 그 기자는 내가 한 말을, 일간지 기자들이 출판사의 보도자료를 베끼고 있는데 그 대표적인 예로 자기가 거론됐다고 받아들였던 것이다.

나는 그런 의도로 말한 게 아니었지만 상대방이 그렇게 느꼈다면, 빡빡한 상황 속에서도 맡은 바 임무를 열심히 한 그 기자로서는 억울하기 짝이 없었을 법한 노릇이었고, 그래서인지 그 기자는 내게 직접 전화를 걸어 격앙된 목소리로 '사과'를 요구했다. 나는 이번에도 역시나 내가 틀린 말 한 게 없으니 사과하지 못하겠다고, 그러나 정말 그렇게 읽힌다면 명확하지 않은 표현을 써서 오해를 불러일으킨 점은 공개적으로 '정정'하겠다고 까칠하게 대꾸했다.

당시만 해도 나는 상대방이 먼저 목소리를 높이면 내가 잘못하지 않은

한 나도 그렇게 응수한다, 라는 생각을 갖고 있었다. 물론 지금은 약간 생각이 달라졌다. 내가 함무라비 법전 시대를 살고 있는 사람도 아니고 하니, 이제는 상대방의 태도와는 상관없이 '우선' 가급적 좋게 말해보고 그래도 안 될 때에만 똑같이 응수한다로. 아무튼 그때는 젊은 혈기에 바로 맞받아쳤고, 결국 그 기자와 허심탄회하게 오해를 푸는 데에 근 2년여의 시간이 걸렸다.

그러나 부끄러워하거나 후회하지는 말기

별로 아름답지도 않은 실수담 몇 개를 이렇게 귀한 지면에 주저리주저리 적은 이유는 다른 편집자들, 특히 이제 막 출판계에 입문한 편집자들에게 나 같은 실수를 하지 말라고 충고하기 위해서가 아니다. 나는 누군가에게 충고를 할 만큼 충분히 성숙하지도 않았으며, 그것이 아무리 선의에서 우러나온 것일지언정 충고 자체의 미덕도 그리 신뢰하지 않는다. 언제부터인지는 모르겠지만 나는 말보다는 행동을 더 믿게 됐다. 상대방을 변화시키고 싶다면 자기 먼저 변해야 한다고, 그것이 아무리 함께 노력해보자는 취지일지언정 자기가 안하는 것을 상대방에게 요구해서는 안 된다고.

나는 실수가 실패는 아니라고 생각한다. 실패는 '결과'를 우선시하는 말이지만, 실수는 '과정'을 우선시하는 말이라고 생각하기 때문이다. 그러므로 실패에서 배울 건 없다는 말이 가능할지는 몰라도, 실수에서 배울 건 없다는 말은 불가능하다고 생각한다. 우리는, 아니 적어도 나는 실수에서 많은 것을 배웠고, 배우고, 배울 것이다. 그러니 이 글은 더 많은 실수를 하라고 남들을 부추기는 글이자, 앞으로도 더 많은 실수를 하겠다는 자기 다짐의 글이다.

물론 내가 생각하는 실수란, 그리고 이 글에서 소개한 내 실수는 '부주의의 결과'가 아니다(또는 적어도 나는 그렇게 생각한다). 오히려 '자기 노출의 결과'에 가깝다. 굳이 실수와 부주의를 연결하고 싶다면, '자기 노출을 하는 데 방법상의 부주의'라고 해두자.

그동안 편집자들은 스스로를 너무나 밖으로 드러내지 않았다는 게 내 생각이다. 아니, 어쩌면 드러낼 수 없게 만드는 암묵적인 관례가 존재하는지도 모르겠다. 편집자들은 자신이 하는 일에 비해 늘 지은이나 옮긴이의 그늘에 가려버리거나 침묵을 요구받는 게 아닐까? 이것은 네가 쓴 책이 아니라고, 네가 번역한 책이 아니라고? 맞다. 그러나 그것은 내가 '만든' 책이기도 하다. 우리는 종종 이 사실을 너무나 쉽게 잊는 게 아닐까? 그러니 지은이나 옮긴이가 편집자에게 자기를 존중(어떨 때는 존경?)해주기를 바라는 것만큼, 편집자도 지은이나 옮긴이에게 자기를 존중해달라고 당당히 말할 수 있어야 한다. 더 나아가서는 출판과 관계된 모든 사람에게. 그러려면 편집자는 자기가 존중받아야 하는 이유를 몸소 보여줘야한다. 그러니 더 많은 실수를 하겠다는 다짐은, 편집자로서 더 많이 읽고 쓰고 공부하면서 스스로를 갈고 닦아야겠다는 다짐이기도 하다.

그래서 나는 '투우사' 같은 편집자가 되고 싶다. "문학은 투우"가 되어야 한다고 일갈한 프랑스의 작가 미셸 레리스의 말을 빌려 표현하자면, 편집자로서의 정체성을 갖기 위해서는 편집자가 되는 것, 그러니까 교정교열을 능숙하게 하고 원문대조를 꼼꼼히 하며 전체 출판프로세스를 장악하는 것만으로는 충분하지 않다. 그것은 따분하고 시시하다. 거기에는 위험이 없다. 위험이 없으니 당연히 위험에서 무사히 벗어났을 때의 희열, 성취감 같은 것도 적거나 별로 없다.

요컨대 편집자로서의 정체성은 피투성이가 되는 것을 감수하고서라도 투우사의 그것에 해당하는 경험을 느끼지 않으면 결코 얻을 수 없다. 자기 자신, 또는 자의식을 백척간두에 얹어놓음으로써. 그럴 때에만 편집자는 단순한 기능인이 아니라 그 자체로 빛을 발하는 직업인이 될 수 있을 것이다. 그러니 먼저 각오하는 것이 가장 중요하다. 검을 먼저 찔러 넣을지 물레타muleta를 좀더 흔들지는 그 다음에 걱정해야 할 문제이다. 이것이 내가 내 실수를 부끄러워하거나 후회하지 않는 이유이다. 사실 뒤늦게 부끄러워하고 후회한들 새삼스럽게 별로 달라질 것도 없지 않은가?

◆**이재원**──── 중앙대학교 대학원 영어영문학과에서 석사학위를 받고, 현재 도서출판 그린비의 편집장을 맡고 있다. 무수히 많은 머릿속 계획들을, '산적한 현안'을 핑계로 꺼내지 않고 있다.

비정통파 편집자를 위한 변명

이진희 은행나무 편집부장

언젠가 한 케이블 방송사 기자가 인터뷰를 하러 나온 적이 있었다.

"그런데 편집장님은 편집 일 하신 지 얼마나 되셨나요?"

비슷한 질문을 받을 때마다 가슴 한구석이 왠지 뜨끔해진다. 편집 경력이라고 해봤자 고작 4년 좀 넘었을까? 어디 가서 '편집부장' 명함 내밀기가 심히 부끄러운 숫자인 탓이다.

"솔직히 뭐 얼마 안 됐어요. 그동안 이 일 저 일 재밌는 경험을 하며 좀 바쁘게 살았죠."

변명 같지 않은 변명을 늘어놓으며 웃음으로 대충 얼버무려 보지만 의심스러운 눈빛을 피해가기란 쉽지 않은 일이다.

그렇다. 군이 출판 경력을 놓고 따지자면, 나는 비정통파 편집자에 속한다. 문학의 꿈을 키우고 교정·교열부터 차근차근 배워 지식의 바다를 건너 고뇌와 인내의 긴 시간을 견뎌온 정통파들에 비한다면 나는 '어디서 굴러 들어온 돌' 같은 날라리 편집자일 뿐이다.

경영학을 전공한 내 동기들이 모두 그러하듯 토플·토익 시험 한 번 쳐

75

보지 않고 교수추천서 하나 달랑 앞세워 대기업에 입사한 행운의 학번. 처음 몇 개월은 몇 십억을 넘나드는 손익과 원가 계산을, 그리고 꽤 긴 시간을 사보 편집과 홍보 일로 좌충우돌하며 사회생활을 했다. 그 후엔 광고회사 AE라는 정체불명의 명찰을 달고 마케팅, 브랜딩, 프로모션이 난무하는 신세계 경험도 좀 했다. 또 IMF 칼바람 속에서 눈물 쏟아가며 유학생활도 할 만큼 했다. 재무, 홍보, 광고기획, 대중 커뮤니케이션, 그리고 출판편집. 이게 사회생활 15년차 내 경력의 전부다.

2막 인생, 출판에서 길을 묻다

꼬박 4년간의 유학 생활을 정리하고 한국사회에 다시 발을 들여놓았을 때 문득 '도대체 내가 무슨 일을 할 수 있을까?'라는 사춘기적 정체성에 관한 질문에 직면하게 되었다. 인생의 화려한 날은 지나가고, 자신 없고 피해의식에 사로잡힌 서른을 훌쩍 넘긴 낯선 내가 서 있었다. 한국사회에 다시 적응하기 위해 적지 않은 시간을 소비해야 했다. 번역과 통역 일을 짬짬이 하면서 이젠 더 이상 20대처럼 내가 즐기던 일들에 도전할 수 없다는 현실을 뼈저리게 깨달았다. 어느새 회사에서 중간관리자가 되어 있는 친구들을 따라잡으려면 갑절 이상의 노력과 실력이 필요했다. 억울하고 속상했으며 한편으로는 오기도 생겼다.

내가 출판에, 그것도 '편집'이라는 운명 같은 일과 마주하게 된 것은 순전히 '소 뒷걸음치다 파리 잡는' 식의 우연이었다. 출판 관련 경력이라 해봤자 사보 편집 정도가 다였던 나는 마찬가지로 출판 경력 전무인 동지 셋과 함께 펀드를 지원받아 덜컥 출판사를 차렸다. 대흥동에 사무실을 마련하

76

고 '맨땅에 헤딩'하는 식으로 우리의 첫 작품을 위해 의기투합했다.

처음 몇 달은 에이전시라는 존재조차 모른 채 외국 출판사 사이트와 아마존을 무작정 뒤져가며 허우적댔다. 가르쳐줄 만한 출판계 선배 하나 없었기에 좀더 쉬운 방법이 있음을 미처 배우지도 못해 적지 않은 시간과 비용을 수업료로 지불해야 했다. 이렇게 시간은 자꾸 흘러갔고 몇 달이 지나는 동안 한 권의 책도 내놓지 못한 채 각자 신경이 날카로워져 갔다.

그러던 중에 텔레비전을 통해 우연히 그들을 만나게 되었다. 이대 앞에 '깜부'라는 쪽방 가게를 차리고 6,70년대 추억의 물건을 팔며 열심히 꿈을 키워가던 세 젊은 친구들. 고교시절부터 삼총사처럼 붙어다니던 이 친구들은 어려운 환경이었지만 자신이 꿈꿔오던 일을 열심히 실천하며 사는 건강한 20대였다. 나름 성공의 길을 걷고 있는 그들의 이야기가 최대의 실업난에 시달리던 당시의 20대 독자들에게 희망의 메시지를 전달할 수 있으리라 확신했다. 우리는 그 길로 곧장 그들을 만나러 갔고, 그렇게 우리의 첫 책은 출판사 문을 연 지 딱 6개월 되던 날 세상에 나왔다.

지금 돌아보면 부끄럽기 짝이 없는 책이지만, 그 책이 나의 2막 인생에 지울 수 없는 기념비적 책인 것만은 확실하다. 모든 편집자가 그러하듯, 그 책을 볼 때마다 당시의 열정과 고통의 시간을 떠올릴 수 있기 때문이다. 정말 '아무 이유 없이' 첫 책을 기획도서로 정했던 용기도 가상하고, 글짓기 한번 해본 적 없는 저자들을 고집스럽게 설득해가며 원고를 받아낸 노력도 가히 눈물겹다. 장사하느라 온몸이 고단했던 저자들은 틈만 나면 종이를 찢어 서툴지만 자신들의 이야기를 적는 성의를 보여줬다.

6개월 만에 탄생한 보물 같은 이 책을 알리려고 우리는 포스터를 만들어 12월 추위 속에 신촌과 홍대 근처를 밤새 돌며 벽이란 벽은 죄다 도배를 했다. 또 라디오 프로 가운데 우리 독자가 될 만한 연령층이 좋아할 프로그램을 선별해 책에 관한 홍보 글을 올리고 또 올렸다. 주변의 일가친척과 친구들을 거의 협박하다시피 해 1인 10권 이상 구매를 강요한 것은 당연지사였다. 하지만 시장 반응은 냉정했고, 오히려 저자만 방송에서 유명세를 타게 되었을 뿐 첫 실패의 여파는 고스란히 우리가 끌어안아야 했다. 그만큼 초창기에 우리는 가진 것 하나 없이 열정과 절실함만으로 똘똘 뭉친 아마추어 출판인이었다.

잘 만들어진 기획도서의 힘

잊을 수 없는 두 번째 책을 꼽으라면 대중심리서로 판매가 괜찮았던 『팝콘 심리학』을 들 수 있다. "그게 무슨 책이래? 듣도 보도 못 했구먼" 하실 분이 분명 더 많으리라. 하지만 몇 번의 실패 끝에 탄생한 이 책은 출간 역사가 참으로 재미있다. 여전히 기획도서의 함정에서 벗어나지 못하던 나에게 우연히 심리학 분야의 저명한 저자인 아무개 교수의 책을 출간할 절호의 기회가 찾아왔다. 혼돈을 피하기 위해 미리 밝혀두건대, 『팝콘 심리학』은 그 교수가 쓴 책이 아니라 그의 제자가 쓴 책이다. '1년 만에 드디어 제대로 된 기획도서 하나 잡았구나' 하는 심정으로 며칠 밤을 지새우며 갈고 닦은 기획서를 들고 그를 만나러 갔다.

하지만 그는 자신이 라디오 프로그램에서 맡아 진행하던 코너의 녹취 테이프 하나를 던져주며 책 한 권 만들어보라는 식의 실망스러운 태도를 보였다. 그가 소개한 진행자와 만나 이런저런 이야기를 나눠보니 내가 원하던 기획 방향과는 전혀 달랐다. 몇 번의 미팅을 거쳤지만 진행은 늘 제자리걸음이었다. 처음부터 어긋난 기획을 억지로 맞춰가기란 결코 쉬운 일이 아니었다. 그러던 중 그 교수가 소개했던 진행자로부터 내가 원하는 기획 방향과 딱 맞아떨어지는 저자에 대한 정보를 우연히 주워들었다.

그 교수와 함께 게임심리 관련 프로젝트에 참여하고 있던 저자는 자신의 블로그를 통해 재미있고 다양한 심리 관련 지식을 꾸준히 올리던 중이었다. 당장 그의 블로그 주소를 받아 실린 글들을 샅샅이 훑었다. 당시 젊은 층 사이에서 꽤나 유명했던 〈딴지일보〉에 영화와 심리학에 관한 글을 연재하기도 했던 저자는 예리하면서 유머 넘치는 글발과 촌철살인의 한 컷 만화로 웬만한 지식층 블로거 사이에서 유명세를 타고 있었다. 나는 이미 메이저급 출판사에서 몇 권을 출간한 경력이 있으며 대외적 인지도도 높은 교수의 원고를 과감히 포기하고 생판 무명이던 그를 선택하기로 결정했다. 저자의 프로필이 약했을 뿐, 우리가 생각했던 책의 컨셉트와 정확히 맞아떨어졌고, 글 또한 20대 감성에 맞게 재미있고 쉽게 느껴졌기 때문이었다. 무엇보다 책에 대한 그의 열정이 당시 우리에게는 큰 힘이 되었다.

먼저 그의 블로그에 있던 다양한 주제의 글 가운데 관심 있게 읽힐 만한 주제로 '영화와 심리' 관련 글만을 선별했다. 그리고 시대에 맞는 9개의 코드를 잡고 코드별로 기존의 글을 보충하고 최신 영화와 관련한 새 원고를 합쳐 꽤 그럴싸한 모양새를 갖춘 책으로 출간하였다. '대중을 위한 쉽고 재미있는 영화 속 심리 이야기'라는 컨셉트를 어떻게 제목에 잘 담을까도 쉽지 않았다. 저자와 긴 시간 동안 제목에 대한 씨름을 벌인 덕분에 지금 생각해봐도 딱 어울리는 적절한 제목을 달게 되었다.

단지 아쉬웠던 점은 제대로 된 표지를 갖추지 못했다는 점이다. 저자 의견에 막판까지 휘둘리다 보니 이도저도 아닌 악수를 두고 만 것이다(지금은 개정판으로 표지를 새로 바꾸었다). 그럼에도 책 내용에 대한 독자 평가는 꽤 좋았고, 중국에서 수입 문의까지 할 정도로 내게는 특별한 의미를 지닌 책이 되었다. 저자 또한 지금은 각종 영화주간지와 잡지에 글을 연재하고, 이후 몇 권의 책을 더 출간하면서 제법 몸값 나가는 작가로 등극하였다. 이처럼 잘 만들어진 한 권의 기획도서가 저자와 출판사 모두에게 미치는 힘이란 얼마나 값지고 위대한지!

기획도서의 매력, 저자와 연애하라

몇 권의 책이 선전하였음에도, 출판에 대한 꿈을 내게 안겨줬던 정든 출판사와 작별할 수밖에 없었다. 가장 큰 이유는 물론 재정난이었지만, 무엇보다 출판기획을 제대로 배워보고 싶다는 열망이 컸기 때문이다. 지금 몸담고 있는 출판사는 나의 이런 시행착오 끝에 찾은 훌륭한 교육장이었고, 내게 출판의 기초부터 차근차근 알려줄 친절한 선배와 함께 동고동락할 좋은 동료까지 선물했다. 짧은 출판 경력에도 불구하고 선뜻 기회를 준 것에 감사하는 마음으로, 또 처음 출판을 배우는 신입과 같은 겸허한 자세로 그렇게 새로운 시작을 다짐했었다.

하지만 '편집부장'이라는 직책을 맡고 있으면서 언제까지 배우겠다는 마음만 가지고 있어서는 월급을 받아갈 염치가 없는 일이었다. 일이 손에 익고 작가와 에이전시 담당자, 디자이너와 외부 제작업체들과의 관계가 점차 넓어지자 슬슬 새로운 기획물에 대한 욕심이 생기기 시작했다. 그동안 꾸준히 공들여온 일본 문학작품과 대중소설 이외에 내가 잘 할 수 있는 일로 보은을 하고 싶은 마음도 있었다. 이렇게 심적 압박이 강해질 무렵 내 기획을 통해 만들어진 세 번째 책이 탄생했다.

나의 세 번째 책은 잘나가는 광고대행사의 카피라이터가 쓴 포토에세이 『하늘 위의 지하실』이다. 글재주 말고도 음악과 사진에 남다른 조예가 있었던 저자의 개인 홈페이지를 수년간 들락날락하며 언젠가 꼭 한번 책으로 만들어보리라 내심 벼르던 차였다.

직접 찍은 사진과, 시와 에세이의 중간 형식을 띤 서정적인 글은 네티즌 사이에 큰 공감을 얻었고, 홈페이지 또한 댓글이 많게는 100여 개 달릴 만큼 인기가 있었다. 난 과거의 인맥을 풀어 그와 연락하는 데 성공했고, 상상으로만 그려왔던 그와 겨우 면대면 할 수 있었다. 일과 인간관계에서는 꽤나 까다로운 성격인 그였지만, 책을 만드는 일에서만큼은 더없이 친절했으며, 덕분에 이 책을 만드는 내내 내게는 즐거운 작업이었다. 저자와 호흡이 맞는다는 것, 편집자에게 그보다 더 큰 행운이 어디 있을까?

모든 기획도서가 그러하듯 이 책 또한 계약 후 출간까지 꼬박 5개월이 걸렸다. 그의 홈페이지에 수년에 걸쳐 올린 무수한 글 가운데 책의 기획 방향과 어울릴 만한 글과 사진을 가려 뽑는 일은 어찌 보면 길고 긴 인내의 시간과도 같았다. 자신과의 싸움 속에 하나의 원고를 완성해내는 일은 성장과 감동을 동시에 상으로 받는 보람된 일이다. 우리 팀의 한 편집자 또한 3년이라는 장고의 세월을 거쳐 완성된 기획도서에 대한 소회를 털어놓으며, "다 때려치우고 도망치고 싶었다"고 할 정도였으니, 기획도서야말로 편집자의 눈물과 땀으로 낳은 귀한 자식임이 분명하다.

기획하는 편집자, 마케팅하는 편집자

정통파 편집자들이 한 사회의 지식 리더로서 대중에게 읽혀져야 마땅할 양서와 좋은 원고를 선별해 우리 사회의 비전을 제시하고 대중의 미래를 이끌어가는 몫을 담당한다면, 비정통파 편집자 또는 기획마인드를 지닌 편집자는 대중의 다양한 욕구와 시대의 흐름을 정확히 읽고 사회의 다양한 주제에 늘 관심을 가지며 끊임없이 대중과 소통해야 한다. 그리하여 문화를 함께 즐기고 함께 만들어가는 몫을 맡아야 한다.

마지막으로, 짧은 경력에도 불구하고 광고인 출신 편집자로서 한 가지 덧붙이고 싶은 편집자의 자격을 꼽으라면 단연 마케팅 마인드를 강조하고 싶다. 몇 년 전인가부터 편집자의 기획마인드를 강조하는 분위기더니 이젠 한술 더 떠 '마케팅하는 편집자'라니! 책 고르고 저자 발굴하고 원고 다듬고 홍보하고, 그것도 모자라 마케팅까지?

몇 안 되는 책을 직접 만들어 보니 편집자만큼 자신이 만든 책에 정통한 사람이 없다는 걸 느끼곤 한다. 내 책의 역사와 그 책이 지닌 최대의 장점은 무엇인지, 비슷한 종류의 수많은 책들과 확실하게 구분되는 차별점은 또 무엇인지, 담당 편집자만큼 잘 꿰고 있는 이가 또 누가 있을까?

영업 담당자가 능력이 없어서, 회사에서 광고나 마케팅을 게을리해서, 독자의 눈이 밝지 못해서 아까운 내 책이 빛을 보지 못했다고 푸념하는 편집자를 만날 때가 있다. 하지만 책의 성패는 순전히 편집자의 몫이다. 좋은 책을 만들기 위해 노력한 만큼 그 책을 독자에게 알리기 위한 책임도 온전히 편집자가 끌어안을 각오가 필요하다.

편집자와 영업자의 합심된 마케팅 전략이 빛을 발한 책으로 우리 출판사의 대표도서인『공중그네』를 들 수 있다.『공중그네』는 2005년 1월, 내가 지금의 출판사와 인연을 맺기 전 출간되어 독자들의 사랑을 받기 시작해 현재는 베스트셀러에 오른 이례적인 책이다. 출간과 동시에 1년이 넘게 꾸준히 경품행사를 진행했지만, 독자들의 반응은 쉽게 불붙지 않았었다.

우리는 한층 전방위적인 마케팅 전략이 필요하다고 생각했고, 서점을 중심으로 한 경품이벤트 행사 외에도 낯선 이름의 일본작가를 알리기 위한 독자 대상 프로모션과 각종 매체와의 연계 프로모션을 추가로 진행하기로 했다. 다른 기업과의 공동 프로모션은 물론 미디어 협찬도 발로 뛰며 적극적으로 나섰다. 결과는 1년이 좀 지나 국내에 그의 후속작인 『인더풀』『남쪽으로 튀어!』 등이 연달아 소개되면서 차츰 나타났다.

일본도서라고 하면 재미와 대중성만 있을 뿐 작품의 질은 떨어진다고 하대하던 기존의 언론과 문학평론가들이 작가의 신작 『남쪽으로 튀어!』에 이르러서는 이제까지와는 다른 평가와 찬사를 쏟아냈다. 현대인이 안고 사는 다양한 고민과 시대의 문제점들을 가볍고 유쾌하게 터치한 그의 작품은 대중성과 작품성을 동시에 인정받으며 한마디로 급물살을 탔다. 독자를 중심으로 팬클럽이 생겨나고, 그의 작품에 대한 온라인토론이 자발적으로 일어났으며, 미디어마다 작가와 작품 소개 기사를 앞다퉈 실었다.

이제는 우리가 발로 뛰며 노력하지 않아도 그의 작품을 기다리는 열성 독자가 어림잡아 3만 명은 족히 넘으며, 작가에 대한 기사를 싣기 위해 일본으로 날아갈 준비태세를 갖춘 언론사가 상당할 정도로 『공중그네』 열풍은 가히 상상을 초월할 정도가 되었다. 이처럼 무명의 작가를 최고의 인기작가로 끌어올리려면 작품이 지닌 힘만큼이나 출판사 전체의 마케팅을 위한 땀과 노력이 중요함을 간과해서는 안 된다.

마케팅은 곧 생존이다

우리 출판사는 대외적으로 마케팅에 꽤 열심인 출판사로 알려져 있다. 연간 출간종수가 30여 권, 직원 수 10명으로 구성된 중소 규모의 출판사 책이 대형 출판사에서 쏟아내는 막대한 숫자의 신간들과 경쟁해 대중의 손에 쥐어지려면 끊임없는 마케팅 노력 외에는 달리 방법이 없다. 편집자와 영업자가 머리를 맞대고 앉아 새롭게 출간될 책에 관해 줄기차게 마케팅 아이디어를 교환해야 베스트 목록에 겨우 한두 권 등극시키는 결실을 거둘 수 있다. 물론 편집자에게 책이 담긴 가치와 질을 무시한 채 마케팅 기술에 목숨을 걸라는 이야기는 결코 아니다. 하지만 점차 줄어드는 독자 수와 늘어나는 신간 사이에서 지독하게 사투를 벌여야 하는 출판사로서는 마케팅을 외면하기 어렵다는 게 내 생각이다.

편집자가 책의 장점과 예상 독자층을 정확히 전달하고, 홍보 컨셉트와 방법을 제안한다. 영업자는 현 출판시장을 분석하고 적절한 프로모션 안을 계획한다. 그것도 책이 출간된 후에는 너무 늦다. 기획 시점부터 계획적으로 함께 고민해야 겨우 효자 도서 하나 건질 수 있는 게 우리가 몸담고 있는 출판 현실이다.

시장을 등진 채 자신의 세계에만 빠져 고민하는 편집자를 알아주는 시대는 이미 지난 지 오래다. 더군다나 대중의 지적 욕구를 채워줄 대중서를 출판하는 편집자라면 더더욱 마케팅을 몰라서는 안 된다. 뒤늦게 마케팅에 눈뜬 출판사들이 잘못된 방식으로 베스트셀러를 만들어내는 모습에 대해 언론과 출판계 내부의 날카로운 지적이 끊이지 않는 현실을 접하면서 편집자들에게도 체계적인 마케팅 공부가 절실히 필요하지 않을까 생각해보곤 한다.

함께 온라인 마케팅을 몇 번 기획하고 진행하던 외부 담당자가 일전에 내게 물었다. "그런데 편집장님이 왜 이런 일까지 하세요? 다른 출판사는 영업 쪽에서 주로 진행하는 일인데." 순간 그를 붙잡고 알량한 내 소신을 장황히 늘어놓기는 좀 뭣해 또 대충 얼버무리고 말았다. 하지만 적어도 대중서를 만드는 편집자라면 지금보다는 훨씬 다양한 능력을 갖춘 멀티플레이어가 되어야 한다는 것이 비정통파 편집자인 내가 어설프게나마 출판계에 몸담고 부대끼며 터득한 진리임을 과연 그가 이해할 수 있을까?

때로는 저자의 인생 상담자로, 기획자로, 마케터로, 카피라이터로…, 상황에 맞게 무수히 변신할 수 있는 편집자야말로 이 시대가 요구하는 이상적인 편집자 모습이 아닐까?

한동안 편집자 충원을 위해 여러 경력자를 직접 면접할 기회가 있었다. 지원자 가운데는 출판 경력만 놓고 보자면, 나보다 더 우수한 인재도 꽤 많았고, 초인적인 편집기술을 발휘해 한 달 동안 직접 편집해서 내놓은 신간 숫자가 엄청난 편집자도 있었다. 하지만 편집 업무에만 국한된 숙련된 기술자일 뿐 우리가 원하는 멀티플레이어형 편집자를 만나기란 쉽지 않았다. 모든 경쟁사회에서 마케팅이 경영의 최전선인 것처럼, 출판도 비즈니스인 만큼 마케팅이 곧 출판사의 생존과 직결될 수밖에 없다.

늦은 나이, 운명처럼 너를 만나 꿈꾸다

첫 출판사의 동지들은 이제 모두 각자에게 어울리는 자리를 찾아 흩어졌고, 가끔씩 만나 그 시절을 추억하곤 한다. 4년이라는 짧지 않은 시간 동안 우리는 모두 변했고 성장했지만, 한편으로는 세월 속에 안주한 것은 아닌지 종종 자조적인 푸념을 늘어놓기도 한다. 인맥과 스킬은 늘었지만 대신 열정과 신념을 그 대가로 지불해야 했다면 그야말로 슬픈 일이 아닐까? 오늘도 미처 해결하지 못한 원고더미 속에서 허우적대며 초심에 대한 질문을 스스로에게 던져본다.

출판, 특히 편집자라는 직업은 일종의 중독성이 강한 매력을 지니고 있는 게 아닌가,라고 생각할 때가 있다. 힘들고 고통스러운 작업이지만 이상하게도 쉽사리 손을 놓을 수가 없다. 뒤늦게, 그것도 아무도 끌어주는 이 없이 우연히 이 세계에 발을 담그게 되었지만, 무엇보다 보람 있고 즐거운 작업인 것만은 분명하다. 내 손을 통해 어느 누군가에게 무엇과도 바꿀 수 없는 소중한 기록을 만들어 줄 수 있다는 것. 또한 세상을 움직일 감동과 지식을 담아낼 수 있다는 것. 어느 순간인가부터 마치 운명을 받아들이듯 이 직업에 한없이 빠져드는 나를 우연히 발견하게 되었다.

이제는 평생을 안고 살아갈 내 업보가 된 이 일에 대해 걸어온 날보다 앞으로 가야 할 길이 더 까마득할 테지만, 원고청탁서를 건넨 〈기획회의〉의 청대로 짧은 나의 출판 역사를 정리해보고 미래를 다짐하는 의미로 부족하지만 졸고를 쓰게 되었음을 부디 이해해주기 바란다. 아울러 편집자의 자격 운운해가며 훌륭한 출판 선배들의 비위를 거스르거나 그들의 업적에 누를 끼치는 부분이 혹시라도 생기게 된다면 비정통파 편집자의 철모르는 투정쯤으로 예쁘게 봐주길 간절히 부탁드린다.

◆**이진희**──── 현재 은행나무 편집부장이다. 서른넷의 끔찍한 나이에 뒤늦게 출판에 입문한 대책 없는 편집자. 실력은 미지수이지만 근성 하나는 제대로 타고 난 덕에 어느 세계에 발을 들여놓아도 모질게 살아남는다는 주위 평을 들으며 열심히 책과 연애질하고 있다.

에잇, 수다나 떨자!

이희건 동녘 주간

조심성 없는 행동거지 탓에 걸핏하면 그릇을 엎질러서 아내한테 잔소리를 듣는다. 그런데 이번엔 내 주둥이를 엎질러버렸다. "아, 네. 그러죠, 뭐." 오잉, 이게 무슨 소리. 나도 모르게 뜻밖의 대답이 새어나가고 말았다.

설마 원고료가 탐나서 덥석 물어버린 걸까? 아니면 한기호 소장의 걸걸한 목소리와 '하시오' 투의 우격다짐 청탁에 반항 한번 못하고 '예스, 서!' 해버린 걸까? 전화기를 내려놓는 순간부터 내 머리를 쥐어박는다. '에이, 등신. 송년회에, 사업결산에, 새해 사업계획에, 정신없이 바쁜 연말연시에 어쩌자고. 아휴. 오두방정, 주책바가지 내 주둥아리 같으니!' 다시 전화를 걸어서 못 쓰겠다고 해야지. 그런데 바로 그 순간, 우리 회사 막내가 "주간님, 전화요!" 한다. 전화 저편의 목소리는 내 심정을 아는지 모르는지, "소장님과 통화하셨죠? 원고 청탁서 메일로 보냈습니다." 하고 용건만 간단히 말하고는 뭐라고 대꾸할 틈도 없이 전화를 끊는다. 간만의 연휴에 고춧가루를 뿌려도 유분수지.

'뭘 쓰지?' 한 보름 머릿속에 찐득찐득하게 달라붙어 있던 고민을 와락 떼어내서 땅바닥에 패대기치듯 결론을 내렸다. '에잇, 수다나 떨자.' 수다

87

라면 내가 한 수다 하니까. 두 가지다. 하나는 '기획'에 대한 이야기고, 다른 하나는 내 '범죄'에 대한 자백이다. 연결되지 않고 완전히 별개의 이야기다. 혹 읽어주는 독자는 뭔가 쌈빡한 정보를 얻기를 기대하지 말기 바란다. 그다지 중뿔난 것 없는 사람에게서 들을 이야기가 뭐 있겠는가? 그저 꽤 긴 시간 동안 책 만들며 살아온 이의 삶의 한 곡절을 염탐하는 것으로 만족하기 바란다.

누가 나를 클릭해다오

'기획' 아이디어?: 아이디어가 반딧불처럼 마구 날아다닌다. 잡는 사람이 임자다. 아이디어를 잡는 방법은 생각하기다. 생각만 잘하면 아이디어를 잡을 수 있고, 아이디어만 잡으면 몇십만 부, 최소한 몇만 부짜리 베스트셀러 만드는 것은 식은 죽 먹기다.

나도 햇병아리 시절에 '기획'을 아이디어 잡기 놀이라고 생각했다. 그 많은 출판사에서 그 많은 책들이 쏟아져 나오는 것을 보면 신통했다. 나는 늘 '간신히' 책을 만드는데, 어쩜 저토록 많은 책들이 잘도 나올까? 신통하다 못해 주눅이 들 지경이었다.

책이 되려면 책으로 만들 만한 콘텐츠가 있어야 하고(어디서 찾아?), 그 콘텐츠를 가지고 있는 사람을 잘 '꼬드겨' 책을 만들자는 데 동의를 얻어내야 하고(이거 정말 장난 아니다), 혹시 매스컴에 이름 석 자라도 노출된 사람인 경우에는 출판사들 간의 치열한 경쟁을 각오해야 하고(잘 나가는 '메이저'도 아닌데), 그가 글이 좀 되는 사람이어야 하고(열에 하나, 아니 백에 하나 될까?), 하다못해 그 분야를 좀 아는 '그림자 작가'라도 찾아 붙여줘야 한다(그림자 작가들은 다 어디 있는 거야? 내 눈엔 그림자도 안 보이던데). 그뿐인가? 독

88

자들 눈을 확 끄는 창의적이고도 새콤달콤한 일러스트와 21세기 미학에 부끄럽지 않은 표지 디자인과 단 몇 단어만으로 독자의 심장에 '필'을 꽂는 '섹시한' 제목을 어떻게 그렇게 때맞춰 뽑아낸단 말인가? '이거다' 싶은 기획거리도 내 눈엔 잘 띄지 않거니와, 어쩌다 필이 와서 전화하면 '시간 없어요' 하고 싸늘할 만큼 간단한 무시가 되돌아왔다. 내가 무능한 탓인가? 유능한 기획자들은 어떻게 하지? 그런 일이 있고 나면 한동안 전화통과 사이가 나빠진다.

기획이라는 단어에는 뭔가 아이디어만 내면 책이 만들어질 듯한 뉘앙스가 들어 있다. 주변 사람들은 '이런 책 한번 만들어 봐, 틀림없이 뜰 텐데'라고 잘도 나불거린다. 그런데, 아이디어가 책으로 잘 이어지던가? 기획? 허, 참.

그렇게 각고의 노력 끝에 '간신히' 만든 책이 나오는 날은 새로운 두려움이 시작되는 날이었다. 그 두려움은 열에 여덟, 아홉 현실이 되었다. 추수 뒤의 들판에 듬성듬성 흩어진 벼이삭처럼 납품임이 분명해 보이는 한 자릿수 주문장을 보면 마음은 숯덩이가 되었다. 새까맣게 재가 되어서 바람만 불어도 바스러져 버리는.

내 머리는 기획 중? : 동녘으로 와서 업무 매뉴얼을 만들었다. 핵심은 원고를 검토한 다음 머릿속에 뚜렷한 책의 상을 그리는 것과, 그 상을 실현할 구체적인 프로세스를 확립하는 것이었다. 책의 상은 기획단계에서부터 점차 형성되어가는 것이니, 애초 원고 생산 단계에서부터 개입하지 않는다면, 나중에 아무리 기획자와 편집자가 대화를 하더라도 일정한 단절이 생기는 것을 피하기 어렵다. 그래서 편집자에게 기획에 시간을 더 할당할 것을 주문했다. 점차 그 구분을 없애고 그야말로 에디터가 될 것을 주문할 생각이었다.

어라, 그런데 여러 달이 지났는데도 아무도 내 말을 접수했다는 신호가 나타나지 않았다. 면담을 해보니, '기획 중'이란다. 아직 말씀드릴 만큼 생각이 정리가 안 됐다, 이것이 변이었다. 백 날이 가고 천 날이 가도 그 생각이 정리가 될까? 생각을 정리해주는 것은 생각이 아니라 발인 것을.

너무 멀리 왔나? 문득 두려운 생각이 들어 물을 젓던 팔을 멈추고 발을 내려다본다. 머리가 물속으로 푹 잠기는데도 발이 바닥에 닿지 않는다. 아득해진다. 덜컥 겁이 나면서 몸이 긴장한다. 돌아가야지. 저 앞으로 사람들이 보이는데, 한없이 멀게 느껴진다. 물을 젓는 팔 동작은 힘만 잔뜩 들어갈 뿐 효율성이 떨어진다. 팔이 뻐근해질 무렵 다시 한 번 발을 내려다본다. 몸이 쑥 내려가 물이 턱까지 찰 무렵 까치발로 간신히 바닥을 짚는다. 휴, 살았다.

머리로만 하는 '기획'은 바다수영 같다. 딛고 설 바닥이 어디인 줄도 모른 채 비효율적으로 팔 젓기를 반복한다. 전화 저쪽의 목소리가 냉랭하면 한순간 가득 찼던 의욕이 풍선 바람처럼 빠져나간다. 어쩌다 반가운 목소리를 들으면 행여 놓칠세라 온갖 달콤한 약속을 늘어놓는다. 조기와 망둥이를 구분할 겨를이 없다. 보라. 출판사마다 가득 쌓여 있는, 책으로 만들지도 못하고 돌려주지도 못하는 원고더미들. 그것들이 어떻게 생산되었는지, 혹 기억하시는가?

물동이를 이고 물웅덩이를 찾아다니지 말 일이다. 시간이 걸리더라도, 우물을 파든가 수로를 놓아야 한다. 어떻게? 정답이 있을까만, 나는 이렇게 한다.

- 주제와 규모를 먼저 결정한다.
- 들일 수 있는 비용을 정한다.
- 네트워크의 센터를 확보한다. 굳이 필자일 필요는 없다. 네트워크의 그물코 역할을 할 수 있는 사람이어야 한다. 작업 계획은 타당성이 있지만 본인이 맡기에 적당하지 않다면 다른 인물을 소개해 달라고 부탁한다. 만약 작업 계획 자체의 타당성에 문제를 제기하면 계획을 전면 재검토한다.
- 작업의 큰 틀을 제시하고, 받아들여지면 함께 기획을 진행한다.
- 기획과정에서 필자 후보를 우선순위를 정해 3배수 정도로 선정한다. 애를 먹을 때도 있지만, 경험상 대부분 그 중에서 결정된다.

누가 나를 클릭해다오: 공공기관이 아닌 이상, 아니 심지어 공공기관이랄 수 있는 국립대 출판부조차도 상업주의 출판사다. 상업적 이익을 추구하니 당연히 상업 출판사다. '주의'까지 붙일 건 또 뭔가 싶지만, 상업주의, 까짓 좋다. 그런데 왜 불법적이거나, 기왕에 확립된 보편적인 도덕적 가치를 외면하는 파렴치한 방법으로 상업적 이익을 추구하는 출판 행위를 콕찍어서 상업주의 출판이라고 하는가? 왜 그렇게 함으로써 상업적 행위임이 분명한 통상적인 출판사의 출판행위에 '파렴치한'이라는 뉘앙스를 덧씌우는가, 이 말이다. 얼마 전 대리번역, 대리집필 논란이 벌어졌을 때, '상업주의'라는 단어가 신문, 인터넷, 매스컴을 도배하다시피 했다. 그런 행위들은 그냥 '불법적인 출판 행위' 또는 '파렴치한 출판 행위'일 뿐이다.

나는 상업출판사에서 상업적 이익을 좇는 상업 행위를 한다. 책이 본래 지닌 '문화적' 또는 '학문적' 함의를 과소평가하는 것이 아니다. 그것은 내용물에 대한 것이고, '상업'이란 그것을 배달하고 이익을 확보하는 방식에 대한 것이다. 둘은 서로 양자택일해야 하는 대립적 관계에 있는 것이 아니다. 가치 있는 '문화적' '학문적' 인쇄물을 상업적 방식으로 유통시키는 것이 가장 통상적인 출판이고 그것이 내가 목숨 걸고 하는 일이다. 내 행위가 불법적이거나 파렴치한가? 이런 행위에 '상업주의'라는 꼬리표를 달지 말기 바란다. 내가 출판의 이 측면을 등한시하면 당신들이 내 가족을 책임질 텐가? 심지어 상업 출판을 하는 상업 출판사에 근무하는 편집자 가운데서도 출판사에서는 상업적 이익을 백안시하는 사람이 있다. 일종의 세뇌다. 웃긴다. 그럼 무슨 돈으로 회사를 꾸리나? 정부에서 지원금이라도 주나?

상업적 이익은 독자들이 '나'를 클릭할 때 생긴다. 소통이 이루어지는 순간, 이익이 발생한다. 아무리 예쁜 표지, 멋진 제목이라도 소통에 실패하면 이익은 실현되지 않는다. 나는 지금껏 소통에 실패한 베스트셀러를 보지 못했다. 별 내용도 없는데 많이 팔린다고? 우연히 베스트셀러가 되었다고? 글쎄다. 내 귀엔 그 책을 만든 이가 소통에 기울인 치열한 노력에 대한 모욕으로 들린다. 출판은 로또가 아니다. 우연? 그런 것 없다. 아니, 없다고 믿는다. 당신은 잘하고 있냐고? 글쎄요, 아직은…. 그저 내가 그의 말에 귀 기울일 때, 그도 내게 귀를 빌려준다는 말을 되새길 뿐이다. 변명처럼 덧붙이자면, 사실 나는 베스트셀러 없어도 튼튼한 출판사를 만드는 것이 목표다. 그러나 베스트셀러 만들기에 일가견이 있는 분들을 진심으로 존경한다. 나는 그럴 재주가 없으므로, 다른 길을 선택한 것뿐이다.

누군가 나를 클릭할 때, 비로소 책 만드는 사람으로서 나는 존재할 수 있게 된다. 책이 필자의 저작물이라는 사실에야 어떻게 대거리를 할까만,

책의 잉태를 가져온 그 창조의 순간이 필자가 아니라 기획자 또는 편집자의 머릿속인 경우가 허다하다는 사실도 엄연하다. 아니라면 도대체 기획이란 무엇이겠는가? 그래서 책은 법적으로 저자의 자식이지만, 적어도 심정적으로 내가 낳고 기른 자식이며, 내가 사람들과 만나고 소통하는 나의 촉수이기도 하다. 누군가 나의 촉수를 만져줄 때 비로소 나는 책 만드는 사람으로서 존재의 의미를 얻는다. 내가 만든 책이 시장에 나갈 때마다 나는 사람들이 내 촉수에 클릭, 클릭, 클릭해주기를 간절히 바란다. 그들이 클릭할 때마다 나는 그들 속으로 들어갈 기회를 잡는다. 그들의 귀에 속삭이고, 그들의 머리에 씨를 뿌리고, 그들의 꿈을 휘저을 기회를 얻게 된다. 클릭할 때마다 내 존재의 편재성이 확대된다. 저자를 앞세워 놓고 나는 슬그머니 비밀스럽게 틈입한다. 스파이처럼, 안개처럼 스민다.

부끄러운 이야기

사장의 무능은 범죄: 1999년, 햇수로 10년 동안 운영했던 출판사를 접고 서울문화사 출판부장으로 옮겼다. IMF 구제금융으로 유통회사들이 부도가 나기 시작했고, 나 또한 그 충격에서 헤어나지 못했다. 만 1년 만에 부도를 냈고, 부도난 지 1년 만에 회사를 접었다. 가족의 거처조차 마련되지 않은 상황에서 이미 경매로 넘어간 아파트를 비워주어야 할 지경이 되었다. 큰아이는 대략 상황 파악이 된 듯했지만, 문제는 초등학교 3학년이었던 둘째였다. 설명을 피할 수 없을 만큼 자랐고, 이해를 하기에는 너무 어린 나이였다. 아이의 손을 잡고 천변에 앉은 나는 도무지 적당한 단어를 떠올리지 못했다. 얼마나 지났을까? 먼저 아이가 입을 열었다.

"아빠, 말 안 하셔도 돼요."

"무슨 말?"

"무슨 말이든지요."

무슨 말이 필요할까? 난 겨우 감정을 수습하고 아이를 안았다.

상처는 깊었다. 10년이 다 되었지만 아직 채 아물지 못했다. 마지막까지 함께했던 직원은 뿔뿔이 흩어졌다. 박헌용, 김민기, 이진아, 이옥란, 김승중…. 마지막까지 남아준 직원들에게 그나마 월급과 퇴직금을 챙겨준 게 다행일 뿐이다. 필자들에겐 인세를 다 지급하지 못했고, 끝까지 제작을 거절하지 않았던 제작처들에겐 제작비를 다 지불하지 못했다.

사장의 무능은 범죄다. 나는 무능했다. 밑바닥에 도달해서야 깨달았다.

영광은 좌절의 다른 이름: 『한국의 민간요법』『수학올림피아드』『컴퓨터는 깡통이다』(전2권), 『미국 ACT 기출문제집』(전2권), 『조금만 비겁하면 인생이 즐겁다』『무엇이 사람을 움직이는가』『남의 문화유산 답사기』(전2권), 『유성아, 뭐 먹고 싶니』『일본을 읽으면 돈이 보인다』(전2권)…. 내 삼십대는 사장이었고, 그 시절에 만든 책들이다. 적게는 몇만 권에서 많게는 몇십만 부까지 팔린 베스트셀러들이다. "왜? 도대체 왜 가서원이 부도난 거야?" 많은 사람이 내게 물었다. 뛰어난 기획력, 유능한 편집진, 잇달아 나온 베스트셀러. 도대체 망할 이유가 없지 않은가?

가장 큰 이유는 우리 안에 안정적·지속적으로 좋은 원고를 생산할 능력을 내재화하지 못했다는 점이다. 출판사가 센터가 되어서 바깥의 능력을 조직하고, 이 조직이 상시로 가동될 수 있게 해야 안정적으로 좋은 원고가 수급된다. 출판사 바깥에 존재하는 집필 능력이 잘 정비된 수로를 타고 자연스럽게 출판사 안으로 흘러들게 해야 한다는 말이다.

그런데 우리는 그러지 못했다. 물동이를 이고 물웅덩이를 찾아다녔다. 요행히 그때그때 물웅덩이를 찾을 수도 있지만, 이러한 우발성은 갈수기의 목마름을 불가피하게 한다. 우발적 영광이 네트워킹의 긴요함을 망각하게 했다. 정말 목이 마를 때, 물웅덩이는 나타나지 않았고, 우리는 목이 말라 죽었다.

두 번째는 과욕이었다. 꼭 한 번, 사장으로서 경영상의 큰 실수를 저질렀다. 『미국 ACT 기출문제집』을 낸 뒤, 욕심을 부렸다. 별도의 회사를 차려 수능 참고서를 내기로 한 것이다. 가용한 모든 자원을 쏟아 부었다. 잔고가 바닥나자 은행 차입도 마다하지 않았다. 나는 수능제도를 결정적인 것으로 보았다. 본고사로 돌아갈 일은 없다. 나는 수능 문제집 개발에 올인했다.

내 판단은 90퍼센트 옳았다. 그때 도입된 수능제도는 이듬해 본고사에 자리를 내준 것을 제외하면 지금껏 점점 더 강화되는 추세이다. 그러나 바로 그 1년이 문제였다. 자원은 바닥났다. 본고사와 수능이 시소를 벌이면서 미래를 예측할 수 없던 그 1년은 너무 길었다. 『미국 ACT 기출문제집』의 영광이 좌절의 씨앗으로 돌변하고 말았다.

마지막은 엄청난 금융비용이었다. 나는 학습참고서 부분을 접고 다시 단행본 출판으로 돌아왔다. 새로 팀을 구성했다. 운영자금은 은행 차입으로 해결했다. 열 달 남짓 만에 새로운 팀이 새로운 책을 만들어내기 시작했다. 그 두 번째 책이 『조금만 비겁하면 인생이 즐겁다』였다. 30만 부 가까이 팔렸다. 그러나 수금액의 대부분은 어음이었고, 나는 제작비 지불분을 제외하고 전량 사채시장에서 할인해 썼다. 연 20-30퍼센트에 달하는 고금리는 이익을 고스란히 갉아먹었다. 직원이 저지른 한 번의 실수는 기껏 몇천만 원에 불과하지만, 사장이 저지른 경영상의 실수는 돌이킬 수 없는 치명적인 결과를 초래한다. 내가 치러야 했던 엄청난 금융비용은 내 실수의 대가였다. IMF 외환위기가 터졌고, 수금했던 어음은 휴지 조각이 되었다. 부도난 받을어음은 채권 청구서에 다름없었다. 나는 이중고에 시달렸고, 가서원에서의 나머지 활동은 수명 연장책에 지나지 않았다. 그나마 가진 것들을 다 털어 넣고서야 나는 손을 들었다. 항복!

거꾸로 사는 인생: 10여 년의 편집장 또는 영업부장의 생활 끝에 마침내 독립해서 자신의 출판사를 시작하는 것이 보통이다. 요즘은 임프린트 제도가 보편화해 독립 후에도 반 피고용인 노릇을 한다. 나는 거꾸로다. 출판사 편집자 생활 1년 만에 사장 노릇을 시작했다. 고용사장으로, 동업사장으로, 완전히 독립해 단독 사장으로. 13년이나 사장 노릇을 한 끝에 다시 편집장이 되었다. 잡지사 출판부장. 자매 회사까지 500명이나 되는 직원 가운데 몇 명이나 단행본 출판인으로서의 나의 고민을 나눌 수 있었을까? 고립무원이었다. 생각만 하면 책이 되는 줄 아는 사장, 저마다 와서 아이디어랍시고 늘어놓는 동료들, 몇 달 만에 내 월급에 내려진 가압류 처분. '가자 세계로' 시리즈, 『첨단기기들은 어떻게 작동되는가』, 『도구와 기계의 원리』, '3일 만에 읽는…' 시리즈, 『사금파리 한 조각』…. 전쟁을 하는 기분으로 책을 만들었다. 용산역에서 출발하는 마지막 전철이 끊어지기 10분 전까지 일하고, 다음날 정시 출근하는 미친 생활을 하지 않았다면 내가 미치고야 말았으리라.

그만두었다. 아니 해고된 것인지도 모르겠다. 더는 내 삶을 의미 없이 소모할 수는 없었다. 어찌어찌 세 명이 모여 조그만 출판사를 시작했다.

과학교양서, 특히 진화심리학 관련 책을 특화해서 낼 작정이었지만, 하다 보니 다른 책들도 섞여들었다. 동업자 한 명이 경제경영 관련 도서를 내고 싶어 해서 그쪽 책들도 냈다. 못할 게 뭐 있겠는가? 짧은 인생, 각자 하고 싶은 일이 있는데. 소소의 책 가운데 『나는 고백한다, 현대의학을』이라는 책이 신문기사와 〈TV, 책을 말하다〉에 잘 소개되면서 몇만 부 정도 나간 것 외에는 특별할 것이 없었다. 제법 나갈 줄 알았던 『메이팅 마인드』는 기울인 노력에 비해서나 콘텐츠의 품질에 비해서나 보답이 적었다. 출간 한 지 1년도 더 되어서 우수학술도서로 지정된 덕분에 겨우 재쇄를 찍는 데 만족했다.

동녘으로: 동녘에 와서 가장 어려웠던 일은 사장에 대한 호칭이었다. '사장 님'이라는 말이 영 나오지 않았다. 20년 이상을 '형'으로 불러왔던 사람이 었다. 소소가 자금난을 겪기 시작할 무렵, 이건복 사장에게 건의했다. 출 판사를 좀 인수해줄 수 없겠느냐고. 뜻밖에 아주 쉽게 대답이 돌아왔다. 출판사엔 관심없고, 너한텐 관심 있다고. 네가 온다면 출판사를 인수해주 겠노라고. 나로선 쌀 얻으러 갔다가 논을 얻은 셈이었다. 사장은 내게 뭘 기대했을까? 기획자? 아니면 경영자? 그 두 가지가 적당히 버무려진 그 무엇? 잘 모르겠다. 하여간 책 잘 만들고 잘 팔기 위해 필요한 일이라면, 그 영역이 기획자 것이든 경영자 것이든 가리지 않고 한다.

이곳으로 온 지 만 2년이 갓 지났다. 1년으로 생각했던 리빌딩 작업에 2 년이 걸렸다. 생각보다 더디다. 하강곡선을 반전시키는 데 겨우 성공한 느낌이다. 물레방아를 거꾸로 돌리기는 쉽지 않지만, 또 거꾸로 돌기 시 작하면 가속을 하는 것은 어렵지 않은 법. 거기에서 위안을 얻는다.

나는 베스트셀러 만들기에 관심없다. 누가 많이 팔리는 것 싫어하겠느냐만, 베스트셀러를 목표로 책을 만들지는 않겠다는 뜻이다. 베스트셀러가 독이 든 사과가 되는 꼴을 겪었고 여러 차례 보았다. 대신 세 가지에 관심이 많다.

첫째, 평균 판매부수 높이기다. 종당 평균 5000부를 파는 것이 목표다. 나더러 선택하라면 한 종으로 10만 부 파는 화려함보다 20권을 만들어 종당 5000부씩 파는 꾸준함을 택하겠다. 출판사의 내적 역량으로 볼 때 그쪽이 더 튼튼하며, 따라서 출판사도 더 튼튼해지기 때문이다. 적어도 책만드는 사람으로서는 가늘고 길게 살고 싶다.

둘째, 원고의 평균적인 질을 높이는 것이다. 독자가 실망할 책을 만들지 않겠다는 다짐이다. 출판사의 가장 큰 밑천은 독자의 평판이다. '좋은 평판을 얻어라. 그러면 반드시 성공할 것이다.' 내가 자신에게 내리는 명령이다. 아무리 많이 팔려도 평판을 해치는 책이라면 독이다.

셋째, 늙지 않는 출판사 만들기다. 젊은 필자들을 개발하고 필자 네트워크를 구축해야 한다. 일정한 질의 원고를 지속적·안정적으로 확보하는 일이 더 없이 중요하다. 그들에게 동기를 주고, 놀 마당을 제공하고, 필요하다면 과감한 지원도 해야 한다. 출판사에서 사장의 비중은 절대적이다. 그러나 자연인 사장은 나이가 들고, 사장이 교유하는 사람들도 나이가 든다. 마음 편한 벗들과 노닐다 보면 출판사도 사장과 더불어 늙어가게 마련이다.

동녘이라고 하지만, 사실 세 개의 출판사다. 동녘, 친구미디어, 소소. 각각 인문사회, 실용, 과학교양을 영역으로 삼고 있다. 제각기 너무 다르다. 그러나 분야는 다를지언정 하나로 수렴되는 정신을 정립해야 한다.

'사람.' 그래, 사람이다. 사람을 위한 출판, 사람을 배반하지 않는 출판. 독자에 대해서나, 필자에 대해서나, 우리 출판사 식구들에 대해서나, 더 거창하게는 인류를 위해서나.

◆**이희건**——— 도서출판 이론과실천에서 편집자 생활을 시작했다. 1990년 도서출판 가서원을 설립하여 1999년까지 운영했다. 1999년, IMF 사태의 여파로 고전하던 회사를 정리하고 2002년까지 서울문화사 출판2부 부장으로 일했다. 2002년 도서출판 소소를 설립했으며, 지금은 도서출판 동녘, 친구미디어, 소소의 총괄 전무 겸 주간으로 일하고 있다.

2부 • 이런 책을 만들고 싶다

'작업'의 전성시대에 맞선 '작은 출판'

김이수 시대의창 편집주간

독자들은 기획자의 신기神氣 들린 무용담이나 현란한 '썰'을 기대할 터이
고, 또 그런 내용으로 채우는 게 온당하다. 그러나 내게는 '작두'를 타고
신기를 뿜낼 만한 무용담도 없거니와 재미있게 읽어줄 만큼의 '썰'을 풀
만한 밑천도 없다. 그러니 딴전을 필 수밖에. 그동안 기라성 같은 '선수'들
의 신화 같은 무용담은 실컷 들었을 테니, 내 딴전에 조금 심기가 불편하
고 짜증이 일더라도 '10분'의 인내를 발휘하여 끝까지 읽기를 소청한다.
다만, 그 딴전이 크게 에돌더라도 마침내 여러분의 뜻과 다시 한곳에서 만
나기를 기대한다.

못된 짓만 골라서 따라하는 출판강호 선수들

바야흐로 '작업'의 전성시대다. 그 작업은 이른바 '선수'들이 주도한다. 이
제 '선수'라 하면 그 옛날 '강남제비'의 후예들만 이르는 말이 아니다. 거의
모든 분야에서 '잘나가는' 전문가를 '선수'로 알아준다.

출판강호도 예외는 아니어서 제갈량 뺨치는 지략과 조자룡도 덮을 만
한 배짱과 여불위도 울고 갈 '후안무치'를 고루 갖춘, 초절정 무공을 뽐내

103

는 선수들이 대거 출현하여 가히 경천동지할 '작업질'로 출판천하대세를 다투고 있다.

출판강호의 선수들은 크게 '기획·편집선수'와 '홍보·영업선수'로 나뉜다. 내로라하는 선수들이 구사하는 초식은 가히 상상을 초월할 만큼 다양하고 기발하고 놀랍다. 그 가운데서도 기획·편집선수들을 가볍게 제압해버린 홍보·영업선수들이 펼치는 변화무쌍한 초식은 출판강호를 공포의 도가니로 몰아넣기에 충분하다.

그 옛날 저잣거리는 인정人情이 넘쳤다. 장사하는 맛도 났고, 장을 보는 맛도 났다. 나물 한 줌을 사도 덕담과 함께 덤이 오가는 것은 물론이고, 좀 많이 사면서 우수리를 떼고 값을 치를라치면 "이러면 밑지는데…" 하면서도 허허 웃으며 넘어갔다. 그처럼 "그까짓 것 대충" 하는 식의 장터에서도 물을 흐릴 만큼 얌체 짓을 일삼는 장사치나 장꾼은 따가운 눈총을 받아 견뎌낼 수 없는 그 나름의 '엄정한' 질서가 있었다. 다시 말해 무슨 규칙이나 법으로 정하지는 않았지만 '공존'을 위한 최소한의 룰은 불문율로 지켜지고 있었다.

그런데 세월이 흘러 대자본이 유통업에 본격적으로 뛰어들면서 백화점이나 대형 슈퍼마켓, 나아가 대형 할인마트가 요처에 들어서기 시작했다. 이때부터 '공존의 룰'이 무너지고 "너 죽고 나 살자"는 식의 무분별한 파괴가 자행되었다. 백화점은 '개업 기념'을 시작으로 온갖 기념일을 '기획'하여 소비자를 유혹하였다. 그때마다 이른바 '아줌마 부대'를 동원하여 바람잡이를 함으로써 재미를 톡톡히 보았다. 이런 현상은 대형 할인마트가 등장함으로써 절정을 이루었다.

바야흐로 '기획' 마케팅 시대를 활짝 꽃피운 것이니, 신묘한 작업질을 통해 자잘한 독립 점포들을 일거에 쓸어버리고 넓은 상권을 독식하기 시작한 것이다. "○○ 기념 할인 대매출"은 사실상 연중 계속되었고, 대량 구매를 무기 삼아 턱없이 낮은 가격으로 상품을 납품받음으로써 이른바 "파격 세일"을 마음껏 외칠 수 있게 되었다. 이로써 재래시장이나 어중간한 크기의 상점들은 치명타를 입고 볼품없이 쪼그라들었다.

그러나 그것으로 끝이 아니었다. 아직도 동네 곳곳에는 손때 묻은 돈에 생계를 건, 이른바 '구멍가게'들이 촘촘히 박혀 있었다. 끝을 모르는 자본의 탐욕은 이런 구멍가게들마저 곱게 놔두지 않았다. 겨우 몇 년 사이에 '24시간 편의점'이 휘황하고 세련된 매장과 연중무휴 24시간 영업을 앞세운 고도의 작업질로 크고 작은 거리는 물론 주택가 골목마저 '무참하게' 점령해버렸다.

어디 이뿐인가. 자본의 촉수는 골목을 넘어 안방까지 침투해 들어갔다. 텔레비전 홈쇼핑은 유명 연예인과 쇼 호스트 들을 대거 '선수'로 기용하여 안방마님과 독거여성 들의 소비욕구를 우려냄으로써 해마다 폭발적인 성장을 거듭했다. 이 홈쇼핑 장터에는 그야말로 없는 게 없으며, 안 되는 게 없다.

이처럼 대자본이 유통의 모든 단계를 틀어쥠으로써 현대산업사회의 주거를 상징하는 번듯한(?) 아파트에 딱 어울리는 근사한(?) 쇼윈도로 거리를 장식하게 되었지만 사람들은 또 하나 소중한 소통의 마당을 잃어버렸다. 사람들은 시간과 공간을 초월한 극도의 '편리함'을 얻은 대신 인정을 나누고 존재감을 소통하는 마당을 잃어버린 채 작업질의 대상 곧 '소비의 대상'으로 전락하고 말았다. '이웃'을 없애버린 아파트에 이어, 규격화된 대형 유통 체인은 마지막 남은 '소통의 장터'마저 사라지게 하였지 싶다.

누구나 다 아는 이 장황한 이야기를 들으면서 짚이는 바 없는가. 나는 이런 유통의 변화를 들여다보면서 우리 출판강호의 현실을 떠올렸다. 너무도 닮아가고 있지 않은가, 그것도 배워올 만한 '시스템'은 쏙 빼고 절대 배워서는 안 될 아주 못된 '버릇'만.

물론 출판강호의 영민한 '선수'들의 주장대로 "출판도 엄연히 산업"이라고 한다면 당연한 흐름이다. 그러나 나는 여기서 다시 묻고 싶다. "출판이 그저 산업'만'인가? 그 옛날 장터나 동네 구멍가게가 어디 물건'만' 파는 곳이던가?" 아니, 백보를 양보하여 출판이 산업만이라고 한들 요즘 자행되는 온갖 후안무치한 작업질이 과연 정당화될 수 있는 것인가?

범죄가 '관행'이란 이름으로 만연한 슬픈 출판강호

출판강호 선수들의 작업질은 콘텐츠 확보 과정에서부터 치열하게 펼쳐진다. 좀 괜찮다 싶은 외서는 선인세가 1만 달러를 우습게 넘어가고, 아마존 베스트셀러 상위 랭커나 세계적인 지명도가 있는 저자의 책은 10만 달러를 가볍게 넘긴다. 일부 에이전시에서 독점권을 이용하여 교묘하게 경쟁을 붙이거나 너도나도 달려들어 박 터지게 싸우는 탓도 있지만 돈깨나 있다는 출판사들에서 일단 질러대고 보기 때문이다. 그 덕분에 외국 출판사들이 우리 출판사와 독자들을 '봉'으로 여기게 된 지 오래되었다. 국내 저자도 예외는 아니다. 자그마한 출판사에서 애써 발굴하여 키워놓고 이제 '재미' 좀 볼라치면 예의 돈깨나 있는 출판사에서 거절하기 어려운 '파격적인' 조건으로 잽싸게 모셔간다. 그래서인가, 출판강호에서도 "억울하면 돈 벌어라"는 고금불변의 격언(?)이 자조 섞인 한숨에 묻어 회자된다.

콘텐츠를 확보하는 과정에서는 '돈'이 위력을 발휘하고, 책을 만드는 과정에 이르면 '돈'에다 '포장술'이 가미된다. 그저 '보기 좋은 상품'으로 포장하는 것이야 시비 걸 일이 뭐 있겠는가. 하지만 문제는 그 포장에 독자를 기만하는 '사술詐術'을 집어넣는다는 것이다. 군이 예를 들지 않아도 어떤 종류의 민망한 사기극들이 '기획'이라는 탈을 쓰고 만연해 있는지는 다들 너무 잘 알 터이다, 옆 사람 쳐다볼 것도 없이 자기 가슴에 손을 얹고 돌이켜보면.

출판강호의 작업질은 홍보·영업선수들의 마케팅에 이르러 절정을 이룬다. 공급률 파괴, 경품이나 쿠폰 끼워주기 따위는 그나마 양반이다. 다양한 수법의 베스트셀러 '조작'극에 이르면 후안무치, 아니 '범죄'의 극치를 달린다. 바로 출판강호 선수들과 서림강호書林江湖 선수들의 이해관계와 조바심이 맞아떨어지는 지점에서 조작극은 적극적·지능적으로 연출되는데, 갈수록 거리낌이 없다. 직원이나 아르바이트를 동원하여 가장 영향력 있는 대형 서점에서 1-2부씩 돌려가며 사재는 것은 이젠 낡은 수법이고, 아예 장부상의 담합을 통해 팔리지도 않은 책을 수백 권씩 팔린 것으로 조작하여 일거에 베스트셀러 상위 순위로 올려놓는 대목에 이르면 그저 아연할 뿐이다.

2005년 12월 하순에서 이듬해 1월에 걸쳐 사재기와 관련하여 참으로 낯 뜨거운 시비다툼이 벌어졌다. 한국출판인회의 특별위원회는 교보문고를 비롯한 7개 주요 서점 측에 제안하여 '사재기 판정을 받은 5종의 도서'를 12월 28일자로 향후 1년간 베스트셀러 목록에서 제외하는 데 합의하였다. 발표가 나간 직후 사재기 판정을 받은 출판사들은 "결코 그런 적이 없다"고 펄쩍 뛰면서 "판정을 즉각 철회하지 않으면 엄중하게 책임을 묻겠다"며 오히려 엄포를 놓았더란다(《한겨레》, 2006.1.4 기사 참조). 분명히 구린내는 숨이 막힐 정도로 진동하는데 정작 방귀 뀐 놈은 아무도 없다니, 귀신이 곡할 노릇이다. 그때 이 장면을 구경하던 선수들이 "똥 싼 놈이 방귀 뀐 놈 닦달한 격"이라며 비아냥거렸다니, 아마도 선수들은 그런 단편적인 현상 이면에 숨은 '참상'의 본질을 훤히 꿰뚫고 있었나 보다.

어쨌든 사태는 여기서 그치지 않았으니, 교보문고가 "자체 시스템 검증상 문제가 없다"는 이유를 들어 양측의 '협약'을 어기고 제외했던 도서를 다시 베스트셀러 목록에 올리면서 사태는 점입가경으로 치달았다. 이에 한국출판인회의는 회장 명의로 자못 비장한 성명을 발표하여, 교보문고 쪽에 협약을 성실히 이행하고 잘못된 관행 척결에 나설 것을 촉구하였으며, '교보사태비상대책위원회'를 '긴급' 구성하기까지 했더란다(2006.1.24, 한국출판인회의 기자간담회 자료 참조).

이런 사태를 계기로 출판강호와 서림강호 사이에 한때 책임 공방이 벌어지기도 했다. 그러나 위기를 부른 책임은 분명히 출판사에 있다. 힘깨나 쓰는 출판강호 선수들이 서림강호를 누비면서 서점들을 어떻게 으르대고 물을 흐려놓았는지는 세상이 다 안다. 모르시겠거든 『한국 출판의 활로, 바로 이것이다』 144-151쪽을 보시라. 오늘날의 위기가 누구 탓인지, 무엇 때문인지 아주 구체적이고 친절하게 일러준다.

방귀 뀐 놈을 닦달한 놈이 똥 싼 사실을 들킨 사건

그로부터 수개월 후 2006년 10월, 마침내 경악스러운 '비밀'이 만천하에 폭로되고 말았다. 이른바 '온라인 사재기 대행업체 사건'이다. 이때 그 대행업체에 회원으로 가입한 출판사 명단이 대행업체 직원의 실수로(?) 노출되었는데, 그 면면을 보고 다들 망연자실하지 않을 수 없었다. 마치 한국 단행본 출판강호 매출액 상위 100대 출판사 명단을 보는 듯한 착각이 들 정도였다. 방귀깨나 뀐다는 단행본 출판사는 '거의' 모두 그 빛나는(?) 이름을 올려놓고 있었다. 장사하는 사람이야 자기네한테 '힘 있는' 고객이 많다는 걸 과시하고 싶었을 터이니 회원 명단에 오른 출판사가 다 사재기를 했다고 볼 수는 없다. 어떤 곳인지 궁금해서 또는 다른 이유로 가입만 했을 뿐 실질적인 활동(사재기)은 하지 않은 곳도 많으리라. 그러나 심지어 사재기를 감시하고 그런 책을 판정한다는 한국출판인회의 특별위원회 소속 출판사 명단도 다수 눈에 띄었다. 그래서 알 만한 선수들이 일찍이 "똥싼 놈이 방귀 뀐 놈 닦달한 격"이라며 비아냥댔던 것일까.

인터넷이고 신문이고 방송이고 난리가 났다. 그에 맞춰 출판강호 선수들의 자성론도 무성하게 일었다. 그러나 늘 그래왔듯 잠시, 그것도 말뿐이었다. 그도 그럴 것이 이른바 '메이저'를 비롯하여 작업질로 이력이 난 출판사는 거의 망라되었으니, 쪽 팔릴 일도 없을 터였다. 또 누가 누구를 나무랄 계제도 아니었다. "범죄도 다 같이 작당하여 저지르면 죄의식도 사라진다"는 범죄심리학의 분석이 맞긴 맞는 모양이다.

내가 과문한 탓인지 모르겠지만 나는 그 뒤로 어떤 실제적인 개선 방안이 마련되었거나 실행되고 있다는 이야기를 들어본 바가 없다. 아무리 그렇더라도 "이왕 그렇게 공개된 마당이니, 이제는 아주 내놓고 마음 편하게 '온라인 사재기' 작업질을 하고 있을 것"이라는 세간의 의혹만은 믿고 싶지 않을 따름이다.

네이버 블로거 '쫀' laosky이 '새내기 출판인'의 눈으로 본 소감을 적은 다음의 글(요약정리)은 우리 출판인과 독자 들이 새겨들을 만하다.

"(…) 책 몇 권 만들 돈으로 (어지간한 규모만 되면 대부분) 제 논에 물대기를 하는 출판사들의 작태를 보며 이 바닥도 정글이구나, 라는 생각을 여러 번 했습니다. 처음에는 출판인들의 양심은 어디로 간 것일까, 생각했지만 딱히 그렇게 볼 문제만은 아니더군요. 독자들의 극단적인 '베스트셀러' 선호 현상도 문제입니다. 서점에 가서 보면, 마치 식당에서 '무슨 음식이 제일 맛있어요?' 하면서 음식을 주문하듯 '요즘 무슨 책이 잘 팔려요?' 하면서 책 제목도 안 보고 책을 사가는 분들이 있습니다. 바로 이런 독자들이 '책 장사꾼'에 불과한 사람들을 먹여 살리는 셈이죠. 좋은 책을 골라 볼 줄 아는 독자가 많아질 때 비로소 좋은 책이 나오고 출판인이 '출판인'의 자리를 지키게 되지 않을까요. 그러면 자연히 사재기로 독자를 현혹하는 사기꾼들이 발을 붙일 수 없겠지요." (blog.naver.com/laosky, 「책 사재기, 독자의 양식」, 2007.3.23)

"밥 같은 책을 만들어서 나누고 싶다"는 출판사, 샨티

지난 4월 20일 저녁, 나는 불광문고 안 자그마한 찻집에서 열린 '저자와의 대화: 내 아이에게 말 걸기'(도서출판 샨티, 불광문고 주최) 자리에 앉아 있었다. 이 날의 저자는 샨티에서 『내 안의 열일곱』 『너, 행복하니?』를 펴낸 문화평론가 김종휘로, 그는 "대안학교인 하자작업장학교 교사로 지내면서 만난 아이들의 이야기이자, 그 아이들을 통해 자기 안에 채 영글지 못하고 옹알거리던 내면의 아이를 다시금 불러내 성숙시켜가는 과정"을 이들 책에 오롯이 담았다. 이 자리는 책을 홍보하거나 팔기 위한 이벤트와는 전혀 무관한 자리였다(참석자들은 이미 책을 받아본 샨티의 회원이 대부분이다). 순전히 독자와 저자, 독자와 출판사, 독자와 서점, 독자와 독자 사이의 소통을 위해 마련된 조촐한 자리였다. 참석자들은 부모 또는 교사의 입장에서 '아이들과 어떻게 소통할 것인가?'를 두고 예정된 시간을 훌쩍 넘겨가며 열띤 대화를 이어갔다. 그러면서 스스로들 답을 찾았다. 그러고도 아쉬웠는지 근처 호프집으로 옮겨간 대화는 자정이 넘어서야 겨우 끝났다.

샨티는 회원을 중심으로 이런 다양한 소통의 마당을 '밥 먹듯이' 펼쳐 보인다(작년 가을에는 회원들과 북한산 산행 후에 전승음악원 '숨산방'에서 신명난 소리 잔치도 벌였다). 참가 인원은 개의치 않는다. 샨티는 네 평 남짓한 사무실에서 전체 네 명이 꾸려가는 작은 규모의 출판사이면서도 출판 목록을 보면 결코 녹록지 않다. 그런데도 서림강호에서는 홀대를 받는 편인데, 출판강호에 만연한 온갖 작업질에는 곁눈질도 하지 않은 탓일 게다. 그래서 샨티는 자구책으로 회원제(일반회원, 평생회원)를 운영하는데, 회원 3000명 확보가 '최종' 목표란다, 그 정도면 '좋은 책'을 맘껏 낼 수 있으므로. 그리하여 '작은 출판'의 '큰 희망'을 보여주고 싶단다.

샨티는 자사에서 펴낸 『사우스 마운틴 이야기』의 "사우스 마운틴 같은 회사를 지향한다."

미국 북동부의 조그만 섬 마서즈 비니어드에 있는 이 건축회사는 전체 직원 30명 가운데 16명이 오너를 겸하는데, 직원을 뽑을 때부터 5년 뒤 자신들처럼 오너가 될 수 있는 사람인가를 보고 뽑는다고 한다. 고객이 진정으로 원하는 집을 지어주는 것으로 명성이 자자한 이 회사는 어느 날, 섬 바깥 지역에까지 '진출'하여 더 큰 돈을 벌 기회를 맞아 전 직원이 머리를 맞대고 며칠에 걸쳐 회의를 했는데, 고심 끝에 그 기회를 버리기로 결정했다. 섬 바깥으로 진출하여 돈을 많이 벌수록 자신들의 삶의 질은 그에 반비례하여 점점 더 피폐해질 수밖에 없다고 판단했기 때문이다.

사우스 마운틴이 "밥 같은 집을 지어 나누는" 것으로 건축정신을 삼았듯이 샨티가 추구하는 궁극적인 출판정신도 "밥 같은 책을 만들어 나누는" 것이다. 샨티는 그 소망을 회원들에게 발송하는 온라인 소식지에서 이렇게 밝힌다.

"책을 만들면서 가장 큰 유혹은 '돈이 되는 책'을 만들어야 하지 않느냐는 것입니다. 아직도 이 문제로부터 온전히 자유롭지는 못하지만 나름으로 생각한 묘책이 있다면 돈이 되는 책이 아니라 밥이 되는 책을 만들어야겠다는 것입니다. 돈은 무한정 쌓아갈 수가 있지만, 밥은 이와는 다르지 않습니까? 배부르면 더 먹지 못하고 오히려 적정량을 넘게 먹으면 탈이 나고 맙니다. 인디언들의 사냥 방식이 그랬고, 큰 짐승이 작은 짐승을 잡아먹는 방식이 그랬으며, 자본주의가 등장하기 전 인류의 생존방식이 그랬지요. 과거 장인들은 물건을 만들어 팔되 등 따시고 배부르면 더 일하지 않았습니다.

샨티도 옛날의 장인들처럼 책을 만들고 싶습니다. 그것을 만드는 일이 즐거운 일이고, 그것을 팔아서 배부르면 일을 놓고 사람들과 어울려 놀고 싶습니다. 혼자서 명상을 하거나 여행을 가고도 싶고, 부족한 지식을 쌓거니 필요한 기술을 익히고도 싶습니다. '밥이 되는 책'의 첫 번째 뜻이 이렇습니다.

두 번째 뜻은 말 그대로 그 책을 읽는 이에게 밥과 같은 양식이 되는 것입니다. 비료 뿌리지 않고 거둔 쌀로 만든 밥, 조미료 치지 않은 반찬과 함께 먹는 밥 같은 책이었으면 좋겠습니다. 폭력적이지 않은 방식으로 지은 밥을 먹고 모두들 몸과 마음과 영혼의 평화를 누리게 되기를 소망합니다.

그러나 여전히 우리에게 남은 숙제는 있습니다. 우리가 책을 만드는 방식, 파는 방식은 여전히 자본의 방식에 기대고 있다는 것입니다. 우리 역시 몇 천 부씩 대량으로 책을 인쇄하고, 이른바 시장이라는 서점에 불특정 다수의 독자를 상정하고 책을 가져다 팔고 있으니까요. 과연 정신만으로 자본이라는 괴물의 아가리에서 빠져나올 수 있을지, 돈이 되는 책의 유혹으로부터 자유로울 수 있을지 아직 잘 모르겠습니다. 자본주의 안에서 자본주의가 아닌 방식으로 살아간다는 것, 그것도 잘 살아간다는 것이 과연 가당키나 한 말인지? 그러나 저희는 그 길을 포기하지 않고 계속해서 찾아나가 볼 생각입니다.

지난 주말 강진에 갔을 때 가까운 해남에 있는 '설아다원'에 들렀습니다. 그곳 주인장과 그곳에서 만든 유기농 차와 저희가 만든 책을 주고받기로 했습니다. 어쩌면 이것은 저희가 미처 생각지 못한 '밥이 되는 책'의 또 하나의 뜻인지 모르겠다는 생각이 듭니다. 오늘 책 11권이 해남으로 발송됩니다. 그 책값은 이미 받아서 잘 마시고 있지요. 농약 치지 않고 깨끗하게, 정성스럽게 길러내고 덖은 사월차茶와 오월차茶를 받아왔거든요. 자연의 힘에 자신들의 땀을 섞어 만든 차로 밥을 만들고 나눌 거리를 만들듯이, 우리는 우리의 책으로 밥을 만들고 나눌 거리를 만들어 앞으로도 계속 나누고 싶습니다." (blog.naver.com/shantibooks, 〈샨티소식〉 31호, 2007.3.2)

나는 재작년에 우연히 샨티를 알게 되었고, 작년 2월에 샨티의 회원이 되었다. 샨티의 책을 읽고, 샨티가 마련하는 신명난 소통의 마당에 참여하는 기쁨이 크기도 하거니와 내가 감히 못하는 일을 그들이 하고 있기 때문이기도 하다. 나는 샨티의 팬을 자처하면서 이제야 내가 '책'을 만드는 사람이라는 자각을 한다. 그러면서도, 이미 '더 큰' 탐욕에 길들여진 나는 정작 '샨티의 길'을 좀처럼 가지는 못할 것이라는 걸 안다. 사실 그 길은 "마음이 가난한" 사람이 아니고서는 감내하기 어려운 길이기 때문이다. 아마도 나와 같은 사람이 많을 터이다. 그들도 비록 '그 길'을 가지는 못하더라도 '그 정신'만이라도 나눌 수 있기를 소망한다. 그러면 출판강호가 적어도 지금과 같은 아수라는 면할 수 있을 것으로 믿는다.

내가 이 지면이 기대하는 본연의 글쓰기를 저버리면서까지, '내 얼굴에 침 뱉기' 아닌가 하는 생각에도 이런 불편한 글을 올린 뜻은, 더구나 이 글이 나 자신부터 먼저 '옭아맬' 것임을 뻔히 알면서도 여기에 올린 뜻은, 누구를 씹으려는 데 있지 않고 해묵은 '자기반성'에 있다. 나 또한 십수 년 편집자로 일하면서 그런 참담한 작업질의 숱한 방조자였으며, 종종 가담자이기도 했던 부끄러운 기억을 아직 씻지 못한 탓이다.

또 덧붙여 '샨티' 이야기를 소개한 뜻은 특정 출판사 홍보에 있지 않고 우리 출판강호의 희망을 전하고, 암담한 현실을 타개하는 바람직한 대안의 한 모델을 소개하는 데 있다. 현실이 아무리 개 같다고 한들, 공멸의 길인 줄 뻔히 알면서 그 길로 너나없이 우르르 몰려갈 수는 없지 않은가.

이제라도, 독자를 우롱하고 우리 자신을 기만하는, 마침내 함께 망하고 말 그런 미친 짓은 그쳐야 한다. 출판강호와 서림강호 그리고 그에 따른 모든 협력기관이 뜻을 모아 건강한 '공존의 틀'을 마련해야 한다. 그 출발점은 '앞으로 언젠가' '다른 누구'로부터가 아니라 바로 '지금' '나'로부터

114

가 되어야 한다.

끝으로, 출판동네 동료들에게 세 권의 책을 권하면서 이 글을 맺는다─
『책, 꽃만큼 아름답고 밥만큼 소중하다』『나쁜 뉴스에 절망한 사람들을
위한 굿 뉴스』『나눔의 즐거움: 탐욕 저편의 새로운 자유』.

◆**김이수**───── 대학에서 역사를 전공했으며, 졸업 후 한살림협동조합 일꾼으로 1년, 철학잡
지 편집기자로 2년, 기획대행사 취재기자로 1년을 일하다가 1994년 출판사에 첫발을 들여놓
았다. 1999년 3월 시대의창 창립멤버로 참여하여 9년째 한 곳에서 책을 만들고 있다.

기획편집자로서 한 우물을 파보자꾸나!

임중혁 살림 인문팀장

지난 3월부터 살림출판사에서 인문팀장으로 일했다. 그 전에는 '영업부장' 또는 '마케팅팀장'이라는 명함을 들고 다녔다. 영업자에서 기획편집자로 방향전환을 한 셈이다. 기껏해야 10개월 남짓 편집자 생활을 하는, 참으로 보잘것 없는 경력을 자랑하는 내가 이 지면에 초대된 이유도 여기에 있을 것이다. 그러니 그 이유부터 이야기하자.

쉰 살까지는 일하자

1998년 3월에 단행본 출판사에 입사해 2006년 2월까지 영업-마케팅 업무를 해왔으니, 만 8년을 일한 셈이다. 중간에 1년 동안 외도한 것을 빼더라도 7년이다. 7년의 경력은 유능했든, 무능했든 간에 개인에겐 버리기 아까운 시간이다. 더구나 요즘처럼 일자리를 구하기도 보존하기도 어렵고, 한참 일할 때라는 30대를 온전히 바친 상황에서는 더욱 그렇다. 하지만 우습게도 이런 상황이 방향전환을 재촉했다.

30대를 정신없이 살다보니 어느새 중반을 넘어 후반으로 치달았다. 곧 마흔이다. 벌어놓은 돈은 없는데 자식들은 무럭무럭 잘도 큰다. 게다가

116

출판 말고는 딱히 한 일도 할 일도 없다. 주변을 둘러보니 현장에서 함께 했던 선배와 동료들이 하나둘씩 다른 길을 가고 있었다. 흔히들 영업자의 수명은 40대 전후라고 한다. 급변하는 영업 환경을 따라가지 못한다고 여기는 풍토 때문일 것이고, 떨어지는 체력도 한몫하기 때문일 것이다. 또한 10년 이상의 경력을 제대로 쳐주지 못하는 영세한 출판 환경도, 가슴 아프지만 인정해야 할 이유일 게다. 실제로 주위의 많은 선배와 동료들이 창업의 길로, 전문 마케터의 길로 가거나 출판계를 떠나는 것으로 40대를 준비하고 있었다. 나라고 예외일 수는 없었다.

세상이 아무리 험악해도, 최소한 쉰 살까지는 일하고 싶었다. 아니 솔직히 말하면 그때까지는 손수 돈을 벌고 싶었다. 그래야 자식들이 고등학교에 다닐 동안 그들을 책임질 수 있고, 그나마 일하는 사람으로서의 자존심을 지키며 살 수는 있지 않을까, 라는 생각에서였다. 출판계를 떠날 수는 없다. 내가 해온 일이 출판이며, 앞으로 가장 잘 할 수 있는 일도 출판이기 때문이다.

그렇다면 출판 일을 하자. 그런데 영업자의 수명은 40대 전후란다. 어떻게 하지? 창업은 어렵다. 돈도 없고 사람도 없고 그리 자신도 없다. 그럼 전문 마케터의 길로 나가볼까? 두루 살펴보니 영업과 마케팅은 질적으로 다르다. 특히 출판계에서 영업은 마케팅으로 자연 진화하지 않는 것처럼 보인다. 그렇다면 나에겐 새로운 영역이고 미지의 영역이다. 어차피 새로운 영역이라면 기획편집을 해보자. 그리고 나이 들어 더 오래 할 수 있는 일도 영업보다 기획편집이 아닐까? 이것이 내가 영업에서 기획편집으로 방향전환을 한 첫 번째 이유다.

여러 우물을 파다

그동안 여러 분야에서 일했다. 순서대로 적어보면 영업-총무-제작-마케팅이다. 짬짬이 기획도 하고 편집도 했다. 출판사가 하는 웬만한 일은 두루 해본 셈이다. 어떤 분은 이런 나를 두고 농담 반 진담 반으로 "하는 일은 많은데 잘 하는 일은 없다"라고 한다. 넓기는 한데 깊이가 없다는 뜻이다. 맞는 말이다. 해보니 뭐든지 만만한 분야가 없었다. 특히 총무와 제작은 일하기가 너무 어려워 그만둘 수밖에 없었다. 그래서 그 뒤로 총무와 제작 분야에서 일하는 분을 보면 존경하는 마음이 저절로 든다. 한 가지 문제가 있다면 이렇게 수박 겉핥기 식이다 보니, 깊이 있는 지식은 쌓이지 않고 실속이 없어진다는 것이다. 신문의 헤드라인만 보고 세상사를 다 아는 것처럼 뻐기는 상황과 비슷하다. 잘난 체하다가도, 고수 앞에서는 금방 바닥이 드러나는 격이다.

7년 동안 일했던 출판사를 그만두었을 때, 나를 찾는 곳이 많으리라고 내심 기대했다. 이만하면 오랜 경력과 다양한 경험을 갖췄으니 출판사에 안성맞춤이라 생각한 것이다. 그런데 석 달을 꼬박 놀았다. 기대했던 제안은 들어오지 않았고, 내가 입사하고자 했던 출판사들도 여러 가지 이유로 나를 거부했다. 총무와 제작에서는 맡은 기간도 짧고 아는 것도 별로 없으니 내세울 만한 경력이 아니라고 생각했다. 또한 기획과 편집은 곁눈질로 배워 고작 서너 권 만들어 봤을 뿐이고, 큰 성과를 거둔 적도 없으니, 마찬가지로 자신이 없었다. 하지만 영업과 마케팅은 달랐다. 당시 나는 영업과 마케팅의 연관성과 차이점을 깊이 고민하였고, 영업자가 마케터로 진화하는 과정에 대해 주위 사람들과 많은 이야기도 나누었다. 바야흐로 마케팅 시대가 곧 열리리라 확신했고, 우리가 나서서 준비해야 한다고 목청을 높이곤 했다. 당시 목표는 유능한 마케터가 되는 것이었다.

하지만 나를 둘러싼 현실은 달랐다. 대부분의 출판사는 내가 품은 대의에는 동감했으나 영업 현실을 더 중시했고, 그나마 나를 원하는 몇 개 안 되는 출판사는 뚜렷한 성과를 보여주지 못한 나의 영업과 마케팅 경력을 인정하지 않았다. 유능한 마케터가 되겠다는 꿈은 이렇게 무참히 좌절되었다. 한 우물을 깊게 파지 못한 나의 불찰이었고, 말이 아닌 실력으로 능력을 보여주지 못한 나의 잘못이었다. 그렇다면 한 우물을 깊게 파보자, 그 안에서 실력을 키우자가 내가 내린 결론이었고, 이것이 나를 기획편집자의 길로 나서게 하는 두 번째 이유가 되었다.

기획과 마케팅

영업자들은 "영업이 달리는 말에 채찍을 가할 수는 있어도, 말을 달리게 할 수는 없다"라는 말을 종종 한다. 즉 팔릴 가능성이 있는 책을 더 잘 팔 수는 있어도, 팔릴 가능성이 없는 책을 잘 팔 수는 없다는 이야기다. 영업이 무슨 요술지팡이도 아니기 때문이다. 상당히 패배적이고 운명론적인 말로 들릴지 모르겠다. 하지만 내 경험으로도, 이 이야기는 90퍼센트 이상이 진실이다. 여러 요인이 모아져 책이 잘 팔리는 것이지, 영업만 잘 한다고 잘 팔리는 것은 아니라는 말이다. 그렇다고 해서 영업이 쓸모없는 것은 절대 아니다. 영업은 출판유통에서 마침표 같은 존재라서 영업 없이는 출판유통이 완성되지 않는다.

영업은 보통 책이 출간되는 시점을 전후로 시작된다. 사전 영업을 강조해도, 이미 완성된 생산물이나 그에 준하는 것을 갖고 출발한다는 점에서는 큰 차이가 없다. 하지만 책은 완성되기 이전, 곧 기획과 편집 단계에서 책의 운명이 결정되는 경우가 많다. 특히 요즘처럼 트렌드가 시장을 지배하는 상황에서는 더욱 그러하다. 그러나 영업이 기획이나 편집과 실선으로 연결되었다고 말하는 반면, 이러한 시스템을 갖추고 영업자를 독려하는 출판사는 그리 많지 않다는 데 문제가 있다.

어쨌든 이런 한계 때문에 출판에서 마케팅이라는 개념이 새롭게 등장했다고 생각한다. 기획단계에서부터 계획적이고 치밀하게 '시장질'을 하는 것, 이것이 바로 마케팅이다. 따라서 마케팅은 영업보다 더 기획에 실선으로 연결되어 있다. 이것이 유능한 마케터가 되고자 기획편집으로 방향전환을 하게 된 세 번째 이유다.

한 번 더 생각하자

살림출판사에 와서 네 권을 만들었다. 기획편집자라는 명함을 갖고 처음 만든 책들이니 감회가 남다를 수밖에 없다. 그래도 겨우 네 권 만들고, 기획과 편집을 말하려니 참 쑥스럽다. 초보 기획편집자의 좌충우돌 체험기로 읽어주길 바란다.

세 번째로 만든 책은 『수의 신비』이다. 수와 숫자의 탄생과 역사, 그리고 상징적·철학적·종교적 의미를 다룬 프랑스 책이다. 원서를 받았을 때 재미있겠다고 생각했다. 페이퍼백으로는 드물게 2도 인쇄였고 화보도 풍부했다. 정성 들여 편집한 걸 한눈에 알 수 있었다. 게다가 제목에 '신비'가 들어가는 게 요즘 대세 아닌가.

그런데 번역원고를 읽으면서 환상이 와르르 무너졌다. 도무지 이해가 안 됐다. 번역이 잘못 돼서가 아니었다. 무언가 산만하고 어지럽다는 느낌뿐이었다. 그러니 예쁘게 보였던 화보도 미워졌다. 이제 와서 포기할

120

순 없고, 욕이나 안 먹게 정확하게 만들자고 편집 원칙을 세웠다. 대충 이 것저것 꼴을 갖춘 뒤 교정교열 외주를 보냈다. 영업팀에게는 크게 기대하기 어렵겠다고 통보했다. 디자이너에게는 화보가 많으니 되도록 원서와 똑같이 디자인해 달라고 부탁했다. 외주자에게도 다른 기교를 부리지 말고 정확하게만 봐달라고 했다.

편집은 빠르게 진행되었다. 교정교열 외주도 끝나고 디자인도 마무리되었다. 제법 책의 꼴이 나왔다. 이제 내 차례. 마지막 교정을 보는데 이상하게 재미있었다. 교정을 중단하고 원고를 또다시 읽었다. 그랬더니 놀랍게도 새로운 수학의 세계가 펼쳐졌다. 각 장의 핵심 주제와 그 연관성이 눈에 들어왔고, 숫자와 문자의 관계와 역사, 숫자의 상징들이 분명하게 이해되었다. 저자의 박식함과 친절함이 느껴졌고, 철학적이고 종교적인 의미도 이해되었다. 책의 가치를 미리 알아보지 못한 나는 뒤늦게 창피했고, 저자와 역자 그리고 마케팅 팀에게 미안한 마음이 들었다.

원래 원고란 것이 편집을 해놓으면 잘 읽히게 마련이다. A4에 널려 있는 걸 가지런히 편집하면 보기에도 좋고 이해하기도 쉽다. 하지만 이건 핑계에 불과하다. 다산북스의 김선식 대표가 〈기획회의〉 인터뷰에서 '원고를 장악한다'라는 표현을 쓴 적이 있다. 1차 원고 단계에서 원고를 검토하는 일이 얼마나 중요한가를 강조하는 말이다. 이 말대로라면 나는 원고를 장악하기는커녕 이해되지 않는다고 쉽게 포기해버린 셈이다. 이해가 안 된다, 그래서 재미가 없다, 그러니까 잘 안 팔릴 거라는 단순한 논리로 책 전체를 확정지어버린 격이다. 다행히 책은 무사히 출간되었고 독자들의 사랑을 과분하게 받고 있다. 못난 편집자를 일깨워준 좋은 책의 힘이다.

'책 내용이 이해가 안 된다'가 '책이 잘 안 팔릴 것이다'로까지 연결되는 과정은 순식간이다. 그리고 그 생각을 출판사 전체에 퍼뜨리는 것도 금방이다. 그만큼 초기 단계에서 편집자의 역할은 결정적이다. 이제 나에겐 '모르면 공부하자' '한 번 더 생각하자'가 원고를 장악하는 방법론이다.

몇 부나 팔릴까

나는 서점에서 책을 볼 때 늘 판권을 본다. 쇄를 확인하기 위해서다. 영업자 시절부터의 오래된 버릇이다. 한때는 다른 영업자들과 책값 알아맞히기 놀이를 한 적도 있다. 책을 들어보고(이른바 근수를 재보고) 책값을 예상하는 놀이다. 이건 이래서 잘 팔리겠고 저건 저래서 잘 안 팔리겠구나, 라고 따져본다. 나에게 책은 텍스트 이전에 상품이었고, 그 책의 가치를 결정짓는 기준은 얼마나 팔렸는가 하는 수치였다. 기획회의를 할 때도 마찬가지다. 기획거리를 검토하다 느닷없이 '몇 부나 팔릴까'라는 말이 튀어나온다. 그러면 회의장은 긴장감이 흐른다. 기획거리의 생사를 가르는 말이기 때문이다. 이런 인식은 책을 만들면서도 계속됐다. 잘 팔릴 책에는 좀 더 신경을 쓰고, 덜 팔릴 책에는 덜 신경썼다. 저자들이 알면 땅을 칠 노릇이다. 이런 태도는 저자를 대할 때도 은연중에 드러난다.

얼마 전, 살림에서 몇 권의 책을 냈던 저자를 만났다. 저자의 신간 출판을 축하하기 위해서였다. 안타깝게도 이 저자의 기존 책은 많이 팔리지 않았다. 그런데다 내가 직접 참여한 책도 아니었기에, 별반 준비를 하지 않은 채 저자의 약력만 대충 살펴보고 나갔다. 술이 한 순배 오가면서 이야기가 부드러워졌다. 자연스레 책에 대한 이야기가 나왔고, 앞으로의 집필 계획 이야기도 나왔다. 알찬 동양 고전 강의를 듣는 듯했다. 역사에 대한 관점이 뚜렷하고, 박식했으며 진지한 분이었다. 또한 하루에 12시간 넘게 공부한다고 했다. 사람은 겉만 봐서는 모른다는 말처럼, 판매부수로 저자를 판단해서는 안 된다는 걸 깨달았다. 집에 돌아와 그분의 책을 훑어보고, 잡지 연재 글을 모아 읽었다. 술자리에서 저자 이미지와 글이 겹쳐지면서 얼굴에 미소가 지어졌다.

책과 관련한 우리의 결론이 '몇 부나 팔릴까'로 모아지는 것은 당연하다. 우리가 만드는 책은 시장을 향해 있고, 시장에서 그 가치가 매겨지기 때문이다. 하지만 이 물음은 결론이어야지 시작이어선 안 된다. 책의 의미와 가치를 충분히 생각한 뒤 이 질문을 던져도 충분하다는 말이다. 나는 오랫동안 이 물음을 시작으로 하면서 살아왔다. 그랬더니 시야가 좁아지고 상상력이 빈곤해졌다. 이렇게 하면 출판 일을 오래 못한다.

편집은 중독성이 강하다

솔직히 말해 영업자가 자사 출판물을 모두 챙겨 읽는 경우는 드물다. 그 많은 책을 읽을 여건도 안 되는 데다, 영업자도 사람인데 자신이 관심 없는 분야의 책까지 챙기는 것은 고역이기 때문이다. 더구나 다른 출판사의 유사·경쟁 도서를 꼼꼼히 챙겨 읽는 것도 쉽지 않은 일이다. 그래서 영업자는 제목이나 표지, 저자의 지명도 등을 보고 시장성을 판단하는 경우가 많다. 상대적으로 편집은 소홀히 취급한다.

살림에서 책을 내기 전까지도 이런 생각이었다. 그런데 첫 번째 책을 내면서 생각이 바뀌었다. 편집 외주를 하긴 했지만, 나도 여러 번 교정교열을 봤다. 첫 책이라서 긴장했지만 편집을 해보니 생각보다 흥미로웠다. 잘못을 고치는 뿌듯함, 책이 완성되는 모든 과정을 주도하는 우쭐함, 완성된 책을 보았을 때의 가슴 벅참 등 이루 말할 수 없는 즐거움이 있었다.

편집은 분명 중독성이 있다. 자칫하면 신선 놀음에 도끼자루 썩는 줄 모르겠다는 생각마저 들었다.

두 번째로 『경성기담』을 편집할 때다. 이 책은 일제강점기의 살인사건과 스캔들을 다룬다. 일반 역사서에서는 다루지 않는 소재이다 보니 거의 신문과 잡지에서 자료를 구했다. 당연히 책에는 신문과 잡지를 인용한 내용이 많을 수밖에 없었다. 저자는 자료 처리 방식 때문에 고민을 많이 했다. 보통의 책에서는 인용글을 제시하고 앞뒤에 해설을 붙인다. 그러다 보니 독자는 비슷한 내용을 두 번 읽는 셈이 된다. 저자는 이런 방식을 싫어했다. 그래서 인용글을 본문과 자연스레 연결하는 방식으로 글을 썼다. 즉 인용글을 읽지 않으면 전개가 부자연스러워지게 연결했다. 논픽션이지만 소설처럼 재미있는 이야기를 써보겠다는 의도와도 어울리는 방식이었다.

이제 문제는 이를 어떻게 표현할 것인가였다. 고민은 인용글이되 최대한 인용글이 아닌 것처럼 표현하는 것과, 인용글의 출전을 어떻게 처리할 것인가로 모아졌다. 여러 시도 끝에 인용글을 본문과 같은 서체로 하되, 포인트를 약간 작게, 아주 조금 들여쓰기 했다. 출전은 인용글 바로 아래에 달지 않고, 본문 전체에 테두리를 만들어 그 안에 집어넣었다. 이렇게 했더니 생각보다 훨씬 자연스럽게 읽혔다. 그러나 어떤 독자는 인용문과 본문이 구별이 안 된다고 불평했다. 또한 연구자들은 출전을 이렇게 소홀히 취급해서야 되겠느냐고 질책했다. 하지만 비판보다 칭찬이 더 많은 것을 보면 이 선택이 여전히 옳았다는 생각이 든다.

책을 고를 때는 제목과 표지가 결정적인 역할을 한다. 하지만 이미 선택한 책을 읽을 때는 편집이 눈에 들어온다. 단순히 활자를 나열한다고 해서 책이 되는 건 아니다. 정성스레 편집된 책은 읽는 즐거움을 배가한다. 불꽃처럼 타올랐다가 얼음처럼 식는 책들에는 분명 편집의 문제도 포함되어 있다. 편집을 소홀히 하면 안 된다는 건 말하면 잔소리다.

나는 운이 좋았다

누구나 잊을 수 없는 책이 있다. 나에게도 그런 책이 있다. 『퇴계와 고봉, 편지를 쓰다』『책문』『쾌도난마 한국경제』『경성기담』이 그것이다. 모두 언론의 집중 조명을 받은 책들이고, 해당 분야에서 베스트셀러가 된 책들이다. 특히 홀대받는 인문·사회과학 분야의 책이라서 더욱 대견스럽다. 이 가운데『퇴계와 고봉, 편지를 쓰다』와『쾌도난마 한국경제』는 한국출판문화상도 받았다. 2003년부터 해마다 한 번씩은 이런 책을 만났으니, 운이 좋다고 말할 수밖에 없다. 나는 이 책들에서 많은 것을 배운다.

　『퇴계와 고봉, 편지를 쓰다』는 한마디로 편집이 돋보이는 책이다. 이 책은 퇴계 이황과 고봉 기대승이 주고받은 편지를 번역한 것이다. 둘의 편지는 '사단칠정논쟁'으로 이미 잘 알려져 있었다. '민족문화추진위원회'의 번역본도 나와 있었다. 초고는 둘의 편지를 순서대로 번역한 것이었다. 즉 한글세대를 위한 새로운 번역이라는 컨셉트를 크게 벗어나지 않았다. 하지만 당시 소나무출판사의 조원식 편집장은 이 원고를 '일상의 편지들'과 '학문을 논한 편지들'로 나누어 1,2부로 구성했다. 그랬더니 그동안 '사단칠정논쟁'에 가렸던 퇴계와 고봉의 일상의 교류가 온전히 드러났다. 이 둘의 편지가 '논쟁'에서 '소통'으로, '철학'에서 '문학'으로 탈바꿈하게 된 것이다. 새로운 사실의 발견이었고 새로운 책의 탄생이었다.

　『책문』에서는 기획의 중요성을 배운다. '책문'은 조선 시대 과거시험의 마지막 관문으로, 임금의 물음에 대한 선비들의 대답을 모은 것이다. 부제 '시대의 물음에 답하라'가 의미하듯이 정치·경제·사회·문화 등 당대의 현안을 묻고 답하는 내용이 대부분이다. 모두 15개의 책문이 실려 있는데, 개인적으로 가장 압권이라 생각하는 것은 임숙영의 책문이다. 임숙영은 "가장 시급한 나랏일은 무엇인가?"라는 왕의 질문에 "나라의 병은 왕 당신입니다"라며 맞장을 뜬다. 이러한 조선 선비의 기개가 당시 노무현 정부의 상황과 연결되면서 언론으로부터 많은 조명을 받았고 독자들의 관심으로 이어졌다. 당시 소나무출판사에서는 책에 실린 책문보다 3배수나 많은 글을 모든 직원이 나눠 읽고 별표를 매겨 우선순위를 정하는 작업을 오랫동안 했다. 『책문』의 성공은 바로 여기에 있었다고 생각한다. 이 책으로 '책문'이라는 단어는 사회성을 획득했다.

『쾌도난마 한국경제』는 세계적인 경제학자 장하준과 정승일 박사의 한국 경제에 대한 대담집이다. 박정희의 개발독재, 재벌, 신자유주의 등 한국경제의 껄끄러운 문제가 모두 도마에 올랐다. 둘은 이 책에서 진보와 보수의 구분을 뛰어넘는 독특하면서도 명쾌한 논리를 선보여 화제가 되었다. 또한 부제 '장하준·정승일의 격정 대화'에서 알 수 있듯이 남의 눈치를 보지 않는 거침없는 논의가 인상적이다. 담론이 사라진 시대에 담론의 중요성을 일깨운 책이다.

이런 책을 만들고 싶다

올해 만든 책 가운데 가장 인상적인 것은 『경성기담』이다. 가장 많이 팔려서이기도 하지만 '이야기'의 중요성을 깨닫게 했기 때문이다. 이 책을 통해 나는 인문학 서적도 재미를 줄 수 있다는 확신을 갖게 되었다. 또한 '이야기'를 매개로 해서 지식과 정보를 재미와 연결시킬 때 그 지식과 정보가 더욱 맛깔스러워짐도 알게 되었다. 우리나라 사람이 이야기를 참 좋아한다는 사실도 새삼 확인하였다.

이제 기획편집자 생활을 한 지 10개월이 되었다. 별 일이 없다면, 앞으로도 이 길을 가게 될 듯하다. 내가 잊을 수 없는 네 권의 책에서 배운 것들을 곱씹어 이에 버금가는 책을 만드는 것만으로도 지금은 벅차다. 독자와의 소통에 대한 간절한 열망이 낳은 새로운 편집, 세태에 대한 강한 은유로 무장한 기획, 피하지 않고 정면으로 맞서는 담론, 이야기를 통한 재미 추구. 이것이 당분간 내가 만들고 싶은 책의 바탕이다. 이 바탕 위에서 차곡차곡 쌓아갈 때 비로소 새로운 세계가 열릴 것이다. 그때는 언제일까?

◆**임중혁**——1998년 소나무출판사에 입사하여 7년 동안 영업일을 했다. 2005년 부키출판사에 입사해 1년 동안 마케팅 업무를 했다. 2006년 3월부터 지금까지 살림출판사에서 기획편집자로 일하고 있다. 진지하게 그러나 재미있게 사는 것이 꿈이다.

독자의 1초를 아껴주는 마음

이지연 길벗출판그룹 개발전략 이사

처음부터 출판을 하려 했던 건 아니었다. 길벗에서 햇수로 14년째 근무한다. 10년 동안은 길벗에서 근무했고 이후 3년 동안은 길벗이지톡에서 일했다. 길벗에서는 IT 서적을 주로 만들었고 길벗이지톡에 와서는 어학 서적을 만들었다. 대리 때부터 편집장이 되었는지 과장 때부터 편집장을 했는지 기억이 나지 않는다. 몇 명 되지 않는 편집부였기 때문에 경력이 얼마 되지 않았을 때부터 편집장 역할을 맡아 좌충우돌했다.

올해부터는 길벗출판그룹의 개발전략실 이사를 겸임하게 되었다. '그룹'이라고 하면 대기업을 떠올리게 되어 출판사 이름 뒤에 그 말을 붙이는 것이 어색하긴 하지만 길벗출판그룹은 길벗출판사(IT, 경제경영, 실용), 길벗이지톡(어학도서), 길벗스쿨(어린이 학습, 교양)의 세 브랜드로 따로 또 같이 운영되는 회사이므로 길벗출판그룹이라고 부르는 게 적합한 듯싶다. 또 언젠가는 출판도 다른 제조업처럼 대기업이 가능할 거라는 비전을 담고 있기도 하다.

길벗에 입사한 나이는 29세. 당시 월급이 거의 없다시피 한 사회과학 출판사에 근무하다 생활비를 벌기 위해 겸업으로 시작한 과외가 본업으로 바뀌었다. 과외 선생 노릇은 괜찮은 편이었다. 소개가 많이 들어와서 드디어 대치동으로 진입해 그룹 과외를 진행하게 되었으니까. 그때 한 친구가 나를 컴퓨터 회사의 책 만드는 부문에 소개했다. 그 회사는 길벗출판사와 관계(?)가 있는 컴퓨터 회사였다. 내 전공이 전산이고 출판을 해본 적이 있으니 적임자라는 거였다. 나는 선불로 받았던 대치동 하우스 과외비를 돌려주고 신입사원으로서는 다소 늦은 나이에 '무언가를 만드는' 세계로 돌아왔다.

그리고 컴퓨터 회사에 들어간 지 한 달 만에 '책은 출판사에서 만들라'고 해 내 소속이 길벗 편집부로 옮겨지게 되었다. 당시 길벗의 편집장은 현재 길벗출판그룹의 발행인인 이종원 대표였다.

1994년 입사한 길벗은 유망 직업, 유망 점포 등을 다루는 실용서를 내는 출판사였고 이종원 편집장은 의도하지 않은 부서원을 맞이한 셈이 되었다. 편집장은 내가 위축되지 않게 하려고 약간 오버하며 나를 환영한다고 했다. 하지만 내가 환영받는 게 맞는 건지 어리둥절해하며 주춤거렸던 기억이 난다. 기존의 출간 분야와는 전혀 다른 IT 책을 혼자 시작해야 하는 길벗 편집부의 생뚱맞은 멤버였다.

물고기를 주기보다 물고기 낚는 법을 알려주는 사람

길벗에서 컴퓨터 책을 만드는 일은 무척 보람 있었다. 순탄치만은 않았다. 전공이 컴퓨터였을 뿐, 컴퓨터 책은 처음 만들었기 때문이다. 당시 이종원 편집장은 그 후로도 오랫동안 자타가 공인하는 컴맹이었다. 그러나 그는 질문의 힘을 지닌 사람이었다. 해당 분야의 구체적 내용은 모르지만 기획에 관련된 질문들을 통해 책 만들기를 코칭할 수 있었다. "독자는 어떤 사람들인데?" "왜 이 책을 보려고 하는데?" "기획서 다시 한 번 정리해보자" 등 한 번 더 생각하게 하는 힘을 지녔다. 물고기를 주기보다 물고기 낚는 법을 알려준 편집장이라고 할까?

해당 분야를 잘 모르는 편집장과 일하는 것이 오히려 행운이었다. 처음부터 물고기 낚는 법을 배워 자생력을 키울 수 있었고 책 만드는 과정 전반을 주도적으로 계획하는 조건에서 일할 수 있었기 때문이다. 나중에 길벗 편집장을 하다 길벗이지톡 편집장으로서 완전히 다른 분야에 뛰어들면서도 별로 겁을 내지 않았던 것은 이런 개인적 경험 때문이었을 게다.

지식의 소외가 일어나지 않는 책

아무튼 그렇게 해서 처음에 만든 책은 『컴퓨터, 한 달만 미쳐보자』였고 이 책을 만들고 나니 사명감도 생기기 시작했다.

당시 컴퓨터뿐 아니라 온갖 기술 관련 서적은 암호 같다는 소리를 들을 만큼 책장을 넘기기가 쉽지 않았다. 그런데 길벗출판사에 와보니 교열이란 게 있었고 편집자는 최초의 독자이니 최초의 독자가 이해할 수 있게 원고를 고쳐야 한다고 했다. '책이란 게 원래 어려운 것'이라는 생각의 꺼풀이 벗겨지니 이제까지 나를 고생시켰던 책들에게 화가 나기 시작했다. 특히 졸업 후 자격증 때문에 독학으로 전공 서적을 보면서 고생을 했던 터라 더욱 그랬다.

1980년대 내가 대학에서 배운 것은 '휴머니즘'이었다. 세상이 인간답지 않다면 우리 손으로 인간다운 세상을 만들어야 한다고 배웠다. 책도 마찬가지라는 생각이 들었다. 어려운 책을 쉽게 읽을 수 있는 책으로 바꿔주자. 지식의 소외가 없는 책을 만드는 것, 많이 배운 사람이든 배우지 못한 사람이든 누구나 쉽게 배울 수 있는 책을 만드는 것이 내가 있는 영역에서 실천할 수 있는 휴머니즘 아닐까? 그래서 저자에게 집필 지침을 줄 때나 교열 전문가에게 원고를 의뢰할 때마다 초등학교 5학년 정도가 읽을 수 있는 수준으로 서술할 것을 권장했다.

내가 만든 이 책이 누군가의 1초를 절약해준다면 보람되지 않은가. 우리 사회에 필요한 지식을 더 빠르게, 더 쉽게 흡수할 수 있는 책을 만든다면 이것이 바로 사회적 생산력을 발전시키고 거창하게 말하자면 역사를 발전시키는 게 아닐까?

누군가의 1초를 아껴주는 마음

그런 생각이 더욱 구체화되어 만들어진 책이 '무작정 따라하기'의 첫 번째 책인 『인터넷 무작정 따라하기』이다. 그때 PC 통신이 유행했는데 인터넷 접속은 무척 어렵고 아는 사람도 극소수인 그런 시절이었다. 우리도 인터넷을 잘 몰랐기 때문에 원고 내용을 하나하나 따라해보았다. 책 속의 실습 코너 이름이 '무작정 따라하기'였기 때문에 정말 무작정 따라하면 되는지 회사 컴퓨터를 모뎀으로 연결하고 따라해본 것이다.

저자들에게는 아주 쉽지만 보통 사람에겐 답답한 문제들을 깨끗하게 해결한 뒤 책으로 출간하였다. 이 책은 베스트셀러가 되었고 초창기 인터넷 사용 인구의 1/3이 이 책을 보고 따라할 만큼의 영향력을 행사하였다.

다음에 나온 책이 『컴퓨터 무작정 따라하기(약칭 컴무따)』이다. 이 책이 세상에 나오면서 '무작정 따라하기'는 시리즈화되었다. 『인터넷 무작정 따라하기』를 낼 때부터 시리즈화를 생각하고 낼 만큼 출판 실력이 있었던 건 아니었다. 두 번째 책의 제목이 확정되면서 시리즈화가 결정된 것이다. 그렇게 시작한 브랜드가 IT 분야에 머무르지 않고 길벗출판그룹 내 경제경영 분야(『주식투자 무작정 따라하기』 『펀드투자 무작정 따라하기』), 어학분야(『미국 영어발음 무작정 따라하기』 『일본어 무작정 따라하기』)로 확산되면서 베스트셀러가 되었다. 지금도 더 나아가 다양한 분야의 '무작정 따라하기' 시리즈가 만들어지고 있다.

'무작정 따라하기' 시리즈만 해도 300만 권 넘게 팔렸으니 그동안 우리 사회에 기여한 시간을 누군가의 시간으로 환산하면 100년이 넘지 않을까?

올해 1월 박종철 고문치사 사건 20주년을 맞는다고 한다. 1987년 1월 14일 고문치사 사건으로 죽은 청년 박종철. 물고문 속에서도 자신의 목숨을 걸고 지키려 했던 것들이 20년이 지난 지금 과연 소중히 지켜지는지 생각하니 울컥하는 마음이 든다. 그가 지키려 했던 건 386 정치인 박 모 씨가 아니라 자신이 옳다고 생각한 가치였을 것이다. 오랜만에 가치 있는 삶에 대해 생각해본다. 처음 책을 만들 때 가졌던 마음, 인간에 대한 애정을 가지고 책을 만들었던 그때의 정신을 자꾸 잊어버리는 건 아닌가?

다시 출판으로 돌아와서 이야기를 이어가보자. 1월이라 작년에 대한 평가와 목표를 세우는 작업을 하고 있거나 얼마 전에 끝냈을 출판 동료들에게도 조금이나마 도움이 되었으면 하는 마음으로 요즘 길벗에서 고민하는 문제를 정리해본다.

출판에서 양과 질의 문제

지난 몇 년, 대형화하지 않으면 도태될 것이라는 위기의식 속에서 양적 성장의 중요성이 긴박하게 제기되었다. 출판사도 기업이기 때문에 매출을 극대화하고 이윤을 추구하는 것은 당연하다. 하지만 매출만으로 기업을 평가하는 데에는 석연치 않은 점이 있다. 최근 출판사들이 성장을 이야기할 때 "거긴 매출이 400억이래. 다른 곳은 300억이라던데" 하면서 양적 성장에만 주목할 뿐 질적인 부분은 별로 화제가 되지 않는 듯싶다. 그런 점에서는 길벗도 비슷했다. 매월 결산회의는 숫자 중심으로 진행되었고 목표계획서도 숫자 중심으로 요약되었다. 회사가 성장하고 있지만 길벗의 리더 가운데 그 누구도 이 성장이 장기적일 수 있을까, 라는 질문에는 잘 모르겠다고 했다. 장기적인 성장 지표를 확인하지 않고 앞만 보고 돌진하고 있다는 점이 꺼림칙했다.

둘 중 하나를 선택하는 문제가 아니다

길벗출판사 편집자들과 자주 했던 논쟁 가운데 하나가 있다. 책을 많이 내면 책의 품질이 떨어지니 종수를 늘리는 것을 반대한다는 논쟁이었다. 양을 늘리면 질을 포기해야 하는데 그럼 길벗출판사다운 책을 내지 못한다는 이야기이다. 나 또한 처음에는 그렇게 생각했다. 다품종을 내는 것과 고품질의 책 몇 권을 내는 것을 선택 문제로 보았던 것이다. 하지만 이 문제는 양이냐 질이냐를 선택하는 문제가 아니다. 오히려 책을 많이 내면 시장에 대한 이해가 깊어져 기획이 더 선명해지고 시장 포지셔닝을 제대로 할 확률이 높아진다. 우리 독자는 다양한 책과 고품질의 책 둘 다를 원한다. 시장이 양과 질을 동시에 원한다면 그 두 가지를 동시에 만족시키는 것을 목표로 삼는 게 당연하다. 양적 목표와 질적 목표를 동시에 세우고 그 목표들을 달성할 수 있는 이행 방안을 생각해야 한다. 방법을 찾으면 나오게 마련이다.

책을 내는 데도 양과 질을 동시에 따지는 것이 중요한 만큼 출판조직도 마찬가지이다. 출판사도 양과 질 둘 중 하나를 선택할 수는 없다. 시장이 그 두 가지를 원한다면 양과 질을 동시에 만족시킬 시스템을 만드는 것을 목표로 삼아야 한다.

비행기를 날리는 데는 여러 개의 계기반이 필요하다

최근 그런 고민을 하면서 회사 내부에서 BSC 관련 책을 가지고 세미나를 진행하였다. 『가치실현을 위한 통합경영지표 BSC(Balanced Score Card)』의 앞 부분을 보면 다음과 같은 말이 나온다. 요약해서 전달하면 다음의 대화가 된다.

신식 제트 비행기의 조종실에 들어갔는데 계기반이 하나밖에 없다고 상상해보라. 기장과 다음과 같은 대화를 나눈다면 비행기에 오르고 싶은 생각이 나겠는가?

질문: 계기반 하나만 보면서 비행기를 조종한다니 정말 놀랍군요. 근데 저 계기반으로는 무엇을 측정하나요?

기장: 비행기 속도죠. 저는 이번 비행에서는 비행기 속도만 신경 쓰고 있습니다.

질문: 그렇군요. 비행기 속도는 확실히 중요하죠. 그러나 고도는 어떻습니까? 고도계는 필요하지 않다고 생각하시나요?

기장: 지난 몇 차례 비행에서 고도에 신경을 썼고 꽤 좋은 점수를 얻었죠. 저는 비행기 속도가 적절한가에만 집중하려고 합니다.

질문: 그런데 연료계측기도 없네요. 그것은 유용하지 않습니까?

요즘 우리가 고민하는 건 조직의 균형 발전이다. 길벗은 어떤 시기에는 생산성을 중요하게 생각하지 않고 책 만드는 정신만 강조했었다. 어떤 시기에는 종수 확대에만 집중하여 기획회의를 소홀히 한 해도 있었다. 또한 조직을 수평적으로 펼쳐서 각개 약진을 하는 게 중요할 때는 전체 통합성에 대해서는 돌아보지 않았던 시기도 있었다.

조직의 균형 발전을 위한 네 가지 관점

이 책에서는 조직의 균형 발전을 위해 조직의 성장을 네 관점에서 바라보는 게 필요하다고 한다.

1. 재무적 관점
2. 고객 관점
3. 내부 프로세스 관점
4. 학습과 성장 관점

이를 출판 조직에 대입해서 실천해보면 어떨까? 목표를 세울 때 이 네 관점을 가지고 조직의 균형적 발전을 이루어 튼튼한 성장을 가져오는 데 도움이 될 수 있을 것이다.

올해 길벗출판그룹도 목표계획서를 쓰기 전에 네 관점을 정리하는 것부터 시작하고 있다.

첫 번째는 재무적 관점이다

인풋과 아웃풋 관점이라고 생각하면 쉬울 듯싶다.

얼마나 들었고 얼마를 팔았는가? 그 해의 매출 목표 달성률은 어떠했고 매출의 내용은 어떠했는지를 따져보는 것이다. 매출 대비 개발비는 얼마나 들었는지, 매출 대비 홍보비 등도 평가하자. 또 구간과 신간 매출의 비율, 종당 평균 판매 부수, 총매출 대비 반품률 등도 주요 지표이다.

1인당 평균 생산 종수 같은 것도 의미가 있다. 그런 다음 2007년 재무적 목표를 만들면 문서 속의 목표가 아니라 목표를 이루기 위한 이행 방안도 함께 고민하게 될 것이다.

두 번째는 고객 관점이다

왜 독자는 우리 브랜드를 선택하는가? 이에 대해서 어떤 전략이 있는가? 재무적 목표를 달성하려고 어떤 고객 가치를 만들어야 하는지를 고민하는 게 고객 관점이다. 먼저 고객이 누구인지 정의하는 것부터 시작해야 한다. 어떤 차별적 요소를 가지고 책을 만들 것인가?

고객 관점을 유념하고 독자들이 보낸 엽서를 보다 보니 이런 말이 눈에 뜨인다. "길벗은 어떤 일을 시작하기 힘들 때 책을 보면 다 할 수 있겠다는 느낌이 드는 책을 만드는 것 같다." "나도 할 수 있을 거 같은 느낌이 들게 만든다. 무작정 따라하면 될 거 같은 느낌이다." 등.

우리의 고객이 느끼는 고객 가치는 아직 건전하다. 그럼 올해의 고객 가치는 구체적으로 어떤 타이틀로 어떤 전략으로 구현할 건가?

시장의 베스트셀러를 파악하면 독자가 느끼는 가치가 어디에 있는지 그리고 경쟁사기 낸 출간 목록을 조사하면 경쟁사는 어떤 고객 가치를 만들려고 하는지 추측할 수 있다. 이 또한 평가하거나 목표를 세울 때 간과할 수 없는 요소이다.

길벗출판그룹은 시리즈 브랜드가 많다. 굵직한 브랜드만 해도 IT, 어학, 경제경영 세 분야에서 사용하는 '무작정 따라하기' 시리즈, 대학생 인지도 1위 수험서 브랜드인 '시나공 – 시험에 나오는 것만 공부한다' 시리즈, 어학분야 베스트셀러 브랜드 'Try again 중학교 교과서로 다시 시작하는' 시리즈, 『기적의 계산법』『기적의 영어동화』등 어린이 학습물 분야의 베스트셀러 '기적의 ~' 시리즈 등이 유명하다. 그 밖에 여러 브랜드가 새로 생겨나 각각의 분야에서 세력을 뻗치는 중이다.

이 브랜드들이 2007년에는 어떤 고객 가치를 만들어 새로움을 보여줄 것인가? 군이 우리 브랜드를 선택할 이유가 독자들에게 있는가?

세 번째는 내부 프로세스 관점이다

출판사에서 관리해야 할 핵심 프로세스가 무엇인지부터 생각해야 한다. 출판에서 원재료는 원고이다. 원고 품질만 좋아도 절반 정도는 쉽게 해결한 셈이다. 원고를 생산하는 필자 그룹 관리는 중요하다. 함께 걸어가야 할 필자 명단을 다시 정리하고 그들의 매니저가 되어 1년을 함께 계획해보자.

그런 다음은 기획이다. 한 출판사에서 기획자의 역량에 따라 천차만별의 기획서가 나온다면 그 출판사에서 나온 책의 품질은 들쑥날쑥할 것이다. 기획자용 기획안 양식이 올바른지 기획회의 참여자들이 올바른 의사결정에 기여할 수 있는 조건인지 확인해보자. 기획안 양식도 새로운 시대에 맞게 변화시켜야 한다. 길벗에서는 편집장들이 먼저 블루오션 전략 세미나를 한 뒤 기획안에 몇 가지 질문을 추가해 새로운 관점으로 생각하고 올바른 의사결정을 하게 유도하기도 했다. 예를 들면 다음과 같다.

- 제거Eliminate: 해당 분야 도서들이 당연하게 여기는 상품구성요소 가운데 제거할 요소가 있습니까? 있다면 무엇입니까?
- 감소Reduce: 업계의 표준 이하로 내려도 독자들은 신경 쓰지 않는 요소가 있습니까? 어떤 요소를 감소시켜도 됩니까?
- 증가Raise: 독자들은 중요하게 생각하지만 업계에서는 소홀히 취급되는, 그래서 우리가 업계 표준 이상으로 올려야 할 요소는 없습니까? 있다면 무엇입니까?

또 중요한 프로세스는 커뮤니케이션이다. 회사가 커질수록 커뮤니케이션이 생산성에 미치는 영향이 크다. 부서 내부와 외부 사이의 커뮤니케이션 경로와 의사를 결정하는 단위의 커뮤니케이션이 어떻게 이루어지는지, 정기적인 미팅과 의사결정 권한이 적절한지 평가하고 변화시켜보자.

네 번째는 학습과 성장 관점이다

앞의 세 가지 관점으로 일을 하는 것은 바로 사람이다. 사람이 제일 중요하다. 목표를 달성하려고 학습하고 성장해야 할 요소와 인프라는 무엇인지 찾아야 한다.

개인적으로 기획 쪽 인력에게 권장하고 싶은 도서가 몇 가지 있다. 교열 교정 도서나 『편집이란 어떤 일인가』를 비롯하여 출판 관련 좋은 책이 많지만 신입사원으로 1년 쯤 일한 후에는 마케팅 입문서와 활용서 한 권씩은 세미나를 하기를 권장한다. 우리 회사는 예전에는 마케팅론 같은 두꺼운 책으로 자체 세미나를 하기도 하고 외부 강사를 초빙하기도 했는데 요즘은 『마케팅 무작정 따라하기』로 내부 세미나를 진행한다. 같은 고민을 하는 사람끼리 토론해보는 것만큼 좋은 교육은 없다. 그 다음에 우리 회사에서 단골로 세미나하는 책은 『마케팅 전쟁』이다. 입문서를 본 다음에는 활용서를 갖고 함께 토론하는 것이다. 나는 이 책으로 세미나를 여러 번 했는데 할 때마다 새롭다. 그때마다 고민하는 주제가 달라서 그런 듯싶다. 여력이 되면 『마케팅 불패의 전략』 등 앨 리스, 잭 트라우트의 마케팅 고전을 보는 것도 추천한다. 최근에는 『블루오션 전략』을 내부의 필독서로 정하고 전사적인 세미나를 진행 중인데 신규 인력이 입사할 때마다 세미나를 개최할 만한 가치가 있다고 본다.

팀장쯤 되면 리더십 세미나도 필수적이다. 최근에 길벗출판그룹 편집장들과 함께 『우든의 리더십』을 가지고 세미나를 진행했는데 무척 인상적이었다. 가끔 진부한 문장으로 느껴지던 '최선을 다한다'는 말이 가슴으로 들어왔다. 이 책도 후배들에게 필독서로 권하고 싶다.

사람은 누구나 그 안에 위대함을 지니고 있다

우든 감독의 이야기는 만화 〈슬램덩크〉의 모델이었다고 한다. 우든 감독은 경기에 나갈 때 '이겨야 한다'는 말이나 1등을 하란 말을 한 번도 한 적이 없다고 한다. 그럼에도 연전연승의 신화를 이루었다. 최고가 되려고 하지 말고 최선을 다하자는 거다. 우든은 "자신이 할 수 있는 최선의 노력을 다한 사람은 승자이고 최선의 노력을 하지 않은 사람은 인생의 패자"라고 일관되게 이야기한다.

우든은 '성공'을 다음과 같이 정의했다. "성공은 자신이 성취할 수 있는 최고의 사람이 되기 위해 최선을 다했다는 사실을 알 때 생겨나는 만족감과 그로 인해 일어나는 마음의 평화이다."

나는 이 문장을 여러 번 읽어보았다. 그리고 1등을 했던 순간이 언제였던가 생각했다. 우든이 말했듯이 실제로 최선을 다했지 1등을 하려고 하지는 않았던 듯하다.

우든은 누구나 위대함을 지니고 있다고 한다. 인간이 지닌 위대함을 끌어내는 것이 리더의 역할이라는 것이다. 우든의 책을 읽으며 인생이라는 경기장에서 최선을 다하는 것에 대해 생각해본다.

여기가 다시 새로운 시작의 출발점이다. 내 안에 아직 풀어놓지 못한 위대함이 남아 있으니.

◆ **이지연** —— 길벗 편집장과 길벗이지톡 편집장을 거쳐 현재는 길벗출판그룹 개발전략실을 맡고 있다. 내 사주에는 문창귀인이란 천운이 들어 있어서 글로 돈을 벌 팔자라고 한다. 그리고 항상 노력하는 것보다 좋은 결과를 가져오는 운세란다. 그런데 정말 그랬던 듯싶다. 항상 나를 도와주는 사람들이 나타났다. 감사할 뿐이다.

편집자는 책으로 삶을 교정한다

이경아 돌베개 인문고전팀 팀장

배우는 자신이 맡은 배역에 몰입하여 어느덧 자신과 영화 속의 인물을 혼동하기도 한다. 영화 속 연인이 실제의 연인으로 발전하기도 하고 말이다. 책을 다루는 편집자도 그렇다고 한다면 이해할 수 있을까? 물론 편집자가 자신이 만든 모든 책에 몰입할 수는 없다. 그럴 수 있다면 '편집자'는 정말 매력적인 직업일 것이다.

몰입보다는 괴로움에 몸부림치며 만들어내는 경우가 훨씬 더 많다. 편집자가 아닌 독자라면 행복하게 읽었을 책이건만, 노동의 대상으로 책을 대하니 괴롭기 한이 없다. 훌륭한 책이다, 재미있는 책이다, 그러니 만든 너는 오죽 재미있었겠니? 하고 물으면, 밤을 새며 교정한 기억, 디자인 시안을 보며 고심한 기억만 떠오르는 경우가 부지기수다. 책 하나 만들고 나면 흰머리가 늘어난다. 그래서 누가 편집자가 되고 싶다고 하면 말리고 싶을 때가 더 많다.

하지만 가끔 어떤 책들은 '편집자'에게 보람이라는 것을 느끼게 하기도 한다. 나도 모르게 그 책을 만들면서 내용에 푹 빠져들고, 작업을 즐기고 있을 때가 있다. 어느새 그 책의 내용처럼 생각하고 움직이기도 한다. 그런 책을 만들 때는 콧노래가 절로 나고, 무척 진지해진다. 그리고 그런 책들은 내 삶의 지침이 되고 윤활유가 되기도 한다. 길지 않은 10년의 편집자 생활에 간간히 그러한 책들이 있었다. 그리고 그렇게 만든 책들을 돌아보면 당시의 내 모습이 되짚어지고, 내 삶에 족적을 남기는 심정이 된다. 이래서 '편집자'를 그만두지 못하고 여태껏 책을 만들고 있지 않나 싶다. 10년이라는 편집자의 경력은 결코 많은 것이 아니다. 여전히 배워야 할 것이 산처럼 높고 바다처럼 넓다. 지식의 바다는 깊고 넓기만 하다. 해를 거듭할수록 이 사실을 더욱 절감하고 새로운 원고를 대할 때마다 설렘과 함께 두려운 마음이 든다.

지식의 드넓은 바다에 발을 담그다

편집자로서 출판계에 발을 들여놓은 지 2년째에 『양명학 공부 1·2』를 만들었다. 겨우 맞춤법 원칙 익히고 문장 보는 법 배울 초보 편집자 때 너무나 어렵고 깊이 있는 원고를 만나고 말았다. 단지 한학漢學을 공부했다는 이유로 나에게 맡겨진 원고였다. 어렵고 부담스러웠다. 팔순의 스승을 대신해 세 분의 제자가 스승의 원고와 그간 나왔던 책들을 소중하게 싸들고 출판사로 방문했다. 난 그분들에게서 범상치 않은 기운을 느꼈고, 특히 번뜩이는 안광眼光은 눈길을 마주치기에 조금 부담스럽기까지 했던 것으로 기억한다. 도를 닦는 분들은 눈빛에서 맑은 기운이 나와 상대방을 감화시키는 것일까. 그분들과 이야기하면서 한국의 기독교라는 새로운 세계를 접했다. (개종했다는 뜻은 아니다.) 이토록 진지하고 때로는 기껍게 시련을 받아들이며 힘들게 인생을 사는 사람들이 있을까. 대학 4년과 대학원 3년, 이렇게 꼬박 7년을 그저 한문만 공부했던 내게 김흥호, 다석 유영모,

함석헌, 한국의 기독교 이야기는 아주 낯설었다. 내가 이 원고를 제대로 이해나 할 수 있을까. 불안한 마음으로 원고를 받아들었다. 과연 원고의 내용이 녹록지 않았다. 동서양의 역사와 사상사를 꿰뚫는 저자의 혜안이 느껴졌다. 어떻게 한 사람이 이렇게 많은 사상과 역사를 섭렵하면서 글을 쓸 수 있을까. 경이롭기까지 했다. 동양의 것만 −그것도 한·중·일 세 나라의 것만− 편식해온 나로서는 버거운 내용들이었다. 하지만 제대로 읽어보고픈, 아니 공부하고 싶은 욕심이 생겼다. 이렇게 해서 만들어진 책 가운데 하나가 『양명학 공부』이다. 김흥호 전집 가운데 첫 번째 책이다. (이 밖에도 『다석일지 공부』(전7권), 『생각 없는 생각』 『푸른 바위에 새긴 글』 등 김흥호 선생의 전집이 이어서 출간되었다. 이후에는 제자들이 따로 '사색'이라는 출판사를 세우고 저자의 책만을 출판하고 있다.)

『양명학 공부』는 왕양명의 『전습록』을 완역한 것으로, 양명학의 정수가 담겨 있는 책이다. 학교 다닐 때 그래도 『전습록』을 공부했던 터라 김흥호 선생의 원고 가운데서는 그나마 쉽지 않을까 생각했지만 오산이었다. 『전습록』 위에서 난 양명학만 공부했는데, 이 원고에는 양명학과 함께 뜬금없이 하나님, 「마태복음」, 『법화경』이 종횡무진으로 날아다녔다. 눈이 핑핑 돌았고, 한 자 한 자 넘어갈 때마다 조심하고 또 조심해야 했다. 자칫 나의 얄팍한 지식으로 커다란 오류를 범하지 않을까 두려웠다. 이 책을 만들고 난 뒤에 든 느낌은 지식의 드넓은 세계에 잠깐 발을 담가봤다는 정도일 것이다. 내가 모르는 지식의 세계가 한없이 넓으며, 결코 자만해서는 안 되고 겸손하되 항상 얼음을 밟듯 조심하지 않으면 그대로 차가운 물에 빠질지 모른다는 두려움이 일었다. 특히 여러 사람이 읽는 책을 만드는 편집자가 자신의 지식만 믿고 자만하다가는 돌이킬 수 없는 오점을 남길 수 있겠다는 생각이 들었다. 편집자로 나선 이후 내게 처음으로 두려움을 준 책이 바로 『양명학 공부』였다.

목사이기 이전에 도인이자 철학자에 가까운 저자의 고도의 사상이 이 책 곳곳에 그대로 담겨 있었다. '『주역』을 묵상하다 견성한 동양적 기독교인'이라고 하면 저자에게 더 맞는 표현일까. 저자는 기독교를 동양적으로 체득하고 그 깨달은 바를 평생 이웃에게 전해온 사람이다. 하루 한 끼, 새벽 찬 목욕으로 몸과 정신을 단련한다는 저자의 글에는 찬 서리 속에 피어난 매화 같은 기운이 넘친다.

저자의 전집을 진행하면서 이화여대에서 일요일 아침마다 하는 강의를 들으러 간 적이 있다. 강의이기도 하고 주일예배이기도 했다. 팔순이 넘었지만 그 쩽한 목소리란! 강의 내내 한 번도 앉지 않고 서 있는 모습을 보며 하루 한 끼만 드시는 분이라고는 도저히 믿겨지지 않았다. 하루에 세 끼를 다 챙겨 먹고 거기에 빠트리지 않고 간식까지 먹는데도 늘 배고프다고 말하는 나는 뭐란 말인가? (식충이인가?)

선생의 강의 교재는 성경이 아닌 불경佛經일 경우가 많다. 하지만 모든 도는 일이관지一以貫之라고 했던가. 선생의 말은 유교, 불교, 도교 등 동양의 사상과 서양의 기독교 사상을 하나의 줄로 연결하고 있었다. 내가 편집자가 되지 않았다면, 어떻게 이 선생을 만나 이렇게 자세하게 이 글을 읽을 수 있었겠는가. 팔순의 도인을 바라보며 나태한 내 삶을 다시 한 번 점검했다. 그리고 편집자의 길이 결코 순탄치 않다는 걸 느꼈다.

편집자의 자세를 배우다

『도쿠가와 이에야스』는 내가 다뤄본 몇 안 되는 소설 가운데 하나다. 야마

오카 소하치라는 일본 작가가 17년간 쓴 장편의 소설로, 일본뿐 아니라 국내에서도 '대망大望'이라는 이름으로 잘 알려져 있던 책이다.

어릴 적 이 책을 들춰보았던 기억이 남아 있다. 거실의 오래된 책장에 꽂혀 있던 여러 권의 책이었는데, 권마다 책갑이 있었고, 본문은 세로쓰기 2단 조판의 책이었다. 무슨 내용을 읽었는지는 모르겠지만, 붓글씨로 쓴 듯한 '大望'이라는 두 글자만 기억에 남는다. 지금 생각해보면 당시 집집마다 『손자병법』 『가정법률상식』과 더불어 이 책을 한 질씩 소장했던 듯하다. 이 책은 일본에서 책으로 출판되기 전 신문에 연재되었는데, 완간도 되기 전에 이미 3천만 부가 팔렸고, 지금까지도 일본 출판계의 최대 발행 부수를 자랑하는 책이라고 한다. 이 책은 일본인의 국민성이 어떻게 현재의 모습으로 형성되었는지를 보여준다. 그리고 일본의 문화와 역사를 알 수 있다. 일본의 센고쿠戰國 시대는 일본의 정신세계를 만든 원천이 되는 시대라고 생각한다. (물론 나의 의견이다.)

이렇게 어마어마한 책을 진행하게 되었으니, 나로서는 큰 행운이었다. 물론 전공으로 보나 경력으로 보나 책임편집자는 아니었으니 마음 또한 편안했다. (책임편집자의 부담감은 예나 지금이나 여전하다.) 이 책의 한국어판을 만들어내는 일은 워낙 큰 작업이라 편집자 두세 명이 함께 또는 나눠서 진행해야 했다. 책임편집의 직책을 맡지는 않았지만, 이 책이 완간되기까지 한 권 한 권 내 손을 거쳤다. 어떤 책은 초교, 재교 등 교정을 보았고, 어떤 책은 부록 작업을 했다. 특히 이 책의 부록은 원래의 원서에는 없던 것으로, 일본의 중세 시대에 대해 잘 모르는 독자를 위해 편집자가 직접 작업해서 한 권 한 권 넣었다. 일본에서 나온 자료를 찾아다니고 또 번역도 하고, 전문가를 찾아가 자문을 구했다. 발품을 판 만큼 자료는 더욱 풍부해졌다. 이전에 공부한 일본어가 도움이 많이 되었지만, 역사 지식이 절대적으로 필요한 작업이었다. 이렇게 해서 알게 된 일본 중세 센고쿠 시대의 역사와 문화는 흥미로웠다.

이 책을 만들면서 제작에 대해서도 배웠다. 회사의 제작자가 갑자기 공석이 되면서 제작까지 떠안게 되어서 무척 힘이 들기는 했지만, 책 제작에 관한 나의 지식은 대부분 이때 다 배운 것이다. 새벽 2시경에, 인쇄소에서 이제 표지 인쇄 들어가니 오라는 전화를 받고 택시를 타고 부랴부랴 달려갔었다. 어디서 그런 에너지가 나온 건지, 다시 또 하라고 하면 손사래를 치며 사양할 노릇이다.

언제 다시 서른두 권의 책을 할 수 있을까. 흔치 않은 기회를 나는 운 좋게 잡은 것이다. (100미터 달리기만 하다가 마라톤을 한 느낌!) 원작이 워낙 베스트셀러이기 때문에 부록으로 붙은 여러 가지 자료들은 거의 주목받지 못했지만, 부록 작업을 하면서 편집자가 해야 하는 일이 무엇인지 하나쯤은 깨달은 것 같다. 원서 그대로만 만들어내는 건 누구나 할 수 있지만, 독자를 위해 좀더 다른 장치를 모색하는 건 편집자의 몫이다. 물론 그 작업이 독자에게 도움이 많이 되었으면 좋겠지만 그렇지 못한 경우도 있다. 그래도 계속 고민하고 또 해야 할 작업일 것이다. 어쨌든 이 책을 완간하면서 나는 편집자가 지녀야 할 다양한 경험과 지식을 습득할 수 있었다. 그리고 독자의 입장에서 책을 들여다보고 만들어야 한다는 생각도 이때 강하게 자리 잡게 되었다. 소중한 경험을 준 이 시리즈를 고맙게 생각한다.

고전의 무궁한 가치를 발견, 고전 편집쟁이를 꿈꾸다

대학 시절 내 가슴을 먹먹하게 만들었던 책의 저자를 대하게 되었을 때의 두근거림이란. 신영복 선생은 상상했던 것보다 훨씬 더 다정하셨다. 오랜 영어囹圄 생활이 느껴지지 않을 만큼 해맑은 미소를 지으며 반겨주셨다.

20대 초반에 햇빛출판사에서 나온 『감옥으로부터의 사색』을 읽었다. 제목 위에는 고딕체로 '통혁당 사건 무기수 신영복 편지'라고 씌어 있었다. 그때는 통혁당 사건이 뭔지도 모르고 읽었다. 책 표지에는 여름철 징역살이의 괴로움, 사람 사이의 부당한 증오 등의 내용을 담았던 친필 글씨가 인쇄되어 있었다. 그런데 10년도 훨씬 지나서 나는 편집자가 되었고, 다시 신영복 선생의 글을 접하게 되었다.

『강의』는 '관계론關係論'이라는 화두를 걸어놓고 『시경』『서경』『주역』『논어』『맹자』 등 동양고전을 그물코처럼 연결해서 읽어낸 책이다. 책에서 예로 드는 고전의 원문은 대표성을 띠면서도 기본적인 것들로, '관계론'을 이끌어내는 마중물의 의미를 넘지 않는다. 그러므로 비전공자도 쉽게 볼 수 있지만, 담고 있는 내용은 태산준령 같다.

〈프레시안〉에 연재했던 최초의 원고는 출간된 책 『강의』의 두 배 분량이었다. 그래서 우선 원고 정리 작업을 하여 시의성에 맞지 않는 부분을 덜어냈다. 그리고 단락을 재구성하고 소제목을 새롭게 다는 등의 작업을 했다. 그리고 고전 강의이기는 하지만 일반적인 고전 강독이 아니기 때문에 내용 구성 등 편집 부분에서도 고민이 필요했다. 고전 원문 자체보다는 그 글을 풀어내는 저자의 말이 강조되어야 한다는 판단 아래 원래 있던 한자 단어 설명글이나 주석 등을 삭제하고, 고전 원문과 해당 번역문은 음영을 줘서 도드라지지 않게 하였다. 이 책이 출간된 뒤 원문의 음 달기, 번역의 자세한 해설 등에 대한 아쉬움과 불만을 토로하는 독자도 더러 있지만 나는 그때의 판단이 옳다고 본다.

책 제목을 무엇으로 할지 여러 안이 나왔었다. '신영복의 동양고전 강의'가 첫 시안이었던 것으로 기억한다. 저자의 브랜드 가치가 컸기 때문에 출판사라면 가장 먼저 내세우고 싶은 것이 저자의 이름일 것이다. 하지만 저자가 자신의 이름을 앞세우는 것을 극구 사양했다. 저자가 경제학자이며 동양고전을 전문으로 공부한 사람이 아니기 때문에, 이 제목을 씀으로써 혹 전공 학자들에게 누가 될까 우려하는 듯했다. 그래서 가장 정직하게 제목을 정했다. 이 책의 원고는 원래 성공회대에서 '고전 강독'이라는 제목으로 한 교양 강의를 인터넷 신문 〈프레시안〉에 연재한 것이기 때문에, 제목을 '강의' 부제를 '나의 동양고전 독법'이라 하였다. '나'라는 말을 넣음으로써 해석의 다양성과 주관성을 드러냈다. 제목을 이렇게 달았음에도 몇몇 문장에서의 번역의 다른 점, 한자의 다른 점을 들어 여러 통의 항의 비슷한 전화를 받았다. 원전의 이본이 여럿이고, 또 그 문장들에 대한 번역도 예부터 학자들의 의견이 분분했으니 반드시 이것만 옳다고 할 수 없다는 점을 말했지만 이해하지 못하는 이들도 있었다. 경직된 사회만큼이나 고전의 번역에서도 융통성이 없는 듯했다.

『강의』에서 보여준 새로운 시각의 고전 읽기는 기존의 고전 전공 학자들에게도 시사하는 바가 컸으리라 생각한다. 그리고 나 또한 이 책을 진행하면서 고전에 대한 새로운 시각을 갖게 되었다. 이전의 나는 동양고전 그리고 우리 고전 자료들을 한문 공부를 위한 기초 자료, 역사를 증명해주는 1차 자료 정도로 생각했고, 문학 작품 자체로 감상하는 정도로 생각했다. 하지만 이보다 더 상위의 가치가 고전 속에 있었다. 그러나 이 책을 진행하면서 보다 밝은 미래를 모색할 수 있는 고전의 무궁무진한 자원을 엿보았다. 우리 고전과 동양고전을 바탕으로 한 다양한 책을 좀더 만들 수 있겠다는 생각이 들었다. (물론 고전 관련 기획과 더불어 실력 있는 필자를 구해야 한다는 점은 여전히 어려움으로 남아 있다.) 출판사에 처음 취직했을 때도 우리 고전 관련 책을 만드는 편집자로 들어가게 되었지만, 이 책을 계기로 좀더 구체적인 방향과 편집자로서의 욕심이 생겼다. 베스트셀러를 만들어봤다는 경험은 쉽게 얻을 수 없는 것이지만, 이 책에서 베스트셀러의 화려함보다는 편집자로서 앞으로 나아갈 길을 봤다는 것이 나로서는 더 큰 수확이었다.

학자의 엄정한 자세는 편집자에게도 필수 요소

고전을 편집하면서 꼭 내고 싶은 고전 책이 두 종이 있다. 『사기』 완역본과 연암 박지원 문학 전집(『연암집』『열하일기』『과농소초』) 완역본. 몇 년 전『사기』완역 작업을 위한 기초 조사를 했지만, 이미 몇몇 분이 완역 작업을 진행하고 있고 또 출판사도 정해져 있다는 말에 잠시 미뤄두기로 했다. 물론 포기한 것은 아니다. 손색없는 번역서가 나온다면 다시 낼 필요가 없겠지만, 혹 그렇지 않다면 제대로 된 책을 다시 내야 할 것이다. 내가 꼭 내야 하는 것은 아니다. 직접 만들고 싶은 욕심은 있지만, 다른 편집자라 해도 반드시 해야 할 일이라고 생각한다. 『사기』는 고금을 막론하고 인문서의 기초가 되는 원전이기 때문에 정본 완역서가 꼭 필요하다. 물론 다시 내겠다는 출판사가 없다면 어쩔 수 없는 일이지만 말이다.

　『사기』와 함께 내고 싶은 책이 연암 박지원의 문집이다. 나는 돌베개 입사 이후 다행히 연암의 글을 많이 다루었다. 그리고 지금도 다루고 있다. 올해에도 연암 관련 책이 두 종 이상 나올 것이다. 연암의 산문 20편을 정밀하게 분석한『연암을 읽는다』를 냈고, 연암이 아들과 친구에게 보낸 사적인 편지글 모음인 『고추장 작은 단지를 보내니』를 편집하였다. 두 책 모두 소중한 작업이었다. 그리고 마침내 『연암집』(상·중·하)을 낼 기회를 얻었다.

돌베개 판 『연암집』은 '국역 연암집'(1·2)이라는 제목으로 2005년에 민족문화추진회에서 간행된 바 있다. 역자는 김명호 선생으로 연암 박지원과 그의 손자인 환재 박규수 연구를 평생의 업으로 삼은 학자이다. 김명호 선생이 번역한 『연암집』, 그리고 『열하일기』를 꼭 내고 싶었지만, 민족문화추진회에서 신호열·김명호 번역으로 『연암집』이 나온다는 소식을 듣고 마음을 접었다. 어디서 나오든 꼭 나왔으면 했던 책이라 서운하면서도 기뻤다. 그런데 뜻밖의 기회가 다시 찾아왔다. '국역 연암집'을 좀더 수정 보완하여 널리 보급하고 싶다는 역자의 뜻으로, 돌베개에서 다시 내게 된 것이다. 이에 1년의 수정 보완 작업을 거쳐 이 책을 출간하게 되었다. 수정 보완 작업을 하면서 역자는 기존 책에 있던 번역이나 인쇄상의 사소한 오류까지 놓치지 않고 바로잡는 한편, 『한국문집총간』 표점본標點本에 의거했던 원문 구두句讀를 전면 교열하여 저본이 되는 텍스트의 완벽을 기하였다. 번역문 각주 역시 수정 보완해서 더욱 충실한 주해가 되도록 하고, 새로운 이본들을 추가 대조하여 원문 교감에 반영하였다. 그 결과 번역문 각주와 원문 각주를 합해 약 4000개에 달하는 주석이 붙게 되었다. 말미에는 총색인을 붙여 『연암집』을 자료로 활용하기 편리하게 하였다.

이미 교열을 한 원본을 새로운 이본들까지 다 찾아서 다시 대조하며 교열하는 것도 힘든 일이지만, 4000개에 달하는 꼼꼼한 각주는 다른 이들이 따라가기 힘들 만큼 치밀한 것이었다. 각주 하나를 적기 위해 문헌을 뒤지고 또 뒤졌을 역자의 모습을 생각하면, 문장의 조사 하나, 문장부호 하나

허투루 교정할 수 없었다. 빽빽한 성벽을 보는 듯한 느낌이었고 입추의 여지가 없어 보였다. 밤을 새며 색인 작업을 했지만, 완역본『연암집』을 내 손으로 만든다는 생각에 뿌듯하기만 했다.

이 책과 함께 동시에 진행한 책이 연암 박지원의 문학 선집인『지금 조선의 시를 쓰라』이다. 작품 선정부터 작품 제목까지 역자가 치밀하게 기획하여 제시했기 때문에 편집자인 나는 편했지만 한편으론 무척 부담스러웠다. 전체 100편의 작품을 선정·수록했는데, 그야말로 연암의 주옥 같은 명문을 모두 모아놓았다. 기존의 연암 선집들과의 차이점은 무엇보다도 이 책은『연암집』이 완역된 위에서 나온 선집이라는 것이다.『연암집』이 모두 완역된 뒤 그 가운데서 선집 작업을 하는 것과, 홍기문의『박지원 작품선집』을 바탕으로 선집 작업을 하는 것은 매우 큰 차이가 있다. 이전에도 박지원의 선집을 충분히 만들 수 있었지만, 전집의 완역을 위해 미뤄둔 역자의 학문에 대한 엄정한 태도는 편집자가 꼭 배워야 할 자세라고 본다. 모든 여건이 무르익지 않은 상태에서 섣부르게 한때의 이익을 노려 책을 만들어낸다면, 결국 그 책은 오래가지 못한다는 게 그간의 경험으로 알 수 있었다.

30년 이상 학문을 연구해온 학자의 엄정한 자세와 이제 몇 년 안 된 편집자의 자세를 어찌 비교할 수 있겠는가. 하지만 나는 이런 책을 가뭄에 단비 맞듯 진행하면서 엄정한 자세란 무엇인가, 편집자의 치밀함의 끝은 어디까지인가 등을 고민해보는 계기가 된다. 그래서 이번에 만든 책이 예전 책보다는 조금씩 더 나아지고 있다고 느낀다.

나는 비교적 운 좋은 편집자다. 저명한 필진의 원고를 접할 수 있고, 또 내 전공을 살려서 좋아하는 분야의 책만을 원 없이 만들고 있으니, 적어도 원고의 함량 문제로 스트레스를 받지는 않는다. 한때 박사과정에 진학하지 않고 취직한 것에 대해 고민하고 후회한 적이 있었다. 이제라도 다시 발길을 돌릴까. 일본 유학을 가고 싶었는데, 이제라도 알아볼까. 하지만 지금은 생각이 달라졌다. 잠깐의 어학연수는 기회가 되면 가고 싶지만, 직업을 바꾸고 싶지는 않다. 책을 만들며 정신적으로 육체적으로 힘든 시간을 보내더라도, 나의 결정을 후회하지 않는다. 책을 만드는 괴로움을 조금씩 즐긴다고 해야 맞을 듯싶다. 그래서 이렇게 고생스런 이야기 구구절절 적지 않고, 그저 책 이야기를 하며 너스레를 떠나 싶다. (편집자 생활을 하면서 겪었던 에피소드로 지면을 채울 수도 있지만, 그보다는 '나와 책'이라는 단순한 구조로 이야기를 얽어보고 싶었다. 사실 나는 복잡한 이야기를 할 만큼 치밀한 사람도 못 된다.)

앞으로의 바람이 있다면 필자가 신뢰하고 먼저 찾는 편집자가 되었으면 하는 것이다. 욕심이 크다는 것도 알고, 이렇게 되려면 많은 과정과 노력이 필요함을 안다. 그리고 편집자의 수명이 짧은 우리나라에서 언제까지 편집자 노릇을 할 수 있을지도 알 수 없다. 하지만 미래를 먼저 생각하지 않고 지금 내가 해야 할 일에 최선을 다하려 한다. 꼭 편집자로서가 아니더라도 지금의 노력이 내 삶에 가치 있는 행동이 될 것이라 믿는다.

이 글을 통해 그동안 만들었던 책 가운데 네 권을 들어서 이야기했지만, 그렇다고 나머지 책들이 소중하지 않다거나 한 것은 아니다. 이 책들 말고도 많은 책이 나에게 많든 적든 조금씩 가르침을 주었다. 내가 만드는 책이 한 권 한 권 조금씩 더 나은 방향으로 진화했으면 한다. 그리고 더불어 나도 조금씩 더 나은 '나'가 되었으면 한다. 이 글의 제목처럼 책을 만들면서 내 삶의 방향을 조율하고 교정하고 그럼으로써 행복하게 살아갈 수 있다면 더없이 훌륭한 직업이 편집자일 것이다.

오늘은 정말 본문 레이아웃부터 어려운 원고를 붙들고 씨름하고 있다. 본문 레이아웃만 일주일을 넘겨 고민하고 있다. 하지만 이런 과정을 거쳐 나올 책을 상상하며 이 시간을 즐긴다.

◆**이경아**──── 돌베개 인문고전팀 팀장으로 일하고 있다. 할아버지에게 민화투, 「청산리 벽계수야」 시조, 천자문을 배웠다. 부산대학교에서 한문학을 공부했고, 이후 성균관대학교에서 한문학 전공으로 석사학위를 받았다. 한문 공부는 끝이 없다고 생각해서다. 나이가 들면 서당을 차려 아이들에게 급수따기 한자 공부가 아닌 한문(한자로 씌어진 아름다운 우리 고전)과 서예를 가르치고 싶다.

나의, 거의 모든 것의 역사

이영희 비채 대표

취업난이 지금처럼 심각하지 않은 시절이었기 때문일 것이다. 대학 졸업을 앞두고 있던 내겐 몇 가지 선택의 기회가 있었다. 대기업 홍보실에서 사보를 만드는 일이 가장 무난하게 직장생활을 할 수 있는 길이라면 S사로 가는 건 가장 어리둥절한 선택이었다. 당시 S사는 좋은 책을 펴내는 곳으로 이름나 있었지만 박봉으로 소문난 곳이기도 했기 때문이다.

잡지사 면접날, 유명한 동화작가이자 내가 지원한 부서의 데스크로 있던 J부장은 "돈 벌 생각이라면 다른 직장에 가요. 작가가 될 생각이라면 몰라도!" 하면서 노골적으로 내 등을 떠밀었다. 이미 다른 곳에 입사가 확정된 상태에서 경험 삼아 면접이나 볼 요량으로 나간 자리에서 그런 소리를 듣자 갑자기 내가 가장 하고 싶은 일이 '내 글을 쓰는 것'일지도 모르겠다는 간절한 생각이 일기 시작했다.

평소 우유부단하기 짝이 없던 내 어디에 그런 고집이 숨어 있었는지는 모르겠지만, 나는 그날 이후 무모한 도전을 하고 말았다. 글재간도 없고 평소에 작가가 되겠다는 생각은 눈곱만큼도 갖고 있지 않았던 내가, 기필코 그곳에 들어가서 글을 쓰고야 말겠다는 터무니없는 결심을 하게 됐으

154

니 말이다! 물론 입사한 뒤로 내 결심 따위는 까맣게 잊고 말았지만, 어쨌든 졸업을 한 달여 앞둔 어느 날 S잡지사에 수습기자로 들어간 덕분에 나는 지금까지 잡지 출판일을 하고 있는 셈이다.

지금 내가 알고 있는 모든 것은 S사에서 배웠다

수습기자로 입사하자마자 직속상관으로 처음 맞닥뜨린 사람은, 본인은 절대 그런 의도가 아니었겠지만 결과적으로는 나를 지금의 길로 이끈 J부장이었다. 밖에는 해맑은 동심의 작가로 알려져 있었지만 누구보다 목소리가 크고 카리스마도 강한 사람이었는데 대충 들어와 설렁설렁 일하고자 하던 내 마음을 알아챘던 듯하다.

　입사 첫날부터 호된 숙제가 떨어졌다. 각 분야별 필자 후보 200명의 리스트를 작성하는 것, 그리고 최근에 나온 S잡지를 읽고 분석하는 것. 마감은 이틀 뒤였다. 201명 리스트를 작성해가자 다시 직업별, 연령별, 성별, 학벌별로 분류해서 평소에 그 사람이 쓰는 글의 장단점까지 적어내라며 종이를 돌려주었다. 2년치 잡지를 읽고 분석해가자, 5년치를 읽어도 모자라겠다며 낯빛이 붉어진 채 눈도 마주치지 않았다. 첫날부터 취재 현장에 들이밀더니 밤을 새워 써간 원고는 책상 끄트머리에 밀어놓고 잘못했다는 지적조차 아깝다는 듯 한숨만 푹푹 쉬는데, 소리지르는 것보다 나는 그게 더 애달팠다.

　머리 쓰는 일로는 절대 인정을 못 받을 듯싶어 힘자랑이라도 하려고 새로 나온 잡지 두 덩이를 힘들게 들고 와 바닥에 내려놓자 당장 꽥 소리가 들렸다. "어떻게 만든 책인데 땅바닥에 내려놓는 거요? 당장 책상에 올려놔요!"

5년치가 무어야, 10년치 잡지를 읽겠다고 마음먹었다. 그런데 오기로 시작한 일이지만 흘러간 잡지를 읽는 일은 생각보다 즐거웠다. 한때 55만 부라는 판매량을 기록한 잡지답게 대한민국의 글 잘 쓴다는 사람이라면 누구나 한 번쯤은 S잡지에 이름을 올렸던 모양이다. 거기엔 성공한 사람들의 올챙잇적 이야기, 반대를 무릅쓰고 결혼해 일가를 이룬 사람, 장애를 딛고 일어선 사람, 유명인과 보통사람의 이야기가 적절히 섞여 있었고, 미사여구 없어도 감동과 정보가 가득했다.

무엇보다 놀라운 것은, 주목을 받으면 불편하고 사람 많은 자리에 가면 허둥대기 일쑤인 내가, 내 옆에, 앞에, 뒤에 있는 사람에게 관심을 갖게 되었다는 점이다! 어떤 철학적 가르침보다도 사람 사는 모습이 아름답다는 것을 S잡지를 통해 나는 깨달았다. 이 손바닥만 한 잡지에 우주가 담겨 있는 듯 보였다. J부장의 숙제는 더 이상 고민할 일이 아니었다.

환경, 여성, 역사, 교육, 종교 등으로 주제를 나누고 사람들의 이야기와 글을 스크랩했다. 여성 쪽의 자료가 늘어나면 어머니와 딸, 직장 여성의 성공담 등으로 가지치기를 했다. 그때만 해도 정보의 양은 턱없이 부족했다. 일간지 외에 지방지와 잡지, 사보 몇 권, 대학 학보가 우리가 가질 수 있는 정보의 전부였다. 복사기나 팩스가 회사에 없던 시절이라 막내인 나에게 돌아오는 것은 이미 선배들이 오리고 구멍 뚫어 너덜너덜해진 신문 잡지밖에 없었지만, 부족한 정보는 노트 가득 코멘트를 써넣는 것으로 해결하곤 했다.

다달이 편집회의를 거쳐 담당 원고가 주어지면, 직업과 나이, 성별과 지역이 다른 사람을 각각 골라내 이야기 전개가 부딪치지 않게 원고 청탁을 하는 것도 쉬운 일은 아니었다. 그럴 때면 책상 서랍 가득 켜켜이 쌓아둔

나의 소중한 스크랩북이 큰 힘이 되어주었다.

눈도 제대로 마주치지 않던 J부장에게 칭찬 비슷한 것을 들은 것은 입사한 지 10개월이 지나서였다. 칼럼 청탁한 사람에게 보낼 원고청탁서를 쓰느라 끙끙대는데 밖에 나갔다가 돌아온 J부장이 웬일인지 내 책상 앞에서 주춤거리는 거였다. "○○씨 알지?" 지난달에 9매짜리 특집원고를 그 사람에게 청탁했었다. 무슨 문제가 생겼나? 나도 모르게 벌떡 일어섰다. "담당 기자가 자기 얘기를 어찌나 잘 알고 있는지 깜짝 놀랐다는군. 원고청탁서를 너무 잘 써줘서 자긴 거기에 적힌 그대로 내용을 옮겨 적기만 했다는군." 부장 얼굴이 붉으락푸르락해지지 않는 모습을 본 것은 참으로 오랜만의 일이었다.

안도인지 아쉬움인지 모를 긴 한숨을 내쉬자 J부장이 책을 한 권 내밀었다. "나한테 이 책이 한 권 더 있어서 말이야." 칭찬은 고래도 춤추게 한다는 말은, 정말 맞다. J부장은 여전히 무뚝뚝했고, 하는 일에 비해 연봉은 터무니없이 적었지만, 그 칭찬을 들은 뒤로 나는 이곳에서 일하는 게 정말 좋아졌다.

"읽고, 써라, 하루에 세 쪽 이상!"

S사는 교양잡지와 성인 및 유아 단행본, 유아잡지를 발간하는 곳이었는데 나는 대부분의 시간을 교양잡지 만드는 데 보냈고, 성인 단행본과 유아잡지 부서에서 각각 몇 년간 일하기도 했다. S사에서 지냈던 십여 년은 '쓰고 읽었던 기억'이 대부분이다.

S잡지의 원고는 원고지 5매짜리, 9매짜리 꼭지가 대부분이었고, 긴 글도 15매를 넘지 않았다. 인원이 적었기 때문에 기자들이 다달이 청탁해야

하는 꼭지 수만 스무 개가 넘었고, 취재하고 청탁하고 대필해야 할 사람들이 한 달에 서른 명을 넘는 때도 있었다. 다른 곳에 비해 데스크의 원고 보는 눈이 유난히 높았기 때문에 담당자들은 원고를 '빽' 당하지 않기 위해 필사적으로 매달렸다.

5매짜리 원고에 보내는 원고청탁서도 거의 리포트 수준이었다. 글을 정말 못 쓰는 사람도 있었지만, 주제에 맞지 않는 엉뚱한 원고를 보내는 사람도 많았기 때문에 청탁 의도를 정확히 설명하는 일이 무엇보다도 중요했다. 그러자니 담당 기자들이 청탁자에게 보내는 글이 장문의 연애편지 못지않게 구구절절해지는 경우가 많았다.

또한 유명인과 무명인의 이야기를 고루 싣다 보니 대필을 해야 하는 경우도 종종 있었다. 강원도 화천에서 마라도까지, 한 달에 두서너 차례, 사람들을 만나고 그들의 이야기를 담기 위해 지방을 다녀오는 고된 행군. 이 손바닥만 한 잡지에 몇 개의 단어와 문장이 실리는 걸까, 쓸데없는 상상을 하는 가운데도 다달이 잡지는 나오고, 나는 일상처럼 글을 썼다.

그곳에서 일하는 사람들은 '동심은 모든 어른들의 마음의 고향'이라는 회사의 캐치프레이즈답게 대부분 순한 얼굴에 얌전한 성품을 지니고 있었다. 시인, 소설가, 동화작가들이 어우러진 회사 분위기는 마치 문학 동아리를 옮겨놓은 듯 가족적이고 따뜻했다. 사람들이 가장 많이 주고받는 선물은 책이었는데, 선물하는 사람이 혼신을 다해 면지에 적어주는 글귀는 가슴 아픈 기억을 떨쳐내고자 하는 사람에게는 다시없는 강장제였다.

청탁 원고가 펑크 나거나 취재 원고를 형편없이 쓸 때면 상사에게 호된 꾸지람을 듣는 날도 있었지만, 단어가 풍부해졌다거나 문장이 좋아졌다는 이유만으로 칭찬받는 날도 많았다. 상사들은 윗사람답게 품위가 있었

158

고 동년배는 말이 잘 통했다.

동료들은 아침 커피 타임, 오후 간식, 저녁 야식에 이어 대학로 뒷골목 작은 술집 순례에 이르기까지 즐겁게 뭉쳐 다녔고 "하루에 세 쪽 이상은 글을 읽고 쓰자!"라는 말로 하루를 마감하곤 했다. 신춘문예 발표 날이면 전화벨소리에 유난히 민감하던 사람들. 크리스마스를 앞두고 소설가 지망생이었던 후배 H의 등단을 알리는 전화가 왔을 때, 사람들 얼굴에 어리던 부러움과 탄성의 목소리, 어두운 동굴을 막 빠져나온 듯 환하게 빛나던 그 후배의 얼굴이 지금도 생생하게 기억난다.

문학 지망생이 아니었던 나도 어쩔 수 없이 이 집단이 주는 문학 세례를 향유할 수밖에 없었으니, 어느 날인가 햇빛 좋은 날, 옥상에 올라가 시집을 펼쳐들고 있는 나를 발견하고 소스라치게 놀란 적이 있다. 그때 계절은 봄이었던가, 내 머리 뒤로 낙산 자락에 철쭉이 한 무리 피었었는데 그런 나를 보고 가만히 웃었던 것은 아닌지 모르겠다.

평범함을 비범함으로 바꾸는 재능, 천상 작가를 만나다

C선생은 S사에 입사한 뒤 처음 만난 필자였다. C선생이 당시 잡지에 연재하던 칼럼 '가족'은 창간 이후 가장 오래된 연재물이었고 같은 이름의 단행본으로도 출간된 적이 있었다. 이에 이어 텔레비전 드라마로도 만들어졌을 만큼 독자들의 열광적인 사랑을 받고 있었다. 글 좋고 사람 좋고 도무지 나무랄 데 없는 호인이었지만 단 한 가지 그에게도 약점은 있었으니 자타가 공인하는 지독한 악필이라는 것! 대한민국에서 C선생의 글씨를 알아보는 사람은 단 두 사람, 본인과 신문사 문선부 직원밖에 없다는 이야기가 공공연히 떠돌았다.

내게 주어진 첫 임무는 C선생이 쓴 글을 받아 적는 것이었다. 선생이 건네준 원고지에는 도저히 생명이 있는 문장이라고 볼 수 없는 이상한 암호가 가득 적혀 있었다. 어지간한 악필이라도 글자 수는 대략 일치하는 법인데 C선생이 적은 글은 다섯 글자인지 세 글자인지도 알아차릴 수 없었다. (20매짜리 원고를 정서하고 나면 늘 23-25매로 늘어나 있었다.) 막내인 내게 그 일을 넘겨준 선배는 C선생의 목소리가 녹음된 카세트테이프를 넘겨주며 녹취 요령을 알려주었다. 테이프 빠르기를 가능한 한 느리게 하여 들으라는 것. 선생의 문장에도 길이 들어, 문장이 끊길 무렵엔 버튼을 탁 누르고 다시 문장이 시작되면 재빠르게 버튼을 올리는 일에 익숙해질 즈음엔 암호 같은 선생의 글도 석 장 정도는 막힘없이 읽을 수 있게 되었다.

C선생은 연재 원고뿐만 아니라 종교와 역사 장편소설을 많이 펴낸 사람이다. 당시 100만 부 넘게 팔린 장편소설 『길 없는 길』을 신문에 연재할 때는 아침 9시면 회사에 출근, 저녁 5시면 퇴근하는 일을 1년 동안 어김없이 반복했다고 한다. 평소엔 좌중을 압도할 만큼 유머가 넘치고 주위를 들었다 놓았다 할 만큼 말주변이 빼어났지만 책상 앞에 앉으면 몇 시간 동안 꼼짝하지 않을 정도로 집중력이 뛰어났다.

선생은 단행본부의 K부장이나 J차장과 담소하길 즐겼는데 연재 원고 담당자인 나도 가끔 그 자리에 끼워주시곤 했다. 나한테 하는 질문이라야 "요즘 무슨 영화를 봤나? 읽은 책은?" 등의 사소한 것들이었는데 그것이 소설의 모티프가 되거나 문장에 삽입되는 걸 보면 신기하기만 했다. 웃음 속에 감추어진 날카로운 혜안, 타고난 재능에 노력을 덧붙인 C선생은 타고난 작가임이 틀림없다.

'나만의 필자'가 있는가

잡지편집자나 출판기획자 모두 자신의 기획을 글로 완벽하게 표현해줄 '내 필자'를 갖고 싶은 꿈이 있을 것이다. 빼어난 문장가이자 인간승리의 주인공으로도 유명한 C교수는 그런 면에서 나의 첫 필자라고 당당하게 이름 붙이고 싶은 사람이다. C교수를 알게 된 것은 나의 스크랩북 덕분이다. '아버지와 딸'이라는 주제로 특집을 꾸미게 되었던 나는 내 스크랩북에 유명한 영문학자 C교수와 그의 딸이자 영문 수필가이기도 한 C교수의 이야기가 스크랩되어 있다는 사실을 기억했다.

C교수는 영자지에서는 이미 유명한 칼럼니스트였지만 우리말로 글쓰기는 처음이라며 청탁을 굉장히 기뻐했다. 며칠 뒤 C교수에게 받은 5매짜리 우리말 원고는, 손볼 곳 하나 없이 완벽한 것이었다. 글쓴이의 진심이 담겨 있었고 재미와 감동이 가득했다. 나는 C교수의 글을 잡지 지면에서 점점 키워나가기 시작했다. 9매짜리 특집, 15매짜리 칼럼, 그리고 잡지의 꽃인 고정 연재칼럼에 이르기까지, 수습기자였던 내가 편집장으로 올라가는 동안 C교수는 나와 함께했고, 면이 늘어나도 그의 글은 감동의 크기가 줄어들지 않았다.

C교수는 잡지의 모든 필자들 가운데 마감이 가장 늦는 사람이었다. 필름을 넘겨야 하는 아침이 다가오면, 숨 가쁘게 C교수의 글이 도착하고, 우리는 지면 크기에 맞춰 조사 하나, 글자 하나를 바꾸거나 덜어내며 글을 다듬었다. 마지막 순간까지 단어 하나하나를 고르고 문장 하나하나를 다듬는 C교수의 완벽함에는 혀를 내두를 지경이었다. 잡지 연재를 모아 엮은 C교수의 첫 산문집 『내 생에 단 한번』이 나왔을 때 그는 "우리말로 글쓰기를 시작하게 해준 사람에게 감사한다"는 멘트로 나를 격려해주었다.

161

그리고 몇 년의 세월이 흘러 지금의 회사로 내가 자리를 옮겼을 때 C교수는 병상에서 엮은 영미시산책『생일』『축복』을 내게 안겨주었다. 단어, 제목 배치, 그림 크기와 색깔 등 무엇 하나 허투루 지나가는 법이 없는 C교수답게 그와의 작업은 완벽함과 정교함을 요구하는 것이었고, 나는 일반 책을 만드는 것보다 배 이상의 시간과 노력을 들여 그에 화답했다.

'세상에서 제일 아름다운 책'을 만들겠다는 C교수의 열정과, 천진하고 정겨운 화풍의 그림으로 책을 꾸며준 K화가 덕에 이 책들은 지금도 좋은 반응을 얻고 있다. 필자의 열망과 편집자의 꿈이 딱 맞아떨어지는 이런 책을 만드는 것은 편집자로서는 흔치 않은 즐거움이다.

글쓰기의 스승, 인생의 스승

내가 만났던 사람들 가운데 전문 작가 못지않게 뛰어난 글을 쓰는 종교인들도 많았다. 거기에서도 P스님과 L수녀님은 글과 인품이 모두 경지에 오른 사람들이다.

'산방한담'이라는 고정 칼럼을 연재하던 P스님은 한 달에 한 번 산에서 내려오는 날이면 시내 작은 절에서 기자들을 만나 원고지에 손수 쓴 글을 건네주시곤 했다. J부장을 따라 스님이 묵는 절을 찾아가면 나는 구석에 가만히 앉아 두 분이 나누는 이야기를 듣다 오곤 했는데 그 무서운 J부장이 P스님 앞에서는 어찌나 잘 웃고 개구진지 이 사람이 그 사람인가 싶었다.

P스님의 글은 기자들이 각각 돌려 읽은 뒤 2인 1조로 다시 읽고 교정지를 확인하는 과정을 되풀이했는데 나는 특히 스님의 글을 소리 내어 읽는 것을 좋아했다. 담담하고 소탈한 문장이 내 호흡과 참 잘 맞았던 것이다. 나중에 스님의 글이 단행본으로 재탄생되었을 때 그 책들을 모두 소리 내

서 다시 한 번 읽었던 적도 있다.

잡지에 연재되었던 스님의 글은 『산방한담』『텅빈 충만』『버리고 떠나기』라는 단행본으로 이어졌고 나오는 책마다 베스트셀러이자 스테디셀러로 자리를 잡았다. 지금 다시 읽어도 스님의 글은 물 흐르듯 막힘이 없다. 인생의 어려운 고비를 만났을 때도 그래 잠시 쉬었다 갑시다, 담담하게 말하는 그 글을 읽고 나면 나는 힘을 얻는다.

L수녀님은 자신의 글처럼 소녀 같은 깨끗한 심성을 지닌 분이다. 잡지에서 오랫동안 수녀님 글을 담당했지만 수녀님과 더욱 가까워진 계기는 단행본 작업을 하면서부터였다. L수녀님은 오랜 수도생활 때문에 절약하는 습관이 몸에 밴 분이었다. 그때는 전화나 팩스, 이메일보다는 편지로 이야기를 주고받는 경우가 많았는데 수녀님은 항상 내가 보낸 편지봉투를 뒤집어 다시 풀칠을 하고 그 속에 내용물을 넣어 보내는 재활용의 모범을 보여주었다. 자신이 받은 선물은 편지지 한 장이라도 나누어 쓰고 거기서 소박한 기쁨을 찾곤 하셨던 수녀님.

산문집 『사랑할 땐 별이 되고』를 만들 때는 예쁜 편지지와 스티커, Y사로 옮겨가 시집 『작은 위로』를 작업할 때는 수도원에서의 하룻밤과 예쁜 양초, 묵주 등의 선물을 받았다. 그리고 무엇보다, 고단하고 지친 하루를 보내는 내게 헤아릴 수 없는 위로와 격려를 해주셨던 분. 잡지출판일을 하다 보면 경우 없는 필자를 만날 때도 많은데, 세상에는 이런 필자도 있음을 말하고 싶다!

글과 사람의 혼연일치, 느낌표의 그 주인공

〈느낌표!〉책이 한때 출판계를 떠들썩하게 한 적이 있다. 나도 이런 열풍에 휘말린 적이 있었는데 Y사에서 만들었던 K선생의 『포구기행』이 바로 그것이다. 시집과 동화, 산문집 여러 권을 베스트셀러로 만든 유명 작가였지만 K선생은 매우 소박한 사람이었다. S사에서 일했을 때 나는 K선생에게 여행 산문 한 꼭지를 청탁한 적이 있었다. 그때 선생이 보내준 '미조포구'에 대한 이야기가 어찌나 아름다웠던지 당장 짐을 꾸려 그곳으로 달려가고 싶다는 생각이 들었다.

나중에 그 글이 실린 단행본이 다른 회사에 나왔을 때 이런 책을 한 번 만들고 싶다는 생각을 간절히 하게 되었는데, 마침 내가 일하던 Y사에서 K선생의 글을 작업할 수 있게 되었다. K선생이 몇 년간 전국의 아름다운 포구를 찾아다닌 여행기, 아름다운 자연 속에 힘차게 살아가는 우리 이웃들의 이야기가 담긴 원고였다. K선생이 직접 찍은 수만 장의 사진이 너무 좋아 취사선택이 어려울 정도였다. 사진 이미지를 살리려고 교정지를 몇 번이나 다시 뽑았던지. 그러다 평소 단행본 용지로는 잘 사용하지 않던 재생지에 컬러 사진을 앉혀보았더니 K선생처럼 소박하고 정겨운 이미지가 잘 살아났다.

K선생처럼 글의 이미지와 작가의 이미지가 그대로 맞아떨어지는 사람은 그리 흔치 않다. '느낌표!'로 선정되어 출판사에 예상하지 않은 즐거움을 준 것도 고맙지만, 작가와 글, 편집이 혼연일치된 즐거운 사례로 그 책을 오랫동안 기억하고 싶다. K선생에게 위안을 준 와온 그 바닷가는 잘 있는지 궁금하다.

편집자보다 편집을 더 잘하는 작가도 있다

누군들 그렇지 않을까마는 나도 첫 직장인 S사를 떠나 Y사, 그리고 몇 군데 직장을 옮길 때마다 몸과 마음이 참 고단했다. 특히 2006년은 새로 옮긴 직장에서 일하기 시작한 첫 해인데, 작년 이맘때 길 위에서 서성거리던 내 모습을 떠올리면 그만 아득해진다. 과연 이 길일까, 내 선택이 올바른 것일까.

앞은 보이지 않고 마음은 정처없던 시절, 나를 일으켜 세워준 것은 시인이자 소설가, 수필가이기도 한 J선생의 원고『내 인생에 힘이 되어준 한마디』였던 듯하다. 온갖 미사여구를 동원하지 않아도 알 수 있었다, 할 수 있다고, 멈추지 말라고 이 책이 내게 힘을 줄 것임을.

내가 모셨던 J부장의 막역한 지인이기도 했던 J선생은 S사의 신입시절부터 지금까지 나를 속속들이 알고 있는 사람 가운데 하나이다. 작가로서는 드물게 언제나 깔끔하고 신사다운 매너를 잃지 않는 사람인데, 원고를 줄 때도 제목이나 원고 내용에 더하거나 뺄 것이 거의 없을 만큼 완벽한 원고를 건네는 분이다. 이 원고를 만들 때도 선생은 스프링노트로 제본한, 거의 완벽한 원고를 내게 건넸다. 내가 한 일이라곤 페이지가 넘쳤을 때 원고 길이를 조절하거나 원고의 순서를 조금 달리 배열한 것, 적당한 그림을 넣어서 글 읽기의 완급을 조절한 것, 그리고 글에 맞는 내지 편집과 표지 장정으로 책을 꾸민 일밖에 없다.

손볼 데가 없어서 오히려 미안했던 책. 제목까지 완벽한 이런 책을 만날 수 있다면, 편집자들이 밥 먹듯 야근하는 일은 없을 텐데.

직장을 옮길 때도 한 달 이상 쉬어본 적이 없으니 내 생의 거의 절반을 책 만드는 일로 보낸 듯하다. 사람들이 갖고 있는 저마다의 이야기가 신기하고 궁금해서 그 사연들을 글로 옮기기 시작했고 그것이 다양한 형태의 책 만드는 일로까지 이어졌지만, 아직도 독자와의 소통은 어렵고 기획은 힘에 부치고 책 만드는 일은 긴장의 연속이다. 내가 가야 할 길은 끝이 보이지 않는데 두 갈래 길은 왜 그리도 자주 나타나는지, 길에서 주춤거리고 서성이는 일도 여전하다. 그런데도 머릿속에 떠다니는 생각들이 활자화되고 책으로 묶여져 나올 때 느끼는 두근거림의 순간, 소박한 기대 때문에 나는 오늘도 이 일을 하는 것이 아닐까 조심스럽게 생각해본다.

◆ **이영희** —— 1988년부터 잡지출판일을 시작으로 출판계에 들어와서 현재 도서출판 비채에서 일하고 있다. 정호승의 『내 인생에 힘이 되어준 한마디』, 장영희의 『생일』 『축복』 외에 『살인의 해석』 『열세 번째 이야기』 『유지니아』 『수다쟁이 장따민의 행복한 생활』 『단 한번의 시선』 등을 편집, 출판했다.

편집자로 산다는 것

정혜인 알마 대표이사

산다는 것, 사람으로 산다는 것, 여자로 산다는 것, 여자 나이 마흔으로 산다는 것, 아시아에서 여성으로 산다는 것/ 인생을 산다는 것, 가족으로 산다는 것, 어른으로 산다는 것, 부모로 산다는 것, 부부로 산다는 것, 아버지로 산다는 것, 자식으로 산다는 것/ 한국인으로 산다는 것, 프로로 산다는 것, 예술가로 산다는 것, 선비답게 산다는 것, 스승으로 산다는 것, 기자로 산다는 것, 사장으로 산다는 것, 직장인으로 산다는 것…

오호, 많기도 해라. 80년대 중반부터 2007년 오늘까지 '산다는 것'으로 줄기차게 우리 곁을 스쳐지나간 책 제목 가운데 몇몇을 추려보았다. 존 쿳시, 안톤 체호프, 패트리샤 헤이맨, 오귀스탱 베르크, 메이 사튼, 비마라 타카르, 헤르만 헤세, 김승옥, 윤구병, 안대회, 고종석. 글쓴이도 다양하다. 무엇으로 산다는 건 이름 높은 누구라도 이름 없는 누구라도, 피해갈 수 없는 문제가 분명한 모양이다.

1984년, 교정지와 첫 대면하다

'때는 바야흐로' 시작이 이 정도는 되어야 걸맞을 듯한 80년대로 가보자.

167

여직원이 결혼하면 퇴사해야 하는 사규가 버젓이 살아 있던 시절이었다. 일에 파묻혀 미련하게 산 탓에 여성이라는 꼬리표를 달고서도 내 딴엔 인정을 받아 제법 큰 프로젝트를 맡았다. 헬멧 쓰고 현장을 신나게 뛰어다닐 때였다. 그런데 결혼을 앞두고 문제가 생겼다. 사실혼은 인정해줄 테니 혼인신고만은 하지 말란다. 진행 중이던 프로젝트도 계속 수행하고 승진도 보장하겠단다. 분기탱천한 나는 그 길로 월급도 상당했던 ㅎ대기업 연구실을 뛰쳐나왔다. 두 팔로 가로막던 선배와 혼인신고만 미루면 되지 않겠냐고, 그러다 보면 좋은 세상 오지 않겠냐고 붙잡던 동료들을 뿌리치고 당당하게 혼인신고하고 실업자가 되었다.

교정지를 만난 건 그때였다. 늘 손에서 놀던 비커와 화공약품과 설계도면 대신 종이라는 물성이 내 손에 잡힌 순간이었다. 대학신문사로 흘러들어온 ㅁ출판사의 초교지가 내 손을 거쳐 얼마간의 돈으로 환산되어 돌아왔다. 그 뒤로도 아르바이트와 계약직으로 교정을 보게 되었고 몇 년 뒤편집자라는 직업을 갖게 되었다. 따지고 보면 말도 안 되는 사규 탓에 편집자가 된 셈이다. 막상 시작해놓고 보니 교정 보는 일쯤으로 여겼던 편집자는 그리 호락호락한 직업이 아니었다. 시인 이선관 선생을 모시고 합평회를 하고 시화전을 준비하며 대학신문사에서 교정을 보고 제목을 뽑던 아마추어 냄새 폴폴 나던 때와는 차원이 달랐다.

왜 그렇게 해야 하는지 아무도 설명해주지 않았다

지금은 교육기관도 꽤 여럿 있고 열린 정보도 많아 마음만 먹으면 선행학습이 가능하다. 말하자면 출판사에 입사하기 전에 책이 만들어지는 과정을 시뮬레이션해보는 것이 가능해졌다. 하지만 그때는 출판계 인프라스트럭처가 턱 없이 빈약했다. 편집자라 하면 그저 원고 만지는 일쯤으로 여겼던 나는 활판에 인화지에 대지작업에 따붙이기에 식자집, 제판집, 인쇄소, 제본소까지 낯설고 물 설은 공간을 왔다갔다하느라 눈이 팽팽 돌 지경이었다. 〈모던 타임즈〉에서 근대적인 공간을 떠도는 채플린을 떠올리면 될 듯하다. 컨베이어 벨트를 따라 흘러가는 기계에 너트를 조이는 일이 위협적이지만 쫓을 수도 피할 수도 없는, 그러다 어느새 조여야 할 기계는 저만큼 지나가버린 듯한 느낌이랄까.

말귀를 알아듣고 소통에 익숙해지는 데 3년도 더 걸렸던 듯하다. 책 한 권이 나오기까지 어떤 프로세스를 거치며, 지금 내가 하는 이 작업을 왜, 무엇 때문에 해야 하는지 연결고리를 꿸 정도가 되자 이번엔 또 전산조판이란다. 컴퓨터에 익숙해지기까지 또 얼마나 힘겨운 씨름을 했던지. 숨이 턱에 차는 변화는 하드웨어만이 아니었다. 1987년 10월 저작권법이 시행되자 소프트웨어에도 변화가 왔다. 그동안 아무런 제약 없이 외국물을 번역해서 원고를 생산해내던 출판사들이 국내 기획물에 눈을 뜨기 시작했다. 위기는 기회라고 했던가. 국내물 기획에서 마땅한 필자를 찾지 못해 구술을 받아서 원고를 정리하거나, 쓴 덕에 인세를 톡톡히 챙기는 행운을 누렸다. 내 손을 거친 수많은 외서 인문 책은 아쉽게도 침몰하고 국내 기획물로 만들어진 베스트셀러 몇 권만이 남았다. 물론 그 덕에 신문사, 잡지사, 사보 연재 원고료에 텔레비전, 방송 출연, 대기업 강의까지 더하면 꼬맹이 편집자로 시작해 초반에 단연 출세한 형국이다.

그런데도 출판계를 떠난 까닭은

늘 힘이 들었다. 사람에 치이고, 일에 치이고 거의 날마다 야근에 반복되는 철야에, 정작 내가 읽고 싶은 책은 제대로 한 권 읽지도 못하는 쫓기는 일상에 지쳐버렸다. 자신이 좋아하는 일은 직업으로 선택하지 말라던 선배의 말이 떠올랐다. 단행본 한 권을 내기 위해 새롭게 학습하고 읽어야 될 자료는 또 왜 그리 많은지, 화끈거리는 얼굴로 무식을 통탄한 적이 한두 번이 아니다. 물론 그래서 얄팍한 지식이나마 켜켜이 쌓이긴 했다. 한쪽이 뭉그러진 동전의 양면 같은 느낌으로 말이다.

그즈음 창간호부터 연재하던 잡지에 실린 칼럼을 보고 ㅎ출판사 편집자가 전화를 걸어왔다. 인문총서를 기획하고 있는데 '복식 문화사'에 관한 원고를 부탁하고 싶다는 것이었다. 설레고 기뻤다. 기쁜 만큼 두려웠다. 하지만 원고 청탁을 흔쾌히 받아들일 수 없는 편집자라는 내 처지가 서럽게 다가왔다. 결론은 '공부를 다시 시작해보자'로 끝이 났고 다음해 미국으로 건너가 미술사 공부를 시작했다. 늦바람이 무섭다더니 정말 그랬다. 어찌나 재미가 있던지, 방학 때 한국에 들어와 몸무게를 재어보았더니 18킬로그램이나 빠져 있었다. 그런데 그 재미도 길게 가지 못했다. 아들은 스웨덴으로 나는 미국으로 남편은 한국에, 가족이라는 말이 무색했다. '느슨한 연대'라는 우스갯소리에 잠시 낄낄댈 수는 있었지만 이 생활을 길게 하기는 어려운 노릇이었다. 가족을 해체하느냐, 공부를 포기하느냐, 갈림길에서 결국 주저앉고 말았다. 막연하게나마 뉴욕에서 큐레이터 생활을 꿈꾸던 나로서는 다시 시작된 한국 생활이 중년의 방황으로 이어졌다. 돌아갈 곳이 막막했다.

편집자 위상을 달리하는 출판을 해보고 싶었다

지난해 독립영화를 찍는 영화감독한테서 장소 섭외 건으로 연락을 받았다. 주인공 직업이 출판사 편집자인데 출판사를 물색 중이라며 도와달라고 했다. 문학동네로 자리를 옮긴 뒤라 일단 파주로 들어와 보라고 했다. 이 친구 출판사 건물을 보더니 혀를 내둘렀다. 출판사들이 왜 이렇게 부자냐, 시나리오를 뜯어고쳐야 되는 것이냐며 헛걸음을 하고 돌아갔다. 작은 사무실에 책상 서넛 놓고, 책이 좋아 이 일을 택했지만 박봉에 시달리며 늦은 밤까지 불이 켜져 있는, 뭐 그런 그림을 원했던 모양이다. 결국 서교동에 있는 작은 출판사를 소개했더니 자기가 상상하던 곳이라며 그곳에서 촬영을 마쳤다.

그래도 출판은 명색이 제조업이다. 배고프고 지지리 궁상 같은 이미지가 아직도 출판을 대표한다면 그것도 참 서글픈 일이다. 돌아갈 곳이 막막했던 내가 그 당시 돌아갈 곳으로 떠올렸던 출판사 상象은 따로 있었다.

80년대 말 일본으로 출장을 갔을 때였다. 세계적인 T출판사의 일본 사무실에서 미팅 약속을 잡고 저작권 담당자와 책임 편집자를 만나러 간 길이었다. 어떤 책 때문에 무슨 일로 갔었는지는 아득하다. 주택가에 자리 잡은 전형적인 일본 가옥으로 파릇한 이끼가 잔뜩 자라고 있어 생경했던 일본식 정원이 떠오른다. 긴 복도를 따라 안내를 받은 곳에는 한국에서 흔히 볼 수 있는 출판사 풍경과 별로 다를 것이 없었다. 문제는 그곳에 앉아 있는 사람들이었다. 어찌나 여유롭고 우아해 보이던지, 바로 내가 꿈꾸는 편집자의 일상이었다. 향이 깊고 진한 원두커피를 '코이'라며 내놓았고, copy를 '코피('꼬뻬'에 더 가까웠던 것 같다)'라고 발음해 잠시 당황하긴 했지만 두고두고 그곳은 내게 꿈의 공간이 되었다. 박봉에 시달리지도, 일에 쫓기지도, 저자의 큰소리도 나지 않을 것 같아 보이던 그곳, 그저 책을 즐기고 편집자 소신 대로 책을 만들어갈 것 같은 고요하고 평화로워 보이는 그들이 너무 부러웠다.

막연하게 그런 출판사를 꿈꾸며 출판사 문을 열었다. 푸하, 지금 생각해 보면 낭만도 그런 낭만이 없다. 일찍이 기획물을 필름 상태로 출판사에 넘겨주고 인세를 받았다. 그 때문에 직접 출판하지 그러느냐, 그동안 팔린 부수 따져보면 빌딩을 짓고도 남았겠다는 말을 들어왔던 터라 당연히 내가 만들면 성공할 것이라는 턱없는 믿음이 있었다. 나중에야 그게 자만이 었음을 알게 되었지만 말이다. 기획자로서 편집자로서 가진 능력과 출판사를 운영하는 것은 성격이 아주 다른 일이었다. 또 그동안의 성공에는 감시자 역할을 톡톡히 해준 출판사가 있었다는 사실도 알게 되었다. 끊임없이 긴장하게 만들고 검증하는 과정을 거쳐야 하는 구조가 베스트셀러를 만드는 데 중요한 요소였음을 인정할 수밖에 없었다. 어깨에 힘이 들어간 것도 문제였다. 그나마 문을 연 지 10개월쯤 지난 1997년에 헨드릭 빌렘 반 룬의 『The Story of Mankind』를 출간했는데 책이 제법 많이 움직이기 시작했다. 드디어 예전의 감을 찾은 모양이다, 기뻐하는데 IMF 구제금융 사건이 터지고 도매상들은 줄줄이 부도가 났다. 1998년에 썼던 다이어리 첫 장에는 부도난 어음들이 누렇게 색이 바랜 채 아직도 꽂혀 있다. 전의를 완전히 상실한 나는 때로 겸손해졌고 때로 하릴없이 빈둥거렸다. 연결된 인맥을 따라 그저 타이틀 별로 하고 싶은 일만 맡아서 하는 정도였다. 충격에서 벗어나는 데 서너 해가 걸린 듯하다.

현장으로 돌아가다

그 사이에 함께 일해보지 않겠냐고 두어 번 제의를 받긴 했지만 현장으로 다시 돌아가고 싶은 마음이 선뜻 서지 않았다. 시민단체를 오며가며 돈 안

되는 일을 제일 열심히 했던 것 같다. 하루는 인사동에서 낮술을 마시고 있는데 나보다 열 살도 더 많은 출판계 선배가 좀 보자고 했다. 수개월 전에 한번 본 적 있는 출판사에서 다시 제의가 들어온 것이다. 노는 것도 도가 트면 업이 된다고 현장으로 돌아가는 일이 망설여지고 갓 마흔을 넘긴 터라 용기도 필요했다. 그런데 그 몇 해 사이에 출판계에는 큰 변화의 조짐이 보였다. 기업형 출판사들의 움직임이 심상치 않았다.

나로서는 매우 흥미로운 일이었다. 80년대 이른 시기에 저작권 업무를 보느라 외국 출판사 이곳저곳을 다녔다. 규모에 놀라고 시스템에 놀라고 책의 질에 놀라고, 조직력에 놀랐다. 그때 언젠가는 해외 대형 출판자본이 한국 시장으로 흘러들어올 수도 있겠다는 생각이 스치긴 했었다. 그러니 현실로 다가오는 커다란 물결이 궁금해지는 건 당연하다. 영세성을 벗어나지 못하는 수많은 중소형 출판사를 어떻게 바꿔놓을지 미래가 궁금했고, 한국 출판 환경의 안팎이 어떻게 달라질지 기대되었다. 이미 가속도가 붙은 변화의 속도나 그 과정이나 구도는 독자들도 이미 알고 있는 부분이라 생각되고, 또 하고 싶은 이야기가 따로 있으니 개인의 이야기로 초점을 맞춘다.

출판계 구도가 바뀌는 문제는 곧바로 편집자 개개인의 삶이 바뀔 수도 있다는 이야기가 된다. 편집자로서 성공하는 모습을 후배들에게 보여주고 싶다는 오래 전 열망이 어쩌면 가능할 수도 있겠다는 생각이 가슴을 뜨겁게 했다. 따지고 보면 성공한 선배는 후배들의 비전이다. 게으른 탓도 있었겠지만 닮고 싶은 모델이 딱히 없었던 나로서는 어떤 새로운 인물을 만나게 될지 제법 흥미로웠다.

출판사와 기획사, 임프린트 모델을 거쳐 계열사로

2006년 3월 랜덤하우스중앙과 그동안의 업무를 정리하고 나자, 사무실이 공중에 붕 떠버린 상태가 되었다. 임프린트로 가느냐, 계열사라는 방식을 택하느냐, 다시 한번 출판사를 시작해보느냐, 아니면 이대로 출판계를 떠날 것인가. 문학동네 계열사 '㈜알마'라는 상호로 출판사 문을 열기까지 석 달은 내게 참 고통스러운 시간이었다. 결정을 내리지 못하는 사이, 직원들 월급은 계속 지불해야 했고, 새로 합류하자고 했던 후배와 약속한 날도 자꾸 미뤄지고 있었다. 엎친 데 덮친 격으로 마지막 한 분 남은, 친정어머니마저 두 번째 간암 수술을 받았다. 진화중인 시스템이 낳은 불행한 예는 수없이 많다. 거꾸로 대가를 치르지 않고 진화하는 시스템은 또 얼마나 되겠는가.

다만 사람을 소중히 여기는 풍토가 불행과 대가를 그나마 적게 치르는 지름길일 것이다. 편집자는 자신을 알아봐주는 사람을 만날 때 가장 행복하고 일할 맛도 난다. 출판에 대한 생각을 정리한 글과 40여 권이 넘는 기획안을 검토한 뒤 함께 일해보자고 했던 '문학동네'에서 석 달 간의 힘든 시간을 뒤로 하고 편집자로서 마지막 여정을 시작하게 되었다. 현재 나를 포함한 편집자 네 명이 모인 집단으로 "인문, 교육 비평, 어린이·청소년을 위한 고전 부문을 큰 줄기로 삼고, 살아 숨 쉬는 인문학, 대안을 담은 교육 비평, 오늘 읽는 보람을 되살린 고전을 펴내"는 데 힘을 모으고 있다.

인문 교양서— 사람에게 책이란 무엇인가

"인문학이란 인류의 역사와 현재 삶의 의미와 가치를 비판적으로 성찰함으로써 미래 삶의 의미와 가치를 끊임없이 찾아내고 창조하며 실천하는 학문이다." 충북대 철학과 안상헌 교수의 말이다. 그래서 인문학은 '당대의 삶과 사회 현실을 떠나서는 성립될 수 없는, 살아 숨쉬는' 학문이라고 한다. 안상헌 교수는 오늘날 인문학이 위기에 처한 것은 우리 사회가 뿌리가 되는 공부를 외면하는 문화의 잘못이라고 지적하면서 한편으로는 이미 죽어 박제된 인문학을 다루기 때문이라고 했다. 인문학이 가지는 값을 제대로 품어낸다면 현실로부터 외면당하지 않을 것이다. 그런 희망은 오래 전부터 싹을 틔워오고 있었다. 그 싹이 잘 자랄 것이라는 기대는 삶을 살리는 인문학으로 우리나라에서도 그 모습을 드러내기 시작했다.

노숙자들에게 인문학을 공부하게 했더니 효과가 있더라, 이게 무슨 말인가? 자본주의가 시작된 이래 소득 불평등 또는 양극화 현상을 풀어보겠다는 것은 오래된 숙제다. 고전적인 진단에 따르면, 소득 불평등의 원인은 '기술skill의 차이'에서 시작된다고 본다. 말하자면 기술의 차이가 돈 버는 능력earning power의 차이를 낳고, 이것이 '소득의 차이'로 이어진다. 그러면 '기술의 차이'는 어디서 비롯되는가? 그것은 어릴 때부터 자라면서 몸에 배게 되는 적응하는 힘의 차이라고 본다. 교육 받은 정도가 관건이라는 것이다. 그래서 '적극적 노동시장 정책'이 나왔다. 실업자들에게 재교육을 통해 '새로운 기술'을 불어넣어 줌으로써 취업 가능성을 높이고, 이와 관련된 여러 사회문제를 해결해보겠다는 것이 그 내용이었다. 그러나 이 정책은 20년 넘게 '제대로 작동'하지 않고 있다. 그 대안으로 들 수 있는 것이 얼 쇼리스가 만든 가난한 사람들을 위한 인문학 과정인 클레멘테 코스다. 1995년 미국에서 시작된 이래 미국, 멕시코, 오스트레일리아 등 5개 나라에서 53개 코스가 운영되고 있다. 우리나라에서는 성공회대가 만든 성 프란시스 대학이 노숙자를 위한 인문학 배움터다. 강의를 들은 노숙자들에게 의미 있는 변화가 있었다. 핵심은 '기술'이 아니라 '자존감'과 '세상에 다가갈 수 있다는 희망'이다. 자세와 태도에 변화가 온 것이다. 인문학이 제대로 자리 잡을 때 현실에서 얼마나 힘을 발휘할지를 보여주었다.

문학이라는 장르에 좀더 많은 사람들이 쉽게 다가갈 수 있는 이유는 그것들이 어제와 오늘 우리 삶을 다루기 때문이다. 그 점은 인문학을 담은 책과 크게 다르지 않다. 오늘날 인문학에서 다루는 이야기는 우리 삶을 에둘러 추상적인 개념만을 이야기하지 않는다. 정면에서 다룬다. 최근 들어 나타난 미시역사학을 보자. 그동안 큰 틀에서(국가 차원에서) 역사 흐름을 다뤄오던 것을 거시역사학이라고 본다면, 그때 보통 사람이 어떻게 살았는가 하는 삶을 쫓아가본다는 점에서 미시사라고 할 수 있다. 위르겐 슐룸봄의 『미시사의 즐거움』은 역사책이라기보다 '한 편의 논픽션 드라마' 같다. 이런 예는 문화인류학에서도 찾을 수 있다. 한국문화인류학회에서 기획하고 쓴 『처음 만나는 문화인류학』은 '겉보기보다' 무척 재미있는 책이다. '보기보다'라고 한 것은 잘 훈련된 편집자라면 포장을 보면 알 수 있다. 문화인류학이라는 것이 이렇게 재미있는 분야인지, 또 문화인류학이 우리 삶과 얼마나 가까이 있는지 많은 생각을 하게 해준다. '책따세'의 추천도서인 이 책은 누구나 잘 읽어낼 수 있도록 쉽게 잘 써낸 '글'이라는 점에서 더욱 돋보인다.

이렇게 재미있는 책이 그동안에도 있었다. 그러나 잘 만들어진 책도, 많이 팔려나간 책도 드물었다. 왜 그랬을까? 이라크 전쟁이 다시 불붙었던 2002년 서점에서 '관련 책'을 사려던 때가 떠오른다. 제목과 차례, 카피를 보고 십수 권을 샀다. 그런데 그것들 가운데 끝까지 읽어낸 책은 그다지 많지 않다. 번역된 책은 도무지 알 수 없는 암호 같았고, 우리나라 사람이

지은이인 것도 한자말투성이에 글도 엉망이었다. 아무리 좋은 내용을 담았다고 해도 쉽고 재미있게 읽어내지 못하면 무슨 소용인가.

우리나라 지식인들이 대중을 위해 쉽고 재미있는 글을 써내지 못한다는 비난은 꽤 오래 되었다. 대학 교수들은 아직도 대중을 위한 글쓰기에 그다지 매력을 느끼지 못한 것으로 보인다. 글쓰기 훈련이 안 된 지식인이 번역을 하니 그것 역시 잘 읽히지 않는다. 웬만큼 공부한다는 사람들은 '원문을 보는 것이 더 쉽다'고 말할 정도다. 물론 아직도 그런 점에서 썩 나아지지 않았다. 그러나 쉽고 재미있게 써내거나 우리말로 옮겨줄 사람들이 늘어나고 있는 희망은 여기저기에서 보인다. 읽어내기 쉬운, 재미있는 인문학 책이 손에 잡히기 시작했다.

『우리 아이 머리에선 무슨 일이 일어나고 있을까?』는 638쪽이나 되는 두꺼운 책으로, 내용만 보면 결코 쉽지 않다. 그런데 젊은 의대 조교수가 '공부하다 본 책'으로 보통 사람들에게도 권하고 싶어서 번역했다고 한다. 쉽게 잘 읽힌다. 글이 좋다는 말이다. 비슷한 책으로 『이타적 유전자』로 유명한 매트 리들리가 쓴 『본성과 양육』이 있다. 쉬운 내용은 아니지만 번역이 훌륭했다. 물론 원문과 비교해가면서 철저하게 점수를 매긴 것은 아니다. 보통 독자 자리에서 볼 때 잘 읽을 수 있었고 감동받는 데 무리가 없었다. 그러나 아직 우리나라 저자가 쓴 책은 그리 많지 않다. 이유를 따져보면 쓸 만한 내용을 지닌 사람이 없다기보다 대중을 위한 글쓰기 훈련이 되지 않았다는 점, 그리고 좋은 책을 써낼 수 있는 환경이 뒷받침되지 못하고 있다는 점을 들 수 있다.

참으로 즐거운 경험은 『책과 혁명』을 읽을 때였다. 이 책은 『고양이 대학살』로 유명한 로버트 단턴이 썼다. 읽는 동안 재미있고 즐거웠다. 원고가 만들어진 과정을 알고 나서 편집자로서 정말 부러웠다. 이 원고는 처음 하버드대학에서 지원 받은 돈으로 시작해서 25년이 걸려 만들어졌다. 마무리할 때쯤에는 맥아더 재단에서 돈이 나왔다. 그렇게 보면 좋은 원고를 만들어낼 수 있는 힘을 오롯이 '시장' 탓으로만 책임을 묻기 어렵다고 볼 수도 있겠다. 이제 인문 교양에 해당되는 6권을 낸 신생 출판사로 알마가 가야 할 길은 멀고 험하다. 하반기에 프랑스 르 포미에 출판사와 라 빌레트 과학산업관이 열두 번의 컨퍼런스에서 발표된 내용을 바탕으로 공동 생산한 '과학과 사회' 시리즈 론칭 준비로 한창 바쁘다. 인문 교양 책을 꾸준히 낼 수 있음은 편집자에게 큰 기쁨이다.

청소년, 교육 비평서— 제도권 교육의 보완과 좋은 부모를 위한 자녀교육서

출판사들이 청소년물을 대거 기획하지만 그 양에 비해 아직 이렇다 할 만한 큰 흐름을 지닌 결과물은 보이지 않는다. 교육 환경(덕목을 갖추기 위한 교양과 소양을 쌓는 전인교육의 부재), 현행 입시제도(청소년은 책 읽을 시간이 절대 부족하다), 사회적 분위기(스킬이 뛰어난 인재만을 필요로 하는 기업문화)가 맞물린 시장 분위기도 부정적인 측면에서 큰 몫을 차지하고 있다. 독서인증제가 도입되었지만 책에 대한 그릇된 인식을 지닌 듯한 행정부의 일시적인 정책으로 끝날까 우려된다.

형태주의 학파에서 말하는 학습(문제를 구성하는 요소 사이의 내적 관계를 발견하는 과정)은 청소년 교육에서 매우 중요하다. 지리가 그렇게 재미있는 학문인 줄 미리 알았다면 암기식 공부만으로 끝나지는 않았을 것이다. 수학도 어학도 예능도 마찬가지다. 개개 학문(과목)이 도대체 어떤 것이며, 왜 배우는 것이고, 우리 삶에 어떤 부분을 차지하는지 세세하고 명징한 개

념 정리(석학들의 개론 강의 같은 에세이 식 글쓰기)가 필요하다.

　제도권에서 예능 교육의 문제는 더욱 심각하다. 기예와 학술로 규정지을 수 있는 예술이 정규 교육 과정을 밟은 지식인에게 무엇을 주는가? 바탕색을 칠하지 않으면 끝내지 않은 그림이라고 혼나는 아이들, 검은색을 많이 쓰면 나쁜 그림이라고 답하는 아이들, 절대음감을 배우겠다고 소음 넘치는 피아노학원을 다니는 아이들, 무용이나 체육 시간은 노는 시간, 음악은 잠자는 시간, 이 모든 것이 예능 교육에 대한 인식 부족 탓이다. 이런 생각을 바탕으로 기획과 편집에 애쓰고 있으며 그간 3종의 자녀교육서와 청소년도서 2종을 펴냈다.

어린이 고전 시리즈 – 책은 오래된 새것

저작권법을 공부하면 화두 같은 문구를 만나게 된다. '하늘 아래 새로운 것은 없다.' 누군가가 새로운 글을 썼다고 해도, 새로운 생각으로 어딘가 다른 책을 만들었다고 해도 그 사람을 키워준 사회와 문화가 그것을 만든 힘이라는 사실을 부정할 수 없다.

　고전이라고 부르는 책은 오랫동안 사람들에게 '읽을 만한 것'으로 증명된 것이다. 그러나 '꼭 읽어야 할 책이지만 많은 사람들이 읽지 않는 책'이라고도 할 수 있다. 특히 아이들이 읽기를 바라는 책 목록에 끊임없이 고전이 들어가는 이유는 선배들이 지난날 읽었던 기억을 떠올리며 '사주고 싶어 하기 때문'이라는 지적도 있다. 그래서 오늘날까지 살아남은 고전은 중요하다. 그러나 그 고전들이 그저 오래된 책으로, 아이들이 말하는 것처럼 '꼭 읽으라고 하지만 누구도 읽지 않는 책'이 되지 않으려면 새롭게 거듭나야 한다.

고전은 오늘날 두 가지 방법으로 거듭날 수 있다. 첫 번째는 역사적인 문제로 보면 쉽다. 산업화가 시작되면서 그 당시 지식인(?)들은 필요한 것만 필요한 만큼 바꾸고 뒤틀어버린 내용을 책에 담았다. 그러나 이제 옛날 그 책들이 가졌던 원래 꼴을 되살리고, 그것을 오늘날 우리가 쓰는 글로 거듭나게 할 때가 되었다. 오래된 새 책이다.

두 번째는 그런 고전을 제대로 공부한(이제는 제대로 공부한 사람이 꽤 많다) 사람들이 오늘날 우리 사회를 바라보면서 필요한 이야기를 다시 풀어내는 것이다. 오랜 지혜를 잘 곰삭힌 것을 책으로 만들어낸다는 이야기다. 따지고 보면 이것도 다 오래된 새 책이다. 고전은 과거완료형 책이다. 그것을 현재진행형으로 풀어낼 때 제대로 되살려낸 것이라 할 수 있다. 더욱이 오늘날 우리글로 되살려내어야 한다. 또 그동안 숨겨져 있던 고전을 오늘의 새 책으로 되살려내는 일도 중요하다. 4권째 출간된 '샘깊은오늘고전' 시리즈가 그 같은 작업 과정을 통해 출간될 수 있게 애쓴 책이다. 그간 소개되지 않은 훌륭한 고전을 발굴하고, 중복 출판을 피하고, 단 이미 출간된 타이틀이라도 결정본으로 인정하기 어려운 때는 목록에 추가하고, 강독을 통해 원문에 충실한(그동안 각색된 원고들은 무시) 어린이 본을 만들고, 단순 삽화 개념을 벗어나서 텍스트 분석 능력이 뛰어난 그림 작가와 기성 화단 화가들의 참여를 유도하고 있다.

◆정혜인──편집자 생활 20여 년 동안 출판사, 기획사, 저작권회사에서 일했다. ㈜알마를 편집자가 성공한 모델로 발전시켜, 후배와 그 후배들이 꼭 한번 일해보고 싶어 하는 일터가 되기를 희망한다.

책을 물감 삼아 세상을 그리다

정민영 아트북스 대표

출판계와 인연을 맺은 지 올해로 17년째다.

학창시절, 독실한 미술학도로서 나만의 예술세계를 구축하려고 다방면으로 독서에 몰두했다. 한편으로는 문학에 매료되어 시와 소설, 문학이론서 따위를 읽고 또 읽었다. 한 발은 미술 쪽에, 다른 한 발은 문학 쪽에 두었던 셈이다. 1980년대의 최루탄 세례 속에서 나는 책 속으로 망명을 떠났다.

그것이 결국 회화 작업을 '쫑치게' 하고, 출판계로 이끌었다. 실로 우연이었다. 그 우연이 필연이 되고 말았다. 순수한 독자에서 편집자로, 다시 잡지사 기자를 거쳐 지금은 한 출판사의 발행인으로 살고 있다.

적지 않은 기간의 편집자와 기자 생활도 미술계의 음모가 아니었을까 하는, 엉뚱한 생각에 빠지곤 한다. 그러니까 미술계가 자신을 알리기 위해 나 같은 얼치기를 미술에 입문시키고, 출판동네에서 오랫동안 담금질한 거라고 말이다. 미술전공자로서, 회화작업과 미술이론에 매료된 사람으로서, 또 밥보다 책을 더 사랑하는 사람으로서, 그동안의 경험을 통해 나는 미술과 끈끈한 내연 관계를 맺고 있다.

181

원고 청탁을 받고 잠시 망설였다. 왜냐하면 내가 현재 한 출판사의 발행인이기도 하거니와 단행본 기획이래봤자 이곳에서 처음했기 때문이다. 그럼에도 수년 동안 월간지의 크고 작은 기사를 기획하면서 쌓은 노하우와 그동안 70종이 넘는 미술책을 기획하고 만든 경험이 있기에, 어눌하게나마 기획에 관해 몇 마디 할 수 있지 않을까 싶어, 키보드를 잡았다.

서늘한 미술의 암반수를 찾아서

그동안 미술출판의 지형이 많이 변했다. 내가 미술대학생으로 공부하던 1980년대만 하더라도 열화당, 미진사 같은 곳이 대표적 미술출판사였다. 우리는 주로 열화당의 책을 통해서 드넓은 미술세계를 배우고 익혔다. 미술책이 드물었던 시절, 대부분의 교재목록에 열화당의 책이 들어 있었다. 나 같은 40대 이상의 미술전공자들에게, 미술출판사는 자연스럽게 열화당이었다.

대강 1990년대 말부터였던 듯하다. 미술출판이 전문 출판에서 각개약진으로, 두드러진 지형변화를 보인 것은. 즉 1990년대 말부터 미술 전문을 표방하지 않고서도 한 출판사에서 내는 여러 분야의 책 가운데 하나로 미술책이 선보이기 시작했다. 물론 한편에서는 다빈치, 예담, 아트북스, 마로니에북스 같은 신생 출판사가 미술 전문을 표방했다. 하지만 일부 출판사는 미술출판에 흥미를 잃었는지, 출판 종목을 바꾸었다는 소식도 자욱했다. 사실 미술책은 다양한 색상의 도판이 생명인 탓에 제작비 부담도 크고, 독자층도 제한되어 있다. 당연히 판매도 저조한 편이다. 물론 미대생이라는 수많은 예상 독자층이 있다. 하지만 그들의 책 수요가 턱없이 낮다. 확실한 독자층으로 삼기에는 위험부담이 따른다. 교재 성격의 책 외에는 그들의 관심 밖이라고 보면 된다.

나는 미술과 관련된 기획거리가 너무 많다고 생각한다. 일부 비전공 기획자가 미술책을 기획 출판하는 데는 한계가 있다. 교양 정도의 지식이 바닥나면 기획거리의 가뭄에 시달릴 수밖에 없다. 하지만 미술의 수맥은 얇지 않다. 깊디깊다. 문제는 어떤 시각으로 접근하여, 어떻게 미술의 암반수를 길어 올리느냐. 물론 여기는 기획자의 기획력과 적절한 저자 섭외 등의 조건이 따라야 한다. 그럴 때 미술은 가슴 서늘한 수질로 독자들을 매료시킬 수 있다.

미술을 생활세계의 안쪽으로!

미술계에서 중요한 과제의 하나는 '미술의 대중화'다. 이 말은 미술에 입문하면서부터 귀가 따갑도록 들었지만 여전히 유효하다. 그만큼 미술이 일반인과 거리가 있다는 뜻이다. 상투적인 말이지만 미술의 대중화는 절박한 문제가 아닐 수 없다. 모두 현대미술을 외계인 보듯 한다. 미술이 가시적인 형태와 이야기를 버리고 추상화 경향을 띠거나 첨단 매체로 무장하고 있기 때문이다. 또 그런 미술은 미술대로 고고한 예술의 산정에서 자기들만의 게임으로 희희낙락하고 있다.

사람들은 미술과 만나고 싶어 한다. 그래서 해마다 개최되는 초대형 전시회에 사람들의 발길이 끊이지 않는다. 물론 세계적인 명화로 구성된 전시들이 상업성을 목적으로 수입되는 것이기는 하나, 관객들의 뜨거운 호응은 잠재적인 향수욕의 수위가 어느 정도인가를 잘 보여준다.

애당초 미술은 생활세계의 일부였다. 조선시대까지만 해도 생활공간을 풍요하게 장식했던 것이 미술이었다. 그런데 20세기에 들어 서양미술 유입과 서구식 환경 변화에 따라 미술은 점차 생활과 '이별'하고 미술관으로 은둔하기 시작했다. '미술을 위한 미술'이 된 것이다.

미술책은 이런 미술을 독자와 연결해주는 듬직한 '중매쟁이'다. 컬러풀한 도판과 글로 미술세계를 다채롭게 보여준다. 품안의 미술관이 바로 미술책이다.

독자도 책을 통해서 미술에 눈뜨고, 책의 안내를 받으며 미술현장에 찾아가고, 더 나아가 미술을 향유할 수 있게 된다. 그런데 문제는 어떻게 미지의 독자를 개발하여 '미술의 친구'로 만들 것인가다.

이와 관련하여 한 미술평론가의 다음과 같은 지적은 귀 기울일 만하다.

"'미술의 대중화'는 미술의 시점에서 다루어질 수 있는 것이 아니라 미술 이외의 타분야의 시각으로 미술작품에 접근할 때 가능하다고 본다."

(류병학)

마찬가지로 독자 개발의 한 방법도 미술계 내부의 시각이 아닌 다른 분야의 시각으로 미술에 접근할 때 가능하다. 미술출판 기획은 대부분 미술인을 위한, 미술인의 시점에서 이뤄져 왔다. 미술을 미술로만 이야기하려고 한 것이다. 그러다 보니 미술전문용어에 익숙지 않은 이들에게 미술은 '가까이하기에 너무 먼 당신'이 되고 말았다. 생각을 바꿀 필요가 있다. 미술을 미술로 이야기하기보다 때로는 독자 입장에서 보여주어야 한다. 독자는 미술 분야에서는 문외한이지만 자기 분야에서는 전문가들이다. 따라서 그들의 전문 용어로 미술에 접근할 때, 그들이 좀더 친근하게 미술과 말을 틀 수 있다. 이런 과정을 통해 미술과의 접점을 서서히 넓혀가게 하면 된다. 독자 중심에서 미술을 보는, 시각 전환이 필요하다.

독자 개발은 곧 미술인구의 저변 확대로 통한다. 책은 사람들의 미술에 대한 애정지수를 높여서, 그들을 향유자로 거듭나게 해준다.

미술의 대중화와 중간필자

내가 지향하는 기획은 '미술의 대중화'다. 한 걸음 더 나아가면 '미술의 생활화'다. 이런 큰 틀 속에서, 전문적인 미술정보를 일반인이 즐길 수 있게 개발하는 데 기획의 초점이 모여 있다. 그러니까 원재료에 해당하는 전문적인 1차 텍스트를 가공한 2차 텍스트에 관심이 있다는 말이다. 그렇다고 1차 텍스트를 등한시하겠다는 것은 아니다. 전체적인 기획의 비중이 2차 텍스트 생산에 실려 있다는 뜻이다.

출판 방향을 이렇게 잡고 보면 기획 아이템은 곳곳에 있다. 독자, 책 일반, 같은 분야의 다른 출판사의 책, 동료나 직원의 사소한 말 한마디, 트렌드, 인터넷이나 잡지 등 곳곳에서 아이디어를 얻을 수 있다. 사회, 문화, 경제, 독서, 쇼핑, 여행, 놀이 등 기획 아이디어는 생활 속에 풍부하게 들어 있다. 그러므로 필요한 것은 부단히 자신을 충전하여 늘 아이디어를 잡을 수 있게 그물을 치는 일이다.

미술의 대중화를 위해서는 무엇보다 전문적인 정보를 일반인이 이해하기 쉽게 가공해줄 수 있는 '중간필자'의 활동이 절실하다. 몇 년 전, 나는 '중간필자'에 관해 이렇게 언급한 바 있다.

"사실 우리 미술계에는 '가방 끈이 긴' 고급인력이 넘친다. 그럼에도 전문가와 일반인 사이에서, 전문적인 내용을 일반인이 저작하기 쉽게 가공해주는 '중간필자'(편의상의 조어임)는 턱없이 부족하다(가 아니라 차라리 없다). 미술이론 전공자들은 한결같이 미술인 독자를 대상으로 현학적인 필력을 구사한다. 그러다 보니 책은 책대로 일반 독자의 외면을 받고, 미술출판사는 출판사대로 중간필자 기근현상에 시달리고 있다. 이는 미술의 고립화를 강화하는 길이기도 하다."

그러므로 미술출판 관계자들은 미술이론 전공자들에게 눈길을 돌려야 한다. '미술의 대중화'와 '미술의 생활화'를 위해서라도 중간필자 개발은 시급하다. 하지만 문제는 그들이 대중서 집필에 무관심하고, 동업자끼리만 통하는 내부유통 문건 생산에만 주력한다는 점이다. 그런 가운데 일반인과 미술의 간격은 점점 더 벌어지고 있다.

"고고한 미술의 산정山頂에서 오랫동안 미술이론을 연마해온 이들이 이제는 하산下山할 필요가 있다. 그리하여 미술의 재미를 미술동네의 언어가 아닌 세속의 언어로 가공해서, 사람들이 더 행복하게 해야 한다. '미술의 대중화'라는 구호가 한낱 수사에 머물지 않고, 미술이 '생활 속의 미술'로 자리 잡을 수 있게 하기 위해서라도. 세속에서 뒹굴 수 있는, 내공을 쌓은 중간필자가 많이 나와야 한다."

하지만 이것만으로 되지 않는다. "출판계에서도 미술이론 전공자들에게 기회를 주고, 그들을 중간필자로 키워야 한다."(이상의 인용은 졸고 「미술의 대중화와 '중간필자'」에서) 그런데 일부 필자들은 대중서 집필에 관심이 있어도 길을 몰라서 망설이는 경우도 있다. 미술책 기획자들은 이런 필자를 찾아 나설 필요가 있다.

대중적인 글쓰기는 독자 중심의 글쓰기를 말한다. 미술이론가들은 독자들이 미술계에서 통용되는 개념을 공유한다는 전제 위에서, 독자들의 처지를 염두에 두기보다 자신이 '말하고 싶은 글'을 쓴다. 그래서 미술용어나 개념을 모르는 일반인은 '지은이의 독백 같은' 내용을 이해하기가 쉽지 않다. 반면에 독자 중심의 글쓰기는 필자가 독자의 입장을 반영한 것이어서 좀더 친근하게 미술과 사귈 수 있게 한다. 중간필자는 독자의 입장에서 글을 쓰는 사람이다.

내가 기획하는 책 가운데 국내 필자가 많은 이유도 이런 생각 때문이다. 독자의 입장에 선 중간필자 개발도 넓게는 '미술의 생활화'를 앞당기는 길이다.

내가 사랑한, 세 저자의 첫 책들

이와 관련하여 류승희의 『화가들이 사랑한 파리』와 박정민의 『경매장 가는 길』, 김지은의 『서늘한 미인』은 특기할 만하다.

이들은 공통적으로 책을 내본 적이 없는 저자의 첫 책이다. 그래서 나는 함께 작업하면서 은연중에 단행본 집필의 노하우와 도판의 의미와 활용, 도판저작권 관련 정보, 제작과정 등을 지속적으로 알려주었다. 나름대로 중간필자를 양성한다는 의미에서 원고 외적인 작업을 병행한 것이다.

『화가들이 사랑한 파리』는 33점의 명화와 명화의 소재가 된 파리의 현장을 사진으로 나란히 비교해 보여주는 흥미로운 책이다.

이 책은 저자가 파리에 첫발을 디뎠을 때의 경험이 씨앗이 되었다. 첫 파리 방문인데도 길거리에서 마주친 풍경이 전혀 낯설지 않았다고 한다.

왜냐하면 세계적인 명화의 소재가 실제로 눈앞에 펼쳐져 있었기 때문이다. 그래서 저자는 틈틈이 명화집을 들고 화가가 그림을 그린 위치에서 풍경과 그림을 비교했다고 한다. 나는 이런 이야기를 듣고는 곧장 책으로 만들자는 제의를 했다. 저자도 그럴 생각이었다. 하지만 저자가 글쓰기나 단행본 작업에 관해서 백지상태였다. ABC부터 시작해야만 했다. 나는 단행본 집필에 필요한 글쓰기 노하우와 기본적인 구성요소, 사진 촬영법 등을 세세히 알려주었다. 저자는 단행본 체제에 빠르게 적응했다. 그리고 몇 달 후 이메일로 원고를 받았다. 원고는 기대에 못 미쳤다. 하지만 가능성은 충분했다. 나는 검토결과를 자세히 적어서 이메일로 보냈다. 서너 차례 원고가 오갔다. 도판 사진도 받았다. 이렇게 목숨을 얻은 책은 현재 5쇄를 찍었다.

『경매장 가는 길』도 작업 과정이 행복했던 책이다. 영화 속의 빨간 구두 때문에 뉴욕으로 가출한 젊은 그림감정사인 저자가 뉴욕의 소더비와 크리스티 같은 세계적인 경매장에서 체험한 생생한 미술품 경매이야기가 주요내용이다.

애당초 저자와는 한 멤버십 잡지 연재물로 계약을 했다. 그런데 정작 들고 온 원고는 『경매장 가는 길』이었다. 뜻밖이었다. 하지만 흔쾌히 받았다. 중간필자로서의 가능성이 충분했기 때문이다. 모델을 닮은 훤칠한 외모에 반짝이는 아이템도 많았다. 자기 일에 대한 열정도 넘쳤다. 원고를 검토한 결과 손질할 대목이 적지 않았다. 그렇지만 저자의 사적인 이야기에 독자가 즐길 수 있는 미술품 경매이야기를 보강하면 '물건'이 될 수 있겠다는 판단이 들었다. 그래서 책의 골격을 1년 열두 달의 일기로 잡고, 각 달과 달 사이에 긴 팁을 넣어서 미술품 경매 관련 정보를 알려주는 식으로 구성하자는 제안을 했다. 그러면서 단행본 집필에 필요한 사항을 계속 제공했다. 이런 과정이 모두 이메일로 진행되었다. 수많은 이메일이 파주와 뉴욕을 오갔다. 그렇게 해서 『경매장 가는 길』이 태어났다.

이 책의 홍보는 '행복'을 키워드로 삼았다. 미술품 경매가 중심내용이긴 하지만, 그것을 앞세우면 이 책의 다른 장점이 가려지고 만다. 그래서 저자가 행복하게 사는 방법의 하나로 미술품 컬렉션과 경매이야기를 한다는 점에 주목하고 '행복'을 전면에 내세웠다. "경매장 가는 길에 그림처럼 행복하게 사는 법이 있습니다!" 저자의 말이다.

더욱이 이 저자는 전문성을 겸비하되 자신만의 독특한 표현과 비유로 탄성을 자아내게 했다. 그런 문장은 오로지 저자만이 쓸 수 있는 것이었다. 그것이 내용을 한층 경쾌하게 만들었고, 독서의 즐거움을 더해주었다. 이 책은 현재 6쇄를 찍었고, 꾸준히 쇄를 거듭하고 있다.

『서늘한 미인』은 저자가 공중파 방송의 아나운서라는 명성이 기대를 걸게 한 원고였다. 이 원고를 집필하기 전에 이미 지인을 통해서 그가 MBC 문화방송 사보에 미술 관련 글을 쓰고 있고, 홍익대 대학원에서 미술사를 공부한다는 정보를 들었다. 나는 그때 미술에 관심이 많은 아나운서라는 점에서 호기심이 생겼다. 그리고 지인이 소개하여 실제로 만났다. 미술에 관한 이야기가 기대 이상이었다. 첫 월급으로 미술품을 사고, 그후 12년 동안 미술품을 컬렉팅해온 '진짜' 미술품 마니아였다. 그날 대강의 원고 방향을 잡고는 헤어졌다. 그리고 얼마 후 원고 일부를 받았다. 실로 놀라웠다. 필력이 보통이 아니었다. 에스프레소처럼 진한 내용에 은은한 향기까지 있었다. 나는 퇴근 후 한 커피숍에 앉아서 원고를 읽었다. 그리고 보완할 부분을 지적하여 다음날 이메일로 보냈다. 그러면 수정된 원고가 도착했다. 흐뭇했다. 이런 과정이 몇 차례 계속되었다.

세련된 안목과 탄탄한 글발이 어우러져 맛깔스런 원고가 동체를 드러냈다. 내용은 그가 만난 스물한 명의 젊은 화가들의 작품이야기였다. 나는 네 편의 팁을 제안했다. 그래서 저자가 경험한 흥미진진한 일화가 더해졌다.

두 달여 만에 원고 집필이 끝났다. 아나운서답게 문장 구사가 적확했고 원고입고 날짜가 '칼'이었다. 일사천리로 단행본 작업이 진행되었다. 책이 출간될 무렵 우리는 아는 화랑과 연계하여 전시회를 열었다. 책에 소개된 작가들의 작품으로 전시회를 마련한 것이다. 홍보 전략의 일환이었다. 전시회는 성황을 이루었다. 저자가 미모의 현직 아나운서라는 점, 미술품 컬렉터이자 대학원에서 미술사를 전공한다는 점, 탁월한 글솜씨 등에 힘입어 지금까지 5쇄를 찍었다.

그 밖에도 월간 〈페이퍼〉의 편집장 황경신의 그림에세이『그림 같은 세상』, 미술치료의 기법과 이론을 요리처럼 가르쳐주는 주리애의『미술치료 요리책』, 미술품 컬렉터이자 경제학자인 김재준 교수의 창의성을 일깨우는 체험미술 프로그램『화가처럼 생각하기』(전2권), '불량 큐레이터' 박파랑의『어떤 그림 좋아하세요?』, '미술에 말을 거는 여자' 황록주의 미술관 기행에세이『내 사랑 미술관』과 연애시 형식으로 꾸민 그림에세이『그림으로 쓰는 러브레터』등도 대중적인 미술책으로 꼽을 수 있다.

누구나 했으면 하는 미술이야기

미술은 '개'나 '소'도 이야기할 수 있다! 즉 누구나 이야기할 수 있는 것이 미술이라는 뜻이다. 각자 살아온 만큼 알게 모르게 인연이 된 그림들이 적

190

지 않을 것이다. 비록 그림에 관한 이야기가 미술사적인 지식과는 무관할지라도 자신의 미술체험을 마치 개똥철학을 지껄이듯이 스스럼없이 할 수 있어야 한다. 그럴 때 미술은 '생활 속의 미술'로 자리 잡을 수 있다.

하지만 현실은 그렇지 않다. 사람들은 은연중에 미술은 전문가들만 이야기할 수 있다고 생각한다. 또 작가가 작품 속에 감춰둔 정답이 있어서 그 정답을 찾아내는 것이 감상의 본질인 양 생각하는 그릇된 경향이 있다.

조정육의 '동양미술에세이' 시리즈는 이런 상황에 대한 한 처방전이었다. 일종의 '샘플'을 만든다는 의미에서 시작되었다. 기획 컨셉트는 단순했다. 미술을 한 개인의 삶에 근거해서 이야기해보자는 것이었다. 그 결과 시리즈의 첫 번째 책인 『그림이 내게 말을 걸어왔다』가 나왔다. 저자의 신산한 삶의 고백 속에서 한국·중국·일본의 그림이 강렬한 인상을 던진다. 삶 속의 그림이야기, 기획은 성공이었다.

두 번째 책인 『거침없는 그리움』은 첫 번째 책과 기획방향을 조금 바꾸었다. 그림과 무관한 저자 에세이를 중심으로, 그 사이사이에 팁처럼 짧은 미술원고를 넣었다. 편안한 마음으로 에세이를 읽다가 잠시 쉬듯이 그림이야기를 음미하게 하자는 의도였다. 이 또한 미술에 대한 심리적인 부담을 줄여서 미술과 자연스럽게 사귈 수 있게 했다.

비록 저자가 평범한 사람이 아니라 미술사 전공자라는 점이 이 기획의 흠이긴 했다. 하지만 저자 역시 두 아이의 엄마이자 아내, 딸, 며느리로 사는 사람으로서 자기체험을 오롯이 드러냈다는 점에서 글의 광채는 결코 바래지지 않았다.

잡지에서 찾은 기획의 씨앗들

나는 각종 잡지를 눈여겨보는 편이다. 거의 대부분의 시사주간지, 여성 패션지, 월간지 등과 오랫동안 함께해왔다. 잡지사 기자·편집장을 했던 만큼 잡지의 내용 못지않게 그 체형과 체질에도 민감한 탓에 순전히 개인적 관심 때문에 탐독하는 이유가 크다. 그러면서 무수한 기획 아이디어와 만나고 헤어진다.

아다시피 잡지는 대중 지향적인 매체다. 원고든, 제목이든, 일러스트· 사진이든 모두 독자의 시각에서 조율되어 있다. 철저하게 독자의 시각으로 만들어진 것이 잡지다. 그런 만큼 독자의 마음을 휘어잡는 제목과 기사 하나하나가 곧 책 한 권이 될 수 있다. 그래서 나는 잡지를 유심히 볼 것을 권한다.

미술과 인접 분야의 행복한 만남을 시도한 '마이 러브 아트' 시리즈도, 실은 여성패션지에서 본 한 기사의 제목이 토대가 되었다. 그 기사의 제목이 "디자이너가 사랑한 그림"이었다. 국내 유명 디자이너가 좋아하는 그림을 디자이너와 함께 소개하는 비중 있는 기획기사였다. 나는 그 제목을 보는 순간 "화가가 사랑한 그림"이라는 말이 떠올랐다. 그래서 "○○가 사랑한 ○○"를 제목으로 삼아 '시리즈'로 발전시켰다. 『영화가 사랑한 미술』『영화가 사랑한 사진』『패션이 사랑한 미술』등은 그렇게 태어났다.

잡지 보기와 더불어 다른 분야의 책을 보길 바란다. 기존의 미술책을 보는 눈으로는 비슷한 스타일의 미술책이 만들어질 가능성이 큰 까닭이다. 그러므로 부단히 다른 분야의 책을 훔쳐보며 기존의 스타일에서 벗어날 필요가 있다. 경제경영 분야의 책이나 잡지, 에세이 등에 마음을 주면 색다른 형식과 내용의 미술책을 만들 수 있다.

기획이란 이름을 불러주는 일!

나는 행복한 놈이라고 자기소개를 하곤 한다. 책에 빠졌다가 책 만드는 일로 밥벌이를 하고 있으며, 또 취미가 직업이 되었기 때문이다. 독자에서 편집자로, 기자로, 미술전문 출판사 발행인으로…. 돌아보면 내 삶의 갈피마다 책으로 빼곡하다.

이렇게 쓰고 보니 지금까지 한 이야기보다 못한 이야기가 더 많다. 아트북스의 '효자손'인『진중권의 현대미학 강의』도, 아내의 입장에서 화가들을 조명한『화가의 아내』(해외편)와『화가의 빛이 된 아내』(국내편)도 결국 소개하지 못했다. 또 기대를 했으나 판매에서 실력 발휘를 못 한 노성두의『성화의 미소』와 우리 시대 예술가들의 내면세계를 탐사한『랑데부 아트』의 명암도 빠뜨렸다. 아쉽지만 이제 마침표를 찍자.

시인 김춘수는「꽃」에서 이렇게 읊었다. "내가 그의 이름을 불러 주기 전에는/ 그는 다만/ 하나의 몸짓에 지나지 않았다.// 내가 그의 이름을 불러 주었을 때/ 그는 나에게로 와서/ 꽃이 되었다." 나는 '기획'을 생각하면 자연스럽게 이 시구를 떠올린다. 내가 기획하면서 한 일이라고는, 하나의 몸짓에 지나지 않았던 것에, 이름을 불러준 것밖에는 없다. 기획이란 이름을 불러주는 일이다.

◆**정민영**──── 계명대학교 미술대학에서 서양화를 전공했다. 정신세계, 세계사, 문학동네 편집부에 근무했다. 월간 〈미술세계〉 기자 · 편집장을 역임했다. 현재 ㈜아트북스 대표이사와 미술경제전문지 월간 〈아트프라이스〉 편집이사로 있다. 함께 쓴 책으로『일그러진 우리들의 영웅 ─ 한국현대미술 자성록』(아침미디어)이 있고, 함께 엮은 책으로 무크지 〈무대뽀〉 1, 2(아침미디어, 아트 앤 라이프)가 있다.

부모가 보고 자란 책을 아이가 보고 자랄 수 있게

조은희 한솔수북 출판사업본부장

원고 청탁을 받았는데, 히트작에 대해서만 이야기하려니 지면 채우기가 너무 힘겨울 듯싶다. 청탁서 내용이 "출판인으로서 자신의 역사를 돌아보는 원고"이기도 하다는데 '필이 꽂혀서' 출판계에 입문한 뒤 걸어온 길에 대해 먼저 보따리를 풀어놓은 다음 히트작에 대해 이야기하려 한다.

20년 넘게 몸 담아 온 출판계

20년을 훌쩍 뛰어넘는 시간 동안 잠시도 쉼 없이 출판계에서 일을 했다. 대학 졸업식을 하기도 전에 출판사에 발을 들여놓았는데, 23년이 넘도록 두 아이의 출산휴가 때를 제외하고는 단 한 달의 휴식도 없이 계속 출판사 식구로 살아왔다.

중간 중간 잠시 쉬고 싶다, 프리랜서로 편집 일을 하면 어떨까, 기획사를 차려볼까, 회사를 쉬고 아이들을 위해 시간을 써야 하는 건 아닌가 하는 생각을 전혀 안 해본 건 아니지만, 나에게는 회사에 다니는 것이 코드가 맞았고, 새로운 책을 만들어낸다는 즐거움이 너무 컸다.

대를 이어 같은 출판사의 편집자로 일을 하다

지금 다니는 한솔교육은 세 번째 직장이다. 첫 직장은 교학사인데, 참고서를 만든다는 게 나에게는 안 맞는 일이라 딱 1년을 다니고 그만뒀다. 교학사 사장에 대한 예의가 있으니 1년은 다녀야 한다는 아버지의 강권으로 어렵사리 다녔다.

교학사를 그만두고 바로 다음날 삼성출판사에 들어가 12년을 다녔다. 삼성출판사는 나에게 참으로 많은 것을 주었다. 어린이책뿐만 아니라 인문 교양서도 내는 곳이어서 여러 가지 다양한 편집 업무를 배우고 경험했다. 또 그곳은 매우 속도감 있게 일을 하고 효율적인 조직구조와 업무 스타일이 있는 회사여서 12년 동안 남들 20년에 버금가는 양만큼 일을 했다고 해도 과언이 아니다. 물론 '질'에서는 아쉬움이 크지만….

삼성출판사는 또한 내 인생의 동반자를 여럿 만나게 해주었다. 그곳에서 만났던 선배들은 아직까지도 나의 멘토이자 후원자이고, 내가 선배가 되어 만났던 후배들은 나와 끈끈한 정을 이어가고 있다.

무엇보다도 나는 삼성출판사를 매개로 해 남편을 만났다. 회사에 들어갔을 때 나랑 책상을 나란히 했던 선배가 친구를 소개해 주었는데, 그 친구가 20년 가까이 함께 살고 있는 나의 남편이다.

또 삼성출판사는 나와 아주 특별한 인연이 있는 회사다. 아버지에 이어 내가 편집자로 일을 했던 출판사이기 때문이다. 삼성출판사에 들어가게 된 것도 아버지의 소개 덕이었다. 조 주간의 딸이면 언제든 환영한다는 창업주의 말을 듣고 아버지는 바로 나를 삼성출판사에 들이밀었다. 아버지는 삼성출판사의 초대 편집주간이셨다. 하지만 그 점이 삼성출판사에 다니는 내내 나에게는 큰 부담이자 차고 싶지 않은 완장 같은 거였다. 나에게는 하늘 같은 선배들이 아버지의 후배였기에 선배들이 나에게 갖는 특별한 관심도 너무 싫었다. 누구는 공채인데, 누구는 낙하산으로 들어왔다는 또래들의 귀여운 비아냥거림도 마음 한구석에는 짐이 되었다.

삼성출판사에 다닌 지 10년쯤 되었을 땐가, 창립기념식에서 당시 회장이 기념사 중에 이런 이야기를 했다. "삼성출판사는 50년에 가까운 역사를 자랑하고, 편집부에는 2대째 근무하고 있는 편집자 조은희가 있다. 조은희의 아이가 커서 삼성출판사에 들어오기를 원한다면 언제든 대환영이다."

사실 나는 삼성출판사가 평생직장이라고 생각했다. 삼성에서 20년, 30년 일을 해온 선배들을 봤기 때문에 나 또한 그렇게 일을 할 거라고 여겼다. 하지만 2세 사장에게 경영권이 넘겨진 뒤 그건 어려운 일이 되었고, 많은 선배들처럼 나도 역시 삼성을 떠나 한솔교육(당시에는 한솔출판)으로 자리를 옮겼다.

책 만드는 게 너무 재밌어

내가 짧지 않은 기간 동안 잠시의 쉼도 없이 일을 해올 수 있었던 건 일하는 게 신나고, 책 만드는 게 너무 재밌고 출판계 사람들과의 만남이 언제나 즐겁기 때문이었다.

남편이 대학원에 다닐 때 결혼했고, 결혼한 지 12년 만에 남편이 대학교수로 자리를 잡았다. 정확히 이야기하자면 결혼하고 12년 동안은 내가 집안 경제생활의 주체였고, 홑벌이를 하면서 아이를 둘 낳아 키우고 우리 집도 장만했다.

남편이 서울의 좋다고 하는 대학에 자리를 잡았을 때 주위에서는 모두 나한테 '애썼다, 네 덕이다, 조은희 고생했다'고 칭찬을 해주었다. 하지만 나는 이런 칭찬을 듣기가 민망하고 남편에게 살짝 미안하기도 했다. 남편이 학위를 받고 난 다음 교수자리 얻는 게 쉽지 않을 때, 대학에 자리를 못잡으면 어쩌나, 그러면 그동안 공부만 한 사람이 무엇을 해야 하나, 이민을 해야 하나 어쩌나 등등 고민도 있었지만, 결혼하고 나서 우리는 각자가 하고 싶은 일을 열심히 재미나게 해온 거였다.

내가 남편을 위해서 나를 희생해가며 뒷바라지를 한 건 절대 아니었기에, 남편이 잘 되었을 때 마치 내가 엄청난 뒷바라지를 한 것인 양 주위에서 칭찬을 할 때 좀 부담스러웠다.

아버지의 책

우리 집에는 나와 남편이 모두 책과 가까운 일을 하는 까닭에 책이 참으로 많다. 남편이 본인 책의 대부분을 학교 연구실로 옮겨갔음에도 큰 방 서재 벽면 가득 책이 꽂혀 있고, 베란다 한쪽에는 풀지 못한 책 상자가 잔뜩 쌓여 있다.

이 책 가운데는 나의 아버지의 책도 상당수 있다. 아버지의 책에는 아버지가 쓰거나 만들었던 책, 책 만들면서 참고했던 책, 즐겨보았던 책 들이 있다. 그 책들 가운데는 꺼내들기만 하면 책가루가 떨어지고 먼지가 풀풀 날리는, 내 나이만큼 나이를 먹은 오래된 것들도 많다.

일제강점기 때 학교 교육을 받은 어르신들처럼 아버지도 일본어가 아주 능숙해 아버지의 책 가운데는 일본책도 많다. 병을 얻으시기 전까지는 이따금 교보문고에 나가 일본책을 사보았던 아버지였다.

출판계에서 일했던 아버지는 오늘의 나를 있게 한 은인이지만, 애증의 대상이기도 하다. 아버지의 곁에는 늘 술과 책이 있었다. 우리 집에 쌓은 떨어져도 술은 안 떨어진다고 어머니가 넋두리를 할 정도로, 아버지는 술을 좋아하셨다.

특별한 술 약속이 없을 때도 점심, 저녁 반주로 소주 한 병씩은 드셨고, 돈만 생기면 부지런히 본인이 드실 술을 사 오셨다. 이런 아버지 때문에 어머니는 평생 고생을 하셨다. 아버지는 젊은 시절에는 한량에 가까워 가정을 거의 돌보지 않으셨다. 글쟁이, 편집쟁이, 그림쟁이 들과 날마다 술타령을 하느라 늘 취해서 귀가하셨고, 어머니에게 생활비를 제대로 가져다주지 않으셨다.

아버지를 아는 분들이 아버지가 참 좋은 분이라고 이야기할 때면 나는 마음 한구석이 씁쓸했다. 바깥에서 아버지를 만난 분들은 아는 것도 많고 이야기도 잘하고 술값도 잘 내는 아버지가 좋은 사람이었겠지만, 가족에게는 이기적인 아버지이자 남편이었다.

이런 아버지가 이제는 큰 병을 얻으셔서 책도 잊고 술도 잊고 갓 돌이 지난 아이 같은 상태로 살고 계신다. 어머니는 지금도 아버지 시중을 드느라 몹시 힘들어하신다.

월간 잡지＋그림책 '북스북스'

한솔교육은 학습지 사업이 주업종이지만, 나는 여기서도 주로 책 만드는 일을 해왔고, 지금은 단행본 사업을 맡아서 하고 있다.

여러 가지 책을 많이 만들었지만, 나에게 의미 있는 책 가운데 하나는 '북스북스'다. '북스북스'는 회원제로 운영되는 '월간 잡지＋그림책'인데, 2002년 창간하고 3개월 만에 정기구독자가 10만 명이 넘는 대성공을 거두었고, 한국능률협회가 수여하는 마케팅 상도 받았다.

월 2만 원, 1년 정기구독료 24만 원을 내면 달마다 아이 수준에 맞는 놀이잡지 1권, 워크북 1권, 엄마를 위한 잡지 1권, 그림책 3권을 배달해주었는데, 놀이잡지와 워크북, 엄마용 잡지는 커리큘럼을 짜서 내용이 알차게 개발했고, 그림책은 해외 우수 그림책과 국내 개발 책으로 구성했다.

그림책 1권 값만 해도 7,8000원 하는데 이렇게 싸게 책을 공급할 수 있었던 것은 그림책을 소프트커버로 만들면서 제작비를 확 낮추었기 때문이었다. 소프트커버로 하면서도 책등을 각이 잡히게 살려 품위도 있으면서 내용도 좋은 그림책으로 만들었는데, 책등을 각이 잡히게 살리는 소프트커버 제본 방식은 일본의 월간 그림책을 벤치마킹했다.

'북스북스'를 내면서 후쿠인칸, 프뢰벨칸, 스즈키, 차일드 등 월간 그림책을 내는 일본 출판사들을 많이 돌아보았는데, 수십 년 동안 꾸준히 월간 그림책을 펴내는 그들을 보며 우리도 꾸준히 월간 그림책을 내겠다는 꿈을 가졌다.

하지만 그 꿈은 2-3년 지나 접어야 했다. 방문 판매가 위축되면서 정기구독 회원 모집이 급격히 줄어들자 회사에서는 달마다 개발비를 투자하기 어려워 새로운 그림책의 개발을 중단했다.

오픈마켓, 단행본 시장으로

'북스북스'는 정기구독 회원제 제품이어서 서점 판매를 하지 않았는데, '북스북스' 그림책 가운데는 소수의 회원에게만 보여주기에는 너무나 아까운 책이 많았고, 한솔도 방문 판매에만 의존하지 말고 오픈마켓 시장으로도 나아가야 할 듯싶어 회사에 단행본 사업을 하자는 제안을 여러 차례 했다.

큰 호박 굴리던 회사가 작은 도토리를 굴리는 게 성에 차지 않아 단행본 사업을 안 하고 있었는데, 마침내 출판사업본부를 만들어 2005년부터 단행본 사업을 시작하게 되었고, 자연스럽게 그 사업은 내가 맡게 되었다.

구름빵 빚은 이야기

단행본 사업을 시작하면서 제일 먼저 서점에 낸 책이 『구름빵』이다. 다행히도 단행본 시장에 출사표를 던진 책이 성공해서 한솔교육이 단행본 사업을 잘한다는 인식을 대내외적으로 심어주게 되었다.

『구름빵』은 내가 너무나도 사랑하는 책이다. 내가 하도 구름빵 타령을 하니까 우리 아이들이 엄마는 구름빵이 그렇게 좋냐고 타박할 정도이고, 구름빵 어쩌고 하는 이야기만 들어도 내 얼굴은 벌겋게 달아오른다.

『구름빵』은 2004년 6월에 앞에서 이야기한 '북스북스' 소프트커버 그림책으로 만들었던 것을 양장본으로 바꾸어 2005년 1월에 단행본으로 출간한 것이다. 2003년 8월부터 편집부에서 글그림 작가인 백희나와 구름빵에 대한 이야기를 나누었고, 그 해 11월부터 다음해 2월까지 4개월에 걸쳐 입체 촬영을 하고 편집 작업을 해서 2004년 6월에 책을 냈으니, 시작부터 책이 나올 때까지 거의 10개월이 걸린 셈이다.

백희나에게는 『구름빵』이 첫 번째 창작 그림책이지만, 그의 데뷔작은 이에 앞서 우리가 글을 주고 백희나가 그림을 그린 『큰턱할미랑 큰눈할미랑 큰이할미랑』(이하 『큰턱할미랑』)이다. 이 그림책 역시 '북스북스' 그림책으로 만들어져서 서점에 판매되지는 않았다.

『구름빵』은 작가의 상상력과 입체 그림 만드는 재주가 톡톡 튀는 그림책인데, 창작 그림책 작업을 처음 해보는 백희나가 이런 그림책을 만들 수

200

있었던 것은 그가 애니메이터였기 때문이다. 캐릭터들의 움직임과 다양한 앵글, 레이어 따위를 고려한 그림 작업 등의 경험이 있었기 때문에 그림책 장면 하나하나를 촬영 배경이 되는 세트로 만들고 거기에 캐릭터를 얹어 촬영하는 입체 그림 작업을 할 수 있었다.

이렇게 한 데는 빛그림(우리는 사진을 빛그림이라 한다)을 찍은 김향수의 공도 매우 크다. 장면을 모두 만들어놓고 촬영한 게 아니고 몇 장면씩 만들어가면서 빛그림을 찍고, 또 빛그림을 찍으면서 장면을 완성해갔다. 촬영하는 작가가 한솔의 직원인 편집자였고 회사 안에 있는 스튜디오에서 빛그림을 찍었기에 4개월 동안 포기하지 않고 촬영할 수 있었다. 외부 작가가 촬영했다면 4개월 동안의 촬영료를 감당하기도 어려웠을 터이고 한 고집(?) 하는 백희나와 호흡 맞추기도 쉽지 않았을 거라 생각한다.

담당 편집자에게 전해들은 촬영에 얽힌 재미난 에피소드가 있다. 두 작가와 편집자가 밤을 새우며 찍는데 차가 막힌 도로 장면에서 내리는 비를 표현한 아크릴판이 세트보다 작아서 찍을 수가 없었다. 그때가 새벽 4시. 그 시간에 화방이나 문방구가 문을 열었을 리는 없고 혹시나 해서 회사 창고로 가서 뒤졌더니 아크릴 액자가 나왔다. 먼지 낀 액자를 깨끗이 씻고 비스듬히 칼집을 내 비 오는 느낌을 살려 무사히 촬영을 마쳤다고 한다.

빛으로 빚은 그림들

우리가 사진을 '빛그림'이라 부르는 데는 까닭이 있다. 빛그림 작가인 김향수가 우리말을 사랑하기 때문이기도 하지만, 사진은 같은 그림을 놓고도 빛을 어떻게 비추느냐에 따라 이미지가 달라지고 색감이 달라지는 빛의 예술이기 때문이다. 한 장의 빛그림을 얻기 위하여 즉석 사진을 수십 장씩 뽑아보며 고민한 결과 마침내 『구름빵』을 빚을 수 있었다.

또한 빛이 빚어내는 느낌을 살리려고 『구름빵』은 그림 따붙이기를 하지 않았다. 배경과 캐릭터를 세트 하나로 만들어 빛그림 한 컷으로 찍었다. 배경과 캐릭터를 따로 찍어 합성하면 빛이 빚어내는 자연스러운 느낌을 살릴 수 없기에 수없이 촬영을 되풀이하면서도 빛그림 한 컷이 책의 한 장면이 되게 했다.

멋진 빛그림을 빚겠다는 작가들과 편집자의 집념이 『구름빵』을 탄생시켰고, 전문가를 비롯한 독자들이 그 가치를 인정해주어 주목을 받고 성공할 수 있었다고 생각한다.

오랜 인연이 만들어준 결실

내가 『구름빵』을 사랑하는 데는 특별한 이유가 또 있다. 『구름빵』은 나와 백희나 작가의 10년 가까운 인연이 맺은 결실이기 때문이다.

백희나 작가와의 인연은 1995년에 시작되었다. 그때 나는 삼성출판사에서 멀티미디어팀을 맡고 있었는데, 백희나는 대학을 졸업하고 우리가 거래하는 외주 제작사 게이브미디어에서 그림 그리는 아르바이트를 하고 있었다. 백희나는 그림을 전공하지는 않았지만, 재능이 뛰어나고 그림 그리는 것을 좋아해서 멀티미디어에 들어가는 그림을 그리고 있었다.

초등학생용 수학 CD-ROM 타이틀에 들어간 백희나의 그림(컴퓨터 그림)을 보았을 때 나는 속된 말로 '한눈에 뿅 갔다.' 둥글둥글 두루뭉술한 다른 일러스트레이터들의 그림과 달리 독특한 캐릭터에 컨셉트가 살아 있는 배경 그림이어서, 와~ 이 친구 그림 감각이 대단하구나, 기회가 되면 다른 그림을 맡겨 봐도 좋겠다 생각했는데, 백희나는 얼마 후 미국에 애니메이션 공부를 하러 갔다.

백희나의 절친한 선배가 나랑 친분이 두터워 미국에 간 백희나의 소식을 계속 듣고 있었고, '북스북스' 그림책 개발을 하면서 신진 작가를 써보자는 생각에 미국에 있는 백희나에게 『큰턱할미랑』 그림을 청탁하게 되었다. 미국에 있는데다가 그림책 작업을 처음 해보고 또 한 고집(?) 하는 백희나와 『큰턱할미랑』 그림 작업을 하는 것은 매우 힘든 일이었지만, 그래도 포기하지 않고 끝까지 밀고 가 책을 내게 되었고, 이것에 힘입어 『구름빵』도 만들게 되었다.

성공의 요소

『구름빵』은 상상력이 풍부한 이야기와 독특한 그림, 그림을 살려준 빛그림의 3박자가 잘 어우러진 책이고, 이것이 많은 사랑을 받는 이유다. 그리고 이것 외에 『구름빵』을 끊임없이 알리고 마케팅을 해온 것도 성공을 이끌어낸 중요한 요소다.

원래 소프트커버였던 『구름빵』을 하드커버로 만든 건 단행본 출판사업이 시작되기 전, '북스북스' 출판기념회 때 손님들에게 선물로 주기 위해서였는데, 외부에 이런 책이 있다는 사실을 알리고 싶어 인맥이 닿는 어린이책 전문가들에게 책을 보내주었다.

『구름빵』에 대한 좋은 평가를 처음으로 해준 사람은 초방책방의 두 분이다. 그분들이 조언을 해준 덕에 볼로냐 올해의 일러스트레이터 선정에 그림을 보낼 수 있었고, 좋은 성과를 거둘 수 있었다. 이 자리를 빌려 다시 한 번 초방책방의 두 분께 감사를 드린다.

『구름빵』은 엄마들보다 편집자, 디자이너 등 관련업계 사람들이 먼저 좋아했다. 단행본으로 서점에 내기 전에 책 전체를 스캔해서 자신의 블로그에 올렸던 편집자도 있었고, 책을 꼭 구해 달라는 디자이너도 여럿 있었다.

일반 독자들이 『구름빵』에 관심을 갖게 해준 물꼬는 〈동아일보〉가 터주었다. 단행본으로 내고 나서 언론사에 책을 보냈는데, 담당 기자가 『구름빵』에 엄청난 지면을 할애해 크게 소개해주었다. 책이 좋으면 별다른 부탁 없이도 언론에서 잘 다루어준다는 걸 이때 경험했다.

보는 『구름빵』을 사면 먹는 '구름빵'을 주어요

2005년 서울국제도서전에 『구름빵』을 내세워 부스를 냈다. 한솔교육은 학습지 회사라서 도서전에는 부스를 내지 않았는데, 단행본 사업을 시작했음을 알리기 위해 출판사업본부만 독자적으로 부스를 냈다. 단행본이 몇 권 나오지 않은 상태라 네 부스를 디스플레이하는 것도 쉽지 않아 부스 전체를 구름빵과 동물 그림책 이미지를 활용해 포토존으로 만들고, 매직콘으로 구름빵 캐릭터를 크게 만들어 부스 앞에 세워 놓았는데 아주 인기가 좋아 끊임없이 관람객이 찾아와 사진을 찍었다.

또 『구름빵』을 사는 사람에게는 먹는 '구름빵'을 선물로 주었다. 먹는 '구름빵'은 내가 잘 가는 일산의 유명한 빵집에 책을 보여주면서 책에 있는 것과 똑같이 만들어 달라고 특별 주문을 했다. 일산에서 강남 코엑스까지는 배달이 되지 않아 날마다 아침에 일산에서 실어와 '구름빵' 스티커를 붙여서 고객들에게 주었는데, 반응이 아주 좋아서 빵만 사겠다는 사람들도 있었다.

꾸준한 원화전과 판촉물

『구름빵』의 성공에는 원화전의 공도 크다. 2004년 여름에 강남교보문고에서 '북스북스' 원화전을 하면서 『구름빵』 촬영 세트와 인화한 그림 이미지 일부를 소개한 다음, 본격적인 원화전을 해보고 싶어 책에 나오는 그림 전체를 인화해서 액자에 넣어 서점, 도서관 등을 돌며 원화전을 했다.

2005년에는 『구름빵』에 대한 인식이 별로 없던 때라 우리가 먼저 서점이나 도서관에 원화전을 해주겠다고 계속 제안했고, 순천에 있는 기적의 도서관까지 직접 액자를 갖고 가 전시를 하기도 했다. 그렇게 하다 보니 도서관들 사이에 소문이 나서 작년부터는 원화전 요청이 줄을 잇고 있으며, 지금은 액자 세 벌로 동시에 두세 군데에 전시를 진행하고 있다.

아울러 『구름빵』의 성격을 살린 홍보물과 판촉물도 큰 도움이 되었다. 입체 그림이라는 성격을 살려 배경 그림과 캐릭터를 세울 수 있는 입체 브로슈어를 만들어 온라인서점에서 타깃 발송했는데 반응이 폭발적이었고, 판촉물로 주었던 스티커나 키재기 책도 호응이 대단했다.

이런 꾸준한 마케팅 활동에 힘입어, 서점에 첫 출고한 2005년 1월에는 200여 권밖에 안 나간 책이 2006년에는 1년 내내 주요 서점에서 유아책 분야 베스트셀러를 유지할 수 있었다.

『구름빵』을 시작으로

『구름빵』의 성공은 우리에게 신진 작가와도 베스트셀러를 만들어낼 수 있다는 자신감과 그 같은 성공 제품을 또 내야 한다는 부담감을 동시에 가져다 주었다. 하지만 우리는 성공에 대한 부담감 때문에 유명 기성 작가와 일을 하기보다 그림책 경험이 적거나 없는 신진 작가들과 계속 그림책을 만들어내고 있다.

단행본 사업을 시작한 다음 지금까지 신진 작가 그림책을 열 권 안 되게 냈는데, 『구름빵』의 성공에는 못 미치지만 반응이 꽤 좋은 책도 있고, 참패한 그림책도 있다. 『구름빵』이 끝이 아니라 시작이라는 믿음으로, 지금의 아이들이 보고 자란 그림책을 그들이 부모가 되어서 다시 자신들의 아이에게 보여줄 수 있는 책을 꾸준히 내려고 한다.

아울러 2035년 『구름빵』 발간 30주년 기념식에 책 만드는 데 참여한 사람들과 함께 자리해 축하해주고 싶다.

◆**조은희**── 한솔교육에서 출판사업본부장으로 일하고 있다. 대학에서 철학을 전공했고, 20년 넘게 책쟁이로 일하고 있고, 『구름빵』 마니아임을 자부하고 있다.

꿈꾸는 자, 그대가 편집자다!

이진숙 해냄출판사 수석팀장

"네?"

금요일 오후, 전화기 저편에서 한번쯤 들어본 것 같은 남자의 목소리가 들려온다.

"네에~."

6월 첫 책이 될 『아인슈타인의 키친 사이언스』의 최종 교정지를 확인하던 나. '얼른 넘겨줘야 하는데… 왜 이렇게 말이 긴 거야?' 하는 말이 자꾸만 입 밖으로 튀어나오려고 할 때쯤, 상대편의 이야기가 뚝 끊어지고,

"담당자에게 알려둘게요"라는 말과 함께 "뚜우— 뚜우—" 소리가 시작된다.

'휴우~ 이제 끝났네. 근데, 무슨 이야기였지?'

시침은 어느덧 5시를 훌쩍 넘기고 퇴근시간을 향해 달려가고 있다.

'J양이 날 째려보는 거 아닐까? 얼른 줘야 수정해서 필름의뢰하고 그녀도 집에 갈 텐데.'

나 때문에 귀가가 늦어질 팀원 생각에 자꾸만 발을 동동 구른다. (물론 그녀가 이 마음을 인정할는지는… 혹, 알 수 없는 일이다.)

207

주간회의가 있는 월요일 아침, 주간계획서를 제출하고 나서 한시름 놓고 있는 순간, "딩동~" 하고 노크하듯 메일 하나가 도착한다.

"안녕하세요. 한국출판마케팅연구소입니다. 대략적인 내용은 알고 계시겠지만 구체적인 원고 청탁서를 보내드립니다."

뱅상 카셀과 모니카 벨루치가 열연한 영화 〈돌이킬 수 없는〉이 있다. 사랑하는 두 남녀가 사소한 일로 말다툼한 끝에 여자가 먼저 돌아가겠다며 파티장을 떠나고, 늦은 밤 지하도를 건너던 그녀는 등 뒤에서 덮치는 범인에게 화를 당하고, 남자는 범인을 쫓아 처절한 복수극을 벌인다. 영화는 사건의 종결부터 시작, 그들이 행복했던 순간으로 거슬러 올라가는 형식을 취하는데, 참혹하게 희생되는 모니카와 분노로 가득 찬 뱅상의 열연 덕분인지 지금까지 본 영화 가운데 가장 하드보일드한 작품이 아닐까 생각하게 된다.

물론 원고를 쓰게 된 것이 그만큼의 충격은 아니다(강간이라니!). 하지만 원고를 쓰려고 최근에 나온 〈기획회의〉를 찬찬히 훑어보던 중, 그 영화를 보았을 때 느꼈던 크기만큼 큰 충격을 받지 않을 수 없었다. 이제까지 이 지면에 피와 땀의 기록을 남겼던 분들의 경력을 반으로 싹둑 잘라야 내 경력이 될 것 같기 때문이다.

1999년 7월부터 시작해 이번 달까지 만 8년. 기라성 같은 선배들이 경력과 경험을 펼쳐놓는 이 자리, 황송하옵게도 무려 50매라는 어마어마한 지면을 내가 맘대로 쓸 수 있다니!

내가 써도 되나? 하는 걱정과 근심이 내 에고ego를 억누르려 할 무렵,

최종교정을 할 때 나옴 직한 특유의 오기로 키보드를 두드린다. 당황과 두려움은 이제 그만~. 본론으로 들어가야겠다.

책 만드는 일을 만나기까지

"책을 만들어 보겠어!"

때는 바야흐로 장미꽃이 만발하던 5월이었다. 풍운의 부푼 꿈을 안고 진학한 대학원에서 논문 쓸 시기를 삐끗하고 놓친 후 한 학기를 더 다니면서 고군분투하던 끝에 조만간 졸업할 수 있다는 소식을 전해들은 터였다. 바로 이어지는 또 다른 고민. 졸업하고 뭐하지?

대학 졸업 무렵엔 대기업 입사시험도 쳐보고 토익과 한문 공부도 꾸준히 하면서 나름 언론사 입사 준비도 했는데, 막상 대학원을 졸업할 때가 되자 이전에 했던 무모한 도전들은 다 어릴 적 꿈처럼 느껴지기만 했다.

그렇다고 공부를 더 해 보겠다는 의욕도 조금 수그러진 상황. 적성에 맞지 않는 과외와 학원강의는 학구열을 픽 하고 꺾을 만큼 나에겐 힘겨운 일이었다. 나이는 먹을 만큼 먹어 학비와 식비는 내가 책임져야 한다는 어쭙잖은 고민들로 머릿속은 뒤죽박죽이었다.

그때 한 가지 물음이 내 머릿속을 뱅뱅 돌았다.

'진정 내가 하고 싶은 것이 뭘까?'

이미 오래전부터 책은 많이 사놓고 본 터라(동대문 대학천을 어슬렁거리면서 싸게 구입하는 데 재미를 본 나는, 읽지도 않는 이론서적들을 꾸준히 사서 모아두기도 했다. 언젠간 읽을 테니까, 하면서) 그것과 관련된 일을 해보면 어떨까 하고 생각했다.

어릴 적엔 가게를 차리면 서점을 하고 싶었는데(반친구인 서점주인 아드님이 잘생긴 점도 고려하지 않을 수 없었지만) 막상 서점을 할 만한 자금을 마련한 것도 아니고, 그렇다면 서점 직원? 아, 나이가 너무 많다. 그럼, 책을 만들어볼까? 출판사? 아하!

'책을 제대로 만들고 싶다'는 생각…

그땐 〈북에디터〉나 〈출판인회의〉 같은 사이트는 말할 것도 없고, 인터넷조차 보편화되지 않았기 때문에 출판사 취직은 대개 교수 추천이나 아는 선배 소개 정도로 가능했던 듯하다. 하여간 우여곡절 끝에 처음으로 이력서를 낸 곳에서 연락이 왔고, 간단한 면접을 마치고 출근하게 되었다.

C신문 출판 광고를 유심히 보는 사람이라면 어떤 회사일지 짐작 가능한 곳인데, 가지각색의 출판사가 있음을 전혀 알 수 없었던 난, 출판사 이름이 붙었다는 사실 하나만으로 그곳에 지원했다. 텔레비전 드라마를 충실히 본 사람이라면 반드시 기억하고 있을 〈아들과 딸〉의 출판사 사무실을 예상하면서.

그곳에서 내가 한 일은 하루 종일 차리에 붙박혀 자료 정리하고, 교정작업을 한 다음 필름 확인하고 다시 자료 정리하는 일을 반복하는, 조금은 따분한 일이었다. 덕분에 배우게 된 건 노동부에서는 무슨 일을 하는지, 직업상담사는 어떤 업무에 종사하는 직종인지, 일반인도 투자상담사가 될 수 있는 건지 등 직업과 관련된 소소한 상식들이었다.

좋은 말도 여러 번 들으면 귀가 두꺼워진다고 했던가? 그런 일을 1년 쯤 해보니, 이럴 땐 이렇게 저럴 땐 저렇게 자유자재까지는 아니더라도 대충 황소 뒷걸음 치다 쥐 잡듯 업무 시스템을 숙지할 수 있었다. 그렇게 '정신을 차리고 보니' 내가 원했던 편집자 후남이는 어디에도 없고, 요약정리에

능한 대학생 하나가 책상에 코를 박고 앉아 하루하루를 보내는 것이었다. 이대로는 안돼!

하지만 수험서 출판에서의 1년 경력은 단행본 출판으로의 이직을 전혀 도와주지 못했다. 요즘도 그렇지만 그때 역시 단행본 경력자를 우대했고, 그 관문은 바늘처럼 좁기만 했으며, 심지어는 매킨토시 작업 가능자여야 한다는 조항까지 있었다. 문화센터나 학원에 강좌를 신청할까, 그곳에선 내가 원하는 인맥을 구할 수 있을까를 고민하던 중, 잘 알지 못하는 분한 테서 공짜로 매킨토시를 가르쳐주겠다는 제안을 받기도 했다. 그분 또한 나 같은 처지에 있어본 터라 얼굴도 알지 못하는 '후배'가 괜한 돈 들여가며 고생하지 않기를 바라는 마음에서 제안하신 것이었다. 덕분에 1주일에 한 번 시간을 내어 어렵지 않게 배울 수 있었으나, 이 또한 필요조건이라기보다 충분조건이 아니었음을 안 건 얼마 되지 않아서였다.

우연히 지원한 S출판사에서 연락이 왔고, 활발한 이벤트 가이인 사장의 열린 사고 덕분에 일천한 경력으로도 단행본 출판사에 발을 들여놓을 수 있었다. 일생에 첫 책으로 독일 미신과 관련된 외서를 팬시한 책처럼 만들어 시장에 내보냈고, 외서기획과 편집작업을 병행해 볼 수 있었다.

2001년 초, 〈북에디터〉 사이트가 개설되었고, 그 안의 소그룹으로 '편집실무학습모임'이 구성되었다. 나처럼 진로에 방황하는 편집자들에게 힘과 용기를 심어주는 편집자 선배들의 조언과 협조가 조금씩 쌓이는 계기가 된 곳. 2주에 한 번 정규 모임에 나가고, 주중에는 비슷한 처지, 그러니까 원하는 회사와 다니는 회사의 격차가 많은 친구들을 만나 정보를 나눴다.

잠시 실직 상태를 거쳐 입사한 지금의 회사. 입사 후 첫 책이 된 『일부일

처제의 신화』를 작업하다 나무만 보고 숲은 보지 못한 채, "선배님? 이 책은 새bird 책 아니에요? 우와, 첨부터 끝까지 다 새 이야기네" 하는 어처구니없는 발언을 서슴지 않았다. (조류의 종족번식을 통해 본 일부일처제의 부당성을 밝힌 책) 입사 후 지금까지 (내가 불리한 처지에 처할 때마다 곧잘 회자되는 이 이야기는) 결코 잊지 못할 일이 되었다. 그 밖에도 내 무식의 절정을 보여준 책으로는, 과묵한 역자를 흥분시킨 『우주의 구멍』, 편집자보다 더 섬세한 교정작업이 가능한 역자의 『시간의 풍상』 등이 있다(더 이야기하면 더 불리해지니 여기까지만).

편집이란 하나하나 풀어가는 실타래 같은 것

미천한 지식으로 생긴 사고를 이야기했으니 다음으로는 나름 잘했다 싶은 책을 거론해 보면 어떨까? 2000년에 뜬금없이 기획기사가 나가고, 여러 작가들과 계약 끝에 '해냄 작가여행 시리즈'가 기획된 것을 알았던 건 조류의 여파가 나를 스치고 지날 때였다. 김미진, 방현석, 함정임 등의 작가와 함께 저널리스트 전여옥까지, 모두 네 편의 원고가 '작가여행'이라는 타이틀로 묶여야 할지 풀려야 할지 갈 길을 못 잡고 있었다. 먼저 원고가 들어온 책부터 시작, 『로마에서 길을 잃다』『하노이에 별이 뜨다』가 4개월 간격으로 출간되었고, 집필과 사진 선정에 더 많은 시간을 할애한 파리 기행 『인생의 사용』은 이듬해에, "일본에 대한 적대적인 관계설정이 아닌, 이해하고 포용하자"는 의미에서 전여옥이 새롭게 쓴 『삿포로에서 맥주를 마시다』가 출간 후 좋은 반응을 얻으면서 공중부양 상태였던 해냄의 작가여행을 마무리지었다. 사실 『인생의 사용』은 '파리지엔으로 살다'라는 제목이 최종심까지 올랐고 편집자 '강추' 제목안이었는데, 저자의 완강한 입장표명으로 아쉽지만 제목을 접어야 했다. 하지만 출간 후 저자도 아까운 제목이었다는 한마디에 얽혔던 응어리가 사르르 풀렸다.

편집자라면 꿈꿔볼 만한 대작가와의 만남

'해냄' 하면 조정래와 함께 이외수가 떠오를 것이다. 입사 초, 『한강』의 성공적인 시장 안착과 함께 담당자가 자리를 떠나고, 또 하나의 결원이 생기면서, 탈고가 막 되어 따끈따끈한 원고 『괴물』이 덜커덕 내게 안겨졌다. 내부 모니터링 결과 재밌다고 '나불댄' 사람 중 1순위를 골랐다는 설이 있긴 하지만, 하여간 나는 기대하지 못한 대작업이라 많이 설레고 긴장되었던 게 사실이다. 이외수가 『황금비늘』이후 5년 만에 펴내는 작품인 데다 해냄에서의 첫 소설 출간이라는 점에서도 회사의 기대는 꽤 컸던 듯하다. 81개의 조각보로 엮인 전생과 현생의 교차는 읽는 이들의 흥미를 자아낼 만했으며, 끊이지 않는 언어유희와 재치만발한 멘트는 '이제까지 이외수 작품을 전혀 읽지 않았던' 담당자를 사로잡기에 충분했다.

60만 부 판매된 『괴물』의 성공과 이를 이어 나가겠다는 회사의 의지가 부합되어 탄생된 것이 '이외수의 상자 시리즈'이다. 앞서 2001년에 출간했던 『외뿔』의 부제 '이외수 우화상자'에서 따온 '상자'와 더불어 판형을 유지함으로써 통일성을 기한 다음 책 '이외수 사색상자' 『내가 너를 향해 흔들리는 순간』은, 『괴물』에서 생성된 20대 초반 신규독자들을 아우르며 10만 부 판매라는 성공적인 결과를 가져왔다. 이에 뒤질세라 이듬해에는 '이외수 소망상자' 『바보 바보』를 출간해 급변하는 독자들의 취향에 맞추려는 노력과 변화 속에서도 맥을 유지해야 한다는 작가의 의도가 어우러진 '상자 시리즈'는 이렇게 마무리되었다.

그로부터 3년 7개월 후, 기다리고 기다렸던 새 작품 『장외인간』을 탈고한 선생이 "다 됐어. 원고 받으러 와"라는 한마디와 함께 전화를 끊었다. 『괴물』과 달리 집필 초기단계부터 꾸준히 선생을 뵈어왔고 그동안 어떤 과정을 거쳤는지 눈으로 봤기에 탈고 소식은 무엇보다 반가운 일이었다. 집필한 원고를 뒤집고 또 뒤집는 과정에서 선생의 빛나는 부단한 노력을 한눈에 볼 수 있었다고 해도 될 정도.

부랴부랴 책상 정리를 하고 화천으로 가는 차에 몸을 실었을 때, 앞으로 펼쳐질 긴박한 시간들이 주마등처럼 스쳐갔다. 때는 8월 말, '소설 성수기'라는 여름 시즌이 끝나가는 매우 불리한 여건이었다. 선생의 탈고를 기다리던 해냄은 이미 출간일정을 지정해 둔 터였고, '원고가 떨어질' 그때를 대비해 대서점 홍보와 편집 디자인 작업 일체는 '스탠바이' 상태였다. 성수기 끝물에 출간되는 원고라는 단점을 극복하고 최대한 많은 독자에게 어필해야 한다는 것이 우리의 주안점이었다.

모든 작업이 일사불란하게 진행된 후 눈에 띄는 판매실적을 보이면서 베스트셀러 순위에 안착했고, 서울지역 대형서점 사인회 여덟 차례를 신속히 진행했으며, 저자 스타일에 부합하는 방송 프로그램에도 노출이 잘 되었다. '이외수표'를 표방하는 소설로서 시대의 흐름과 독자의 변화, 그리고 성수기의 파워를 실감할 수 있었다.

최근 출간된 『여자도 여자를 모른다』는 지금은 부러울 것 없는 판매를 보이지만, 많은 우려 속에 기획된 작업이었다. "좋은 후배가 있어, 그 녀석은 그림 그릴 줄밖에 몰라. 세속과는 무관하거든. 20년 동안 알아왔는데, 정말 튼실한 예술가야"로 시작된 작가의 추천으로 '세밀화'라는 지난한 예술을 부단히 수행하는 화가 정태련과의 만남이 시작되었다.

214

애초 계획은 지금의 모습과는 아주 달랐지만, 『장외인간』을 집필하는 3년 7개월 동안 묵묵히 50편의 그림을 그려낸 화가의 저력은 남다른 데가 있었다. "이게 사진이지 어디 그림이야?"라는 말이 나올 만큼 입이 떡 벌어지도록 섬세하게 그려내는 그의 손끝은 듬직한 그림자만큼이나 성실함 그 자체였다.

세밀하게 그려낸 그림이기에 이미지 파일 전환은 더 까다로웠다. 세밀화 스캔을 해본 출력소를 새로 섭외하고, 몇 차례 인쇄교정을 내는 데도 3주라는 어마어마한 시간이 소요되었다. 마침내 "이만하면 됐죠. 생각보다는 잘 나왔는데요?"라는 긍정적인 답변을 듣고 나니 '휴우~' 안도의 한숨이 흘러나왔다.

본문 레이아웃을 마치고 두 분 저자께 확인을 받으러 간 날, 1밀리미터의 차이도 허락지 않으면서 한 컷 한 컷 위치와 크기를 조정하고 확인했고, 다음날 동이 트고 나서야 "하아~ 이제 다 됐다!"라는 '확정 멘트'를 얻어낼 수 있었다.

최종 데이터를 들고 와 필름출력을 의뢰하고, 홍보에 사용할 북마크를 만들고, 마지막으로 마케팅팀이 제안한 향기를 책에 담으면서 처음으로 시도되는 일들에 독자의 반응은 어떨지 궁금했다.

걱정과 조바심도 잠시, 폭발적인 반응을 접하자 '이외수'라는 브랜드 네임과 '세밀화'라는 새로운 컨셉, '향기'가 맞물려져 성공적인 안착이 실현됨을 느꼈다.

편집의 기본은 읽고 쓰고 정리하기

해냄 '클라시커 50' 시리즈는 편집자라면 누구나 한번은 다뤄보고 싶은 작업일 것이다. 300여 컷의 풍부한 컬러 도판, 각 분야에서 빛나는 업적을 이룩해 후세에 길이 남을 50개의 에피소드, 분야별 전문 칼럼니스트의 흥미로운 소개글 등을 원판 레이아웃에 앉히면서 하나씩 자리를 찾아가는 걸 보면, 책을 만든다는 데서 느끼는 또 다른 즐거움을 얻을 수 있다.

클라시커 첫 작업이었던 『성서』는 번역자의 종교관을 고려하지 않고 의뢰한 탓에 번역작업 중간에 "이단의 내용이 있어서 번역할 수 없습니다"라는 결의에 찬 말씀도 들은 적이 있다. 학계에서 인정하는 내용이라 하더라도 종교계에서는 다른 입장을 표명할 수 있으며, 완성도 높은 멋진 번역이 있기까지는 원고를 대하는 번역자의 의향 역시 중요함을 뼈저리게 느꼈다.

"클라시커 한 번 작업하면 회사 나간다"는 우스갯소리가 있다. 편집기간만 6주 이상이 소요되는데다 2000매에 가까운 원고를 번역자·교정자들과 다듬다 보면 녹초가 되기 일쑤이기 때문이다. 원판 레이아웃을 그대로 살려 그 안에 번역원고를 집어넣는 작업은 말 그대로 '낙타가 바늘구멍에 들어가는' 것이라 해도 지나치지 않다. 하지만 깔끔하게 정리된 최종교정지를 보는 맛도 결코 놓칠 수 없는 이 일의 참맛.

두 번째 작업한 『연극』은, 국내에 처음으로 소개되는 작품이 다수 있는데다 각 작품들이 서양고전과 연결되어 자료를 확인하고 마무리 작업할 때 참고자료 정리에도 2주 이상이 걸렸다. 다행히 연극과 독일어를 동시에 전공한 인성기 선생을 섭외할 수 있었고, 역자께서 내용확인을 적극적으로 도와준 덕분에 편집자의 일은 반으로 줄어들었다. 신세를 많이 진 탓에, 선생이 얼마 후에 부산대 교수로 부임했다는 소식을 듣고 펄 듯이 기뻤던 기억이 있다.

216

끝까지 꿈꾸고 확인할 것!

해냄에서 일하는 가장 큰 장점은 상상할 수 있는 많은 것을 실제로 시도해볼 수 있다는 점이다. '할 수 있는 것'과 '해야 하는 것'의 경계가 거의 없다는 말은 그만큼 권한과 책임이 막중하다는 것.

원고를 받아 편집할 때는 기획의 기쁨을 편집기획에서 찾았지만, 집필을 제안하고 편집까지 마무리 짓는 데서 보다 근본적인 편집자의 기쁨이 나옴을 알게 되었다.

한 달에 한 권 또는 두 권씩 편집하던 3년 뒤에 드디어 나만의 기획물이 탄생했는데, 바로 유인경의『대한민국 남자들이 원하는 것』이다. 필자 섭외 중에 저자가 꼭 한 번 써보고 싶다는 의견을 보내왔고, 오랜 동안 필력을 쌓아온 저자가 평소 마음먹은 아이템이라 집필기간은 많이 소요되지 않았다.

표지작업을 위해 저자 사진촬영을 할 때 메이크업 중에 이른바 '쌩얼'을 보았을 때, 그녀의 아름다움이 눈에서 나온다는 것을 느꼈다. 다소 두꺼웠던 아이라인을 가볍게 터치한 후 프레임에 잡힌 얼굴은 풋풋함 자체였다. 하지만 맑은 얼굴, 깔끔한 이미지의 컷을 만들어냈다는 기쁨은 잠시, "이게 누구야?"라는 '황당 시추에이션'이 벌어지고 말았는데…. 세간에 노출된 그녀의 이미지를 담지 않았다는 자책이 머릿속을 맴돌았다.

사진촬영 중의 또다른 에피소드. 일선 교육현장에서 느끼는 고뇌와 갈등을 표현해 보고자 시작했던 논술강사 이만기의 에세이『논술에 미쳐 학교를 떠나다』의 표지시안은 저자가 제공한 사진으로 작업했는데, 최종 시안을 저자에게 보여주니, 타사 제작본이라 이미지컷을 사용할 수 없는 것 아닌가? 저자에게만 확인하고 제작처에는 문의하지 않은 실수였다.

디자이너와 머리를 맞댄 끝에, 표지시안은 그대로 두고 사진이 들어갈 위치에 맞는 컷을 조정해서 찍기로 했다. 평소 해냄 작업을 진행한 사진작가에게 양해를 구하고 똑같은 포즈로 찍어달라는 '무모한' 제안을 했는데, 역시 말처럼 무모한지라 아무리 같은 포즈라 해도 기존 이미지와 비슷해지지는 않았다.

기지를 발휘한 사진작가가 2시간여 동안 여러 벌을 갈아입히며 여러 자세로 촬영하여 얻은 컷이 표지에 사용된 '베스트컷'이다. '옷걸이'가 되어준 선생의 인내와 사진작가의 노력으로 표지는 깔끔하게 마무리되었다.

지난 9년간의 일을 하나하나 적어놓고 보니 내가 해온 작업보다 앞으로 해야 할 일이 훨씬 많으리라는 생각이 든다. 아직도 한없이 모라자기만 한 경력과 능력, 그리고 열정이 내 안에 더욱더 팽배하기만을 바라며, 제목에 썼던 것처럼 '꿈꾸는 자'가 되기 위해 노력하련다. 마지막으로 좀더 좋은 소식으로 다음 기회를 약속하겠다는 조그마한 욕심을 내본다.

◆이진숙──해냄 입사 273주째. 쌓여가는 주간계획서와 더불어 한 주 한 주 경력을 늘려가는, 목표는 턱없이 높고 소망은 소박하다고 주장하는 문화예술인(또는 회사원), '편집자'란 말을 들을 때마다 '편집증'이 떠올라 몸서리를 치고, 인터넷서점을 둘러보다 훌륭한 이벤트가 뜨면 언제 읽을지 계획 없는 책을 무시로 사다 날라 "얘는 책만 사는 애래요~"라는 원치 않는 불명예를 떠안으면서도 한푼 두푼 쌓여가는 마일리지에 감동하는 순진한 독자.

낯설게 또는 익숙하게 버무린 소통의 방식

맹한승 북마크 주간

'길이 끝나는 곳에서 새 길은 시작된다'는 어느 시인의 말처럼 출판은 나에게 새롭고 낯선 미지의 세계를 찾아 헤매는 끝없는 고난의 여정이었다.

내가 출판에 대해서 어떤 말을 할 수 있을까? 이루어놓은 것도 별로 없고, 이렇다 하고 남에게 자랑할 만한 변변한 책도 만들어놓지 못한 내가 책에 대해서 할 수 있는 말에는 어떤 것이 있을까?

그러다 문득 '오늘의 나를 키워준 건 8할이 출판계 선배들이 아니었을까?' 하는 생각을 하기에 이르렀다.

출판은 내게 참 편안한 밥상 같았다. 출판이 뭔지 몰라 이리저리 기웃거릴 때 교정펜을 휘두르며 책 만드는 사람의 기본을 일깨워준 S문학사의 이선우 부장, 출판기획이 뭔지를 하나하나 짚어주었던 살맛 나게 하는 선배들, 함께 전국 방방곡곡을 누비며 어떻게 사람을 만나고 어떤 글을 써야 할지 몸으로 가르쳐준 진성민 선배(다른세상 대표), 출판의 섬세함과 따스함을 항상 곁에서 나누어준 이순화 선배(아시아출판사 편집국장), 중간관리자의 태도와 자세에 대해 준엄한 일침을 아끼지 않았던 K사장님(M출판사 대표), 어떻게 해야 '상업출판'이 되는지를 몸소 가르쳐주었던 주연선 선

219

배(은행나무 대표). 이토록 많은 분에게 빚진 이야기를 두서없이 펼쳐놓는 것도 '어떻게 한 사람의 기획자가 만들어지는지'에 대한 기본적인 소회素懷는 될 수 있지 않을까?

나 자신이 출판인으로 자라나게 된 과정을 풀어나가면서 어떻게 해야 출판강호에서 한 사람의 기획자로 성장할 수 있는지를 반면교사 하는 것도 나름대로 재미있고 특이한 출판기획의 한 사례가 될 수 있지 않을까 생각해본다.

빨간펜으로 세상을 교정했던 혹독한 배움의 시간

그때 나는 분명히 문학청년이었다. 신춘문예에서 고배를 몇 번 마시고, 세상에 대해 점점 흥미를 잃고 자신감을 잃던 무렵. 정말 이대로는 사는 데 뾰족한 수가 없는 듯했다. 내 문청文靑의 꿈을 이룰 수 있는 청정한 꿈의 무대를 찾아 이리저리 샅샅이 훑고 또 훑던 끝에 찾아간 곳은 이름하여 S문학사! 그래 이곳에서 내가 노력만 조금 보태면 작은 희망(문학인으로 추천완료를 받는 일)이나마 이룰 수 있을 듯싶었다. 그때까지만 해도 그게 내가 살아갈 수 있는 최소한의 나에 대한 배려였다.

그런데 출근한 이튿날부터 일은 심상치 않게 꼬였다. 월급이 말이 아니었다. 수습 3개월에 월급은 고작 25만 원, 그것도 수습기간엔 70퍼센트만 준다는 것이다. '그래, 내 목적이 원래 이게 아닌데 꾹 참고 견디면 좋은 날이 오겠지'라며 독하게 마음 먹고 시작한 직장생활이었다. 그런데 문제는 여기서만 불거지는 게 아니었다. 이른바 출판계의 전설인 '노··우 처녀 편집장의 온갖 화려한 히스테리 필살기'와 '더는 열악할래야 열악할 수도 없는 근무환경' '살인적인 업무량.' 정말 미칠 것 같았다. '그래도 첫 직장인

220

데…' 하며 무지막지하게 열심히 일했다.

지금에야 웃으며 밝히지만 당시 편집장의 사랑의 매(?)는 상상을 초월하는 것이었다. 우선 빨간펜으로 교정을 보지 못하게 했다. 온갖 청소와 매월말 거래처에 제작비 외상을 통보하는 일 등이 내게 맡겨진 악역이었다. 그래도 나는 편집장의 눈 밖에 나지 않으려고 숱한 밤을 국어사전과 문예사전 등과 씨름하며 하얗게 새우곤 했다. S문학사에서 잊을 수 없던 추억의 순간은 1년 지났을 때 편집장이 해주었던 빨간펜 증정식이다. 그때 나는 정말 편집이라는 게 함부로 할 일이 아님을 몸으로 배웠다. 빨간펜의 소중함, 남의 글에 밑줄을 긋고 돼지꼬리를 친다는 것이 얼마나 힘들고 어려운 일임을 노처녀 히스테리 편집장 밑에서 제대로 배울 수 있었다. 참으로 고맙고 아름다웠던 편집 초년생 시절이었다.

출판계도 좋은 때가 있었으니

출판사에서 15년 넘게 근무하면서 새해 초만 되면 늘 듣던 소리 가운데 하나가 '단군 이래 최대의 불황'이라는 말이다. 얼마 전부터 그랬는지 기억이 가물가물할 만큼 이 문장은 무슨 구호처럼, 출판계를 대변하는 악마의 저주(?) 같은 주문처럼 들려오곤 했다.

하지만 출판시장도 좋은 때가 아주 잠깐 있었다. 내 기억으로는 출판계에 입문하던 때보다 3~4년 전부터(그러니까 1980년대 후반) 시작해서 내가 영언문화사에 다니던 시절(1995)까지가 출판계의 호황기 아니었을까.

1990년대는 인문교양서 시장이 대중에게 눈을 돌리면서 훌륭한 양서가 한없이 쏟아지던 시기였다. 『나의 문화유산답사기』로 비롯되는 인문교양서적 시장은 비슷한 컨셉트의 대중인문교양서들이 앞다투어 출판됨으로써 한국 출판의 가능성을 한껏 뽐내던 시기였다.

이때 상업출판계에서는 또 하나의 재미 보는 시장이 있었으니 이른바 '미국 로맨스 소설의 부흥'이었다. 기억을 더듬어보면 당시는 고려원에서 주드 데브루와 주디스 맥노트라는 로맨스 작가를 내세워 장안의 지가를 한껏 높였다. 이때 우리 회사에서도 이 두 작가 외에 조안나 린지 등 수많은 로맨스 작가의 소설을 내놓으며 재미를 톡톡히 보았다. 정말이지 이때는 잉크냄새가 채 가시기도 전에 초판은 쉽사리 판매되었다. 당시 우리 회사에서는 한 달에 최소 두 작가의 작품을 초판 5000부 정도 찍으면 2주 만에 재판에 들어가곤 했다. 내가 이 출판사에 들어갔을 때 편집부 직원 셋이 한 달에 로맨스 소설 여덟 종을 만들어내곤 했으니 업무량도 만만찮은 것이었다. 그래도 그때는 내가 뭘 더 준비해야 할지 모르고 살았다. S문학사에서 배웠던 편집인의 깐깐한 자세도, 편집장에게 배웠던 오너와 중간관리자 사이의 의도적인 거리 두기도, 책 만든다는 것의 어려움도 모두 잊혀져 갔다. 그러기엔 책이 너무 잘 팔렸다. 그리고 로맨스 소설 시장의 혼곤하고 멜랑콜리한 분위기에 흠뻑 빠져 '책 만드는 것도 이렇게만 하면 돈이 되겠네' 하는 시건방지고 만만한 생각을 하기에 이르렀다.

서울편집인클럽, 내 운명의 사랑방

사태 파악만 제대로 하고 있다면 모든 것은 문제되지 않는다. 문제는 어떤 상황이 닥쳤을 때 이것이 무엇을 의미하는지, 어떤 자세로 대처해야 하는지 모르고 어리석고 우둔하게 처세하는 데 있을 뿐이다.

영언문화사에서의 내 처신이 그랬다. 출판사 편집자 생활을 한 지 겨우 5년 만에 기획부장을 맡았는데, 나는 너무 많은 것을 외면한 채 중뿔나게

222

큰소리나 쳐대는 대책 없는 편집자에 머물렀다. 그때 나는 출판기획자로서 어떻게 살지에 대해 심한 회의가 일었다. 동료 편집자의 말마따나 10년 후의 내 모습을 상상해보니 바로 실업자(?)의 모습이 그려지는 게 아닌가. 그때 난 내가 걸어가야 할 출구가 잘 보이지 않았다.

1996년 봄 어느 날, '편집인들의 사랑방'을 만들어보자는 목소리가 선배출판인 사이에게서 나왔다. 장익순 선배(씨앗을뿌리는사람 대표)와 김진술 선배(경덕출판 이사)와 필자가 한 번역저작권회사에서 주최한 세미나에서 만나 의기투합하면서 필자의 눈을 확 트이게 해준 한 단체를 만들기로 했다. '서울편집인클럽.' 그날 우리는 낮부터 술잔을 부딪쳤고, 곧이어 강호의 고수가 하나둘 합류하면서 어떻게 비밀결사(?)를 꾸려나갈지를 모의했다. 정말 오랜 시간 동안 머리를 맞대고, 고수를 소개받고 또 소개받으며 최종 6인의 발기인이 모였다. 앞의 두 선배 외에 진성민 선배, 위광삼(전 행복한마음 대표), 안희곤(세종서적 기획이사), 나. 그 뒤 많은 분이 뜻을 같이하였고 창립총회에서 무려 22명의 선배, 동료, 후배 편집자가 모여 대한민국 출판문화 발전과 현장 편집인, 기획인의 친목 도모를 위해 기꺼이 사랑방을 펼치기로했다.

서울편집인클럽 활동을 시작한 후 나는 '이 땅에서 출판을 한다'는 것이 얼마나 신나고 흥미진진한지를 회원 만남과 다양한 행사 -편집인 세미나, 편집인 수련회, 초청강연회 등- 를 통해 확인할 수 있었다.

무엇보다도 대중문학이면 대중문학, 사회과학이면 사회과학, 역사면 역사, 분야마다 실력 있는 편집자를 수도 없이 만났다. 그 가운데 내게 가장 큰 영향을 준 것은 뭐니뭐니해도 초대회장이자 둘도 없는 형님이던 진성민 선배와의 격의 없는 만남이었다. 진 선배는 나에게 '왜 출판을 하는

지?'에 대한 근본적인 이유를 찾게 해준 잊을 수 없는 선배다. 함께 어울려 다니며 정말 숱하게 많은 여행을 하고, 소문난 맛집을 돌아다니고, 하루가 멀다 하고 술과 음악을 찾아 동에 번쩍 서에 번쩍 싸돌아다닌(?) 지 2년이 넘었다. 진 선배와 어울리면서 '기획은 가만히 앉아서 들어오는 떡을 집어먹는 게 아니라 널린 출판감을 찾아 사냥하는 것'임을 체험하였다. 그때 경험이 오늘도 나를 가만 놔두지 않고 강호의 출판고수를 찾아 다니게 한다.

그때 만난 잊을 수 없는 선배가 바로 안철환 형(전 소나무 기획실장)이다. 지금은 안산에서 농사지으며 도시환경생태농업에 관한 대한민국 최고의 고수가 됐지만, 그때 만난 철환 형은 나에겐 둘도 없는 구라맨이자 용기 있는 편집자였다. 나는 철환 형이 있는 소나무출판사를 기웃거렸는데 '정말 책이 좋아 책에 미친 사람도 있을 수 있구나' 하면서 출판의 진정성을 느끼곤 했다.

초창기 서울편집인클럽은 기획의 나눔터이자 필자의 소통처였다. 재미 있던 것은, 그때 우리는 소속 출판사보다 선배들의 교통정리가 먼저였다. 그때 나는 처음으로 독자를 염두에 둔 기획출판물을 기획했는데, 마음을 터놓고 지내던 철환 형에게 말을 꺼냈다가 "어, 나도 그와 비슷한 기획을 준비하는데"라는 황당한 말을 들었다. 우리는 누가 먼저랄 것도 없이 서로 먼저 내라고 부추기는 웃지 못할 상황을 연출했다. 결국 내가 먼저 『서울사람 성공하는 귀농전략』이라는 책을 냈고 철환 형의 책인 『희망의 밭을 일구는 사람들』(마가을)에 내 경험을 충분히 제공할 수 있었다. 그때 우리에게는 별로 낯선 풍경이 아니었다. 요즘엔 정말 위험천만한 일일지도 모르겠지만, 그때 우리는 출판사보다 선배들이 먼저였다. 우리 모임은 그렇게 우리끼리만(?) 소통하면서 재미있고 신나는 출판 '껀수'를 무지하게 많이 만들어냈다.

서울편집인클럽에 관한 감회가 어찌 이 두 분에만 그치겠는가. 나는 '서편'을 통해 수많은 인연을 엮어갔고, 기획자로서도 거듭날 수 있었다. 무엇보다 오늘 내가 출판기획에 관해 한두 줄 끼적거릴 수 있는 것도 바로 그때 만난 훌륭한 선배, 친구, 후배 들이 있었기에 가능한 일이라고 생각한다.

강호의 숨은 실력자를 찾아서

'서편'에서 강호의 고수들을 만나 이런저런 인연을 쌓던 나는 이때부터 이른바 '찾아가는 출판'에 익숙해졌다.

'서편'에서 맺은 인연 가운데 가장 기억에 남는 사람은 앞서 말한 두 선배 외에도 내게 글쓰기를 권유했고, 후에 상업출판이 어떤 것인지 몸소 가르쳐준 주연선 선배이다. 주 선배는 나에게 편집자보다 기획자 자질이 있음을 확인해 주었고, 내가 작가로 성장할 계기가 된 『서울사람 성공하는 귀농전략』이라는 귀농안내서를 쓰도록 종용했다. 선배는 나에게 '출판기획'은 꼼꼼한 전략수립이 끝나면 무조건 부딪쳐보는 과감함의 예술임을 일깨워주었다. 물론 준비하는 데는 누구보다 전략적이어야 하고, 세세한 부분까지 놓치지 말고 기획전략을 짜야 하지만, 전략이 조금 엉성하더라도 놓치지 말아야 할 것은 '떠오르면 저지르고야 마는 기획자의 동물적인 공격'이라고 했다. 그러면서 대한민국의 어떤 훌륭한 기획자도 승률이 3할(열 권 기획에 세 권을 2만 부 이상 판매하는 것)을 넘는 사람은 없다며, 한 건 한 건에 사활을 거는 것도 중요하지만, 생각나면 과감하게 실천하는 것이 기획자에겐 더 중요한 덕목이라고 말해주곤 했다.

야인으로 잠시 머물면서 닥치는 대로 고수들을 찾아 지방을 누비고 다녔다. 그때 만난 분 가운데 제일 기억에 남고 지금도 내가 매니저임을 자처하는 분이 부산대학교에서 중국문학을 가르치는 남덕현 교수다. 나는 그때 한 신문사 기자의 한마디만 믿고 대한민국에서 '중국고전을 가장 맛깔스럽게 다룰 수 있다'는 분이 궁금해 손수 차를 몰고 부산대학교에 갔다. 자초지종을 말씀드리고 삼국지에 나오는 고전문화유산과 삼국지의 재미난 부분을 연결하여 문화답사기로 엮는 원고를 써달라고 생떼를 부렸다. 그래서 나온 책이 『삼국지문화답사기』였다. 그 뒤 남 교수와는 『중국문화답사기』까지 엮을 수 있었다.

지금도 이런 기획물 공략은 별로 달라지지 않아서 미래M&B에서 출판한 『학교 종이 땡땡땡』도 한 교육신문의 연재물을 보고 필자인 국어선생님을 찾아가 계약을 체결한 작품이고, 요즘 우리 출판사에서 진행하는 아무개 교수의 '리더십 관련 책'도 신문에 난 대담기사를 보고 바로 전화하여 성과를 올린 작품이다.

잘 팔릴 책, 어떻게 만드는지 한 수 배우다

내게 주연선 선배는 넘어서야 할 산 같은 존재이다. 주 선배에게 정말 많이 배웠다. 그에게는 미안하지만 배우지 말아야 할 것(?)도 배운 듯하다. 그래도 나는 주 선배가 곁에 있어서 든든하고 흐뭇하다.

먼저 주 선배와 처음 인연을 맺게 된 건 『서울사람 성공하는 귀농전략』을 통해서였다. 원래는 주 선배가 기획실장으로 있는 출판사에서 출간하기로 하고 1997년 방방곡곡을 돌아다니며 농부들의 굵은 땀방울 밴 이야기를 엮은 책인데, 당시 그 출판사의 사정으로 주 선배가 창업하는 출판사에서 내기로 부득불 전략상 수정을 거쳤다. 그래서 은행나무의 첫 책이 되었다. 그 후에도 『여자도 돈 좀 벌어봅시다』 같은 책을 편집하곤 했지만 무엇보다 주 선배의 주특기는 대중소설이다. 그리고 선배의 대중소설관은 '대중물일수록 고급소설보다 훨씬 뛰어나고 미려하게, 짜임새 있게 만들어야 한다'였다. 나는 주 선배의 꼼꼼함과 지나친(?) 장인정신에 이끌려 정말이지 소중한 시간을 보냈다.

『정사』라는 영화소설이 있었다. 그해 5월 어느 날, 선배는 내게 한 신문의 다섯 줄짜리 기사를 오려 주면서 '영화소설 기획서'를 하나 쓰라고 했다. 기사는 "이미숙을 위한 영화 준비 중. 시나리오 김대우. 형수와 시동생의 엇나간 사랑…" 이게 전부였다. 그래도 하라면 해야지. 어찌어찌 기획서를 써서 영화사로 찾아갔다. 마라톤협상 끝에 우리가 그 영화의 소설을 만들 수 있게 됐다. 소설은 시나리오를 쓴 김대우 작가가 직접 썼다.

그런데 문제는 여기부터였다. 작가의 작품이 너무나 마음에 들어, 특히 시동생에 대한 사랑의 감정을 묘사하는 부분이 감수성이 뛰어나고 절절하게 전해져 내 딴에는 열심히 교열하고 나면, 주 선배는 밤부터 새벽까지 교열에 또 교열을 했다. 애쓰는 모습이 내가 보기에도 심각할 정도였다. 표지는 또 어떤가. 다시 또 다시. 기어코 주 선배와 내가 OK하던 날, 디자이너가 이런 사람들 처음 보겠다는 표정으로 뚫어지게 쳐다보던 서늘한 기억을 잊을 수 없다.

그렇게 주 선배는 기획자의 태도와 근성, 잘 팔리는 책은 어떻게 만들어야 하는지를 몸소 가르쳐주었다. 그때는 정말 지겹도록 벗어나고 싶었지만, 지금은 정말 고맙다.

홀로 가야 할 길이 있었다

출판사에 다니면서 늘 떠나지 않았던 생각은 '언젠가는 내 글을 쓰고 싶다'였다. 그리고 이제 더는 내가 가야 할 길을 늦출 수 없다고 생각했다.

2002년부터 이른바 글 쓰는 걸 직업으로 삼았다. 손에 잡히는 대로 썼다. 때로는 내키지 않는 글도 썼고, 정말로 쓰고 싶어 마음껏 썼다. 그렇게 쓰지 않고는 못 배길 것 같아 이런저런 잡문을 많이 써댔다. 그러다가 이게 아닌데 하는 생각이 드는 순간, 어느새 내 이름 석 자를 내세운 단행본이 다섯 권이나 나왔다.

이제는 방향을 잡았다. 우리 시대의 바람직한 문화형태와 올바른 쉼의 방법에 대해 진솔하고 소박한 글을 쓰고 싶다. 우리가 돌 던지고 피바람 몰아치며 일구어놓은 민주주의 토양은 이제 '행복하고 질 좋은 사회'를 지향하는 더욱 다양한 사람들이 재미있고, 편하게, 즐기면서 사는 삶의 방법을 요구한다고 나는 감히 생각했다. 그래서 그런 내용을 담은 글을 쓰고 싶다.

언제 들어도 반가운 선후배의 잔소리

이렇게 써놓고 보니 과연 '내가 기획자로서 한 움큼의 자취'나마 남긴 적 있는가 하는 의구심이 생긴다. 물론 이루어놓은 것이 너무나 없는 비루한 기획자의 삶이었다. 하지만 후회하지 않는다. 적어도 내가 일구어놓은 작은 씨앗들이 하나둘 내 주변에서 큰 열매로 빛을 내고 있으니까.

지금도 나는 책을 갖고 놀고, 책과 함께 씨름할 때가 가장 행복하다. 여기에 좋아하는 선배라도 찾아주는 날이면 만사 제쳐놓고 그때 그 시절을 안주 삼아 도도하고 흥에 겨운 술자리를 즐긴다. 가끔은 황송하게도(?) 후배가 찾아와 '술 한 잔' 사달라고 앙탈을 부리는데, 그때가 너무나 행복한 순간이다.

물론 내가 정말 좋아했던 분들이 떠난 슬픈 기억도 있다. 이름 없는 편집자로 울산을 찾았을 때 내 좁은 식견을 흔쾌히 대견해 하며 주발술로 응대하던 이창훈 선배. 일산에서 백수의 시절을 만끽할 때 함께 자전거도 타고 술도 마시며 한참 어린 내게 '맹 형' 하며 극존칭으로 나를 웃겼던 당대 최고의 영어번역가 최석도 형. 바짝 마른 몸으로 신경질적인 쇳소리를 내며 유일하게 나를 '좋은 기획자'라 인정하던 손상목 친구. 이렇게 훌륭한 분들이 두 해 동안에 내 곁을 떠났다.

요즘 출판계에 이런저런 안 좋은 소식들이 들려오곤 한다. 대필 논란도 있고, 저작권 문제도 불거졌다. 서점에서는 사재기가 극성을 부린다고도 한다. 물론 일부겠지만 이런 사태를 바라보는 기획자로서 심히 부끄럽고 안타까운 생각을 지울 수 없다.

책을 만지는 사람은 글자 한 자 틀리지 않게 항상 신경 쓰듯이, 기본에 충실해야 하는 게 아닐까. 출판시장이 어렵다고 해서 하나둘 넘지 말아야 할 선을 넘다 보면 결국 치명적인 부메랑이 돼서 돌아오지 않겠는가. 이러다가는 독자들이 우리가 만든 책을 못 믿고, 우리가 파는 책의 판매부수를 업신여기지 않을까.

책은 인간의 가장 양심적인 목소리를 담는 공기이다. 문화의 공기, 정신의 공기를 만드는 출판기획자에게 가장 중요한 건 올바른 양식 아닐까. 물론 나 자신이 잘못해서 일어난 일이 아니고, 다른 사람이 벌인 출판계 관행이라고 말하고 싶을 때도 있겠지만, 지금은 출판을 시작하던 초심으로 돌아가야 한다. 그래야 이만큼이라도 이루어놓은 우리의 출판유산이, 그 숱한 양심의 흔적으로 만들어진 출판문화가 국민에게 사랑받으며 자라날 수 있지 않겠는가.

별로 내세울 건 없지만 남 앞에 부끄럽지 않은 기획자가 어떤 사람일지 생각해본다. 그것이 바로 나를 키운 선배와 돌아가신 분 들에 대한 출판인 으로서의 최소한의 양식이라고 생각하기 때문에.

◆**맹한승**──어떻게든 글을 써보고 싶어 입문한 문학전문 출판사 첫 출근 이후 지금까지 영 언문화사, 우행나무, 미래M&B 등에서 17년째 출판기획자로 벌어먹고 있다. '모자란 기획 자'란 생각엔 변함이 없다. 하지만 한 분야의 붙박이로 머물기보다 다양한 사회경험을 살려 출판기획자와 작가, 여행패널, 휴 칼럼니스트로 활동하며 사회를 보는 눈을 넓히고 '아름다 운 세상'을 가꾸는 일에 조금이나마 보탬이 되고 싶다.

3부 • 지식의 씨앗을 뿌리는 기쁨

다시 태어나도 이 길을

최복현 이른아침 전무

어릴 적, 농사를 짓는 일은 여유가 있었다. 사람 사는 일 같아서 농사를 지으며 살고 싶었다. 그런데 내가 병역의 의무를 다하기 전 우리 집은 모두 서울로 이사를 했다. 뒤늦게 상경한 내가 할 수 있는 일이란 공장에서 기계를 돌리는 일밖에 없었다. 구로공단, 부천 등지에서 공장생활을 했다. 더디 돌아가는 공장의 시계를 바라보는 일은 정말 끔찍하게 싫었다. 차라리 농사를 지으러 다시 돌아갈 수 있는 터전이라도 있다면 그렇게 하고 싶었다.

멈추어버린 공장의 시계

사방이 막혀버린 듯한 암울함. 아침에 일어나면 출근하는 일이 싫었다. 때로는 한 식구처럼 다정하다가도 싸움이 일어나면 작업용 칼을 들고 서로 으르렁대는 공장에서의 일들이 촌놈인 내겐 무섭게 느껴졌다. 공장에서 벗어나는 방법은 단 한 가지뿐이었다. 바로 공부였다. 그러나 공부할 시간이 별로 없었다. 날마다 반복되는 반강제적인 2시간짜리 잔업, 밤 10시에야 끝나는 야근, 일주일에 한두 번은 밤새도록 일을 해야 하는 철야가 기다리고 있었다. 그렇게 하지 않으면 당장 조장이나 반장에게 불려가서 호된 꾸지람을 들어야 했다.

그 고된 생활 속에서 틈틈이 검정고시 공부를 했다. 휴일엔 놀 수 있고, 제때 잠이라도 실컷 자려면 공장에서 벗어나야 한다는 생각뿐이었다. 결국 검정고시로 중고등 과정을 마쳤다. 그러나 대학에 들어간다는 것은 꿈도 꿀 수 없는 상황이었다. 고졸 학력이면 단순노동이 아닌 관리직이나 사무직 관련 일이라도 할 수 있을 줄 알았다. 공장을 그만두고 관리직이나 사무직 일을 찾으러 서울 시내를 누비고 다녔다. 신문 광고를 보고 찾아가 보면 명목상 업무부, 관리부일 뿐 실상은 외판원이었다. 그렇게 헛다리를 짚으면서도 다시 직장을 찾기를 몇 번. 드디어 당당하게 필기시험을 치르고 최고의 성적으로 수습사원이 되었다. 교육을 받는 동안 꿈에 부풀었다. 이제 내 인생에 서광이 비치는구나 싶었다.

사흘째 되던 날 내게 주어진 임무는 아동전집을 팔아오라는 업무였다. 하루종일 땡볕에 그을리며 신월동 일대를 돌아다녔지만 한 질도 팔지 못하고 돌아왔다. 그 일을 마지막으로 다시 공장으로 돌아갔다. 대학 등록금을 마련하기 위해 공장일을 하면서 틈틈이 다방이나 극장에 다니면서 광고 판촉물을 팔았고, 의자 커버 세탁물을 받아 와 손빨래를 해주는 일로 장당 50원씩 받는 일을 병행했다.

책을 들고 서울 시내를 누비다

처음 영업자로 발을 내디뎠을 때 수줍음을 많이 타는 성격이라 영업자의 자질이 없는 듯했다. 사람들을 상대하는 일이 무척이나 버거웠다. 직원이라고는 나 혼자밖에 없고, 경리도 없는 출판사였기 때문에 아침에 출근하자마자 부지런히 장부정리하고 11시까지 주문을 받았다. 주문전화를 거의 다 받으면 수기로 거래명세서를 끊었다. 그 다음, 창고에 들어가서 책을 찾아 서점별로 분류하고 포장을 했다. 그리고 도시락을 먹고 배본을 시작했다. 책을 묶거나 포장하는 일은 손으로 처리해야만 했고 신간이라도 나오는 날이면 책 3000여 부를 150여 군데에 보내기 위한 포장을 했다. 손에 물집이 잡히기가 일수였다. 팩스도 없던 때였으므로 지방에서는 주로 전화보다는 엽서로 주문을 받았다. 시내는 전화로만 주문을 받았다. 모든 일이 지금보다는 상당히 느리게 처리되는 시스템이었지만 웬만한 책은 잘 팔리던 시절이었다.

영업 활동비를 못받는 대신 날마다 토큰 수를 세어서 받고, 배본이 끝나면 다녀온 서점들과 교통비 내역을 적어야만 했다. 서울 시내만 해도 대학가 근처를 비롯하여 80여 곳의 서점과 거래했다. 양손에 140부를 나누어 들면 더 이상 들 수가 없다. 그것이 팔 힘의 한계였다. 한꺼번에 많은 책을 배본해야 하는 신간배본 때를 제외하고는 용달을 부를 수도 없었고, 아무리 힘들어도 택시를 타고 배달을 할 수도 없었다. 거의 모든 대학 근처에는 사회과학 서점들이 있었고, 구내 서점과는 필수적으로 직거래를 하고 있었으므로 혼자서 버스를 타고 다니며 책을 배달한다는 것은 불가능한 일이었다.

마음이 맞는 영업자들은 상부상조하는 요령을 터득했다. 세 명이 양손에 책 꾸러미를 무겁게 들고는 광화문 논장서점에서 만나 다시 배달지역을 정했다. 그렇게 지역을 3등분으로 나누어 배달을 하고 거래명세서는 다음날 다시 거기에서 교환을 하면 되었다. 대학 구내 서점에 들어갈 때는 시간대를 잘 맞추어야 했다. 어물어물하다가 오후 3시경만 되면 학생들이

데모를 하고 전경들이 교문을 봉쇄하고 밀고 들어올 채비를 하기 때문에 밖으로 빠져나오기가 어려워졌다. 교정에만 들어서면 눈을 뜨기가 어려울 정도로 가스 냄새가 독하게 올라왔다. 비 오는 날이면 나는 젖어도 책은 젖어서는 안 된다는 생각으로 비를 흠뻑 맞으며 배달을 하는 경우도 많았다.

때로는 불온서적을 들고 다닌다는 죄목으로 경찰서에 잡혀가기도 하고, 데모하는 근처에 갔다가 이유 없이 잡혀서 유치장에 들어가는 신세가 되기도 했다. 배본, 반품정리, 창고관리, 수금, 장부정리까지 도맡아서 하고 나면 밤 11시는 되어야 퇴근을 할 수 있었다. 그런 와중에도 홍사단 등이 농성하거나 데모하는 데 지원을 나가야 했다. 열정이 있었고, 시대적인 성스러운 임무라는 생각이 들었던 터이니, 그게 나라 사랑하는 길이라고 생각했다.

대학생, 배본사원, 노동자 출신 시인으로 데뷔하다

출판사 생활과 함께 대학생활을 병행해야 하는 힘겨운 나날들이었지만 주말에는 엑스트라로 출연하여 학비를 보태야 했다. 다행히 학교에서는 장학금을 받으며 공부할 수 있었다. 어학을 전공했는데 내 어학 실력은 뛰어난 편이었다. 그 영향으로 잠시 영업일을 그만두고 대학교재 전문 출판사에 편집부 사원으로 입사할 수 있었다. 1년 동안 편집부 생활을 하면서 전에 함께 책을 배달하던 친구들이 그리웠다. 신간이 나오거나 일이 많을 때면 사무실까지 찾아와서 함께 작업을 해주던 친구들. 정도 많이 들었고, 서로 고마워하며 의기투합했던 친구들. 그렇게 함께 고생하던 친구들이 보고 싶어 견딜 수가 없어서 결국 편집부 생활 1년을 마감하고 다시 영업 현장으로 돌아왔다.

먹고사는 일에 급급해 성인만화를 출판하던 이 출판사는 결국 단속에 걸려 문을 닫을 위기에 처하고 말았다. 하루아침에 일거리가 없어진 우리는 헤어질 위기에 처했다. 떠날 사람은 떠나갔고, 나마저 그만두면 출판을 포기하겠다는 사장님을 포함해 남은 직원들 모두가 나를 잡았다. 뭔가 하긴 해야 하는데 무엇부터 시작해야 할지 난감했다. 당시에는 시집이 잘 나갔다. 임시방편으로 우선 내 시집을 내기로 했다. 그렇게 해서 나의 첫 시집이자 새로 시작한 출판사의 첫 책이기도 한 『내게 주어진 한 날을 접으며』를 내며 '박우사'라는 새로운 이름의 출판사로 다시 시작했다. 어설프게 만든 시집이었지만 제법 잘 팔려나갔다.

두 번째로 공장생활의 경험을 담은 『세상살이 공장 살이』라는 시집을 출간했다. 노동운동이 한창 진행되던 1989년이었던 터라, 노동시인이라는 명목으로 기사화되면서 여러 서점에 베스트셀러로 진입하기도 했다. 네 번째 시집 『맑은 하늘을 보니 눈물이 납니다』라는 시집은 독자들의 감성을 자극한 탓인지, 2년에 걸쳐 30만 부는 족히 팔렸다. 그 이후에는 내 시집이 아닌 유 샤퍼의 신앙 시를 사랑 시로 바꾸어 출판한 『사랑한다는 말보다 더욱 더 마음절이는 것은 작은 웃음이다』라는 시집은 2년 가까이 베스트셀러 1위 자리를 차지하며, 시리즈로 3권까지 합쳐서 200만 부 이상을 팔 수 있었다. '박우사'는 시집의 명가로 자리매김하며 남들이 부러워하는 출판사가 되었다. 한 뜻으로 함께 만든 출판사를 떠나는 일이 쉽지 않지만, 2세 경영체제로 바뀌면서 어쩔 수 없이 회사를 그만두어야 했다.

당당한 미래를 향한 학문의 길

맡은 업무에는 유달리 책임감이 강했던 나는 일에서는 늘 진지하고 성실했던 듯하다. 공부와 일을 병행했지만 그 두 가지 모두를 소홀히 할 수는 없었다. 그렇게 무리하다가 결국 대학을 졸업할 때쯤엔 결핵 말기에까지 이르러 생사를 넘나들었다. 그때 죽음에 관해 진지하게 생각하고 죽음을 준비하면서 많이 성숙해진 것도 사실이다. 보건소에서는 이미 늦어서 고칠 수 없다며, 서대문 시립병원으로 보내주었다. 하지만 이미 가정이 있었던 나는 일을 그만둘 수도 없는 형편이라 "내가 아니면 우리 가족은 다 죽는다"는 말로 간신히 통원치료를 받기로 했다. 남들에게는 드러내지 않은 채 투병생활과 일을 함께 한 1년간은 무척 힘들었다.

50킬로그램까지 내려갔던 체중이 정상으로 돌아오자 공부를 더 하고 싶었다. 그래서 1992년 대학원에 진학했다. 하지만 대학원은 학비가 만만치 않았다. 그것도 출판과 관련된 학문이 아니라 불어교육이었다. 그때까지도 나는 교사로서의 꿈을 접지 않았기 때문이었다. 초등학교를 졸업한 이후로 나는 누구에게 100원도 도움받지 않고 내 힘으로 공부했다고 자부해왔다. 하지만 대학원은 쉽지 않아 보였다.

가난한 가정에서 한 사람을 대학을 보내고, 성공시키려면 온 가족이 희생을 감내해야만 한다. 우리 집이 그랬다. 큰형 공부시킨다고, 누나들을 비롯한 우리 가족 모두는 일종의 희생양이 되었다. 위로 누나 둘, 작은 형, 나까지 초등학교 졸업 이상 공부를 한 사람이 없었으니까. 작은 형과 나는 산과 들로 다니며 뱀을 잡았다. 그렇게 뱀을 잡아서 항아리에 모아 놓으면 뱀장수가 왔다. 꽃뱀은 30원, 독사는 100원, 까치독사 150원, 살모사 250원, 그렇게 뱀을 잡아서 버는 돈의 재미가 쏠쏠했다. 하지만 그렇게 목숨을 걸고 잡은 뱀값마저도 형의 학비로 다 들어가야만 했다. 그때 나는 형을 원망하며 이런 결심을 했다. '아무리 공부하고 싶어도 남에게 피해를 주면서 공부하지는 않겠다.' 그런데 대학원 진학을 앞두고 그 약속을 지켜야만 하는 상황이 온 것이다. 이미 결혼하여 아내가 있었으니 월급만큼은 집에 가져다주어야 한다는 생각이 간절했다.

대학을 마치고 대학원에 진학하면서 때로는 잠깐이나마 강남에서 고액 과외를 하기도 했고, 후배들 강의를 병행하기도 하는 강행군을 했다. 어떤 날은 10시간 내내 몇 분 쉬지도 못하는 시험 특강을 하기도 했다. 그러면서도 성적 우수 장학금을 받아 학비에 보탰다. 나보다 열 살 이상 어린 학생들과의 경쟁에서 지고 싶지는 않았다. 그런 오기와 집념으로 우리 동기 네 명 가운데 나 혼자만 제 학기에 논문을 통과하여 무사히 석사과정을 마칠 수 있었다. 악명 높기로 소문난 서강대학교는 서강고등학교라는 별명처럼, 학사관리가 엄격했으며, 대학원도 예외는 아니었다. 지정좌석제라 출석도 무조건 잘해야만 했다.

논문을 쓰면서 스트레스를 많이 받았고 그 다음부터는 공부가 싫었고, 지겨웠다. 하지만 3년이란 세월이 지나자 다시 공부를 하고 싶은 열망이 꿈틀거렸다. 그렇게 다시 시작한 박사과정. 아내에게 월급은 무조건 가져다주어야 한다는 나 자신과의 약속을 위해, 외국어학원 강사와 번역 일을 병행하기로 했다. 새벽에 종로에 있는 '청문 외국어학원'에서 강의가 끝나면, 경복궁 앞에 있는 회사로 뛰어가고, 회사일이 끝나면 과외나 후배들 강의에 전력하니 늘 잠이 부족했다. 학원 강사일이야 특별히 준비하지 않고도 자신이 있었고 남는 시간에는 틈틈이 번역을 했다. 나름대로 시장에서 통할 듯한 책을 찾아서 번역한 다음 출판사에 의뢰했다. 그렇게 해서

장 쥬네의『도둑일기』, 삐에르 드리외 라 로셸의『몽롱한 중산층』, 마르그리트 뒤라스의『두 여자의 한 남자』라는 소설도 번역했다. 거의 1년 동안 번역해야 했던 알렉상드리앙의『에로틱 문학의 역사』등 내용이 방대한 책도 작업했다. 시인들의 홍수시대여서 시집을 내는 일은 가급적 자제하다가 낸 시집이『새롭게 하소서』이다. 이 책은 문화부 추천도서가 되기도 했다.

당시 바로 아래 동생이 출판을 시작하여, 원고를 부탁했다. 팔릴 만한 책을 만들어줘야만 했기에 쓴 것이『마음을 따뜻하게 하는 탈무드의 지혜』였다. 당시에는 서점의 진열대에서 '탈무드'라는 제목이 들어간 책을 찾아볼 수가 없었다. 동생은 이미 다 팔려서 서가에 들어가 있는 책이 팔리겠느냐며 망설였지만 감으로는 자신이 있었다. 책은 나오자마자 잘 팔려나가 5만 부 이상을 팔 수 있었다. 책이 잘 나가자 여기저기 출판사들이『탈무드』란 책을 여러 형태로 내기 시작했다. 작은 붐을 일으키는 데 일조한 셈이다.

『어린왕자』와의 만남

박사과정에서 만난 교수님은 생텍쥐페리의 생애와『어린왕자』에 대해 깊이 있는 지식을 갖춘 분이었다. 그러면서 나도 생텍쥐페리의 문학세계로 빠져들어갔다. 원서로 읽어본『어린왕자』는 너무나 아름다웠다. 그 속에 감추어진 비의들, 살아있는 듯한 어린왕자의 생생한 이미지가 마음속 깊이 파고들었다. 나는 그때부터 어린왕자의 친구가 되었다. 어린왕자의 아름다움을 고스란히 우리 독자들에게 전하고 싶은 간절한 마음으로『어린왕자』를 번역하기 시작했다. 원서로 읽다가 번역판을 읽어보면 그 맛이

나지 않았다. 그래서 그 감미로운 맛을 낼 수 있을 만큼 번역하고픈 열망이 생겼다. 『어린왕자』 번역을 끝내고는 어린왕자 해석서를 쓰기 시작했다. 그렇게 해서 두 권이 완성되었을 때, 책이있는마을 출판사와 출판을 하기로 계약했다. 동시에 출판하기를 원했지만 우선 『어린왕자에게서 배우는 삶을 사랑하는 지혜』라는 제목으로 해석서를 출간했다. 출판사에 도움이 될 만큼 제법 많이 팔렸다.

1년 후 『어린왕자』 번역본이 출간되었다. 이제까지의 번역서들은 반말체로 되어 있었지만 어린왕자의 말들엔 경어체가 더 어울릴 거라는 생각으로 경어체로 번역했다. 처음 의도는 맨 위에 영어, 중간에 우리말, 하단에 프랑스어를 병기할 생각이었다. 하지만 너무 복잡할 듯싶어서 우선 한쪽 면에 우리말을 넣고 오른쪽 면에 영어를 넣어 한영판으로, 뒤쪽에는 프랑스어판을 실어 출간했다. 그렇게 출판된 『어린왕자』는 처음 몇 달 동안에는 달마다 1만 부 이상씩 팔려나갔다. 출판사에도 큰 도움이 되었고 나에게도 경제적으로 많은 도움이 되었다. 이 책이 출판되어 판매가 잘 되자 다른 출판사에서도 한영판 『어린왕자』를 출판하기 시작하면서 다시 붐이 일기 시작했다.

다시 소박함으로 나를 돌아본다

IMF 외환위기가 한창일 때 창업 중인 출판사 '생각의나무'의 영업 책임자를 시작으로, '씨앗을뿌리는사람'의 창립멤버, '더난출판사' 상무 등을 거쳤다. 열정과 오기로 일을 해 나름대로 보람도 있었고, 꽤 많은 베스트셀러를 함께 만들고 영업했던 시절이었다. 내게 주어진 지면관계상 나중을 기약하며, 그간의 일들은 생략해야 할 듯싶다.

생텍쥐페리는 아내를 떠나면서 이런 말을 했다. "산의 푸름을 바라보기 위해서는 산마루로 이르는 바위 길에서 벗어나 숨을 돌려야 한다. 마찬가지로 사랑을 잘 간직하기 위해서는 사랑에도 휴가가 필요하다"며 아내 곁을 떠난 적이 있다. 생텍쥐페리처럼 나는 잠시 영업현장을 떠났다. 산을 벗삼아 마음의 쉼을 얻고 싶었다. 지리산을 비롯하여 여러 산을 오르며 나를 진지하게 돌아보는 시간을 가졌다. 길지는 않았지만 나를 찬찬히 돌아볼 수 있는 참으로 소중한 시간이었다. 그 한 달 동안 낮에는 산에 오르고, 밤에는 작품 구상을 하며 보냈다. 그 결과 아서 밀러의 희곡『세일즈맨의 죽음』을 소설로 재구성해서 『어느 샐러리맨의 죽음』이란 제목으로 출판하여 잔잔한 반향을 일으키기도 했다.

겨우 한 달도 못 쉬었는데 몇몇 출판사에서 함께 일하자고 간청을 했다. 많은 고심 끝에 자리한 곳이 '이른아침'이다. 이제는 사람 때문에 상처를 받거나, 부대끼는 생활보다는 가족적인 분위기가 느껴지는 작고 아담한 곳에서 일하고 싶어 이곳에서 일하기로 결정했다. 다만 내 선택이 옳았음을 훗날 고백할 수 있게 최선을 다하는 방법밖에 없다. 주로 인문 서적을 출판하는 우리 출판사는 좋은 책을 내는 출판사임에는 틀림없다. 인문 서적이 침체라서 신나는 출판을 하고 있지는 못해도 나오는 책마다 추천도서에 등재되는 일은 많았다. 『마르코 폴로의 동방견문록』『세계사의 주인공들』『18인의 위대한 황제들』『생각의 역사』『한국의 차 문화』『수메르 혹은 신들의 고향』『틸문, 그리고 하늘에 이르는 계단』 등은 모두 서가에 꽂아 놓고 싶은 책들이다. 그 밖에 경제서도 간간히 낸다. 2006년 문화관광부 추천도서인 『멘토』『세계화의 두 얼굴』『아르키메데스의 지렛대』 등의 경제서도 내고 있다. 현실의 벽을 타고 넘을 만한 능력을 어떻게 키우

242

느냐가 내게 주어진 숙제이다.

때로는 내가 직접 기획하고 책을 내기도 한다. '이른아침'에 와서 내가 번역했던 책을 재계약하여 낸 것이 『에로틱 문학의 역사』이고 직접 기획하고 쓴 책으로는 『나를 찾아 떠나는 여행』이 있다. 에세이는 주로 신변잡기를 다루는 것으로 알려져 있지만, 나름대로 한 차원 높은 에세이를 쓰고 싶었다. 『나를 찾아 떠나는 여행』은 2006년 문화관광부 교양부문 추천도서로 선정되었고 판매도 기대 이상이었다. 철학 에세이 두 번째 책인 『특별한 내 인생을 위한 아름다운 반항』도 얼마 전에 출간했다. 제목 탓인지는 몰라도 1권은 3~40대 여성 독자가 주를 이룬 반면 2권은 주로 20대가 독자층의 절반을 점하고 있다. 점차 연령이 많은 독자층으로 옮겨가면서 평이 상당히 좋게 나오고 있다. 꾸준한 판매가 이어질 듯싶어 기대가 된다. 다시 용기를 내어 철학 에세이 시리즈를 한 권 더 쓸 예정이다. 아마도 연말쯤에는 마무리할 수 있을 듯하다.

내 인생의 남은 절반을 향하여

인생의 절반 이상을 출판영업자로 살아왔지만, 내세울 만한 족적은 없는 듯하다. 하지만 영업자로서의 길은 나에게 많은 소재와 열린 눈을 가져다 주었다. 많은 사람들과의 만남을 통해 사람을 배웠다. 내 글의 모토는 거창한 것도 아니고 그저 나와 만나는 사람들의 이야기이며 그들의 애환이다. 나는 그들을 대변할 뿐이다.

출판의 길을 걸어온 내 인생을 후회하지는 않는다. 오히려 그 길이 고맙고 뿌듯할 뿐이다. 출판의 길에 접어들면서 일과 공부를 병행하여 실력은 없지만 불문학자가 되었고, 시답잖은 작가로, 번역가로도 등재할 수 있었으니 감사할 따름이다. 그래도 당당하게 고백한다면, 정직하게 살아왔고 성실하게 살아왔으며, 내 자존심을 지키며 살아왔다는 생각에 자족한다. 남보다 쉬운 길은 아니었지만 감사하는 마음과 긍정적인 생각으로 살아왔기에 후회는 없다.

나이가 들어갈수록 짐은 무거워지고, 권리는 줄어드는 듯싶다. 그럼에도 나는 열정을 잃지 않고 살려고 한다. 젊어서는 열정의 힘으로 살고 나이 들어서는 습관의 힘으로 산다는 생각으로 시작한 일이 몇 가지 있다. 하나는 토요일마다 등산을 하는 일이다. 일요일 아침에는 조기 축구를 하고, 일주일에 한 번은 사우나에 가서 반신욕을 한다. 또 하나의 좋은 습관으로는 6년 전부터 하루 한 편의 아침 편지를 써서 지인들과 독자들에게 보내는 것이다. 어느덧 1600여 통이 되어간다. 그간 이 글들을 묶어서 책을 내기도 했다. 『마음을 열어주는 따뜻한 편지』『마음의 길동무』『행복을 여는 아침의 명상』『하루를 갈무리하는 저녁의 명상』『가난한 마음의 행복』등, 많게는 수만 부 적게는 수천 부가 판매되어 제 역할을 해주었다. 부산 평화방송에서 7개월 동안 직접 방송했던 '우리 사는 삶이 소중한 이유'라는 저녁의 3분 칼럼을 책으로 묶어 펴낸 『쉼표 하나』도 있다.

〈세계일보〉 닷컴에 일주일에 한 번 '신화 속 사랑이야기'를 쓰고, 〈북센〉에 '고전 다시 읽기'를 쓰다가 지금은 '틴틴북스'를 연재하고 있다. 주말이면 이 밀린 숙제들을 하느라 더 바쁘게 지낸다. 하지만 일이 많다는 건 행복한 일이다. 영업자도 아닌 것이, 기획자도 아닌 것이, 그렇다고 편집자도 아닌 것이 분주하게 살아온 듯하다. 그것이 나의 선택이었고 나의 팔자였으리란 생각으로 나를 다독이며 이 글을 마치려 한다.

막상 글을 마치려니, 그리운 사람들이 주마등처럼 스치고 지나간다. 변

244

함없이 묵묵히, 하지만 미련스럽게 제자리를 지키고 있는 정감어린 서점 친구들, 함께 고생했던 출판사 친구들, 항상 나만 보면 "제 몫도 못 챙겨 먹냐! 형, 제발 바보처럼 살지 마!"라며 나의 대변자이자 매니저가 되어 주었던 이창훈, 그가 세상을 떠나고 난 후 나는 꼬박 일주일 동안 알 수 없는 병을 앓았다. 그러고는 그와의 추억을 지우려 노력한다.

그를 생각하면 나보다도 더 바보처럼 늘 손해만 보면서도, 내가 독하게 살지 못한다며 애정 어린 핀잔을 하며 나를 보호하고 챙겨주려 애쓰던 모습이 생각나서 괴롭다. 그의 말대로 나는 아직 사람이 모질지 못해 제 몫도 잘 챙기지 못한다. 그래도 이 동네가 왠지 좋다. 정이 있고, 늘 제자리를 굳건히 지키는 나무들처럼 오랜 세월 함께한 친구들이 서점 곳곳에 남아서 나를 반겨주고 있으니까. 죽는 날까지 책을 읽고, 글을 쓰며, 책과 함께했으면 좋겠다. 일을 놓는 순간 내 삶을 마감할 수 있었으면 좋겠다.

◆**최복현**── 서강대에서 불어교육학 석사학위를 받고, 상명대학교 대학원에서 불문학 박사과정을 마쳤다. 1990년 동양문학으로 등단했다. 인터넷 〈세계일보〉에 '신화 속 사랑이야기'를, 〈북센〉에 '틴틴북스'를, 〈책과 인생〉 영광도서관에 '어린왕자에게 배우는 삶을 사랑하는 지혜'를 연재하고 있다. 이른아침 출판사에서 전무로 재직하고 있다.

신비하고 재미난 늪에서 헤엄치기

박성경 현실문화연구 부사장

선배의 장난기로 바뀐 인생

책을 처음 만지게 된 것은 순전히 한 선배의 장난기 때문이다. 군복무를 마치고 안산 어디쯤에선가 농로를 포장하는 잡부로 일할 때였다. 아르바이트 삼아 제대 다음 날부터 15일간 하기로 했는데 하루는 비가 와 일을 쉬었다. 내가 군에 가 있는 동안 한 출판사에서 영업을 시작한 선배로부터 연락이 왔다. 선배 말로는 일이 재미있다고 했고, 나보고 너도 이 세계로 들어와 봄이 어떠냐는 것이었다. 같은 일을 하면 자주 얼굴도 보고 또 술 한잔할 기회도 많고, 여러 모로 좋지 않겠느냐는 꼬드김이었다.

술잔을 기울이며 선배에게 들은 출판동네 이야기는 나름 매력 있어 보였다. 우선 한 달에 한 번씩 지방을 간다는 그 기막힌 이야기! 그것도 회사에서 비용이 나온다고 한다. 그리고 항상 맛난 음식에 술도 한잔 하고 좋다고 한다. 출판계에 노크를 한 이유는 순전히 한 달에 한 번 전국 각지를 다닌다는(사실 그 당시 출장이 아니라 여행으로 이해했다. 하지만…) 사실 때문이었다. 내가 책을 좋아하는 축에 든다는 것은 그냥 사족일 뿐이었다. 군대에 가기 전부터 선배가 다니던 출판사에 자주 드나들어서 출판사 돌아가

246

는 모습을 조금이나마 보았기에 생소하게 느껴지지 않았다.

어디에 이력서를 넣느냐가 문제였다. 선배는 네가 좋았던 책을 펴낸 아무 출판사나 전화를 해보라고 말했다. 그 정도 패기도 없이 뭘 하겠느냐고 하면서! 그래서 전화한 곳이 한울이었고 나를 흔쾌히 받아준 영업부장이 현재 르네상스출판사 대표이다. 그분은 아무것도 모르는 나에게 많은 것을 가르쳐주었다. 나는 이렇게 한번 발을 들이면 다시는 헤어나기 어렵다는 출판동네라는 신비한 늪에 발을 담그게 되었다.

독특한 이력이라는 꼬리표

이렇게 출판동네에서 일을 시작한 지 만 11년이 넘었다. 언제부터인가 몇 몇 선배들이 직장을 너무 자주 옮기는 것 아니냐며 나를 우려하기 시작했다. 이직을 몇 번 하기는 했지만 그리 자주 옮겼다고는 생각해본 적이 없기에 당혹스러웠다.

가만히 생각해보니 그동안 출판사에서 출판사로 옮긴 것이 아니라, 출판사에서 작은 사회과학서점으로 또 인터넷서점으로 그리고 다시 출판사로 옮기는 식이었던 것이다. 같은 책을 만지지만 역할이 너무나 다른 영역으로 움직였다는 생각이 들었다. 그러다 보니 직장을 자주 옮긴다는 느낌을 준 것은 아닐까? 자주 옮긴다는 애정 어린 충고를 처음 들었을 때는 걱정도 많이 했다. 하지만 지금은 잦은 이직이 나에게 많은 도움이 되었음을 안다. 현재 다니는 출판사인 현실문화연구에서 다양한 일을 하는 나에게 과거의 경험은 너무나 큰 자산이다.

어쩌면 독특한 이직의 시작은 1998년 한울을 그만둔 시점인 듯하다. 한울을 그만두고 다른 출판사로 갈지 아니면 서점을 차릴지 마음이 어지러웠다. 한울을 그만둘 무렵 한 사회과학서점 주인이 솔깃한 말을 했다. 자신의 서점을 인수하지 않겠냐는 것이었다. 그 서점은 아주 작았다. 가끔 들를 때마다 '참 예쁜 서점이야!'라는 느낌을 주던 곳이다. 일단 한울을 그만두고 이래저래 따져보기 시작했다. 무척 욕심이 났지만 없는 돈에 서점을 인수할 처지는 아니었다. 제대 후 겨우 3년 동안 출판사 영업을 해서 돈을 모았으면 얼마나 모았겠는가. 깨끗하게 포기!

그래서 한 선배의 소개로 어느 출판사에서 면접을 봤다. 떨어졌다. 너무 솔직한 것이 탈이었다. 한울은 왜 그만두었는지에 대해 질문을 받았다. 나는 솔직하게 서점을 해볼 요량으로 그만두었는데 돈이 모자라 취직을 계획했다고 했다. 면접을 보던 출판사의 이사가 앞으로 돈이 생기면 서점을 할 것이냐고 물었다. 난 자신 있게 할 것이라고 답했다. 이 대답이 탈락 사유였다. 돈 생기면 금방 나갈 놈으로 보였던 것이다. 그때 그 출판사에 취직했더라면 내 인생은 많이 달라졌을지도 모른다는 생각이 든다.

오프라인·온라인서점을 두루 거치며

면접에서 떨어진 것이 계기가 되어 억지로 끌어 만든 돈으로 서점을 시작했다. 서점일은 재미있었다. 독자들과 직접 만난다는 것 하나만으로도 즐거웠다. 주변에선 사회과학이 다 망가졌는데 무슨 사회과학서점이냐고 걱정해주었다. 물론 생활을 꾸리기에 버거울 정도의 매출이었지만 매일 들어오는 신간을 살피고 나름의 방식으로 분류하고 작은 평대에 진열했다. 또 신간이 들어오면 저어도 차례와 서문은 반드시 읽었다. 틈이 나면 본문도 읽었고 단골손님과 책 품평도 하곤 했다. 또 단골손님들이 주로 찾는 책의 성향을 기억했다가 신간이 오면 추천하면서 팔기도 했다. 학생들

248

에게는 꼭 봐야 할 책이라고 강매(?)한 적도 많다.

한번은 지호출판사에서 『신의 전기』가 신간으로 몇 질 들어왔는데, 이틀 만에 다 팔고 출판사에 주문을 넣었던 기억이 난다. 그날 지호출판사 영업부장이 서점으로 찾아와 "전국 최초 재주문입니다!"라며 음료수를 건네었다. 서점운영 초창기였던 그때 그 일은 가족에게 한동안 자랑거리였다.

현실문화연구가 인문사회과학서를 주로 펴내는 출판사이기에 이때 사회과학서점을 운영했던 경험은 지금 내게 무척 큰 도움이 된다. 예전 한울에 다닐 때만 해도 다른 출판사의 책을 유심히 보기가 무척 힘들었다. 워낙 많은 신간이 쏟아져 나오기도 했지만 다른 출판사의 책을 꼼꼼히 살피는 것이 내가 다니는 출판사의 책을 판매하는 데 도움이 된다는 사실을 전혀 몰랐던 것이다.

또 서점일은 다른 출판사의 책들에 대한 상당한 정보를 머릿속에 담아주었다. 규모는 작았지만 그래도 몇만 권을 매일 정리하다 보면 자연스레 책 제목과 출판사명, 저자이름과 대략의 내용 정도는 머리에 입력된다. 또 나름대로 서가 정리를 하려면 책을 꼼꼼히 살펴봐야 한다. 이것은 지금도 다른 출판사 책을 유심히 보는 버릇으로 남아 있다.

현실문화연구는 직원 수가 일곱 명 안팎으로 규모가 작다 보니 기획에서 제작, 마케팅까지 사무실 식구 모두가 참여한다. 영업을 하는 나도 기획단계부터 참여한다. 기획 중인 아이디어가 있으면 어김없이 내 머릿속에선 이것과 비슷한 책들을 떠올리기 시작한다. 그리고 서점에서 어느 정도 팔렸으며 평가가 어땠는지 기억을 더듬는다. 그렇게 떠올린 생각을 가지고 회사 사람들과 이야기하고 공유했다. 비슷한 책을 잘 살펴본다면 새로 만드는 책에서 시행착오나 실패 확률을 줄일 수 있다.

그후 옮겨간 곳은 인터넷서점이었다. 사회과학서점을 정리하고 이틀 정도 지났을까 싶었다. 당시 〈한겨레〉에 다니다 그만둔 선배로부터 연락이 왔다. 집 앞으로 갈 테니 잠시 나오라는 것이었다. "A회사에서 인터넷서점을 준비하는데 같이 일할래?" 내가 서점을 정리했다는 소식을 듣고 잘 됐다 싶어서 연락했다고 했다. 인터넷서점을 준비한다는 A회사에 모인 사람들 가운데 책에 대해 잘 아는 사람이 없었던 것이다. 선배는 자기 주변에 그런 사람이 나밖에 없다며 함께 일하자고 했다. 그때는 인터넷을 사용해본 적도 없고 그저 '나우누리' '천리안' 정도만 아는 컴맹이었다. 인터넷서점에 대해서도 아마존닷컴에 대한 신문기사를 조금 본 정도가 다였다. 나는 잘 모르는 일이라 자신이 없다고 했다.

다음날 선배가 A회사의 대표와 함께 찾아왔다. 그 만남으로 인해 낯선 일에 대한 자신감이 생겼다. 자신감을 만들어준 것은 A회사 대표의 말이었다. "성경 씨는 서점이나 독자에게 책을 팔아본 경험이 있잖아요. 또 서점이나 독자 입장에서 책을 사본 경험이 있잖아요. 그런 경험을 가진 사람이 우리나라에 많지는 않을 겁니다. 그 정도 경험이면 충분히 일할 수 있습니다." 그 말에 감동받은 나는 동참하겠다고 결정했다.

하지만 바로 결정을 접어야 했다. 대표가 인터넷서점의 비전에 대해 말하다가 할인판매 이야기를 한 것이다. 당시 책을 할인해서 판다는 것은 너무나 불경스런(?) 말이었다. 마음이 편치 않은 나로서는 그 이유로 못하겠다고 했다. 사회과학서점을 할 때 인근 할인판매서점 때문에 적잖게 고생했던 경험이 한몫을 했다. 하지만 며칠 후 선배의 한마디에 마음이 움직였다. "놀면 뭐하니? 인터넷서점이 뭔지 경험이나 해봐라. 잠깐 있다가 그

250

만둬도 뭐라고 안 할 테니까 맛이나 봐라." 그렇게 해서 출근하게 되었고 맨바닥에서 인터넷서점을 꾸리기 시작했다.

하지만 쉽게 답이 나오지 않았고 결국 막 걸음마를 뗀 한 컴퓨터 전문 인터넷서점을 인수하여 확장해나가기로 했다. 인터넷서점에서 내 명함은 무척 많이 바뀌었다. 컴퓨터전문 인터넷서점을 인수하기 전엔 이커머스 기획팀 과장으로 인수 후부터 기획관리실 과장, 경제경영몰 기획팀장, 일반서적몰 기획팀장, 운영팀장, 전략기획팀 과장, 구매팀 과장 등을 거쳤다. 인터넷서점에서의 경험은 태어나서 처음 해보는 일들의 연속이었다. 초기엔 사업기획을 했고 그 다음엔 사이트기획, 콘텐츠기획과 운영 그리고 전략기획까지 많은 경험을 했다. 당시 사내에서 가장 많은 포상금 횟수를 자랑할 만큼 열정적으로 일했고 나름대로 성과도 있었다.

그때 가장 매력적으로 느낀 업무가 웹콘텐츠 기획이었다. 다른 인터넷서점들이 경쟁적으로 웹진을 만들 때 난 별도의 웹진 운영보다 서점 자체를 웹진처럼 만들고자 했다. 결국 내 방안은 경영진의 결재를 통해 빠른 속도로 진행되었다.

몇 가지 콘텐츠는 장안의 화제를 낳았다. 그 가운데 '경제경영서 베스트셀러 분석'이란 코너는 파장이 컸다. 베스트셀러 분석은 내용의 절반이 악평이다. 현 웅진씽크빅 최봉수 사장, 현 페이퍼로드 최용범 사장이 필진으로 활동했다. '이 책은 사지 말고 서점에 가서 40쪽까지만 읽고 그냥 나와라! 그 뒤쪽 내용은 쓸모없는 사족일 뿐!' '이 책은 다음 주면 베스트셀러 순위에서 사라질 그저 그런 책이다' 같은 글이 올라갔다. 독자들의 반응은 거의 열광적이었다. 글이 오르자 수십 개의 댓글이 바로 달렸다. 신문지상에서도 잘 못하는 적나라한 리뷰를 서점에서 하다니!

해당 책을 발행한 출판사들은 무척 불쾌해 했다. 하지만 독자의 입장에선 양서를 고를 기회를 확실히 챙기는 계기가 되었고 고마움의 글을 많이 보내줬다. 필진은 당시 잘나가던 웹커뮤니티사이트에 팬클럽까지 생길 정도였다. 필진과 나는 이 때문에 출판사들로부터 항의를 꽤 받았다. 때로는 자신의 책만은 이상한(?) 평에서 빼달라는 청탁도 들어왔다. 난감한 경우도 많았지만 즐거웠다. 그 콘텐츠는 몇몇 인터넷매체에서 다시 연재했고 내가 일하던 인터넷서점의 인지도는 그만큼 올라갔다. 또 여러 문인과 직접 인터뷰하여 연재를 했다. 이문구, 김용택, 한강, 김영하 같은 작가를 인터뷰한 기사는 독자들에게 인기를 많이 끌었다.

콘텐츠 기획 경험은 현재 영업을 어느 정도 접고 책 기획에 참여하는 나에게 큰 도움을 주고 있다. 전략기획팀에서 일한 것도 마찬가지로 소중한 경험이다. 그 전에는 사업에 대한, 미래에 대한 설계를 생각하면 막연하기만 했다. 하지만 각종 숫자를 바탕으로 미래를 설계하는 것은 매력적이고 재미있는 일이었다. 평소 상상만 했던 수억에서 수백억까지의 숫자를 접하면서 배운 것은 사업에서 숫자를 빼면 결국 남는 게 없다는 사실이다. 세무서에서 사업자등록증을 내주는 것은 세금을 내라는 의미다. 세금을 내려면 이익이 있어야 하니 이는 곧 이익을 내라는 의미일 것이다. 이렇게 새로운 일들을 경험하며 세상을 터득해 나아갔다.

다양한 경험이 어려운 현실을 타개한 힘

2002년 현실문화연구에 입사했을 때는 뭔가 해보려는 의욕이 컸다. 하지만 입사한 지 한 달도 안 되어 퇴사를 고민했다. 입사 때 예상했던 매출이나 수금액과 차이가 많이 나는 현실을 보게 된 것이다. 난감한 상황이었다. 당시 수금액으로는 직원들에게 월급 주고 나면 아무것도 남는 게 없었다. 2000년대에 들어서면서 현실문화연구에서 야심차게 진행했던 유럽 만화 시리즈가 준 후유증이 컸던 것이다.

나는 내가 현실문화연구 영업책임자로 이 상황을 타개할 수 있을지 걱정이 컸고 이 일을 과연 감당할지 고민했다. 하지만 항상 새로운 시작에 대해서만큼은 자신있다고 자부했기에 지금이 시작이라고 생각하고 도전하기로 다짐했다. 진행 중인 원고를 점검하는 일부터 했다. 사장, 편집장과 함께 앉아서 무슨 책을 먼저 낼지 논의했다. 힘든 상황에서 벗어나려면 그나마 좀 팔릴 만한 책을 먼저 내야 했다. 현실문화연구는 많은 이들이 잘 알듯 좋은 책을 내는 곳임은 틀림없지만 베스트셀러와는 거리가 멀었다. 그나마 초판이라도 팔릴 책을 찾아야 했다.

원고를 추리는 작업은 지금 생각해보면 무모했다는 생각도 든다. 나는 그저 제목과 간략한 설명을 듣고 출간 일정을 결정했다. 그렇게 골라낸 첫 책이 『아로마 - 냄새의 문화사』였다. 난 원고도 보지 않고 호기로 말했다. 초판 3000부 찍으면 될 것 같다고. 바로 편집에 들어갔고 나는 그제야 원고를 보았다. 그러고 나서 출판사 동료들에게 이야기했다. 초판 3000부 찍으면 늦어도 석 달 안에 다 팔아오겠다고. 단 초판 떨어지면 2쇄는 안 찍겠다고 했다. 동료들은 그게 말이 되는가, 라는 반응이었지만 두고 보자고 했다.

결국 그 책은 100일 만에 100여 부의 재고를 남기고 모두 팔렸다. 그리고 더 주문이 들어오지 않았다. 예상이 맞았다. 그런 예상이 가능했던 것은 제목이 매력적이기는 하지만 내용상 깊이 있는 인문학 책이라고 보기는 어려웠기 때문이다. 서점에서 일했던 경험은 이렇게 실제와 근접한 예상이 가능하게 했다.

무엇보다 내부의 원활한 소통이 중요

현실문화연구는 소통구조가 탁월하다. 회의는 1주일에 한 번 전체회의를 한다. 그나마 이런저런 이유로 거르는 경우가 많다. 하지만 필요한 사안이 발생하면 사장, 영업부장, 편집장, 편집자가 서로 대화를 요청한다. 그리고 회의가 아닌 의견을 나누고 사안을 간결하게 정리한다.

이런 힘이 만들어낸 책이 『모던섓이 경성을 거닐다』이다. 이 책은 참 사연이 많다. 이 책의 가제는 『만문만화로 본 근대의 얼굴』이었다. 일제강점기 안석영의 신문 연재만화를 가지고 당시 생활상을 돌아보는 것으로 원고는 논문 상태로 들어왔다. 나는 이 책이 잘 만들어지면 물건 노릇을 하지 않을까 하는 느낌이 들었다. 사장, 편집부원들과 수시로 고민을 나누었다. 첫 문제제기는 제목을 바꾸자는 것이었다.

현실문화연구의 대표작을 꼽는다면 『서울에 딴스홀을 許하라』라고 자신 있게 말할 수 있다. 사회과학서점을 할 당시 신간으로 들어온 이 책은 무척 신선했다. 내용도 내용이지만 우선은 제목과 표지가 눈에 띄었다. 그래서 가닥을 잡은 게 내용에서 차이가 많이 나기는 하지만 『서울에 딴스홀을 許하라』의 후속 편인 양 행세를 하자는 것이었다. 그래서 먼저 고민한 것이 제목이었다. 틈만 나면 제목을 고민했고 어느 날 편집장은 무척 훌륭한 제목을 뽑아왔다. 다음은 디자인이었다. 표지도 『서울에 딴스홀을 許하라』와 비슷한 방식으로 진행했다. 본문 디자인도 마찬가지였다.

나는 서점에 나가면 『서울에 딴스홀을 許하라』라는 책이 곧 나온다고 했다. 서점 관계자들은 큰 관심을 보였다. 당시 대형서점 평대에 진열된 현실문화연구 책은『서울에 딴스홀을 許하라』가 유일했고 그만큼 독자들도 꾸준히 찾았다. 2003년 2월 초 우리는『모던쏘이 경성을 거닐다』의 제본을 마치고 사무실로 들어와 언론사로 보낼 채비를 했다.

그날 오전 나는 한국출판유통(지금의 북센)에 들어가서 신간 홍보를 하고 있었다. 그때 눈에 확 들어온 책들이 있었다. 소나무출판사의『퇴계와 고봉, 편지를 쓰다』같은 책이었다. 그리고 그 책들이 지금 언론사로 보내지고 있음도 알았다. 그 즉시 사무실로 전화했고 언론사로 보내는 작업은 미루어졌다. 그 주에 대부분의 언론사가『퇴계와 고봉, 편지를 쓰다』를 크게 다뤘다.

그 다음 주에『모던쏘이 경성을 거닐다』를 언론사에 보냈다. 5개 일간지에서 제일 큰 기사로 다루자 하루도 거르지 않고 서점에서 주문이 오기 시작했다. 하루에 1000부 넘게 출고하기도 했다. 규모가 큰 출판사에서 보면 대단한 일이 아닐 수도 있지만 우리에게는 대단한 일이었다. 그러면서 출판사는 조금씩 안정을 찾았고 직원 모두가 자신감과 의욕으로 가득찼다. 그해 현실문화연구는 창사 이래 가장 많은 신간을 만들었고 가장 많은 매출을 올렸다.

그렇게 할 수 있던 원동력은 바로 일상적인 소통이었다. 주변 영업자로부터 편집자와 소통이 어렵다는 이야기를 종종 듣는다. 자신의 회사 시스템에 문제가 있음을 들먹이기도 한다. 그러나 나는 시스템의 문제만은 아니라고 생각한다. 각 영역 담당자들에 대한 신뢰와 자신의 책임감이 먼저일 것이다.

이런 생각을 해본다. 영업자가 편집자를 세상 물정도 모른다며 무의식적으로 무시하지는 않은지. 서점이 어떻게 돌아가는지도 모르고 책을 기획하고 만드는 것 아니냐고 말이다. 편집자도 마찬가지로 영업자를 텍스트를 잘 모른다고 하지 않을까? 서로 못 미더워하는 생각이 마음 한 구석에 있다면 원활한 소통을 할 수 없다.

또 영업자는 내가 파는 책의 내용을 기획편집자보다 더 잘 설명할 자신이 있을 정도로 노력했는지, 편집자는 시장 상황을 알려고 꾸준히 노력했는지 돌이켜봐야 하지 않을까. 영업자는 일상적으로 서점에서 겪은 일을 편집자와 공유하고 기획편집자는 책을 기획하고 편집하는 과정과 그 내용에 대해 영업자와 공유하면 모든 일이 문제 없이 잘 돌아갈 것이다.

나는 현실문화연구에 새로 들어오는 편집부, 영업부 직원에게 늘 말한다. 편집자에게는 근무시간에라도 좋으니 서점에 자주 나가보라고. 영업자에게는 책도 읽고 편집자에게 많이 물어보라고, 그리고 서점에서 있었던 일과 책을 팔면서 느낀 점, 우리 책이 어떻게 판매되는지 편집부에게 늘 알려주라고 말이다. 처음 현실문화연구에 왔을 때는 소통이 원활하지 않았다. 하지만 소통이 원활해지면서 출판사는 달라졌다. 원활하지 못한 소통은 일을 힘들게 한다. 원활한 소통이야말로 일을 재미나게, 힘 있게 만드는 것이라 믿는다.

자기만의 소신과 방향을 찾아야

얼마 전 한 인문출판사 영업부장의 한숨소리를 들었다. '지금 영업자가 해야 할 일이 무엇인가?'를 생각하면 나도 긴 한숨이 나온다. 이 한숨은 현재 출판시장이 혼돈의 상황이기에 나오는 것이라 생각한다. 도서정가제와 할인판매, 대형서점의 확장과 수익성 지향 등과 지속적인 인문사회과학시장 위축. 하지만 이것은 예견된 것은 아니었을까? 신자유주의를 표방한 한국에서 도서정가제가 무너지는 것은 어쩌면 당연한 일일지도 모른다. 한미 FTA 협상도 도서정가제를 다시 살려내는 것을 어렵게 만들고 있다.

시장의 쏠림 현상도 극심하다. 그만그만한 크기의 인문사회과학 출판사들의 경우 날마다 들어오는 주문서를 보면 인터넷서점과 대형체인서점이 전부다. 과거엔 수도권과 지방의 매출 비율을 비교했다면 이제는 상위 몇 개 서점과 나머지 서점 간의 매출 비율을 비교할 정도다. 시장은 자본의 논리로 돌아간다. 이제 출판유통시장에도 그 논리가 그대로 적용되고 있다. '이런 시기에 작은 출판사는 무엇을 할 것인가?' 나에게는 아직 고민만이 있을 뿐 해답은 없다. 다만 해답 가운데 하나인지 아닌지는 모르지만 리스크 관리의 중요성은 인식하고 있다. 손해 볼 일은 하지 말자는 것이다. 수요가 적은 책은 책값을 올리고 수요가 많은 책은 책값을 내리는 것. 하지만 수요가 적을지 많을지 어떻게 예측할 것인가?

나는 이를 간단히 해결하고 있다. 팔릴 기회를 어느 정도 포기하고 손해 볼 여지를 없애는 것이다. 이는 어쩔 수 없는 생존방식이다. 작은 출판사는 작은 흔들림에도 휘청거리기 때문이다. 아무튼 이런 요인이 현실문화연구가 버티는 힘 가운데 하나일 것이며 또 앞으로도 그렇게 버티며 나아갈 것이다.

너무나 힘든 시기이다. 시장질서는 출판사에게 점점 불리한 방향으로 흘러가고 있다. 대형 출판사는 다를지 모르지만 규모가 작은 출판사에게는 커다란 걱정으로 다가온다. 과연 출판사가 대형서점들과 대등하거나 그보다 유리한 방향으로 갈 수 있을까? 뻔한 이야기지만 출판사들이 하기 나름이 아닐까 싶다. 인터넷서점에서 일할 때 출판사의 이중성을 많이 경험했다. 대외적으론 할인판매를 반대하면서도 한쪽에서는 할인판매에 편승하는 모습 말이다.

이제는 각 출판사가 자신만의 소신과 방향을 찾아야 한다. 또 일하는 사람도 각자의 소신과 방향을 찾아야 할 것이다. 순간순간 흔들리는 영합과 좌충우돌이 상황을 악화시킨 건 아닐까?

여러 곳에서 열심히 일하고 있을 많은 출판인에게 부끄러움도 모르고 적잖은 이야기를 했다. 앞으로도 많이 배우고 고민하고 많은 선배, 동료, 후배 들과 이야기하며 이 신비하고 재미난 늪에 몸을 푹 담그련다.

◆**박성경**── 여기저기 떠돌다 현실문화연구에 4년째 눌러앉아 있다. 이곳에서 마케팅 팀장이 하는 일에 조금씩 참견(?)하면서 만들고 싶었던 책 몇 권을 기획해 진행하고 있다.

어려운 시절, 함께 가는 길이 아름답다

김일신 서해문집 마케팅홍보부 부장

산본역에서 홍제동으로 출근하는 새벽길은 늘 어둑했다. 이따금 살을 에는 바람이 불어왔고, 2단 우산으로도 가릴 수 없는 장대비가 바람에 밀려 한없이 쏟아졌다. 그렇지만 어떤 소명 때문인지 마음은 늘 맑았으며, 홍제 전철역에서 내려 스위스그랜드 호텔까지 걷는 길에 가득하던 들꽃 같았다. 외국어 전문 출판사를 표방한 넥서스에 근무할 때의 일이다. 문학도의 꿈을 접고 시작한 첫 직장, 넥서스는 나에게 출판 영업의 사관학교가 아니었을까?

열정의 시절, 넥서스에서 영업을 배우다

아침마다 중앙지 헤드라인에 가득한 IMF이야기를 읽으면서 하루를 시작해야 했던 무렵이었다. 한국 최대의 서적 도매유통업체인 보문당이 문을 닫고, 여러 도매상에 문제가 생기던 상황이었으니 뭐 회사라고 어렵지 않았겠느냐만, 아침회의에서 나름대로 출판시장의 논리에 대해 논의하고 대안을 모색해 결의를 다지기도 했다. 일일업무일지, 주간업무계획, 주간업무보고서, 월매출계획서, 월매출보고서를 쓰면서 회사와의 약속을 지켜내지 못한 이유가 무엇인지 골똘히 고민했던 기억이 난다. 그렇지만 그때까지 회사 상품의 포트폴리오는 좋은 편이 아니었다. 우리나라의 경기지수가 최악이었으니, 마땅한 리드품목 없이 매출 목표를 달성하기가 쉽지 않았다.

그 시절은 그랬다. 회사 입지를 튼튼히 하려고 여러 가지 방법을 강구했다. 대학교 어학특강을 개설하기 위해 캠퍼스를 누비고 다녔고, 어렵게 개설한 특강의 수강인원이 너무 적어 회사의 돈을 가져다 강사료를 충당하기도 했다. 아침회의에서, 손해를 보기는 하지만 특강 개설은 외국어전문 브랜드로 회사를 홍보하는 데 도움을 준다고 결론지었음에도 왠지많이 섭섭했다.

그 시절 회의에서 공유했던, 아니 열심히 따라 배우고 익혔던 출판시장의 논리에 대한 이야기들은 지금도 고맙게 생각한다. 열정적으로 자신의논리와 그 근거를 설명하던 임준현 대표의 모습이 지금도 눈에 선하다. 시장은 원래 변하는 것. 변화를 받아들이며 자사의 이익을 치열하게 옹호하고 달성하려는 노력을 폄하할 수는 없지 않은가?

충주의 문학사 서점 사장실에서 인사회를 만나다

충주의 문학사 서점 사장실에서 최정원 부장을 만나 첫인사를 나눈 게1998년 가을쯤이었던 듯하다. 밖에 나가 아직 돌아오지 않은 사장을 기다리며, 필수진열 품목을 체크하고 재고부수를 확인하여 주문을 메모하고있었는데, 오후 9시께는 되었을 것이다. 다음달 잡지가 도착하여 직원들과 함께 서고를 정리하고 사장실에 들어갔을 때, 정장차림의 눈매가 재미있는 한 사람과 자리에 앉아 쭈뼛쭈뼛 명함을 주고받게 되었다. 그는 일빛 출판사의 최정원 영업부장이다. 그는 나중에 다양한 논리를 구사하며 문학사 사장에게 결제를 요청해서 결국 원하는 액수를 폰뱅킹으로 송금하게 하던 내 모습이 매우 인상적이었다고 회고한 바 있다. 우리는 그날 각자 일을 해결하고 숙소로 돌아갔으며, 나는 그에 관해서 잊었다. 그런데 1999년에 이직하기로 결심했을 때, 좋은 조언자로 그와 다시 인연을 맺게 될 줄 어떻게 알았겠는가?

최정원 부장의 천거로 들어간 서해문집의 일상은 너무나 낯설었다. 업무보고서를 쓰도록 강제하지 않았으며, 비교적 자율적인 방식으로 담당자의 재량권을 최대한 인정했으니, 당황하지 않을 수 없었다. 내가 선택한 시간에 대해 내 스스로 책임져야 하다니. 이전 회사에서 배운 방식으로 규율을 세우고 매출 계획과 수금 계획을 세워 집행하기 위해 노력하는 수밖에 달리 뾰쪽한 방법이 없었다. 부족한 것은 네트워크를 만들어 해결하는 능력을 키워야 했다. 나는 자율적인 문화의 서해문집에 몸담으면서 에너지와 내공을 키운다는 목표로 '젊은 출판마케터의 모임'에 참가했다. 교보문고 광화문점의 매장 평대를 뒤져가며 서점 전체 분야별 세분시장을 조사분석하고, 홍보방법론, 작은 에이전시 활용의 장점, 특판시장 현황, 마케팅기획 등을 열심히 공부하며 시간을 보냈다. 출판마케팅에 대해 조금 이해하게 해준 소중한 시간이었으니, 서해문집의 자율적 문화에 고마움을 말로 표현하기 어렵다.

얼마 후 나는 최정원 부장을 동교동 동명빌딩 사무실에서 재회했는데, 특별한 이야기 없이 헤어졌다. 그러다가 2000년 봄, 최정원 부장이 인문사회과학출판영업인협의회(이하 인사회)의 회장으로 당선된 뒤에 함께 인사회 일을 하지 않겠느냐는 전화를 걸어왔다. 고민 끝에 나는 인사회의 교육분과를 맡아 일을 함께하게 되었다. 인사회 일을 맡게 되면서 업계의 큰 그림을 비로소 볼 수 있었다. 출판 질서 변화에 대한 많은 고민을 들었다. 출판의 양극화, 큰 출판사의 매출 독점 시스템 가동으로 중형급 출판사 부실화가 진행되어 결국 몇십 개의 특색 있고 안정적인 출판사만이 적자생존할 것이라는 게 주된 이야기였다. 다양한 데이터가 근거로 제시되었다. 나름의 설득력 있는 이야기였다. 그 무렵 영업부장의 역할을 맡게 된 나는 회사에 그 변화를 프레젠테이션해야 했다. 자사의 위기를 대비하기 위해 멀리 내다보고 대비책을 강구하는 것 또한 영업부장으로서의 숙제였다.

인사회 일을 계속 하면서 우리 영업자들에게 닥쳐오는 파도에 대해 걱정이 많았다. 당면한 인사회 사업 과제는 '변화하는 출판에서 블루 오션을 함께 찾자'였다. '실용적 인문' '학제간 크로스오버' '출판마케터의 세 가지 역할론' '제작실무' '세분시장찾기' 등의 주제를 가지고 일관된 관점으로 달마다 교육사업을 진행했다. 회원사를 보호하려고 최정원 회장 때부터 도입한 거래처 부도시 대응 수단도 강력하게 유지했다. 어린이책 부도 때 몇천만 원의 부도를 맞은 당사자로서 회사의 성장을 위해 부득이하지만 선택할 수밖에 없었던 거래관계에 대한 통절한 자기비판과 반성의 과정에 다름없었다. 그때 한 거래처의 부도를 보고 이렇게 생각했다. 실핏줄처럼 얽혀 있는 출판계에서 한 업체의 부도는 거래관계가 없는 출판사도 피해가지 못할 우리 업계 공통의 문제임을.

그렇게 인사회에서의 5년이 훌쩍 지나갔다. 충주의 문학사 사장실에서 스치듯 지나간 한순간의 대면치고는 뒤가 무거웠던 셈이다. 그는 우리 출판 시장 흐름에서 큰 그림으로 읽을 수 있게 배려했으며, 여러 가지 실제적 기준을 제시했다. 그 기준 가운데 몇은 여전히 유효하며, 특히 상황에 잘 대처하도록 개념을 세우게 한 것은 잊을 수 없다.

출판 마케터의 세 가지 역할론

출판시장 변화는 기존의 검증된 도서와 최근의 베스트셀러만을 선호하는 독자들의 구매패턴 변화에 조응하여 진행된다. 인터넷서점은 디스플레이 창이 다양한 상품을 나열해 배치하기 어렵다는 특성 때문에 몇 가지 도서로 집중하는 패턴을 취했고 이는 도서구매의 집중화 경향을 부추겼다. 또한 홍보의 기회비용 차이, 우수한 콘텐츠와 저자 독식 때문에 발생한 도서의 판매가능성 차이, 그 결과로 나타난 전체 판매비중의 편중현상이 가세하여 출판시장의 양극화 심화를 초래했다. 이런 상황에서 출판마케터의 역할은 어떠해야 하는지 여러 선배와 고수들에게 물어 나름의 해답을 찾고자 하였다. 영업부장으로서 회사의 각 구성원과 어떻게 관계를 맺고 어떻게 커뮤니케이션해야 하는가, 라는 물음이었다. 선배들과 해법을 찾기 위해 노력한 결과 얻은 것은 다음의 세 가지 역할론이었다.

1. 회사 내에서 회사의 유지와 관련하여 수금을 책임 있게 집행하고 제반 영업에 관한 총체적 관리자로서의 역할

2. 콘텐츠의 성격을 가장 잘 이해하는 책임기획편집자와 더불어 책을 포지셔닝하고 해당 시장에서 경쟁도서들의 틈을 파고 진입할 수 있는 모든 과정의 파트너, 즉 마케팅 지원자로서의 역할

3. 격변하는 출판시장에 대응하는 대표를 보좌하고 지지·지원하기 위한 정보 습득, 회사의 성장 유지 관점에서 여러 가지 중요 정책 제안 등을 통해 경영을 지원하는 자로서의 역할

물론 위 세 가지 가운데 무엇 하나 제대로 잘 수행한 게 있는지에 정직하게 답변한다면 'No'라 하지 않을 수 없다. 늘 숙제처럼 안고 다니는 과제이며, 이는 자사의 문제를 자신의 문제로 안고서 치열하게 해결하고자 노력하는 과정이기도 하다.

최근 들어 힘을 얻는 마케팅 중심론은 모든 결정권을 마케팅부서가 가져야 한다는 게 아니라 출판사의 모든 구성원이 마케팅적 관점에서 대화하고 계획하고 실행해야 함을 의미한다. 차별성 있는 콘텐츠를 기획하여 독자의 니즈에 부응하는 구현과정을 거쳐 나오는 책 한 권이야말로 이미 마케팅적으로 뛰어난 자기 힘을 지닌 존재일 것이며, 이는 모든 구성원의 집중을 통해서 얻어진 결과일 것이다. 물론 이 세 가지 역할론 말고도 가장 중요한 덕목은 '소통'에 있다. 커뮤니케이션이야말로 출판마케터의 의무이자 권리가 아닐까? 소통에 기반을 두고 각 구성원과 일치단결하여 가는 것이 마케팅 중심론의 핵심이라고 생각한다. 회사의 목표를 단기적 목표, 중기적 목표, 장기적 목표로 나눠 설정하고 그 목표를 달성하기 위해 구성원을 독려하고 경영자의 의지에 따라 마침내 달성하는 과정 자체를 즐기는 것은 얼마나 즐거운 일인가?

'불황 → 탈불황 → 불황'이라는 악순환의 고리 끊기

2006년 상반기까지의 경제활동 지표에 대한 경제연구소들의 분석보고서는 '불황→탈불황→불황'이라는 순환고리가 있다는 진단에서 시작되었다. 나는 이 기사를 읽으면서 언제부터인가 우리 출판계에서 쉽게 접하게 된 '어렵다, 매출이 올라가지 않는다'는 표현을 떠올렸다. 그 표현대로라면 '불황→탈불황→불황'의 순환 패턴이 우리 출판계에도 고질화되었음을 의미하는데, 그렇다면 이 고리에서 벗어날 방법을 찾아야 하지 않겠는가를 고민했다. 베스트셀러나 튼실한 스테디셀러가 있는 일부 출판사를 제외한 나머지 출판사들이 만성적으로 불황을 염려하는 작금의 상황 이면에는 무엇이 도사리고 있는가? 구매 패턴 변화, 독서인구의 절대적 감소, 출판사별 우수 신간 발간 비율 축소와 편중, 계절별 호황분야와 불황분야가 다르게 존재한다는 점 등일 것이다.

그렇다면 대안은 무엇인가? 그 물음에 답하려고 열심히 찾아보았지만 가까운 대안이란 늘 원칙론적인 것에 지나지 않았다. 아뿔싸! 대표적 이미지를 갖는 상품군을 빨리 확보하는 것, 그를 통해 자사의 후속 상품들이 시장경쟁력을 가질 수 있게 징검다리 놓는 것, 그 과정에서 새로이 부상하는 청소년 시장이나 독서논술 시장, 채택이나 특판 시장 등을 적극적으로 노크하는 것이 유일한 방법이라니. 어느 선배가 이런 이야기를 한 적 있다. 납품(딱히 도서관 납품만을 의미하는 것이 아니라 채택이나 특판 등을 포함한 것임)이 1년 매출에서 차지하는 비율이 통상적으로 18퍼센트를 넘는다고. 그렇다면 결론은 의외로 간명하다. 좋은 책을 펴내려고 컨셉트를 잘 구상하고 잘 펴내는 것, 타당한 마케팅 계획을 수립하여 실천하는 것, 많은 서평과 최대한의 홍보를 통해 전국 서점의 점두에서 판매하는 것, 추가로 다양한 판매루트를 마련하는 것, 독서경영을 하는 기업체와 보험회사·학원·독서논술단체 등을 찾아가 자사 책의 접근성을 강화하는 것이다.

오래된 책방을 거닐면서 클래식의 가능성을 엿보다

출판시장 양극화의 초입인 2000년 서해문집의 영업책임자로서 몇 가지 진단을 내렸다. 우수한 콘텐츠 확보가 어렵다, 살림의 파이가 작기 때문에 홍보비용 지출도 어렵다 등등 회사의 어려운 조건에 관해서 나름의 대응논리를 만들고 싶었다. 다행히 우수 콘텐츠 확보의 어려움은 '오래된 책방'이라는 타이틀을 성공적으로 시장에 정착시킴으로써 해결의 실마리를 풀 수 있었다. 지금은 서점에 POP광고 같은 다양한 직접 홍보 방법이 생겨났지만, 그런 채널이 전무했던 무렵이었으므로 단순무식하지만 포스터를 2000매쯤 제작하여 도매상을 통해 서점에 배포하고 전국 주요 소매점 곳곳에 도배하다시피 붙였다. '오래된 책방' 시리즈 포스터는 나중에 두 번 더 찍었으니 3쇄를 발행한 셈이다. '오래된 책방'의 고전 분야 대표성이 나름대로 형성되었다고 판단할 수 있었으므로 결과는 대단히 성공적이었다 할만하다.

『마흔에서 아흔까지』는 나를 많이 고민하게 한 책이다. 문학분야에 별 다른 인상을 남기지 못한 서해문집으로서 이 책을 잘 팔아야 한다는 것은 무척 부담스러웠다. 다행히 저자의 서평과 〈오마이뉴스〉 등을 활용한 인터넷 홍보, 온라인 서점 적극적인 설득, 교보문고 비소설 분야의 추천목록에 올리기, 매일 같은 시간대에 라디오 프로그램에서 저자와 도서명이 반복적으로 언급되게 하는 작업, 〈한겨레〉 등 몇 군데 중앙일간지 월정광고 집행 등의 노력이 맞아떨어져서 기대 이상의 판매량을 달성할 수 있었다. 더군다나 『마흔에서 아흔까지』의 판촉 과정에서 『마흔으로 산다는 것』 등의 도서와 더불어 '마흔'이라는 출판트렌드 흐름을 만들어냈다.

이후 영국과 프랑스의 소설분야에서 가장 권위 있는, 역사추리소설가의 으뜸이라는 이언 피어스의 소설 전자을 계약하여 진행하였는데, 그 첫 작품인 『핑거포스트, 1663』을 성공적으로 데뷔시켰다. 1200쪽에 달하는 묵직한 소설책을 한국의 독자에게 소개한다는 것은 부담스러웠다. 이렇

266

게 문학분야의 도서를 하나하나 소개하면서 문학시장의 힘을 느꼈다. 문학분야야말로 진입하기 대단히 어려운, 출판의 가장 큰 시장이다.

그 뒤 서해문집은 고전 출판의 새로운 실험에 돌입하였다. 동서양 명저를 비주얼에 익숙해진 세대의 눈높이에 맞추려고 노력했고, 시행착오 끝에 드디어 '서해클래식' 시리즈를 내놓았다. 고전의 현대적 해석을 넘어 독자가 읽을 수 있는 고전을 만들려고 심혈을 기울여 얻은 결실이었다.

여기서 한 가지 주목할 점이 있다. '서해클래식'의 세 번째 작품인 『신곡』은 부산외국어대학교의 박상진 교수가 시 장르의 원문을 산문으로 엮어 옮긴 편역본임에도 〈조선일보〉를 비롯한 언론의 호평을 받았으며, 고전치고는 대단한 판매기록을 올렸다. 완역본만을 최고로 평가하던 관행이 이제는 독자들이 읽을 수 있게 잘 고안한 편역본도 최고의 작품으로 인정하는 열린 관행으로 변화한 것이다.

'서해클래식'의 종수가 늘어갈수록 그리고 인문학, 사회과학, 문학 등 서해문집의 출간 분야가 넓어질수록 회사의 안정적 매출을 희망하던 영업자로서의 소망이 조금씩 구현되는 듯하여 다행이 아닐 수 없다. 2000년 무렵부터 경쟁과 배제의 원리로 작동하는 출판계에서 우수한 콘텐츠 하나 확보하지 못한 작은 출판사가 걸어온 길인 까닭에 다행을 넘어 최고의 행운이라는 생각이 든다. 물론 여기에는 대표와 기획자, 편집자, 디자이너, 마케터의 고통스러운 노력이 깔려 있다. 그런 반등의 과정을 걸을 수 있었음은 개인적으로는 커다란 기쁨이다.

사람만이 희망이다

한기호 소장을 처음 만난 건 1997년도 홍제동 시절의 일이다. 물론 그는 나에 관해 별 기억이 없을 테지만, 나는 그가 영업계의 선배를 만나러 홍제동을 찾아왔을 때, 유심히 본 적이 있다. 이후 '젊은 출판 마케터의 모임' 정기모임 때 신촌로터리 '책사랑방'이라는 작은 세미나룸에서 출판시장의 현황에 대한 강의를 들었으며, 지면을 통해 '세분시장의 강자'라든가 'e-콘텐츠'라든가, '독자들이 조선의 뒷골목을 배회하는 까닭' 같은 표현으로 우리 출판의 트렌드에 대해 애정 어린 비판과 옹호를 하는 모습을 보았다.

홍제동을 찾아온 그는 동양문고와 넥서스 사이의 의리 때문인지 이진곤 대표에게 스스럼없이 다가가 인사를 했다. 늘 반갑고 '따숩게' 악수를 해주던 모습이 정겨웠는데, 그는 한 번도 그 모습을 바꾸지 않았다. 속으로 '대단한 분이다' 하고 기억해 두었다.

이상용 국장과의 만남은 자료용으로 한국과학문화재단 관련도서 몇 권을 전달하려고 미래M&B의 사무실을 방문했던 것이 시작이었다. 그는 당시 마케팅에서 출발하여 일정 단계를 넘어선 후 기획실장으로서 새로운 아이템을 모색하고 있었는데, '마케팅과 출판기획이 결코 멀리 떨어진 게 아니구나'라는 느낌을 주었다. 최근 들어 마케팅적 감각과 경험을 가지고 출판기획을 할 수 있는 사람을 찾는 것이 새로운 인재등용의 방법이라는 이야기를 들었던바, 그때 그의 모습은 신선함 자체였다. 지금은 휴머니스트에서 영업의 세팅과 파워풀한 마케팅 기획에 전념하는데, 그를 만나면 출판이라는 곳이 평평한 나열이 아니라 집중과 배분에 의해 새로운 공간으로 탈바꿈되는 것을 자주 느낀다.

홍대기 부장을 처음 만난 건 일빛 출판사의 담배 피우던 방이 아니었을까 싶다. 학창시절 교육사업 전문가라고 나중에 들은 이야기와 다르게 털

268

털한 경상도 사나이의 나긋한 목소리가 무척 정겨웠다. 그의 원칙 있는 영업 진행은 나를 숙연하게 하였으며, 원칙에 비해 나긋나긋한 표현방식은 친밀감을 들게 하기에 충분했다.

청년정신 박진성 부장과의 처음 만남은 너무 오래되어 가물가물하다. 전라남도 장흥의 어느 면 단위 초등학교 때의 일인 데다가 중학교도 같고, 고등학교도 같고, 대학도 같으니 악연도 이런 악연이 없을 정도다. 그는 나를 출판계에 입문시킨 장본인으로서 넥서스 김경용 부장에게 이력서를 보내게 하였다. 낭만적으로 세상을 바라보던 나에게 생활 속에서 살아가는 법을 터득하게 해주었다고나 할까? 그는 지금도 그런 이야기를 한다. '사람만이 희망이다'라고. 그에게서 사람을 배운다.

우리 출판계의 사람들, 그들은 자신만이 가진 비장의 노하우를 숨기고 소박하게 일상을 살고 있다. 그런 사람들의 에너지를 느끼고, 노하우를 습득하고, 올바른 관점이 무엇인지 고민하는 만남을 통해 시야가 넓어지고 키가 한 뼘 자라는 것이 아닐까?

맺는 말 – 리노베이션의 시기를 맞이하기

많은 선배들 앞에서 횡설수설 변명을 늘어놓는다는 것이 너무나 부담스러워 거절하고 싶었습니다. 온전히 모든 것을 어깨너머로 눈동냥하며 여기까지 왔지만 뭐 '사람만이 희망이다' 하는 식으로 잘 표현해보는 수밖에 도리가 없겠더군요. 어렸을 때 본 어느 드라마에서 똑순이 아버지의 직업이 책 월부장수였죠. 그 이미지에서 굳어버린 우리 출판 영업계의 이미지를 변화시키고 싶다는 작은 소망 하나 간직하며 열심히 선배님들을 뵙고 기억하면서 지냈다는 고백의 말씀을 올립니다. 앞으로 출판마케터라고 하면, 아니 출판영업자라 하면 사회적으로도 정말 존중받을 수 있는 날이 도래하기를, 함께 그런 사회를 만들어나갈 수 있기를 소망합니다. 아울러 모든 빛나는 명예도 선배와 후배들의 도움 속에 가능했음을 떠올리며, 앞으로도 본업에 충실히 힘써 변화, 발전하는 길을 성실하게 가겠다는 다짐을 시 한 편으로 마무리할까 합니다. 감사합니다.

"물론 나는 알고 있다. 오직 운이 좋았던 덕택에/ 나는 그 많은 친구들보다 오래 살아남았다. 그러나 지난 밤 꿈 속에서/ 이 친구들이 나에 대하여 이야기하는 소리가 들려왔다./ "강한 자는 살아 남는다."/ 그러자 나는 자신이 미워졌다." (베르톨트 브레히트,「살아남은 자의 슬픔」)

◆**김일신**──서울예전 무예창작과를 형편없는 성적으로 졸업한 뒤 취직하지 않겠다는 계획을 변경, 마침내 1997년 도서출판 넥서스에서 영업일을 배우기 시작하였고, 1999년 서해문집으로 옮겨 고전인문 출판, 청소년 출판의 다양한 유통경로에 대해 찾아다니고 있다. 업계의 공동 발전이라는 불가능한 꿈에 관심이 많다.

출판마케터의 변화된 위상과 역할

김태영 ㈜길벗 마케팅사업부 부장

얼마 전 신구대 출판학과 교수님의 강압(?)에 못 이겨 강단에 설 기회가 있었다. 졸업을 앞두고 취업문제로 고민하는 후배들에게 출판학과 선배가 진로에 관해 이야기하는 자리였다. 참으로 난감했다. 볼펜과 노트를 준비하고 황금 같은 이야기를 기대하며 내 입만 바라보는 후배들에게 무슨 말을 해야 할까?

"졸업하면 출판사에 꼭 취업하세요." "출판사에서 일하는 건 이러이러해서 참 좋습니다." 또는 "일찌감치 다른 길을 찾아보세요."

출판계에 입문하고 15년이 지난 지금까지 단 한 번도 이 길을 후회한 적은 없지만 그 어떤 것도 후배들이 바라는 답일 수는 없었다. 고민 때문에 어깨가 무거울 후배들에게 만족 100퍼센트의 평생 직업 출판마케터가 되는 지름길을 알려주고 싶지만 그런 건 있지도 않고 나도 아직 확신할 수 없다.

이 자리를 통해 출판마케터를 꿈꾸는 후배, 현직에서 뛰는 선후배들과 함께 이야기를 나누고 싶다. 내가 출판마케터로서 쌓아온 내공은 다섯 가지이다.

271

첫 번째 단추 — 목표 관리

출판마케터의 첫 단추를 올바르게 채우려면 무엇보다 충실한 자기 관리를 습관화해야 한다. 시장의 기회를 나의 직무와 관련하여 어떻게 현실화할까를 항상 생각하고 그것을 구체화하면 경쟁력 있는 출판마케터가 될 수 있다.

구체적 목표를 가지고 하루하루를 사는 사람과 일이 흘러가는 대로 자신을 내맡기는 사람이 있다 할 때, 몇 년이 지난 뒤 두 사람의 모습은 하늘과 땅만큼 차이 날 것이다. 시간이 지날수록 그 격차는 따라잡을 수 없을 만큼 벌어진다. 이런 차이는 타고난 능력과 자질에서 오는 것이 아니라 작은 습관에서 비롯된다.

출판마케터의 일상은 겉보기에 틀에 짜인 것처럼 큰 변화가 없다. 신간이 나오면 마케팅 계획서를 만들고, 배본표를 짜고, 홍보하고, 광고하고, 매장 관리하고, 수금하고…. 하지만 한 권의 책이 기획되고 생산·유통되어 독자의 손에 들어가기까지, 마케터가 어떤 목표로 어떻게 일하느냐에 따라 그 내용은 크게 달라진다. 죽은 책도 살릴 수 있고 산 책도 죽일 수 있다고 본다.

『피터 드러커의 자기경영노트』에서 저자는 목표 달성을 위한 다섯 가지 습관을 제시한다.

첫째, 자기 시간을 집중적·효과적으로 관리한다.

둘째, 모든 일을 '내가 얻어야 할 결과(성과)는 무엇인가?'라는 질문에서 출발한다.

셋째, 자신과 조직 또는 상황의 강점을 바탕으로 성과를 낸다.

넷째, 큰 성과가 기대되는 중요한 일에 우선순위를 두고 집중한다.

다섯째, 올바른 전략적 의사 결정을 한다.

이 항목들은 출판마케터 활동에 바로 적용할 수 있다. 날마다 만나는 수많은 사람, 복잡하고 다양한 업무, 참석해야 할 회의와 준비해야 할 자료 등 하루하루 주어지는 일을 따라 이리저리 움직이다 보면, 시간은 손에 쥔 모래처럼 술술 흘러버린다.

'오늘도 무척 바빴네. 가만 있자 그런데 무슨 일을 했지?' 하는 웃지 못할 상황에 처하기 십상인 게 평범한 출판마케터의 생활이다. 그래서 더욱 뚜렷한 목표와 의지를 지니고 주어지는 상황과 업무에 주체적으로 임하는 훈련이 중요하다.

물론 이런 생각의 바탕에는 우리 회사, 우리 조직이라는 생각이 있어야 한다. 출판마케터 활동이 나만의 주관적인 기준과 틀 속에서 진행된다면, 생산(편집＋디자인＋제작)과 판매(영업＋마케팅)가 부딪치고 영업 전략이 회사 목표와 부딪치는 잘못된 만남을 가져올 수 있다.

생산과 판매 구성원 개인들의 뚜렷한 목표가 있고, 이것이 부서 단위, 회사 단위에서 통합 조정되어 나와 조직과 회사의 목표가 일치해야만 개인과 조직이 윈윈 할 수 있고, 강한 목표 의식과 결집력으로 목표점에 가장 빠르고 정확하게 도달할 수 있다.

두 번째 단추 – 축적된 자료와 노하우

출판영업을 하며 가장 큰 갈등을 느낀 건 최소한의 판매계획서도 짜보지 않고 시장에 무작정 뛰어드는 출판사 영업자들을 볼 때였다. 영업부에서 방향을 올바르게 제시하는 선배는 극소수였고 후배들은 대부분 그런 선배의 영업 방식을 그대로 답습하고만 있었다.

그러나 자신이 마케팅하려는 책은 시장에서 어느 위치에 있는지, 어떤 내용인지는 알아야 자신 있게 설명할 수 있고, 정확한 타깃 분석이 이루어져야 자사 신간의 홍보 방향을 올바르게 잡을 수 있다. 계획과 목표 없이 움직이는 것은 소중한 자금과 정력의 낭비일 뿐이다.

고민 끝에 출판학과 교수님과 상의하여 출판학과 남자 졸업생들을 출판사 영업부로 취업시켜 현장경험을 쌓게 하고 문제점을 스스로 파악하게 했다. 출판영업부 신입모집 공고가 나오면 신구대 출판학과 남자 졸업생을 한 명도 빼놓지 않고 지원해주고 그들과 자료를 공유하자, 신구대출판학과영업자모임(이하 신출영)이 제대로 된 틀을 갖추기 시작했다. 1997년 신출영이 결성되고 이후 출판사 영업부로 취업하는 학생들이 늘어나면서 이제는 관련 소속으로 일하는 신출영 출신이 60여 명에 이른다. 이때부터 내가 느낀 갈등은 내가 풀자라는 단순한 논리로 학연의 조직 속에서 달마다 정기 모임을 하고 학습 교육을 진행하고 있다.

신출영 첫 모임 때에는 학습 공간이 없어 출판영업인협의회 사무실에서 강사를 초청해 강의를 들었다. 대부분 출판유통, 출판제작, 출판영업, 온라인, 소매서점 등 현장에서 왕성하게 활동하는 사장, 실무자 중심으로 강의가 이루어졌다. 이후 출판협동조합 대강의실에서 파워포인트, 빔 프로젝트 등 강의 시설을 사용하며 더욱더 실무적인 교육에 들어갔다.

당시 출판사 영업부에는 무슨 비밀 서류가 그리도 많은지 활동 내용을 될 수 있는 한 공개하지 않으려 하는 선배가 많아 그들을 설득하는 과정이 힘들었다. 동료와 함께 선배들을 일일이 찾아다니면서 모은 자료는 출판

영업자가 지켜야 할 기본자세와 신규거래부터 부도 대책과 정리, 개인적 노하우까지 더 나은 영업자로서 성장할 발판을 마련하기에 충분했다. 지금은 그 친구들이 독립해서 출판사 사장이나 영업부장으로서, 또는 중간 관리자로서 열심히 일하고 있다.

세 번째 단추 - 직무 분석

요즘 들어 출판마케터는 전통적 업무 외에도 많은 과업을 수행해야 한다. 그 과업 가운데 도서 유통과 매출채권 회수가 우선이다.

도서출판 길벗에서는 작년 하반기 각 부서별 직무분석을 통해 출판마케팅의 전체 역할에 대한 비중도와 직무를 정량화했다. 그 자료를 근거로 출판마케팅의 일과 비중을 점검한 결과 대략 '매출채권 회수' '도서유통' '홍보와 마케팅 활동' '지원업무'의 네 가지 역할로 도출할 수 있었다.

그 비중에 관해 알아보자면 거래 서점의 매출 증진을 위한 도서유통이 56퍼센트로 과반 비중을 차지했고 기타 지원업무가 20퍼센트, 매출채권 회수가 12퍼센트, 담당분야의 판촉과 시장조사를 위한 홍보와 마케팅 활동이 12퍼센트였다.

각각의 역할을 좀더 세분하면, 첫째 가장 큰 비중을 차지하는 도서유통 (56퍼센트) 업무는 도서 입출고 관리, 판매처 관리, 물류 관리의 세 영역으로 나뉜다.

도서 입출고 관리는 입고와 출고 명세서 관리, 재생도서를 관리하는 재생 확인서와 재판확인서 관리를 말하고, 판매처 관리는 판매처의 재고조사표와 매대 진열 상태 관리 등 각 판매현장에서의 부수와 진열상태의 주기적 점검을 의미한다. 또한 물류 관리는 물류 창고의 경비청구서와 택배 확인서, 퀵서비스 등의 특별 발송확인서와 물류센터의 입고 확인서 등의 관리를 들 수 있다.

위에서도 알 수 있듯이 출판마케팅에서 도서유통 업무는 도서가 생산되고 시장에 유통되어 소비자의 손에 제때 쥐어지게 하는, 전반적인 도서 흐름을 관리·관장하는 업무이다.

둘째, 매출채권 회수(12퍼센트)는 자금 흐름의 건전성을 확보하고 그 흐름이 유연하게 이루어지게 하는 업무로 수금, 장부대조, 거래약정, 기존거래 정리의 네 영역으로 세분할 수 있다.

입금표를 정리·확인해서 수금하는 업무, 장부를 대조하여 확인필 하는 업무, 거래약정서와 담보확인서, 보증금 확인서 등의 거래약정에 대한 업무, 거래정리품의서의 관리를 통해 기존거래 정리 업무가 이에 해당한다.

다시 말해 매출채권 회수 업무는 실질적인 금전적 흐름을 관리함으로써 출판사 자금의 재투자와 활용이 원활하게 하고 거래처 간에 금전적 투명성이 지속되게 돕는 업무이다.

셋째, 홍보와 마케팅 활동(12퍼센트) 업무는 담당 분야 도서의 매출 증대를 위한 판촉과 마케팅 활동을 의미한다. 여기서 말하는 홍보는 프로모션 등의 판촉업무 성격이 강한 것으로 뉴스 릴리스 등의 언론에서 주로 쓰이는 홍보와 성격이 다르다. 마케팅 또한 전통적인 경영학저 관점이 아닌 시장에서의 판매를 위한 활동이다. 이런 용어는 업계에서 통상적으로 쓰이는 표현이기 때문에 학문적 규정이 더 혼란스러울 수도 있다.

책의 출간과 더불어 이루어지는 도서의 판촉행사는 광고와 홍보물 제작과 이벤트 기획, 집행을 의미한다. 홍보는 최근 인터넷 발달로 기존의 오프라인 서점 POP(구매시점광고)나 미디어 매체 광고 집행, 판촉활동을 넘어 온라인 서점에서의 배너 활용과 행사 진행 등 인터넷으로 그 영역이 확대되고 비중 또한 커지고 있다. 이에 출판사들 역시 그 중요성을 인식하고 온라인 홍보팀 개설 등 온라인 홍보를 준비하는 실정이다.

출판마케팅의 활동은 시장의 동향을 알아내는 마케팅 조사 활동이라고 할 수 있다. 단순히 신간과 구간의 판매 흐름을 알아내던 기존 영역을 넘어 구매 시점에서 소비자의 욕구를 알아내고 구매결정 포인트를 내부 편집자들에게 알려주는 등 그 위상이 커졌다. 그러므로 구매자의 욕구와 트렌드를 현장에서 잡아낼 안목이 출판마케터에게 점점 더 요구된다.

넷째, 기타 지원 업무(20퍼센트)는 위에서 언급하지 않은 도서 매출 증대와 거래서점 매출 증진을 위한 부가활동을 의미하는 것으로 PMIS 관리, 연관부서 자료지원, DB/DM 작업관리와 전화문의 상담 등을 말한다.

PMIS 관리는 전산에서 거래명서서, 계산서, 거래원장, 반품명세서, 도서정보, 거래처정보 등을 관리하는 것을 의미하며, 연관부서 자료지원은 재고장, 판매현황서, 결산보고서 등을 작성하여 편집부와 기타 연관부서에서 마케팅 상황을 일목요연하게 파악할 수 있게 도와주는 역할을 한다. 또한 DB/DM 작업관리는 증정도서와 거래처의 DB관리, 공문서 작성, 교재채택 상담과 도서목록 발송 등을 의미하며, 전화문의 상담은 거래처의 문의사항이나 제반 업무에 대한 상세한 설명을 요한다.

기타 지원 업무는 대부분 전산화로 그 비중이 줄어들었지만 연관 부서가 마케팅 활동을 일목요연하게 파악하게 도와주는 업무로서 빠른 의사 결정과 정확한 출판 활동을 위해 그 중요성이 커지고 있다.

간단하게나마 출판마케팅 핵심 업무와 그 역할을 살펴보았다. 서두에서도 밝혔듯이 출판마케팅 업무의 기본은 도서유통과 매출채권 회수이다. 그러나 홍보와 마케팅 활동 등의 중요성이 강화되면서 출판마케터는 말 그대로 영업자에서 마케터로 변화되고 있다.

따라서 출판마케터에게 요구되는 역량은 기본적인 유통과 현금흐름 관리 능력 외에 책의 시장성과 소비자의 구매 포인트를 예리하게 짚어내는 통찰력임을 알 수 있다.

네 번째 단추 — 행동지향적 성향

대학을 졸업할 때쯤 아동전문 출판사를 거쳐 ㈜홍익미디어(외국어 출판전문, EBS외국어 교재 전문)에 입사하면서 나의 출판 열정은 체계적으로 갖춰지기 시작하였다. 당시 ㈜홍익미디어는 시사영어사 다음으로 큰 출판사였으며, 국내물·ELT물·기업체 영어교재 등 전문 외국어 교재를 출간했다. 나는 영업부에서도 국내물(영어전문 영업자) 전문으로, 교판(학원, 학교, 기업), 자판(서점, 도매, 총판)을 중심으로 한 분야의 영업에만 집중했다.

신간이 나오기 전에 가장 먼저 하는 일은 타깃 층에 대한 구체적인 분석 작업이었다. 당시 시중은행에서는 외국어회화 의무교육 바람이 불었다. 이에 맞춰 단계별 영어회화세트를 갖고 다니며 국민은행과 삼성 두잉비즈니스를 상대로 영업을 한 덕분에 다른 출판사보다 빨리 직접판매 수익을 올릴 수 있었다. 그리고 일반 세트상품을 단행본으로 분리(문법, 회화, 발음, 단어, 숙어)하여 판매했다.

영어단어장 하나를 들고 중학교나 고등학교 영어선생님을 찾아간 일, 토익 R/C, L/C 책을 들고 학원에 토익 강좌를 개설한 일 등이 생각난다. 시장의 구매층 분석이 끝나면 그들을 모을 수 있는 집단, 조직, 채택 권한자 미팅 등에 몰두했다. '안 되면 말고, 일단 해보자, 평가는 판매 후에 하자'는 어찌 보면 참 단순한 논리인데 상품과 영업의 궁합이 잘 맞아떨어진 듯하다.

마지막 단추－ '오늘도 변화한다'는 의지

조직의 성장에서 출판마케팅 역할이 중요하다는 것은 대부분의 사람들이 공감한다. 그러나 빠른 의사 결정 능력과 실행으로 옮길 수 있는 역량이 무엇보다 필요하다. 바삐 움직이는 영업자의 생활에서 '오늘도 변화한다'는 의지를 인식하고, 책의 가치를 어떻게 빛내야 할지 날마다 고민해야 할 것이다.

◆**김태영**──── 신구대학교 출판학과, 남서울대학교 유통학과, 건국대학교 언론홍보대학원 출판전공. 무슨 출판학문에 이리도 갈증이 심해 학교를 세 군데나 다녔는지…. 출판마케팅의 진정한 달인를 꿈꾸며 오늘도 서점을 내 집처럼 출근한다.

책에 로망의 날개를 달자

최정식 북하우스 마케팅 팀장

어느 날 오후 한기호 소장의 전화가 왔다. 순간 머뭇했다. 인사를 한 적도 통화를 한 적도 없는 선배였기 때문이다. 나는 주변 사람을 통해 들었거나 글을 통해 간접적인 소통이 있었기에 모르는 분이라고 딱히 잘라 말하기는 어렵겠다. 다만 너무 갑작스러웠다. 원고 청탁. 낯설었다. 우발적인 상황에 잠시 난감했다. 어떻게든 모면하려고 애써 머뭇거렸지만 예의가 아닌 듯해서 어정쩡하게 승낙하고 말았다.

원고에 대한 부담이 자못 컸다. 부담은 계속 부풀어 천근만근 무겁게 여겨졌다. 무게의 육중함이 자꾸만 어깻죽지를 짓누르는 듯했다. 원고지를 책상에 올려놓고 그 앞에 앉으니 더욱 까마득하게 느껴지는 게 아닌가. 과연 내가 누군가와 함께 나눌 만한 객관적 사연이 있을까. 늘 현장에서 암묵적으로 일해 온 터라 나를 알고 기억하는 사람이 얼마나 될지 가늠하기 어렵다. 사실 그동안 앞만 보고 달려왔다. 잠시라도 뒤돌아볼 겨를이 없었다. 어쩌면 내게 반성의 시간을 준 듯싶다. 출판계에 들어와서 걸어온 길을 돌아볼 좋은 기회가 되겠거니 생각하다가도 조심스러운 마음을 어쩌지는 못하겠다.

애통하게도 서울로 올라온 뒤 시나 소설을 단 한 편도 쓰지 못했다. 스승인 송수권 선생이나 이청준 선생이 이 사실을 알게 되면 진노하실 게다. 제자로서 참으로 부끄러운 일이 아닐 수 없다. 글쓰기를 미루고 또 미루는 동안 나는 거대한 스트레스에 시달렸다. 늘 일이 바쁘고 피곤하다는 핑계로 글쓰기를 미루었다. 그렇다고 책읽기에 전념하긴 했던가. 대학시절엔 하루 두 권 이상 읽었고, 출판계에 들어와서도 몇 년 동안은 일주일에 서너 권은 읽었다. 직장생활을 하면서 습작에서 멀어지게 되자 독서라도 소홀하지 말자고 다짐했다. 하지만 아무리 다독多讀하더라도 나의 열망을 해소하기에는 역부족이었다. 얼마 만인가. 이렇게 일과 무관한 글을 써보는 것이. 순간 행복해진다. 조만간 생활을 재정비해서 개인적인 창작활동 또는 체험을 중심으로 한 습작을 해야겠다.

미칠 수 있다면 미치자 — 불광불급不狂不及

내가 언제 무엇엔가 미쳐본 적 있던가. 달려서 미칠 수만 있다면 끝까지 달릴 거라고 누군가 내게 말했다. 대학시절 내가 정말 글쓰기에 미쳤던가. 어쨌거나 문학에 미치려고 부단한 노력을 하긴 했다. 문예창작학과 동문들과 참으로 많은 밤을 지새웠다. 그 시퍼런 새벽의 나날을 잊을 수 없다. 골방에서 쭈그리고 앉아 습작하던 시간과 4년간 읽은 수천 권의 책, 틈만 나면 괴나리봇짐을 메고 떠돌던 전라도 길. 아직도 나는 보리피리 불며 전라도를 떠도는 꿈을 꾸곤 한다. 마음 한구석에 휑한 바람이 들이닥칠 때면 늘 바다를 향했다. 남쪽 바다, 다도해. 외따로운 섬들을 바라보며 시를 쓰곤 했다. 더러는 미치도록.

"쓰지 않고 사는 사람들은 얼마나 좋을까. 때때로 나는 엎드려 울었다. 그리고 갚을 길도 없는 큰 빚을 지고 도망 다니는 사람처럼, 항상 불안하고 외로웠다."(故 최명희 선생의 『혼불』후기에서)

최명희 선생은 글에 미쳤던 것일 게다. 써야 할 사람이 쓰지 못하는 것은 매우 고통스러운 일이다. 어쩌면 나는 그 고통을 조금이라도 억누르려고 책과 함께 살고 있는지도 모르겠다. 충분히 만족한다. 책을 기획하고 만들고 마케팅을 고민하고 실행하는 일이 좋다. 세상에 매혹적인 일 가운데 하나가 책을 만드는 일이 아닐까. 아니 그 행위를 고혹적이라고 하고 싶다. 행복한 중독에 빠진, 책 만드는 사람들. 그래서 더욱 아름다운 사람들. 가장 인간적인 향기가 나는 사람들. 그러고 보면 난 아직 덜 미쳤다. 아직 미완의 광기에 놓여 있지만, 사뭇 변하는 나 자신을 실감한다. 그리고 아주 조금은 알 듯하다. 책이 얼마나 지독한 중독성이 있는지를.

멘토 없이 시작한 출판마케팅

출판사에 입문했을 때 마케팅부는 이미 공석이었다. 그 무렵 나는 영업과 마케팅을 어떻게 하는지, 출판의 구조와 흐름이 어떤 식으로 진행되는지, 심지어 교보문고가 어디에 있는지조차 몰랐다. 너무 막연했다. 한동안 출판 구조를 분석하고 서점의 위치를 파악해야 했다. 그 작업만으로도 많은 시간이 필요했다. 업무의 원상복귀가 시급했지만 남아 있는 서류나 근거가 없어 막막할 따름이었다. 현장에서 직접 체득해서 얻은 방법 외에는 달리 방도가 없었다. 출판계에 아는 사람도 없었다. 이걸 보고 '맨땅에 헤딩한다'고 하는 것인가. 선임자가 있더라면 업무 인수인계를 통해 배울 수 있겠지만 애초에 그런 여건은 주어지지 않았다. 6개월 간 밤마다 종아리 찜질을 할 정도로 걷고 또 걸었다. 서점 담당자들은 호락호락하지 않았다. 그럼에도 끊임없이 부딪쳤다. 마케팅이 무엇인지 밤마다 공부하고 하루에 네 시간만 잤다. 유통의 형태와 거래 구조를 어느 정도 파악했을 때 비로소 나름의 그림이 그려지기 시작했다. 어느 순간 이대로 안주할 수 없다는 생각이 들었다. 그래서 이직을 결심하고 입사한 곳이 시공사였다.

시공사 아트사업부에서 1년, 단행본사업부에서 1년, E-Biz사업부에서 1년을 보냈다. 아트사업부의 열악한 환경은 콘텐츠 때문이었다. 흔히 대학 교재로 사용할 법한 책, 두툼하고 무거운 내용을 다룬 점이 시장 판매의 한계를 금방 드러냈다. 이에 납품 시장을 확대하고, 대형서점 판매가 높다는 강점을 살려 진열과 구색 영업을 했다. 매출이 상승하긴 했지만 결국 상한선이 있었다. 1억 원 매출을 올리기가 쉽지 않았다. 그러던 중 단행본사업부, 만화사업부, 아트사업부가 통합되면서 다양한 분야의 콘텐츠를 접하였다. 문학, 예술, 실용, 만화 등 단행본 거의 전 분야의 콘텐츠를 마케팅하기 시작했다. 또한 만화를 동시에 접하면서 만화 시장 총판의 흐름을 알게 됐다. 그러나 또다시 조직개편되어 E-Biz사업부 마케팅을 하게 되었는데 거기에서 온라인 마케팅과 특판에 대한 적극적인 마인드를 배웠다.

지금은 온라인이 정말 중요한 시대가 아닌가. 오히려 네티즌의 문화가 오프라인으로 유입되는 시점에서 E-Biz사업부 파견은 꽤 유익한 기회가 되었다. 수많은 망치질과 담금질 끝에 강철이 단련되듯이 그 길이 아무리 가혹할지라도 가야 할 길이라면 가야 한다고 다짐했다. 어느 날 길을 잃고 정신을 차려보니 내가 지혜의 숲에 들어와 있음을 깨달았고, 비로소 내 마음은 풍요해졌다. 비록 글을 쓰지는 않지만 창작에 대한 열정과 마케팅에 대한 내 열정의 수위가 크게 다르지 않음을 느낀다.

몇 년 일하면서 나는 작지만 단단한 그릇을 하나 발견했다. 내가 발견한 그 그릇에 무엇을 채워야 할까 아직도 고민 중이다. 아직까지 가장 유력한 후보는 기획마케터다. 원칙을 바로 세우고 참신한 아이템과 건강한 유통 그리고 움직이는 마케팅을 보여주고 싶다.

움직이는 마케팅, 출판의 블루오션

흐르던 물도 고이면 썩는다. 즉 움직이지 않는 마케팅은 죽은 마케팅이나 다름없다. 이미 오래전부터 영업이라는 관리적 업무에서, 시장을 탐색하고 고객을 발견하고 콘텐츠를 기획하는 마케팅으로 전환되었다. 마케팅은 한 자리에 머물지 않고 늘 움직인다. 물론 마케팅에 중심이 없다는 건 아니다. 다만 사회·정치·경제적인 문화의 흐름을 포착하지 못한다면 시장으로부터 멀어지고 만다. 새로운 트렌드가 형성될 때 거기에 발 빠르게 대응하지 못하면 분명 나도 모르게 소외될 터이다.

시장이나 고객은 지금 이 시간에도 변화한다. 도무지 어디로 튈지 알 수 없기에 긴장을 늦춰서는 안 된다. 한때 영화마니아였던 나는 부천국제영화제가 열리면 부천으로 갔고, 부산국제영화제 때는 부산으로 향했고, 전주국제영화제에는 전주로 갔다. 영화마니아들이 그러하듯 독자 역시 머물지 않고 끊임없이 움직인다. 게다가 지금의 독자들은 늘 앞서간다. 베스트셀러의 주류가 문학 분야에서 자기계발과 재테크 분야로 바뀌고, 남성 독자보다 여성 독자가 많아지고, 몇몇 분야 시장규모가 다른 분야에 비해 상대적으로 커지는 현상 등에서 엿볼 수 있듯이 그 변화에 발맞추지 않으면 마케팅은 제 힘을 발휘할 수 없다. 독자가 주목하는 것이 움직이며 보여주는 어떤 현상, 곧 트렌드를 빨리 포착해야 한다.

경제와 경영, 비즈니스, 자기계발 등의 분야가 몇 년째 매출 상승을 이어가고 있고, 그 신장률이 만만치 않다. 오직 고객의 니즈를 만족시킬 유익하고 단단한 책을 만드는 일이 출판사에 몸 담고 있는 사람 모두의 사명일 것이다. 이 사명을 펼치려면 출판사에서 다양한 정보 수집의 시스템을 마련해야 한다. 더난출판은 장기적인 비전을 위해 다양한 시스템을 연구하고 있으며 가장 적확한 프로그램을 확충하려고 애쓴다. 가장 먼저 시행한 사업이 교육 사업이다.

2006년 초 드디어 더난출판은 직접 운영하는 교육기관을 출범시켰다. 책과 교육이 함께하는 사업을 통해 고객과 입체적으로 교감할 수 있게 된 것이다. 강사는 저자를 중심으로 섭외한다. 따라서 독자는 책에서 얻을 수 없었던 다양한 정보를 저자와 직접 커뮤니케이션함으로써 매우 효과적으로 학습하고, 더욱 정확한 지식과 정보를 습득할 수 있다. 그동안 여러 강의 커리큘럼을 진행함에 부족함도 있었지만 장기적인 면에서 볼 때 매우 긍정적이다. 오프라인 교육뿐만 아니라 독서통신교육과 이러닝사업도 준비 중이다. 향후 B2B(기업이 기업 고객을 대상으로 하는 사업), B2C(기업이 개인 고객을 대상으로 하는 사업), B2E(기업이 고용인 고객을 대상으로 하는 사업), B2G(기업이 정부 고객을 대상으로 하는 사업) 등 전략적 마케팅이 강화될 때, 성공적 사업 모델로 거듭나리라 본다. 교육 사업은 책을 기초로 삼기 때문에 출판에도 직·간접적 효과를 가져다줄 것으로 전망한다.

실업률이 줄어들지 않는 가운데 청년 실업자가 1000만이라는 무서운 실업 사태는 우리나라의 현주소다. 준비된 청년을 만들려면 독서 권장은 물론 교육 사업에 힘써야 한다. 현직에 종사하는 직장인 또한 자기계발을 위해 자신의 시간과 비용을 투자해서 경쟁력을 강화해야 한다. 저자와 콘텐츠라는 자원을 확보하고도 교육 사업을 진행하지 못한다면 실로 안타까운 일이 아닐 수 없다. 어찌 첫술에 배부르랴. 교육 사업은 시작한 지 얼마 되지 않아 수익성을 논하기 어렵지만 장인처럼 꾸준히 노력하고 개발한다면 분명 독자의 감동을 이끌어낼 거라 믿는다.

고객을 감동시키는 건 오직 좋은 책뿐

요즘의 출판계는 불타는 장작더미처럼 뜨겁고 치열하다. 나는 이 같은 현상에 조금 회의적이다. 수많은 행사가 서점마다 포화상태다. 자칫하면 독자들에게 타성을 불러일으켜 시장이 다소 조장될 수 있다. 신간이 나올 때마다 어떤 식으로 책을 홍보하고 독자에게 다가갈지 난감하다. 공식처럼 된 온라인 서점 메인 노출, 경품을 걸어서 독자를 유혹하는 이벤트, 지난해 말 이슈가 되었던 변칙적인 사재기로 베스트셀러 만들기 등 출판사는 예전에 비해 출혈이 커졌다. 과거보다 마케팅비가 크게 상승했다. 이렇게 지속되다가 경쟁 과열이 폭발할지도 모르겠다. 마케팅은 새로운 시장, 즉 제3의 시장을 모색하거나 제휴, 홍보, 광고 등의 업무를 효과적으로 진행하면서 고객의 니즈를 발견하는 일이다. 여기서 가장 중요한 점은 고객의 니즈 발견이다. 항상 고객을 면밀히 탐색하고 그 결과를 콘텐츠에 구체적으로 반영해야 한다.

2006년 가장 아쉬웠던 책은 『페페로니 전략』이다. 2005년 프랑크푸르트 도서전에서 주목받았던 책이다. 출간 즈음 서울국제도서전이 열렸다. 도서전을 통해 1차 홍보를 했고, 이후 다양한 행사와 꾸준한 광고 집행 등

다소 공격적으로 진행했다. 그러나 우선 콘텐츠가 '공격성'에 기반을 두고 있다는 점이 출간 4개월 후 그 한계를 드러냈다. 매운맛을 상징하는 고추 페페로니, 긍정적 공격성을 통해 직장생활에서 더욱 적극적인 자세를 가져야 한다는 '페페로니 전략.' 긍정적 의미보다 부정적 의미의 역설이 아직은 우리나라 정서에 흡입되기 어려웠던 모양이다. 반면에 행복이라는 의미를 담은 '이기성', 『행복한 이기주의자』나 『이기주의를 위한 변명』등은 독자들의 상당한 관심을 끌었다. 『페페로니 전략』은 5개월 동안 3만 5000여 권으로, 마케팅 계획보다 적게 판매되는 아쉬움을 남겼다.

더난출판은 스테디셀러가 많다. 『1%만 바꿔도 인생이 달라진다』『20년 벌어 50년 먹고사는 인생설계』『0원에서 시작하는 재테크』『네 꿈과 행복은 10대에 결정된다』『논리의 기술』『생각발전소』『수의 모험』등 출간한 지 1-5년이 지났음에도 아직까지 독자의 사랑을 받고 있다. 이 가운데서도 『0원에서 시작하는 재테크』는 6만 권 넘게, 『1%만 바꿔도 인생이 달라진다』는 10만 권 넘게 팔렸다. 월 평균 주문량에서 상위권에 위치한 콘텐츠들은 역시 자기계발과 재테크 분야다. 그리고 직장인의 실무를 향상시켜주는 실무서 또한 판매가 꾸준하다. 실무서가 유독 많은 더난출판은 법이나 제도가 자주 바뀌기 때문에 절판 도서가 많은 편이다. 그래서 16년이 지난 지금 판매 중인 도서는 300여 종 안팎이다. 나름대로 실속 있는 출판을 하고 있는 것이다.

한편 오랫동안 고민했는데도 아직 뚜렷한 방향을 설정하지 못하고 있는 게 있다. 다름 아닌 '북로드'다. 북로드 책 가운데 『생각발전소』『수의 모험』등은 시장에서 반응이 매우 좋은 편이다. 콘텐츠 완성도가 높을 뿐만 아니라 시장에서 논술과 학습 분야가 이슈화되었던 점이 높은 판매지수에 작용했다는 평가다. 하지만 앞으로의 방향 설정은 아직 해결하지 못하고 있다. 오랜 시간 고민하고 또 고민하는 이유는 시장의 흐름과 고객의 감동을 위한 장기적 계획을 세우기 위함이다. 고객의 감동을 이끌어내는 방법은 다양하다. 입사한 지 4개월 후 나는 '신뢰 마케팅'으로 기업체 특판의 문을 두드렸다.

더난출판에 들어와 처음 기업체 제안마케팅의 실적을 올린 게 바로 신한은행 납품이었다. 신한은행과 조흥은행의 통합이 진행중인 시점에 신한은행 본사를 방문한 적이 있다. 방문하기 전에 유익한 정보를 얻었다. 규모가 작지 않은 두 은행이 통합하면서 임직원에게 줄 선물을 구하고 있다는 사실을 알게 되었고, 그 업무를 맡은 뉴뱅크추진실의 담당자에게 이메일을 보냈다. 물론 며칠 동안 공을 들여 작성한 제안서를 첨부했다. 며칠 후 담당자로부터 연락이 왔다. 첫 번째 미팅을 마치고 흔쾌히 납품 수주를 따냈다. 그런데 조건이 있었다. 임직원 개개인의 집으로 직접 배송해주기를 원했다. 김영사 책을 포함해 1만 6000건에 이르는 발송 작업은 꽤 부담스러운 작업이었다. 남은 기간은 10일. 고객 만족을 위해 배송 작업도 진행하기로 했다. 배송 작업은 아웃소싱으로 진행했다. 일은 긴박하게 진행되었고 겨우 납기일을 마쳤다. 그리하여 통합 신한은행의 1만 200여 명의 남자직원은 모두 『끌리는 사람은 1%가 다르다』를 읽게 되었다.

신뢰 마케팅은 곧 '만족 마케팅'으로 이어진다. 만족 마케팅은 고객이 원하는 콘텐츠를 개발하는 것이다. 고객의 니즈를 직접적으로 알 수 있는 방법을 충분히 활용한다. 더난출판은 상시로 강연회를 진행한다. 물론 강연장 로비에서 책을 판매하기도 하지만 책 판매는 그다지 많지 않다. 정작 중요한 건 고객을 주시하기 위함이다. 강연회마다 미리 준비한 설문지로 고객의 소리를 스크랩하고 자료를 DB화하는 작업이 중요하다. 이와 같은 DB는 새로운 콘텐츠 개발에 유용한 자료로 사용되며 시장의 트렌드를 읽는 데 매우 요긴하다. 다시 말해 고객의 니즈를 발견하고 그 니즈를 충족시킬 때, 비로소 고객은 감동하게 된다. 고객이 있는 곳이라면 어디든지 달려가는 마케터가 감동 전략을 성공적으로 수행할 수 있다. 고객을 감동시키는 마케터가 진정한 마케터 아닐까.

행운에서 실력으로 자리 잡기

더난출판에 입사하자마자 『끌리는 사람은 1%가 다르다』가 출간됐다. 자기계발이라는 트렌드가 이제 막 불씨를 지필 무렵이었다. 초기 마케팅 계획을 검토하고 내부적으로 더욱 구체적인 논의를 시작했다. 애초에 책을 기획하고 만들면서 제목 고민을 수없이 했던 책이었다. 그 노고를 인정하듯 주변사람들로부터 '제목이 좋다'는 말을 수없이 들었다. 사실 이 책은 제목만으로도 독자들을 충분히 매료시켰고, '끌리는 사람'과 '1%'라는 키워드가 고객의 마음에 문신처럼 각인됐다. '1%'라는 제목은 다른 출판사 신간 제목에서도 자주 사용될 만큼 파급효과가 만만치 않았다. 게다가 얼마 전 『마시멜로 이야기』와 더불어 자기계발 붐까지 일어나면서 판매에 가속도가 붙었다. 이후 우화형 자기계발서가 시장의 트렌드로 자리매김하면서 그 열기가 더욱 뜨거워졌다. 시장 판매만으로는 아깝다는 생각에 기업체 제안 마케팅을 강화했다. 그리하여 기업체와 관공서 등의 필독서가 되면서 적지 않은 납품 성과를 올렸다. 11개월 만에 70만 부를 넘었는데 행운이 따른 셈이었다.

대학시절 학회지를 만든 적이 있다. 그해 봄부터 준비해서 겨울에 발간

한 학회지 〈신예〉 1호는 내게는 아주 특별한 기억으로 남아 있다. 10개월 정도 작업하면서 구성, 원고청탁, 편집, 제작까지 모든 작업을 진행했다. 처음 진행하는 작업이라서 시행착오도 많았지만 그 기간 동안 즐거웠다. 발간되는 것을 보고 나는 '출산'에 비유했다. 마치 내 몸에서 육체의 일부가 쑥 빠져나온 기분이었다. 그때 그 흐뭇한 미소를 잊을 수 없다. 문학도로서 보낸 4년이 출판계에서 보내는 지금의 나를 지탱하게 한다. 친구들을 만나면 듣는 말이 있다. 지식의 파수꾼, 문화의 전령사. 내게는 늘 그 꼬리표가 따라다닌다. 처음 출판사에서 일하는 것을 보고 가족은 나를 매우 애틋하게 바라봤다. 여기저기 다니면서 책을 파는 외판원으로 여겼던 것이다. 그래서 할머니는 신발을 사주셨다. 그 신발을 신고 동대문에서 광화문까지 걸어서 영업을 했다. 시작할 때의 마음을 지금도 잊지 않고 있다. 베스트셀러는 그냥 만들어지는 게 아니라 그만큼의 시간과 집중과 노력이 필요하다. 『끌리는 사람은 1%가 다르다』가 상반기 판매 2위라는 영예를 가져다준 것은 행운이 아니다. 더난출판 식구들이 비지땀을 흘리며 지칠 줄 모르고 달린 열정의 산물이다. 어느 한쪽이 부족했다면 이만큼의 결과를 얻지 못했을 것이다. 노력해준 식구들의 수고에 다시 한 번 박수를 보낸다.

책 읽는 마케터가 희망이다

시간이 흐를수록 할 일이 늘어만 간다. 기획 중인 원고 검토, 편집기획 회의와 홍보마케팅 회의, 거래처 점검 회의, 매출 분석 회의, 정기적인 거래처 면담, 시장조사를 위한 서점 방문, 지방 출장 등 주어진 업무만 나열하더라도 숨이 막힐 지경이다. 마케팅이 끊임없이 강화되는 시장이기에 중

책이 틀림없다. 따라서 시간이 부족하기 때문에 독서 여건이 자꾸만 열악해지는 게 사실이다. 하지만 일주일에 두세 권을 읽으려고 노력한다. 그렇지 않으면 나 자신도 고무적일 수 없다.

책은 결코 세속적이지 않다는 점에서 매력적이다. "책이 꼭 서점에만 있어야 하나요?" 몇 달 전에 저녁을 먹을 때 후배가 한 말이다. 후배는 책이 서점에서 벗어나 자율적이어야 한다고 했다. 어쩌면 책의 자율성을 우리가 지나치게 통제하고 있었던 건 아닐까. "책은 어디에 놓여도 어색하지가 않잖아요." 그렇다. 책은 어떤 곳에 있더라도 자연스럽고 나름의 품의를 지닌다. 네이버 카페 '책에 날개를 다는 사람들'(cafe.naver.com/CrossingBook)의 정모에 참석한 적이 있다. 이 모임은 북 크로싱 캠페인에 매우 적극적이다. 어떤 책을 서울에서 날렸는데 대구에서 발견했다는 이야기, 어떤 책은 두 달 만에 처음 날렸던 주인에게 돌아왔다는 이야기 등 재미있고 신기한 에피소드가 많다. 이렇게 책은 그 자체만으로도 자유롭고 따뜻하다.

부적절한 표현일지 모르겠지만 마케팅도 책이 품고 있는 온기처럼 따뜻해졌으면 좋겠다. 예전과 달리 지금의 마케팅은 차갑다는 생각이 든다. 무엇이 우선인지는 모르겠지만 개인적인 바람은 책 읽는 마케터가 많아졌으면 좋겠다. 출판마케터로서 읽는 즐거움을 느낄 줄 안다면 유능한 마케터로 거듭날 것이 자명하다. 그럼에도 책 읽는 마케터를 찾아보기란 여간 쉽지 않다. 지식의 씨앗을 뿌리고 지혜의 숲에 머물면서도 마음을 넉넉히 채우지 못하는 것은 풍요 속의 빈곤이나 진배없다. 마지막으로 출판 시장에서 자꾸만 문학이 위축되는 듯해 씁쓸하다. 몇 년 전 시집을 놓던 매대가 축소되거나 거의 없어지다시피 했다. 베스트셀러에서 실용서 비중이 높아졌다. 물론 이 현상에 부정적 견해를 갖는 건 아니다. 다만 아이들에게 꿈과 희망을 줄 낭만이 되살아나길 개인적으로 소망한다. 우리나라 출판계가 더욱 건강하게 변화하고, 단단한 뿌리를 내려 뻗어갈 수 있도록 함께 뛰고 싶다. 선후배 또는 동료 마케터들이 편집자보다 더 많이 탐독하고 시장을 건강하게 만들어가길 감히 바라고 또 바란다.

◆**최정식**── 전라도 이곳저곳에서 살았다. 일찍부터 집시처럼 오랜 방랑생활을 했다. 생의 이력을 더듬어도 아직 내세울 것이 없다. 그래서 열심히 책을 사랑하고 있다.

통하였느냐!

정순구 역사비평사 영업부장

먼저 제 후안무치를 고백하지 않을 수 없습니다. 저는 성공적인 마케팅 모델을 만들어본 적도 없고 모범이 될 만한 사례를 겪어보지도 못했으며, 회사에서도 뭐 하나 이룬 것도 남긴 것도 없이 월급을 축내고 있으면서, 심지어는 이 원고를 쓰고 있는 뻔뻔함이라니! 원고를 부탁받았을 때, 그래도 저도 최소한의 양심은 있는지라 내 사소한 이야기로 아까운 지면을 낭비할 수 없노라며 손사래를 쳤습니다만, 출판동네 10년에 할 이야기가 없다면 이 바닥을 떠야 하지 않겠느냐는 후배의 전언에 그만 거절할 기회를 놓친 셈이지요. 지금도 단호하지 못했던 내 선택을 저주하고 있지만 잡설雜說도 설은 설이라는 위안으로 부끄러움을 잊기로 했습니다.

이 지면은, '한 가닥' 하시는 분들의 값진 경험담과 편집, 마케팅 원론들이 나에게는 새로운 벽으로 느껴졌습니다. 저는 그저 소박한 단상이나 풀어놓고자 합니다. 저는 '영업자'와 '마케터'를 따로 구분하지 않습니다. 그 본원적 의미와 역할의 차이를 몰라서가 아니라 적어도 중소규모 출판사에서의 영업자는 마케터로서의 책임과 의무를 전제로 해야 하기 때문입니다.

293

출판과 처음 통하다

1994년 3월, '불법점거'한 여의도 민주당사의 바닥은 차가웠습니다. 아직 온전한 봄이 오지 않았으니 당연한 일이었겠지만, 그보다 미래에 대한 불안이 뜨거운 농성 열기를 무색하게 할 만큼 싸늘했기 때문입니다. 청춘을 거리에서 흘려보낸 피 끓는 청년들이 '조국의 미래'보다 '나의 내일'이 더 걱정스럽다는 사실을 막 알기 시작한 시기였으니 어찌 답답하지 않았겠습니까. 아무 준비도 없이 사회에 내던져진 저와 동료들은 '군미필자' 신세였고, '양군모'라는 의인화된(!) 이름의 단체에서 양심수의 군 문제 해결을 위한 장기농성에 지쳐가고 있을 무렵이었습니다.

그러던 어느 날, 농성장 상황판에 난데없이 구인광고가 붙은 그날 오후에 당장 출판사 면접을 봤고, 월급은 현재 나에게 별로 중요하지 않다는, 솔직하지 못한 의지 피력이 면접관인 출판사 사장에게 진한 감동을 주어 며칠 후, 출근해도 좋다는 연락을 받았습니다. 왜 출판사 구인 광고를 대학 출판학과나 구직업체 게시판에 싣지 않고 그 '전과자 모임' 게시판에 붙였는지는 그 뒤에도 물어보지 않았지만, 저로서는 칠흑 같은 밤하늘에 향도성을 만난 심정이었습니다. 책도 별로 읽지 않으면서 출판사에는 꼭 들어가야겠다고 막연히 생각했던 오랜 결심이 너무도 쉽게 이루어졌기 때문입니다. 전 그렇게 출판과 아주 쉽게 '통'하였습니다.

모든 출판행위는 '통'하기 위한 것

저는 지금도 출판은 소통의 의도이자 행위이며 결과라고 생각합니다. 독자들의 욕망은 그저 관념적이고 사변적인 이념 지향이 아니며, 그들은 텍스트와의 소박한 소통에도 감동할 준비가 되어 있는, 매우 격동적인 집단

294

임을 확인하는 기쁨이 출판하는 이유 가운데 하나입니다. 좋은 책은 결국 사람의 마음을 움직이게 하여 세상을 성찰하게 하는 한 단초를 발견하게 도와준다고 생각합니다. 책은, 아이디어에서 기획과정을 거쳐 편집과 제작단계를 지나 서점에서 독자들과 감격적으로 만나기까지 무수한 소통의 과정을 거칩니다. 작은 출판사의 판매책임자 몫은 기획, 생산, 유통, 재무, 경영 등 총체적이라고 생각하지만 저는 그 무수한 소통의 과정에서 이미 '영업자로서의' 제 할 일은 반 이상 끝났다고 생각합니다.

저자와의 소통

영업자들이 저자와 교류하는 것은 사실 일상적인 일은 못됩니다. 출판사마다 논의구조가 다르기는 하겠으나 일반적으로 그건 기획편집자의 몫이기 때문입니다. 통상 책이 출간되기까지는 계약 단계에서부터 짧게는 몇 개월, 길면 10년 이상의 세월이 걸리기도 합니다. 이 고되고도 지루한 기다림을 인내하는 일이 곧 출판이기도 한데, 저의 경우에는 출간계약서에 도장을 찍는 순간부터 저자들과 나만의 방식으로 소통하기 시작합니다. 물론 직접 만나고 토론하고 조정하고 청탁하는 건 편집기획자의 몫이겠지만, 저자의 행보를 따라가고 기사를 찾아 읽고 '뒷조사'를 하는 등의 짝사랑은 뒷날의 흐뭇함으로 온전히 남습니다.

이건 역사비평사의 선배 영업자이자 저의 전범典範이기도 한 지성사 이원중 사장의 성공 사례이긴 하지만, 과거 MBC파업사태 이후에 최고의 지성이면서도 인기 있는 대중 방송인인 손석희 아나운서를 집요하고 오랜 스토킹 끝에 역사비평사의 필자 리스트에 등재시킨 전설 같은 사례는 표구하거나 액자에 담아 대대손손 물려주고 싶은 이야기입니다.

당시 손 아나운서의 인기로 보나 간간이 칼럼 등으로 발휘되던 그의 만만찮은 필력으로 보나, 굴지의 출판사들이 장작불에 부나비 달려들 듯 뛰어들었을 게 자명한데, 당시 역사비평사의 형편으로 보아 무엇 하나 내세울 것 없는 조건으로 책 출간을 졸랐음이 뻔한 상황에서 손 아나운서를 움직인 것은 출판사와 제안자의 진정이었을 겁니다. 무슨 감언이설(?)로 그를 꼬드겼는지는 모르지만 이원중 사장의 진정성을 감안하면 그걸 물리치는 일도 쉽지는 않았을 거라고 생각합니다. 물론 제안 수용자의 인품이나 성향에 따라 우선적인 가치를 두는 주관적 조건은 다를 수 있겠지만 사람을 움직이는 것은 결국 마음이 통할 때만 가능한 거지요.

인세문제로 갈라서는 저자와 출판사를 가끔 봅니다만, 단언컨대 그건 인세 지급이 투명하지 못해서가 아니라 서로 마음을 투명하게 열어 보이지 못해서라고 생각합니다.

저자와 소통한다는 것은 곧 그 사람의 세계관 속으로 들어가는 일이니 그 사람의 책을 이해하고 설명하는 데 가장 기본이 되는 과정입니다.

텍스트와의 소통

출판사에 오래 있으면서도 사실 가장 넘기 힘든 산이 텍스트와 친해지기입니다. 나름대로 고충은 있겠지만, 저는 개인적으로 전통의 문학 전문 출판사에 다니는 동료들이 가장 부럽습니다. 읽고 싶은 작품을 맘껏 읽는 건 더 이상 노동이 아니라 그 자체로 보람이자 즐거움이기에 그렇습니다. 제가 처음 텍스트와 온전히 '통'하였다고 기쁨을 느낀 것은 1998년 2월에 당대 출판사에서 영업자의 길을 찾아 헤매고 있을 때 나온 『빈곤의 세계화』를 통해서였습니다. 신자유주의가 창궐하던 세기말, 국제 금융기관의 경제개혁조치가 제3세계와 동유럽 국가들에게 가져다준 냉혹한 결과를 다룬 이 책은 당시 베스트셀러이던 『세계화의 덫』과 견줘봐도 전혀 손색 없는 책이라고 '소문'은 이미 나 있었는데 문제는 번역 원고가 통 읽히지 않는 것이었습니다. 번역이 잘못되었다는 의미가 아니라 수많은 인명과 수치, 그리고 사례, 도표는 모든 장점을 일거에 상쇄하는 악마처럼 느껴졌습니다. 초고를 간신히 그야말로 '글자만' 읽은 후 '유능한 편집부에서 잘 다듬을 테니 머리말이나 잘 읽어보지 뭐…'라며 넘겼습니다.

그러나 그 책을 그렇게 '적당히' 취급하기에는 기획편집자의 노고에 너무나 미안했습니다. 그래서 다시 마음을 다잡고 두 번, 세 번 도전하니까 그 악마는 편집자의 부드러운 손길과 나의 끈질긴 구애를 받아들이고 온전한 내 수족이 되어주었습니다. 그 자신감으로 나는 어느 누구를 만나도 당당하고 자신 있게 그 악마를 칭찬할 수 있었고 그때 막 시작하던 교보문고의 아침미팅(서점 개점 전 출판사에서 서점 직원을 대상으로 진행했던 일종의 신간 설명회)에도 편집자 대신 참여할 수 있었습니다.

제 기쁨과는 상관없이 책은 자기 구실을 한 것이었겠지만 『빈곤의 세계화』는 단기간에 결코 적지 않은 판매량을 기록했고, 사장은 무엇보다 그 판매부수가 가져다주는 기쁨에 즐거웠겠지만 저는 전혀 다른 이유로 즐거웠습니다. 그 경험은 후에 제가 스스로 재미있게 일하기 위해서 텍스트와 친해지려고 애쓰는 계기가 되어주었습니다.

내부 구성원과의 소통

출판을 종합예술이라고도 합니다. 그만큼 책은 여러 부문의 구성원들이 다양한 생각과 각자의 능력을 모아 탄생시키는 유기체이기 때문이지요.

마케팅 중심의 사고가 일반화된 현대 출판에서는 특히 그러하겠지요. 그래서 누구나 편집부서와 영업부서와 제작부서의 일상적인 소통의 중요성을 말합니다.

그러나 제 경험으로만 한정하면, 그런 유기적인 업무 프로세스의 구축은 꼭 '구조'의 문제는 아닙니다. 아무리 회의를 만들고 그 틀 안에서 의사결정을 완결하는 구조를 갖춘다고 해도 구성원들의 자발적인 참여와 각성이 없으면 오히려 업무 효율만 떨어뜨리는 애물단지가 되고 맙니다. 저는 제가 속한 역사비평사가 더욱 발전할 수 있으리라 생각하는데, 그 중요한 근거의 하나가 바로 수평적이고 자발적인 의사소통 구조입니다. 요즈음엔 독립적인 '팀' 제도를 운영하는 출판사가 많지만 역사비평사처럼 소규모 조직에서는 조직 구성원 전체가 하나의 단단한 '팀'이 되지 않고서는 효율적인 집행력을 담보하기 어렵습니다. 한편으로 회사의 구성원은 우리가 설득해야 할 가장 가까운 1차 독자이기도 합니다. 이제 출판에서 1인 기획이 끝까지 성공을 거두는 확률은 서점이 올해 안으로 어음거래를 종식시킬 확률보다 높지 않음을 경험으로 압니다.

제가 백 수십 종 이상의 신간을 판매하면서 가장 아쉬워했던 책은 역사비평사로 옮기고 2001년에 처음 나온 유홍준의 『화인열전』입니다. 역설적이게도 제 출판인생에서 가장 많이 판매된 책이기도 합니다. 무엇보다 아쉬움이 컸던 건 판매부수가 기대에 못 미쳐서가 아니라 가장 '팔기 쉬운' 책을 가장 힘들게 팔았기 때문입니다. 제가 가장 힘들었던 것은, 모든 것을 혼자 결정하고 혼자 실행해야 했다는 점이었습니다. 그때는 직원도 적었고 그나마도 작은 건물의 3, 4층을 편집부와 갈라 쓰는 물리적인 장애도 있었지만 당시 회사의 말 못할 사정으로, 저는 생산과정에는 전혀 참여하지 못하고 겨우 책의 완성 단계쯤에 제목과 표지에 최종 동의하고 초판부수를 제 고집대로 관철하는 게 고작이었습니다.

편집자의 손에 있던 책이 저의 것이 아니듯이, 편집자의 손을 떠난 책은 그 순간부터 온전히 저의 몫이 되었습니다. 저자와 계획한 전국 투어 슬라이드 강연만 해도 한 달이 힘겨운데 책은 떨어지고, 문의전화는 쇄도하고, 광고도 해야겠고, 서점의 추가 구매상담도 해야겠고, 홍보물도 만들어야 하고, 수금도 해야 하고, 제작처 점검과 결제도 해야 하고…. 내 생애 가장 비효율적인 한 달이었습니다.

지금의 의사소통 구조에서 그 책을 다시 작업하면 적어도 배 이상은 팔거라고 확신하지만, 당시 '구조'에 순응하고 구성원 각자의 자발적인 실행력을 추동하지 못한 저의 과오만 더 서늘하게 새겨집니다.

판매자와의 소통

이는 출판영업의 가장 현실적이고도 중요한 고리입니다. 극단적으로 말해 요즘 책의 성패는 출간 전에 이미 90퍼센트는 결정된다는 운명론자의 주장이 설득력을 얻습니다. 혹자는 또 영업은 서점과 소통하는 일이고 마케팅은 독자와 소통하는 과정이기 때문에 마케터로서 서점 관리에 힘을 쏟는 것은 비효율이라고도 합니다. 맞는 말이기도 하고 틀린 말이기도 합니다. 출간 전 과정에서 세상과 독자와 소통하는 책을 기획하고 만들고, 치밀한 사전조사와 수요예측에 따라 마케팅 프로세스를 진행해야 한다는 점에서는 맞는 말이고, 그 과정의 최종 집행자의 한 축은 서점(판매자)이라는 점에서 10퍼센트의 몫(물론 비유와 상징이겠지만)은 지나치게 약소한 게 아닌가 하는 생각을 하면 전적으로 동의할 수 없는 말이기도 합니다. 출판

영업 활동의 매개는 물론 책이지만 사람의 마음을 얻지 못하고서는 판매자를 준비했다 볼 수 없습니다. 판매자가 내 상품을 판매할 준비가 되어 있게 했는가, 이것이 매장 커뮤니케이션의 요체 아닐까요?

역사비평사는 2006년 잡지를 제외하고 학술총서를 포함해 단행본 아홉 종을 출간했습니다. 이 가운데 여섯 종이 별다른 이벤트나 광고 없이 주요 온라인 서점의 메인페이지에 올랐으니(물론 세 종 정도는 나름의 성과를 거두었고 두 종은 체면치레했으며 한 종은 서로 쳐다보기 어색하고 민망한 성적을 거뒀습니다) 타율로 치면 6할 6푼대인 셈입니다. 물론 이는 역사비평사라는 브랜드가 주는 신뢰감과 텍스트에 대한 기대의 반영이겠지만, 제가 전달하려 했던 진심이 어느 정도는 통하지 않았나 하는 뿌듯함도 느껴집니다.

한 가지 추억하자면, 1990년대 중반 출판사에 처음 들어왔을 때 그들과의 소통의 매개는 늘 술이었습니다. 선배들의 도움으로 서점인과 처음 술자리를 했던 날, 흉포한(!) 교보문고의 P과장이 맥주 500cc '원샷'을 몇 차례나 강권해 출판영업이 결코 녹록한 일이 아님을 일깨워주었던 일은 10년이 더 지난 지금도 두고두고 기억합니다. 새내기였던 저는 거래처 사람과의 술자리는 처음이었고 더구나 주요 거래처의 해당 파트장(그것도 여성이!) 권하는 술잔을 마다할 수도 없어서 권하는 대로 대책 없이 술잔을 쨍쨍거리다 결국 변기를 부여잡고 그날 먹은 안주를 확인하는 추태를 부렸으니 시작치고는 참 모진 경험이었습니다. 한데 나중에 알고 보니 문제의 P과장은 출판 서점업계에 소문난 주당이자 일에서도 진짜 '선수'였습니다. 그날의 인연으로 나는 교보문고 상대 영업의 촉수를 전방위로 확대할 수 있었고 P과장과는 10년 넘게 술친구로, 조력자로, 거래처의 중요한 업무파트너로 관계를 유지할 수 있었습니다.

300

독자와의 소통

독자를 만나는 일은 늘 설렙니다. 때로 신간을 풀어놓고 대형서점에 나가 몇 시간이고 독자들의 시선과 동선, 계산대로 향하는 그들의 손에 들린 책의 목록을 관찰할 때가 있습니다. 그때 우리 출판사의 책을 발견하는 순간 느끼는 기쁨은 무엇과도 바꿀 수 없습니다. 그런데 이러다 보면 온라인 서점의 판매지수나 '상품평'과는 전혀 달리 생생한 흐름이 느껴질 때가 의외로 많습니다.

제 경우에 그걸 가장 확연하고 아프게 느끼는 공간이 직접판매의 현장입니다. 역사비평사를 비롯하여 역사학책을 출간하는 출판사들은 해마다 5월 마지막 주에 '전국역사학대회'라는 학술대회에 참가합니다. '학술'에 참가하는 것이 아니라 도서판매전에 참가하는 것이지요. 그런데 여기를 가면 가장 충성도 높은, 이른바 '로열티 고객'을 만날 수 있습니다. 우리 책을 가장 지속적으로 가장 많이 사며 비판을 가장 많이 하지만 출판사 브랜드 파워 확장에 가장 든든한 지원군이기도 합니다. 직접판매자가 되어 현장에서 직접 만나는 고객에게서 듣는 비판과 훈수는 인터넷의 그 어떤 '악플'보다 시퍼렇게 다가옵니다.

많은 사람들이 유통경로의 다양화와 새로운 시장 개척에 대해 역설하지만 그건 '당위' 수준의 대안이어서 의지와 노력만으로는 쉽지 않은 문제입니다. 그렇다면 당장 실현 가능한 '블루오션 찾기'는 자신의 고객을 이탈하지 않게 만드는 것입니다. 그리고 성장시키는 것입니다. 그래서 저는 늘 핵심독자들과의 소통의 접점을 깊고 넓게 만드는 데 고민이 깊습니다.

화살을 쏘지 않고 새를 잡는 방법

『열자전列子傳』의「탕문湯問」편에 나오는 이야기인데 내 박한 기억이 유명한 고사故事를 왜곡할까 봐 걱정입니다.

"전국시대에 천하 제일의 궁사가 되리라 다짐한 기창은 백 보 밖에서도 버들잎 하나를 능히 맞히는 기막힌 궁술을 자랑하는 신궁인 비위를 찾아갔다. 기창이 그를 만나 궁술을 배우고자 하였으나, 비위는 비법을 쉬이 가르쳐 주지 않았다. 하도 졸라대니 비위는 "우선 눈을 깜박이지 않는 연습을 해라!" 하였다. 기쁜 마음으로 집에 돌아온 기창은 처의 베틀 밑에 누워, 베틀의 움직임에도 눈을 깜박이지 않게 피나는 연습을 해 칼끝이 속눈썹에 와 닿아도 눈을 깜박이지 않게 되었다.

다시 찾아간 스승은 "이제 작은 것을 크게 보고, 먼 곳에 있는 것을 가까이 볼 수 있는 연습을 해라!"라고 또 다른 미션을 주었다. 기창은 물러나 이蝨 한 마리를 매달아 놓고 매일 온 정신을 모아 바라보기를 석 달 쯤 하자 이가 누에처럼 커보이고, 일 년이 지나자 이가 돼지처럼 보였다. 3년 후에는 이가 소만 한 크기로 보였다. 그가 문을 나서 처음 본 말은 마치 우뚝 솟은 산이요, 보이는 것마다 비할 데 없이 커보였다. 이제 기창은 화살을 들어 백 보 밖에서 동전을 맞힐 수 있었다. 팔뚝에 술잔을 올려놓고, 술 한 방울 떨어뜨리지 않고 명중시켰다. 이를 본 비위는 이렇게 말했다.

"내 비법은 네게 다 전수했다만, 참다운 궁도를 배우려면 내 스승 감승노인을 찾아가라!"

기창은 감승노인을 뵙고 예를 갖추며 사사하기를 청하니 감승노인이 기창의 솜씨를 보고자 했다. 기창은 얼른 활을 들어 공중에 높이 나는 새

302

를 한 방에 서넛을 떨어뜨렸다. 이에 감승노인은 "솜씨는 좋으나 너는 아직 쏘지 않는 궁도는 배우지를 못했다. 따라오너라" 하였다. 기창이 감승노인과 간 곳은 매우 험해 서 있기조차 어려운 바위 위였다. 감승노인은 기창에게 여기서 아까처럼 활 솜씨를 보여 달라고 했으나 기창은 엄두도 못 내는 것이었다.

"무엇이 참 궁도인지 보여주겠다."

감승노인이 목표물을 향해 그냥 손가락만 움직이니 나는 새가 그냥 떨어지는 것 아닌가!

"참 궁술은 활과 화살을 쓰지 않는 법!"

기창이 그 연유를 스승인 감승노인께 물었다.

"너는 유심有心으로 활을 쏘지만, 나는 무심無心으로 활을 쏘는 것이다."

그 후 기창은 그 노인 아래서 10년 세월을 보냈는데 어떤 훈련을 받았는지는 아무도 모른다. 귀향했을 때 그는 완전히 다른 사람이 되어 있었다. 이전의 고집 세고 오만불손한 태도는 찾아볼 수 없었다. 고향 사람들이 모두 다 그의 솜씨를 보기 원했으나, 그는 미동도 없이 활조차 만지지 않았다.

"지극한 행동은 행동이 아니요至動無動, 지극한 말씀은 말씀이 아니요至言無言, 지극한 궁사는 쏘지 아니함이라至射無射."

화살을 쏘지 않는 것이 궁도의 경지라고 했습니다. 이렇게 책을 내는 게 제 소원입니다. 아무것도 하지 않고도 독자들과 이심전심으로 통하는 책 말입니다. 요즘은 이른바 전략상품이 나오면 온오프라인 주요 서점의 거점을 확보하려고 각종 전술적 이벤트와 광고가 시장을 점령합니다. 과녁을 맞히기는커녕 활시위도 잘 당기지도 못하는 저는 '화살을 무차별적으로 이렇게 꼭 날려야만 하는가? 쏘지 않고 명중할 수 있는 출판의 도道는 없는가?'라며 질투합니다. 기술 과잉의 21세기에 살고, 저 또한 그 누구보다 디지털 정보와 네트워크에 민감하다고 생각하지만, 여전히 아날로그적이고 원시적인 소통방식이 인간사회를 인간답게 조직하는 데 기여하는 가치가 더 크다고 생각합니다. 시장상황을 이야기하고 양극화를 성토하고 과점을 우려합니다만, 거대한 벽은 어차피 밀어서 넘어뜨릴 수는 없습니다. 작은 구멍 하나하나를 뚫어 균열이 가게 해야 합니다.

난설을 늘어놓았지만 그저 출판에 대한 생각이 이런 사람도 있구나, 하고 이해하길 부탁드립니다. 전 출판에서 눈에 띄게 이룬 일이 아무것도 없습니다. 뭘 이루자고, 뭘 남기자고 하는 일은 아니지만 그래도 훗날 내 젊은 날이 부끄럽지 않기를 기대하는 정도는 과욕이 아니겠지요. 그래서 천천히, 그렇지만 부지런히 걸어갑니다. 흐르는 물은 썩지 않습니다. 제 몸에 더운 피가 멈추지 않고 흐르는 한 계속 이 길로 흘러가고자 합니다.

◆**정순구**── 국문학을 전공하여 출판일을 해야 한다는 어처구니없는 생각으로 출판계에 입문하였다. 강산이 변하도록 종이밥을 축내고 있지만, 여전히 서투르고 게으르다. 백산서당, 당대를 거쳐 역사비평사에 7년째 둥지를 틀고 있다. 시대를 짊어진 출판사에만 있다 보니 만성적인 견근육통에 시달릴 지경이다. 책이 좋아서 출판일을 한다는 말은 너무 식상한 이유가 되었지만, 딱히 다른 할 일도 없어 계속 책을 껴안고 살아갈 생각이다. 2007년의 목표라면 '타이틀에 욕심 없이, 부상 없이 꾸준히 출장하는 것'이다.

달리는 자전거는 쓰러지지 않는다

심찬식 돌베개 영업부장

1990년 2월 10일이 내 입사일이니 돌베개에 들어온 지도 만으로 17년이 되었다. 짧다면 짧고 길다면 긴 세월 동안 돌베개 한 자리에만 있었으니, 대단하다고 평하는 사람도 있고 답답하게 생각하는 이도 있다. 아마도 끈기는 있지만 모험을 그다지 즐기지 않는 성격 탓에 가능했던 일이 아닌가 하는 생각이 든다.

학생운동에서 출판인으로

사실 나는 다른 사람들처럼 어떤 사명감 때문에, 또는 책 읽기를 좋아해서 출판계에 들어온 것은 아니다. 학교에서 문학이나 인문사회 분야에 관심을 기울인 것도 아니었다. 자연과학이나 수학처럼 어떤 현상을 논리적으로 추론해서 결과물을 찾아내는 데 더 관심이 갔다. 그래서 전공으로 선택한 물리학은 흥미로웠다. 그러나 1980년대 초반의 대학 상황은 편안히 앉아 자연과학 공부에 전념하도록 놔두지 않았다. 독재정권의 폭압정치와 사회의 구조적 모순을 알아갈수록 전공 공부보다 사회과학 공부에 빠지게 되었다. 간신히 졸업했지만 취업될 리 만무했다. 취업 공부도 열심히 하지 않아 선택의 폭은 그리 넓지 않았다. 이런 내게 구원의 손길을 내민 사람이 바로 당시 돌베개 영업부장이던 송세언 선배였다. 선배 덕에 나는 그리 길지 않은 실업자 생활을 청산하고 돌베개에 입사할 수 있었다.

1990년 돌베개는 전통 인문, 사회과학을 추구하는 출판사로서, 대학 시절 많이 본 『한국경제의 전개과정』『전태일 평전』 등을 출판한 곳이라 그리 낯설지 않았다. 무엇보다 가족 같은 업무 환경은 그동안 몇 가지 아르바이트를 통해 알던 냉혹한 사회 현실과 차이가 있어 회사 생활을 편안하게 할 수 있었다.

그 당시 돌베개를 비롯하여 이른바 이념 서적을 내는 사회과학 출판사 환경은 지금과 많이 달랐다. 사업으로서의 출판, 직장으로서의 출판사라는 개념보다 사회운동으로 출판을 바라보던 1980년대의 분위기가 상당 부분 남아 있었다. 또한 종이에 잉크만 바르면 팔리던 1980년대의 출판 분위기는 아니지만, 전대협의 학생회 조직이 광범위하게 퍼져 대학마다 학과, 서클 단위의 세미나가 이루어졌으므로, 학습 커리큘럼에 들기만 하면 2쇄, 3쇄를 쉽게 거듭했다. 그러나 경쟁을 해야 되는 사회과학 출판사가 갈수록 늘고, 옛 소련이 붕괴한 뒤 대학생과 진보적 지식인의 도서 수요가 줄면서 출판사마다 활로를 찾지 않을 수 없었다.

정통 사회과학과 노동운동 관련 출판이 주종이던 당시의 돌베개는 독자의 폭이 대학생과 진보적 지식인, 노동자에 한정되어 있어 『다시 쓰는 한국현대사』 등 몇 종을 제외하고는 판매 부수에 한계가 있었다. 그리고 무엇보다 미래 수요 불투명함이 돌베개의 체질적 변화를 요구하기에 이르렀다.

발로 뛰면서 마케팅을 배우다

1990년대의 돌베개는 사회운동 성격의 출판을 지양하고 출판문화와 기업으로의 출판사 위상을 재정립해야 했다. 또한 가족적이고 1차적인 관계에서 회사라는 공적 관계가 필요했다. 기획도 역사와 사회과학 중심에서 일반인 중심의 교양도서 기획의 필요성이 제기되었고, 진보적 소설과 수필, 대중적 역사서, 전통문화 관련 기획들이 논의되었다. 이때 기획된 시리즈가 '답사여행의 길잡이'인데, 당시 사회적 분위기와 출판시장의 분위기는 정치사회의 이념색이 짙은 도서에서 우리 문화를 알고자 하는 도서로 교양도서 시장이 열리고 있었다. 특히 유홍준의 『나의 문화유산 답사기』는 가히 선풍적인 인기를 끌었다. 우리 문화유산에 대한 해박한 지식이 뒷받침된 친절한 소개와 우리 문화에 대한 애정은 중·장년층 독자까지 남도 답사 1번지를 이야기하게 했다. 그리고 더 나아가 전국 방방곡곡에 흩어져 있는 우리 문화유산을 답사해야겠다는 독자들이 생겨났다.

그래서 우리는 전국을 10개 권역으로 나누고 2년 안에 완간하겠다는 계획으로 출판 준비에 들어갔다. 책 내용은 우리 문화를 다루는 인문적 성격의 도서이지만 형식은 독자 누구나 이 책 한 권이면 쉽게 답사여행을 할 수 있게 만들자는 취지였다. 당시 편집장 심성보와 책임편집을 맡은 '한국문화유산 답사회'의 김효형, 사진을 제공한 김성철 등이 중심이 되어 권마다 필자가 직접 현장답사를 해가면서 구멍가게 하나 전봇대 하나까지 지도에 표시해두어 가장 친절한 여행서를 만들 수 있었다.

그러나 책을 어떻게 만들 것인가, 즉 책의 꼴에 관해서는 편집부와 영업부의 의견이 일치하지 않았다. 많은 사진이 들어가야 하는 책의 특성상 컬러 책으로 해야 한다는 편집부 의견과 컬러 인쇄를 하면 도서 가격이 너무 많이 올라 수요를 장담할 수 없다는 영업부의 의견이 일치를 보지 못했기 때문이다. 지금이라면 당연히 컬러 인쇄를 했겠지만, 2년간 10권을 내기로 기획했기에 자금 여력이 충분하지 않은 회사 사정으로는 결코 쉬운 결정이 아니었다. 결국 몇 번의 회의를 거쳐 2도 인쇄로 결정하고 출판 작업에 들어갔다.

내용은 인문, 형식은 여행서인 '답사여행의 길잡이'를 어떻게 팔지는 고스란히 영업부의 고민으로 돌아왔다. 더욱이 돌베개의 주출판 영역은 인문사회였고 개론서라 할 수 있는 『나의 문화유산 답사기』도 인문도서였는데, 이 책은 여행 분야의 도서로 독자 대상과 진열 분야가 불일치하는 현상이 나타났다. 여행 코너 담당자는 여행도서라 여행 코너에 있어야 한다고 하고, 인문 코너 담당자는 주담당이 인문이 아니면 진열할 수 없다고 하는 난감한 일이 발생했다. '답사여행의 길잡이'의 컨셉트와 내용을 설명하고 간신히 담당자를 설득하여 1, 2권만 주담당 코너를 인문으로 하고 대형서점은 여행 코너와 인문 코너에 이중진열하고 중형매장은 인문 코너에 진열했다. 그것은 책의 형식에 구애받지 않고 독자가 있는 코너에서 책을 팔고자 하는 영업부의 의도였다. 물론 책이 어느 정도 판매되고 독자의 인지도가 높아진 상태에서는 여행 코너에서도 안정적으로 판매되었다.

그 첫 번째 도서 『전북』과 『경주』를 1만 부(여기서의 1만 부는 예측 수요라기보다 제작단가를 낮추기 위한 것이었다)씩 찍었는데, 다행히 몇 개월 후에 2쇄를 찍었고 책의 이미지와 인지도도 나날이 높아갔다. 그리고 출간 뒤에는 독자를 대상으로 기념 답사를 했는데, 유료임에도 인기가 높아 때마다 정원 90명이 마감되는 호황을 누렸다. 그러나 시리즈가 계속되면 될수록 저자들의 책 출간 의욕이 높아져 책의 분량이 늘고 발간 기간이 길어졌다. 결국 2년간 10권을 내기로 기획한 시리즈가 15권 완간하는 데 10년이란 세월이 흘렀다. 이 때문에 독자들의 인기는 초기보다 많이 사그라졌지만, 그래도 각 대학 역사학과나 국문과에서 힘들게 만들던 답사자료집이 '답사여행의 길잡이'로 대체되었다는 소리를 들을 때면 무척 반갑다.

일원화 공급, 유통에 던진 신선한 충격

1990년대의 돌베개는 몇 개의 베스트셀러에 의존하는 출판이나 막대한 물량을 밀어붙이는 출판이 아니라, 수요는 적더라도 꾸준히 판매할 수 있는 교양서 중심의 출판을 지향했고, 그렇기에 공격적인 마케팅 기법을 구사하기보다 합리적이고 안정적인 관리가 더욱 필요했다.

그런데 출판유통 상황은 그렇지 못했다. 도매서점의 지불 관행은 보통 4개월짜리 어음이었지만, 5-6개월이 넘는 어음도 흔했다. 그런데도 도매상 총무들이 독립할 때마다 도매상을 차리는 바람에 영세 도매상이 늘어나 유통 구조가 더욱 복잡해지고, 도매의 지불 능력이 약해져 출판사엔 큰 부담으로 다가왔다. 또한 현금으로 책을 파는 대형서점까지 3개월이 넘어가는 어음으로 결제하는 관행이 고정화되어 안정적인 출판을 하는 데 구조적인 약점으로 작용했고, 중소 도매서점의 잦은 부도는 회사의 영업수지를 악화시켰다.

이에 문화유통북스의 회원사를 중심으로 '공급자 중심 유통회사'의 필요성이 제기되어, 그 전 단계로 안정적이고 건전한 도매회사 중심의 광역형 지역총판으로 유통 구조를 일원화하자는 논의가 진행되었다.

도매서점 또한 도매 간 무한경쟁으로 소매서점에 아무런 힘을 가지지 못하고 물류시스템 현대화는 꿈도 꾸지 못하는 상황이었다. 책이 좀 팔릴 만한 중형서점에서 2중, 3중의 중복 거래로 수금률은 낮아지고 반품률이 높아져 도매서점은 비효율적인 경영을 할 수밖에 없었는데, 이런 도매서점과 60퍼센트 이상의 거래를 해야 되는 출판사로서는 항상 불안했다. 그래서 이 문제를 해결하려고 도매의 중복거래를 자제하고 지역의 대표적인 도매서점과 일원화 공급을 함으로써 도매서점과 출판사가 모두 안정을 도모하자는 취지였다. 또한 일원화 도매서점에 힘을 실어주고자 소매서점 직거래도 최소화하고 지역 도매서점을 이용하게 했다. 그렇게 함으로써 도매서점은 더는 출판사의 발목을 잡는 장애물이 아닌, 출판 활동에 든든한 후원을 하는 유통회사로 자리 잡을 거라 생각했고, 이는 또한 수금과 서점 관리에 과도하게 집중된 출판사 인력을 마케팅에 활용함으로써 영업부의 운영을 수금과 관리적 측면에서 마케팅에 집중하는 체계로 바꾸게 하는 것이었다.

대형 출판사가 아닌 중견 출판사가 이 같은 유통망을 잘 형성하려면 어떤 조직이 필요한데, 문화유통북스는 비슷한 규모인 데다가 생각이 같은 출판사들의 모임이다 보니 실제로 진행이 가능했다. 논의 과정에서는 회원사 대부분이 참여했지만 여러 사정상 8개사만이 이른바 일원화라는 유통 방식에 합의하고 거래 총판을 물색했는데, 안정성과 성장성 그리고 출판사의 요구를 수용하는 도매서점을 지역총판으로 인정했다.

초기의 총판 교섭은 원칙적인 면을 강조하다 보니 실리적인 면에서 약간의 손해를 감수하기도 했다. 그리고 많은 출판관계자들은 미래의 출판 유통이 가야 할 방향이라는 긍정적 평가와는 별개로 당장의 매출 감소 등이 뻔히 보이는데 모험적인 일원화를 할 수 없다는 반응을 보였다. 그래서 가서원과 둥지의 부도로 6개사만이 지금까지 이어지고 있다.

그러나 유통업계에 끼친 영향이 지대하여 이후에 일원화 공급이 하나의 유통 모델로 자리 잡게 되었고, 우리와는 다른 형태이기는 하나 북센과 송인 일원화는 출판을 시작하는 출판인에게 바람직한 영업 방식을 제공하고 있다.

결과적으로 처음 의도와는 다르게 전개될 수밖에 없던 일원화는 일원화도서뿐 아니라 다른 도서도 같이 취급함으로써 지역 간 월경이 나타났고, 출판사가 매출을 유지하기 위하여 인정한 도도매로 인하여 지역 총판의 독점적 판매권을 보장하지 못하게 되었다. 물론 도도매를 인정하지 않고 지역 월경을 강력하게 제재했으면 일원화 틀이 더 오래 갈 수도 있었겠지만 매출을 일으키는 데는 한계가 있었다. 출판사 매출을 책임지는 영업 담당자가 몇 년째 계속해서 지키기에는 너무 힘든 원칙이었고, 8개사만이 힘겹게 지킨다고 해도 유통이 바뀔 거라는 확신 또한 점점 없어졌다. 그래서 거래의 틀만 유지하고 현매방식을 통해 문제점을 해소하는 중이다.

준비된 자에게는 기회가 온다

이처럼 거래처를 줄이고 영업 조직을 단순화하는 것은 중소 출판사가 전문 분야의 출판을 하는 데 매우 중요한 방법이다. 베스트셀러와 대중도서를 제외하고 영업 활동을 통하여 매출을 높일 방법은 그리 많지 않다.

그렇다면 어떻게 중소 출판사 또는 특정 전문 출판사가 살아남고 성장할 수 있을까. 그것은 정확한 시장 조사와 규모에 맞는 가격과 부수, 마케팅 활동이 결합할 때 가능할 것이다. 출판사에 문제가 생기는 이유는 적게 나가는 책을 만들어서라기보다 그 책의 판매부수에 크게 기대를 걸고 출판하기 때문이다. 시장규모가 작으면 비용을 줄이고 가격을 높여서 이익이 가능한지를 체크하고, 경쟁 도서가 많거나 손익분기점 이하로 나오면 과감히 포기해야 한다. 물론 베스트셀러를 만들면 모든 면에서 쉽게 풀릴 가능성이 매우 크다. 그러나 100권의 책 가운데 한두 권만이 베스트셀러의 반열에 들고 대부분은 그렇지 못한 것이 현실이다. 이때 가장 중요한 것은 이 책의 시장규모를 얼마나 정확히 파악하고 최적의 마케팅 활동을 하느냐에 따라 출판의 미래가 보장될 수 있다는 점이다.

돌베개는 이런 시기를 10년 이상 지냈다. 한때 직원이 10여 명을 넘기도 했지만, 대부분 5-8명의 직원으로 해마다 10종 미만의 책을 출판했는데, 많지는 않았지만 조금씩이나마 수익을 올릴 수 있었다. 이런 출판이 가능했던 것은 많은 부수는 아니더라도 꾸준하게 팔리는 도서를 만들었기 때문이기도 하지만, 욕심을 내지 않고 능력에 맞는 출판을 했기 때문이 아닐까 생각한다.

이런 돌베개에 한 단계 성장할 수 있는 계기를 만들어준 것이 MBC 〈느낌표〉의 '책 책 책, 책을 읽읍시다'였다. 이 프로그램을 통해 『백범일지』가 대대적으로 소개되고, 종합베스트셀러 1위라는 경험해보지 못한 행운을 맞기에 이르렀다. 인문사회 전문 출판사의 한계와 중소출판사의 매출 규모를 극복하고자 몇 가지 기획물을 내보았으나 별다른 성과를 내지 못한 돌베개로서는, 내부의 역량에 의한 것은 아니었을지언정 종합베스트셀러 1위를 해본 것은 매출과 경험에서 매우 중요한 일이었다. 그 과정에서 얻은 다양한 경험은 시장규모가 작은 인문도서만을 마케팅해본 나로서는 상상도 할 수 없는 것들이었다. 하루에 판매되는 부수가 다르고 책을 찾는 독자층도 생전 보지도 듣지도 못한 독자에까지 확대된다는 사실이 놀라울 따름이었다.

사실 당시 『백범일지』의 선정은 다른 〈느낌표〉 선정도서에 비해 조건이 좋은 편은 아니었다. 회가 거듭할수록 방송의 영향력도 약해졌고 더욱이 문학동네에서 발간한 황석영의 『모랫말 아이들』이 동시에 선정되면서 대중성이 떨어지고 분량이 많은 『백범일지』는 많은 판매를 기대할 수 없었다. 그러나 『백범일지』는 대한민국 국민이라면 누구나 읽어야 한다는 사회적 분위기와 8.15 광복절에 맞추어 집중적으로 실시한 방송과 광고에 힘입어 전국 주요서점에서 2주 이상 종합베스트셀러 1위를 유지했다. 이러한 성과는 단기간 많은 판매를 이뤘다는 측면에서 중요하지만, 그보다는 몇십 종이 중복 출판되는 『백범일지』 시장에서 앞으로 70퍼센트 이상의 시장 장악력이 생겨 초등학교를 제외한 모든 학교와 단체의 추천도서 목록에서 빠지지 않게 되었다는 점에서 더욱 중요하다.

좋은 책을 잘 팔고 싶다

작은 시장규모 중심의 책을 팔면서 베스트셀러가 있었으면 좋겠다는 희망만 있었지 종합베스트셀러 1위의 파급력을 실감하기는 처음이었고 그 경험은 내게 무척 소중한 자산이 되었다. 그리고 몇 년 뒤 나는 신영복 선생의 『강의』를 기획마케팅할 기회를 얻게 되었다. 신영복 선생은 『감옥으로부터의 사색』을 통하여 너무나 잘 알고 돌베개의 『나무야 나무야』나 랜덤하우스코리아의 『더불어숲』을 통하여 확인된 저자였다.

그러나 『강의』는 동양고전이라는 쉽지 않은 분야를 다룬 책으로, 선생이 동양고전에 조예가 깊다는 것은 글이나 강연을 통하여 익히 알지라도 분량이 500쪽이 넘고 가격도 18,000원이나 하는 책을 어떻게 그전의 책 수준으로 팔 수 있을까 고민했다. 그때 마침 성공회대에서 탁상용 서화달력 제작을 돌베개에 의뢰한 상태였고 연말이라 서화달력을 활용할 방법을 찾기로 했다. 서화달력은 독자들의 요청에 따라 시중에서 팔기도 했는데 이철수 판화달력 다음으로 인기 있는 달력으로 자리 잡았다. 그러나 『강의』의 이벤트를 위하여 서화달력 판매 목표를 과감하게 대폭 줄이고, 초판 1만 부에 서화달력을 랩핑하고 사전예약 구매자와 초기구매자에게 서화달력 1+1이벤트를 진행함으로써 초기에 베스트셀러 순위 진입을 시도했다. 사전예약 판매는 인지도가 높은 저자의 책이나 인기 시리즈는 효과가 큰 마케팅 방식으로, 온라인서점 대부분에서 예약 판매된 도서의 판매분이 베스트셀러 순위에 반영되는 효과가 있다.

『강의』도 발간 1주 안에 거의 모든 서점에서 인문분야 1위를 차지했는데 때마침 판매 수요가 증가하는 연말이라 베스트셀러 효과는 평상시보다 몇 배 높았던 것으로 기억된다. 분야와 부피, 가격 등의 한계로 그전에 발간된 수필보다 판매가 부진한 편이었으나 그 다음해에 '인문 분야 올해의 책'에 선정되는 등 평가와 판매 면에서 성공한 몇 안 되는 책이 되었다. 평가도 좋고 판매도 잘되는 책을 만드는 일은 모든 출판인의 꿈일 것이다. 그런데 그런 책 가운데 『강의』가 손꼽힘은 무척 기분 좋은 일이다.

작지만 알찬 출판, 돌베개어린이

돌베개어린이 태동은 아주 우연한 계기로 이루어졌다. '답사여행의 길잡이' 발간 기념 답사를 마치고 뒤풀이 장소에서 문승연('답사여행의 길잡이' 표지와 본문 디자인을 해주던 여백의 실장이었다)이 유아, 아동물 도서를 같이 진행해보지 않겠느냐는 제안을 했고, 아동출판에 관심은 있었으나 적당한 기획자를 구하지 못했던 돌베개로서는 반대할 이유가 없었다. 문승연은 초창기 웅진의 그림책을 만든 좋은 그림책 기획의 1세대로 여백이라는 디자인 회사에 있으면서도 그림책에 대한 애정을 놓지 않고 허은미 등과 모임을 하고 있었는데, 다시 그림책 기획을 하고 싶었으나 혼자 출판을 꾸려가는 것은 자신이 없어 돌베개에 제안한 것이다.

처음 정했던 출판사 이름은 작은집이었는데, 이미지가 교도소를 연상시킨다는 주변의 반대로 포기하고 그 다음으로 유력한 후보였던 '돌베개어린이'를 출판사 이름으로 결정했다. 사실 영업부에서는 작은집이라는 생소한 출판사 이름보다 386세대 부모 독자가 많은 돌베개의 자회사 이미지가 강한 돌베개어린이가 더 끌렸다. 하지만 처음 작은집으로 결정할 때는 다른 출판사에서 이미 무슨무슨 어린이라는 상호를 쓰고 있는 상황이라서 신선함이 떨어진다는 느낌이 많았던 것도 사실이다.

인문 등 성인출판만 했던 나에게 아동출판 특히 그림책 분야는 무척 생소한 분야여서 많은 분들에게 출판 현황을 물어보면서 영업 초보자 같은 심정으로 마케팅에 임할 수밖에 없었다. 지역 총판을 통한 소매서점 진열 영업은 자금과 영업부 역량(그때 돌베개 영업부는 나 혼자 이끌어야 했고 단행본 영업과 어린이책 영업을 동시에 해야 했다)으론 수행할 수 없다고 판단하고 일부 어린이 전문서점과 대형서점 아동 코너 진열에 전력을 다했다. 다행히 처음에 나온 『한 살배기 아기 그림책』 등 연령에 맞춘 그림책 컨셉트가 언제 그림책을 보여줄까를 고민하는 독자들을 정확히 설득했고, 판매는 기대 이상이었다. 그리고 두 번째와 세 번째에 펴낸 『뭐하니?』와 『우리 몸의 구멍』도 많은 판매를 이루었는데, 어른들이 보면 '참 유치하다'라고 생각되는 내용이지만 아이들은 정말 좋아하는 책으로 아이들의 정서를 모르면 만들 수 없는 책이었다.

어려운 여건에서도 좋은 성과를 이룬 것은 무엇보다 그림책에 대한 애정을 버리지 않고 아이들의 정서에 맞는 책을 만든 기획자의 역량이 가장 컸기 때문이다. 다음은 주구매 고객인 386독자에게 돌베개 이미지가 친근하게 남아 있기 때문이고, 그 다음은 그림책 시장 성장기를 놓치지 않고 양서를 발간했기 때문이라고 생각한다.

그러나 아쉽게도 1년에 3-4종밖에 출간하지 못함으로써 한 단계 더 성장할 기회를 놓쳤고, 지금은 투자자 간의 합의로 출판사명을 천둥거인으로 바꿨다. 7년간의 어린이책 마케팅 경험은 성인물에서 접하지 못한 새로운 경험이었고, 그림책을 보는 안목을 조금이나마 키울 수 있게 했다.

요즘 난 SBI에서 무료로 실시하는 엑셀 강좌를 듣고 있다. 다른 사람들은 진작 배워 업무에 활용한 지 오래되었지만 적극적으로 업무 영역을 넓히는 성격이 못되다 보니 이제야 배우게 되었다. 17년 영업 활동에서 많은 일을 했지만 아직도 부족한 면이 많다. 그래서 더 배우고 공부해야 될 게 많아진 듯하다. 지나간 세월에 머물지 않고 새로운 미래를 준비하기 위해서 말이다.

◆**심찬식**── 동국대 물리학과을 졸업했지만 독재정권에 항거하다 전공을 살리지 못하고 한동안 헤맸는데 1990년 돌베개에 입사하여 17년째 터를 잡고 있다. 주로 인문, 아동 분야 책을 영업하면서 출판마케팅을 이해하고 있지만 아직도 무언가 부족하다고 생각되어 여기저기 귀동냥을 하고 있다.

4부 ● 행간의 세계관까지 읽고 싶다

길 위에서 세상을 묻고 책 속에서 길을 찾는다!

유민우 다산북스 기획마케팅본부장

프랑크푸르트 도서전에 참가하려고 준비를 서두르던 날 저녁 늦게 메일을 확인하니 가당찮게도 원고 청탁이란 게 왔다. 아직은 모든 것이 부끄러운 일이고 너무나 사변적일 수 있어 고민했는데, 비행기 안에서 곰곰이 생각해보니 재미있고 희망적인 글을 쓰면 되지 않을까 싶었다.

마지막 꿈의 '매력'에 빠지다

내가 책 만드는 일에 관심을 갖게 된 것은 대학 1학년 때부터였을까. 그때 나의 꿈은 전대협 의장이 되는 것이기도 했는데, 그것을 제외하면 세 가지 꿈이 있었다. 기자가 되어 세상의 부조리를 멋지게 고발하는 일, 선생이 되어 학생을 가르치며 세상의 밑알이 되는 일, 김소월이나 김남주 시인처럼 아름다운 시를 쓰는 일이었다. 이 세 가지 일이라면 잘 할 수 있을 듯했다. 그런데 시를 쓰면서 생계유지를 위해 함께 할 수 있는 일을 고민하다가 출판이라면 좋겠다고 생각했다. 번역을 할 수도 있을 테고 다른 사회활동도 가능하리란 생각이 들던 풋풋한 시절이었다. 그렇게 대학생활 8년을 보냈다.

두 가지 꿈은 현실상 불가능해졌으나 마지막 꿈은 가능해 보였다. 대학 4년 가운데 한 학기는 출판공부를 하는 데 보냈다. 경험하는 셈치고 구내서점 아르바이트도 했다. 또한 한겨레 문화센터 강의를 들었는데 거기에서 '출판편집을 위한 맥킨토시' 과정을 배웠다. 나는 이런 과정을 꼭 들어야 한다고 생각했고 기초를 닦자는 전략으로 달려들었다. 출판사에서 부득이하게 퇴출당하거나 지금으로 말하면 1인 출판을 하기 위해 온 선배들이 많았던 걸로 기억한다. 그 강의를 수료하고 나서 한겨레 출판강좌 가운데 '교정교열반' '출판마케팅반' 강의를 수강했다. 출판편집과정을 들었으니 더 필요한 것을 듣겠다는 욕심으로 두 강좌를 들었는데 그 가운데 출판마케팅강좌가 내 생각을 완전히 바꿔 놓았다. 어떤 구조적 문제를 해결해야 하는 사명감마저 느끼게 했는데, 다시 생각해보면 출판마케팅은 '독자와 시장'이라는 지배적 환경을 책임지는 작업이라는 매력에 빠져들었던 것은 아닌가 싶다. 여하튼 가슴이 설렐 만큼 새로운 매력을 느꼈다.

제작을 통해 출판을 이해하다

그러나 나는 출판사에 들어가지 못했다. IMF 구제금융 직후라 신입직원을 거의 뽑지 않았고 생계를 책임져야 하는 상황에 더는 기다릴 수 없었다. 그래서 해운회사에 취직해서 1년 6개월 동안 국내외 영업을 하면서 독특한 경험을 쌓았다. 그렇다고 이 일을 오래할 수는 없었다. 서른 살이 되기 전에 회사를 그만두었다.

이때 인사회 선배들과 가끔 어울리면서 술을 얻어먹곤 했는데 당시 효형출판사의 정광일 국장, 당대의 김용기 형, 역사비평사의 류종필 형의 도움이 컸다. 물론 지금의 다산북스 대표인 선식이 형도 있었다. 특히

320

류종필 형은 나에게 처음으로 출판을 '강의'해주신 스승이기도 했다. 나는 다시 인문출판사 문을 두드렸다. 잘 팔리지 않는 인문출판사에서 제대로 출판영업을 해보고 싶어서였다. 두 군데에서 면접을 보라고 연락이 왔다. '창비'와 '자음과모음'이었다. 때마침 인사회 선배들과 막걸리를 마실 기회가 있었는데 뜻밖에도 한 선배가 정말 출판영업을 배우고 싶으면 '자음과모음'에 가는 것이 좋다 하면서 판단은 전적으로 나에게 맡긴다고 조언했다. 몇몇 선배는 일이 힘들 거라 했지만 나는 그 말에 호기심이 더 생겼다. 그날부터 자음과모음에서 나온 책들을 읽었고 서류파일 하나를 다 채울 정도로 정보를 수집했다. 그런 노력 때문인지 다행히 취직이 되었다.

그런데 규모가 큰 영업을 하려면 제작을 알아야 한다는 사장의 제안으로 제작 업무를 맡게 되었다. 당시 자음과모음은 한 달에 신간을 포함해서 많게는 70여 종을 제작했다. 나는 눈만 뜨면 인쇄소에서 살다시피 했다. 문화의 파수꾼을 자처하면서도 날마다 11시까지 야근하고 휴일까지 반납하면서 영화 한 편도 제대로 보지 못하는 편집부원들이 참 안쓰러웠다.

그러다가 이른바 '자모사건'이 터졌다. 어떤 것이 진실인지 모를 만큼 출판계를 한때 뜨겁게 달구었지만, 세간의 관심만큼 그 일은 웃지못할 해프닝이라고 하기에는 서로의 상처가 컸다. 출판사에 대한 나의 기대와 희망도 많은 상처를 입었다. 나는 입사한 지 얼마 되지도 않았지만 직원대표로 참여해서 회사발전을 위해 고민하며 직원들의 불만사항을 대신했다. 그러나 결과는 좋지 못했다. 직원 사이에서도 서로 원하는 것이 달랐고 회사발전과 개선의지에 대한 협상력도 부족했다. 물론 회사의 태도도 만족스럽지 못했다. 그렇게 나의 첫 번째 직장은 순탄하지 않았지만 제작과정을 배우면서 출판업무의 전반적인 프로세스를 익혔다.

육군사관학교에서 해병대로?

자모를 그만두고 있던 차에 넥서스에서 연락이 왔다. 넥서스에서는 영업을 강하게 훈련받았다. 선배들은 자모는 육군이고 넥서스는 해병대쯤으로 보면 된다는 농담 섞인 조언도 했다. 그만큼 주변에서 넥서스를 보는 시선은 천 갈래였지만, 무엇보다 여섯 시간 넘게 사장과 면담하면서 '아, 내가 제대로 왔구나' 하는 생각이 들 정도로 묘한 매력이 있었다.

아침저녁으로 사장으로부터 영업활동에 대한 세심한 사항까지 코칭받았다. 사장은 앉아서도 천 리를 볼 만큼 판매자와 서점정보, 독자들의 구매성향까지 꿰뚫고 있었다. '우리 책이 출간되면 어떻게 될 것 같냐' '정말 이렇게 출간하면 성공할 수 있을까, 다른 방법은 없을까' 하는 질문도 많이 던졌다. 매출과 수금은 뗄래야 뗄 수 없는 수레바퀴 같아서 우리는 날마다 점검하고 계획을 세워 목표치를 달성하려고 노력했다.

지금은 없어진 이화여대 앞 이화서점에서 달마다 30~40만 원을 수금했는데 200만 원을 수금한 적도 있다. 당시 사장이 호기를 부려서라도 한번 해보라고 했는데 그때 소매서점을 관리하면서 원칙과 책임감을 배울 수 있었다. 내 일처럼 영업관리를 하면 돌부처처럼 버티던 서점 사장들도 조금씩 마음을 열고 나의 요구와 목표치를 도와주었다. 그렇게 일하는 나를 안쓰럽게 생각하는 사장도 더러 있었다. 물론 넥서스의 일관되고 원칙적인 방침을 잘 알기에 가능한 일이었다.

재미와 열정으로 배운 세 권의 베스트셀러

재미있는 일도 많았지만 나에게 베스트셀러의 영광을 안겨준 책은 실용시장을 확 바꾼 『세상에서 가장 아늑한 휴식 발마사지 30분』, 미디어와 결합하면 대박이 날 수 있다는 원리를 보여준『내 몸은 내가 고친다』, 어학 시장의 새로운 강자로 떠오른 책으로 영원한 1등 상품은 없음을 경험하게 해준『WORD SMART BASIC』이다.『세상에서 가장 아늑한 휴식 발마사지 30분』은 이미 출간된 많은 유사제품과 차별성을 확실히 해 1등 상품이 된 좋은 사례였다. 발마사지에 필요한 '마사지봉'을 하나 더 줌으로써 정말 쉽게 따라할 수 있을 것 같은 기대감을 높여 구매를 자극한 것도 성공 요소였다.

『내 몸은 내가 고친다』는 EBS 방송을 하면서 연일 최고 매출을 기록하는 기염을 토했다. 나는 초반부터 대형서점 팀장들과 여러 방안을 논의했다. 처음부터 특별매대를 설치해서 아직 생소한 김홍경 선생의 강의를 비디오로 틀어주자고 제안했다. 교보문고에서 이를 호의적으로 받아들여 VTR가 함께 있는 텔레비전까지 구입했고 중장년층에게 저자를 알리려는 의도가 보기 좋게 적중했다. 어찌 보면 어렵게 느껴질 수도 있는 내용이어서 '대중성' 획득이 초반 성공을 보장할 것이라는 판단이 옳았다.

『WORD SMART BASIC』은 어학시장의 기초적 시장규모와 구매환경, 태도를 여실히 보여준 책이다. 대학 개강 전인 2월에 출간했는데 나는 신입생들에게 먼저 팔아야 된다고 생각했다. 그리고 미국의 유명한 리빙스턴 어학원 교재임을 밝히고 한국의 리빙스턴 어학원과 이벤트도 진행하면서, 유학을 가려면 꼭 공부해야 할 최고의 책으로 포지셔닝했다.

또한 나는 서울에 있는 주요대학 총학생회 사무국장을 모두 만났다. 총학생회에서 하기 힘들다는 대학은 학생 수가 많은 단과대 실무자를 찾아가 책의 홍보를 부탁했다. 그때 나는 신입생을 대상으로 '새내기 새로 배움터'에서 쓸 수 있는 수첩을 만들어 준다고 제안했다. 때마침 넥서스는 대학특강을 진행했기에 너무 상업적으로 비춰지진 않았다. 그러고 나서 광고를 집행할 때 '토익시험의 필독서'라는 문구까지 넣었다. 그런 도움을 받아 다행히도 단어책의 아성으로 불리던 『Vocabulary 22,000』의 판매 부수 기록을 깰 수 있었다. 그 다음으로 이 책의 시장성에 힘입어 파생상품과 시리즈를 출간했고 그 책들도 나름의 높은 판매율을 보였다. 아무것도 모르던 때에 한꺼번에 10만 부 넘게 팔리는 판매 현장 경험은 지금 생각해도 행운이었다. 모든 것이 재미있었으며 모두가 열정적으로 일한 결과였으리라. 당시 임준현 사장은 묵묵히 나를 지켜봤고 김민기 주간과 마케팅사업부의 김정연 차장도 많은 도움을 주었다.

또 한 번의 모험과 새로운 시작

나는 넥서스를 나와 잠시 여행을 다녀왔는데, 문득 출판시장이 너무 작게 느껴졌다. 아무리 열정을 가지고 일을 해도 그것을 함께 나누고 또 다른 열정으로 만들어내지 못하는 조직이라면 언제까지 월급에만 만족하며 생활할 수 있을까 하는 의문까지 들었다. 그래서 선택한 것이 바로 홈쇼핑 유통이었다. 상품기획을 하면서 방송에도 직접 출연했다. 분당 400만 원까지 팔았던 짜릿한 경험도 했다.

홈쇼핑 영업을 하면서 많은 것을 배웠는데 팔리는 상품에는 이유가 있음을 알았다. 세 가지만 이야기하면, 첫째 시장에서 요구하는 상품이어야 한다. 충분히 검증되었지만 사용이 불편한 상품을 소비자가 편리하게 사용하도록 아이디어 창출에 주력하는 것이 중요하다. 둘째, 가격저항이 없어야 한다. 중저가 상품이 될 수 있는 요소를 파악해서 원가절감을 실현해야 한다. 셋째, 끊임없는 상품개발을 통해 시장을 리드하는 1등 상품을 기획해야 한다. 1등 제품, 리딩 제품이 아니면 살아남을 수 없는 사회구조 때문이다. 중소기업에서는 정말 하나의 상품을 개발해서 성공적으로 론 칭하려고 목숨을 건다. 지금도 홈쇼핑을 볼 때면 그들의 열정과 절망에 코 끝이 찡해질 때가 있다.

'다산'이라는 이름으로 다시 출판에 들어서다

나는 당시 '기획출판 거름' 기획부장이고 지금은 다산의 대표가 된 분과 상시적으로 만났다. 대부분 출간을 앞둔 책에 대한 고민을 나누고 출판 근 황 정보도 들으면서 기회를 엿보았다고 해야 할까. 여하튼 나에게 출판동 네에 대한 끈을 놓지 않게 해준 소중한 시간들이었다.

2003년 말이 다가왔다. 드디어 세상을 향해 선전포고할 때가 임박한 듯 창업 논의를 본격적으로 진행했다. 오랫동안 함께 지냈고 가장 좋아하는 선배였기에 창업하는 데 그리 많은 고민은 필요 없었다. 내가 꼭 해야 할 일이라고 생각했으며 언젠가는 이 날이 오리라고 믿었다. 지금의 다산어 린이 이윤철 팀장과 함께 세 사람이 몇 차례 창업발기인 모임을 하면서 조 금씩 꿈을 구체화할 수 있었다. 2004년 2월 드디어 출판 등록을 마치고 위 즈덤하우스 사무실에 두 평 남짓의 공간에 둥지를 틀었다. 내가 영업현장 에 나가지 않으면 편집을 할 수 없는 환경이었지만 마음과 몸만큼은 어느 때보다 자유롭고 풍요로웠다.

당시 우리의 꿈은 지금도 그렇지만 출판사를 차려 세계 최고로 만드는 것이었다. 듣기만 해도 가슴 떨리는 꿈 아닌가. 여하튼 다산북스는 처음 부터 독자와의 커뮤니케이션과 마케팅 실행능력을 가장 중요한 경영방침 으로 확고히 다져나갔다.

무엇이 우리의 열정을 꽃피게 했을까

그동안 경험했던 일은 내게 자양분이 되어 시루에서 콩나물 자라듯 많은 도움을 주었다. 특히 다산북스는 내게 출판의 중요한 원칙과 여러 가지 생각을 재고하게 하기에 충분했다. 무엇보다 실행능력이 중요했다. 비가 오나 눈이 오나 목에 칼이 들어와도 꼭 하지 않으면 안 되는 것이 있었다. 실행능력은 비단 마케팅 실행능력만 말하는 것은 아니다. 당연한 이야기지만 출판사의 시작과 끝은 원고의 생명력을 어떻게 시장에 역동성 있게 꽃피우게 하는가가 1차 관문이다. 창업 초기부터 우리는 원고를 철저하게 장악하는 데 모든 역량을 집중했다. 손가락이 다섯 개인 이유는 원고를 다섯 번 이상 읽으라고 있다는 말까지 나올 정도였다.

또한 독자와 시장이 요구하는 수준과 정서를 더욱 미세하게 파악하려고 마케팅 사전 홍보의 안테나를 곤두세웠다. 조금이라도 확신이 서지 않으면 다시 현장 피드백을 실시할 만큼 안간힘을 쏟았다. 걸어다니는 마케팅 현장사무실이 따로 없을 정도였다. 그런 다음 표지가 결정되어야 비로소 안도의 숨을 쉬곤 했다. 2년 차에 만든 책 가운데『마흔으로 산다는 것』『조선왕 독살사건』이 바로 그러한 숨가쁜 과정에서 탄생했다고 할 수 있다. 내부 반발과 의견차를 좁히는 문제와 외부에서 판매자들을 설득하고 독자와 시장의 공감력을 최대한 표지에 녹여내려고 노력하였다.

물론 콘텐츠는 자신 있었다.『마흔으로 산다는 것』은 선배들에게 꼭 읽으라고 권하고 싶은 내용으로 가득했다. 감성적인 소구점에서 자기계발적인 요구까지 나름의 균형이 있었다.『조선왕 독살사건』은 당시『다 빈치 코드』의 선풍적인 판매로 팩션시장이 다시 꿈틀거리던 시점에서 소설시장과 함께 타이밍을 맞추어 여름시장을 겨냥한 계획이 주효했다고 볼 수 있다. 그래서 '한여름밤에 읽는 역사추리극'이라는 카피를 붙였다.

물론 기대에 못 미치거나 독자가 의외의 반응을 보이는 경우도 있었지만 판매부수에 관계없이 나는 그런 성과를 인정해야 했다. 책이 나오기 전에 이미 오감을 통해 독자와 시장에 대한 확신과정을 거치는, 이것이 바로 다산북스의 가장 강력한 무기라고 생각한다. 그러면 어떤 독자가 이 책을 읽을 것이고 판매 흐름은 어떨지를 자연스럽게 예측할 수 있었다. 그러한 예측을 현실로 실현하기 위해 결사항전의 자세로 계획을 세우고 실행하는 것이 바로 마케팅 실행능력이라고 생각한다. 예측하는 결과치를 최대한 현실로 만들어내는 힘, 목표에 도달하는 데 불필요한 요소나 위험한 요소를 하나둘 제거하는 노력이 무엇보다 중요했다. 그리고 세부시장까지 네트워크를 조직화해서 큰 물줄기가 작은 물줄기로 또 다른 생명력을 나누어 가질 수 있게 물꼬를 계속 유지하는 작업을 게을리하면 안 된다는 것도 새삼 확인했다. 이러한 경험과 데이터가 결국 출판 마케팅의 한계를 해결하는 최소한의 단초를 마련해줄 것이라고 믿는다. 이러한 과정을 거쳐 다행히도 다산북스는 창업 연도에 매출액 10억 원을 올렸다.

타석에 들어서면 제일 먼저 드는 생각

다산북스는 야구의 확률게임으로 보면 타율이 3할대는 된다는 말을 많이 한다. 타석에 들어서면 호흡을 가다듬으며 살아야겠다는 생각이 제일 먼저 든다. 나는 4번 타자보다 1번이나 2번 타자, 아니면 하위 타순에게 더 많은 승부를 걸고 싶다. 4번 타자의 기대는 자칫 큰 실망으로 나타날 여지가 많다. 더욱이 선행주자가 없는데 홈런을 친다고 큰 기회를 잡을 수는 없다. 물론 최대한 타점을 올릴 만루 상황이라면 문제는 또 달라진다.

시장에서의 기회는 한꺼번에 오지도 않고 정말 좋은 성공요소를 다 지닌 콘텐츠라도 아예 기회조차 안 올 수도 있다. 다만 누가 많이 그리고 정확하게 타점을 올리려고 다이아몬드의 룰을 충실히 그리느냐가 중요한 것 아닌지 생각해본다. 바꿔 말하면 누가 더 독자에게 다가가기 위한 룰을 잘 적용하는지가 열쇠이다. 『소개마케팅』『기획 천재가 된 홍대리』『유머가 인생을 바꾼다』같은 초창기 책은 각각 3만 부, 5만 부, 8만 부쯤 판매되었다. 모두 시장규모가 2만 부 미만의 책이라고 생각하기 쉽지만 스스로 한계를 두지 않았기에 가능한 판매부수가 아니었나 싶다.

이처럼 시장과 독자는 출판사가 가늠해서 예측할 수도 있지만 시시각각 변하는 상황에 주도적으로 대처하지 못하면 스스로 만든 한계에 빠져 더 큰 기회를 찾는 눈을 잃어버릴 수 있다. 다산북스의 초창기 책은 바로 그런 룰을 잘 적용했기에 성공할 수 있었고 이듬해에 10만 부 판매부수가 나올 토대를 구축하였다. 이는 출판에서 일관성 있는 목표관리능력이 얼마나 중요한지 보여준다. 목표를 높게 잡는 것도 중요하지만 그 목표를 이루려고 구체적인 데이터를 계속 모으다 보면 자신도 모르게 새로운 시장이 보이고 숨어 있는 독자의 따뜻한 손길도 느껴지는 경우를 많이 봤다.

최고의 마케팅 실행능력은 어떻게 만들어질까

과연 어떤 것이 정답일까. 정말 정답이 있을까. 아마 없다는 것이 더 정확할지도 모른다.

그러나 모든 일에는 기본이라는 게 있으며 수년 간 경험과 노하우를 바탕으로 나름의 비법이 있게 마련이다. 그렇다면 출판마케터의 기본기는 무엇일까. 바로 영업관리와 마케팅활동에 대한 나름의 체계를 잡는 일이다. 그러려면 장부 한 장으로도 매출과 수금현황을 파악할 정도로 유통관리에 체계를 잡아야만 다른 일에 역량을 배분할 수 있다. 서점이란 공간에서뿐만 아니라 독자가 있는 곳이라면 모두 판매현장이란 생각도 중요하다. 마케팅이란 어차피 제한된 자원을 통해 최대한의 목표를 이루는 일련의 과정이라 한다면 최소한 실패하지 않고 낭비하지 않는 마케팅 실행능력은 무엇인지 알아내야 한다. 더욱이 출판마케팅이 갈수록 중요해지는 상황에서 누군가는 이 문제에 관한 고민을 계속해야 하지 않을까 싶다.

나는 최고의 마케팅능력은 고객, 즉 독자를 만족시키는 시장의 서비스와 최고의 상품력에 있다고 생각한다. 이를 위해서 출판마케터는 먼저 유통기획력과 새로운 시장을 찾아내는 전문능력을 키우려고 노력해야 한다. 그러려면 인식의 전환이 필요하고 원고를 읽어내고 시장을 그려보는 장악력을 키워야 할 것이다. 출판마케터는 수금과 관련한 일을 중심으로 사고하고 행동한다는 편견과 불신에서 자유로워야 한다. 물론 수금은 매우 중요하지만 결과일 뿐이다.

그리고 자신을 회사의 운명을 책임지는 사람이라고 생각해야 한다. 밖에서는 회사를 대표할 권한을 위임받은 사람이고 안에서는 조직이 어떻게 먹고살지를 고민하는 사람이 바로 마케터이다. 그래서 불필요한 논쟁을 일으키거나 회사운영에 사사로운 불만이 있어서는 일하기 힘들다. 그래서 마케터는 스펀지 구실을 해야 한다. 스펀지처럼 온몸으로 외부고객과 사내고객의 의견을 받아들이고 이를 피드백할 수 있는 '의견조절자' 구실을 수행하는 것이 중요하다. 그리고 책이 출간되기 전까지 내부의견 조절자로서의 역할과 책이 출간된 후에 판매책임자로서의 구실을 구분하는 것도 중요하다. 또한 판매가 잘 이루어지게 여러 성공요소에 관해 편집 담당자와 논의하는 자세가 필요하다. 이것을 충실히 이행한 다음부터는 마케터가 판매를 전적으로 관리해야 한다.

이러한 일련의 활동이 제대로 진행되려면 업무시스템을 체계적으로 세우고 업무를 효율적으로 운영해야 한다. 무엇보다 마케터의 인식 변화가 급선무이다. 사활을 걸 만큼 너무도 중요한 일이기 때문이다.

그래도 '열정'이 희망이다

〈기획회의〉185호(2006.10.5) '발행인의 말'에서 비전이 보이지 않아 여덟 명이 단체로 사표를 제출했다는 마케터의 이야기는 내 마음을 불편하고 아프게 했다. 나 또한 이와 다를 바 없다고 생각했다.

원고를 쓰는 동안 나는 진지하게 반성하고 생각하는 시간이었지만 이 글을 읽는 독자에게는 적잖은 의문과 지루함을 남기지 않았을까 싶다.

마지막으로 위기와 절망에 빠진 도마뱀에게 '희망'이란 자신의 꼬리를 과감히 잘랐을 때 나온다는 생각이 문득 떠올랐다. 아직도 한참 모자라고 더 배워야 함을 절감하면서 끊임없이 길 위에서 세상을 찾고 다시 책 속에서 길을 찾고자 열정을 꽃피우고 있는 한솥밥 출판식구들에게 힘찬 동료애와 응원을 보낸다.

◆**유민우**──언제부턴가 등산에 매력을 느꼈다. 높은 산에 오를수록 더 낮아지는 자신을 돌아보는 것이 좋아서이다. 가끔은 달팽이가 되어 우직하게 산에 오르는 걸 상상하기도 한다. 지금은 다산북스 기획마케팅본부에서 수행(?)하고 있다. 선방 같은 곳이라고 하기엔 시끄럽고 때도 많이 탔지만 인생공부하는 데에는 더할 나위 없이 좋은 곳이기도 하다. 독자에게 사랑받는 멋진 '출판인'을 꿈꾼다.

사람만이 희망이다

이춘호 삼인 영업이사

회사를 몇 군데 옮겨다니다 좀체 마음을 잡지 못하던 나를 딱하게 바라보던 출판계 친구들이 마침 영업부 직원을 구하던 삼인에 소개했다.

2001년 11월 1일, 그해 문화관광부 우수학술도서 납품을 위한 스티커를 받으러 출판조합으로 가는 길이었다. 가을의 화창한 햇살이야 여느 때와 다를 바 없겠지만 그날의 하늘은 새삼 푸르고 포근했다. 삼인에 출근한 첫날의 일이었다.

지방대학을 다니다 그만둔 내가 갈 곳은 많지 않았다. 가장 쉬운 길은 공사장으로 가는 것이었다. 공사장 인부로 몇 달을 보내다 또 여기저기 잡히는 대로 품팔이를 하며 희망 없는 날을 보내던 중 신문의 구인광고를 보고 이력서를 들고 보험회사를 찾아갔다. 하지만 선뜻 받아들일 자신이 없는 근무 조건에 실망했고, 바닷가를 배회하다 울적한 심사를 달래려고 책을 사러 간 서점에서 직원모집 공고를 보았다. 직업으로서 책과의 인연은 그렇게 시작되었다. 프리지어 꽃이 한창이던 1988년 3월 초순이었으니 어느덧 만 19년을 책과 더불어 살아온 셈이다. 아마 하다 만 공부에 대한 미련이 나를 자연스레 이곳으로 이끌었을 것이다.

멋모르고 뛰어든 서점 일이 만만치는 않았다. 아침 9시 30분에 개점하여 밤 10시 30분 폐점할 때까지 13시간씩 일했고 휴일도 한 달에 두 번뿐이었다.

그러나 책을 생업의 수단으로 삼는 직업이 즐거웠다. 무지한 나를 일깨우고 감동을 주는 책을 읽는 기쁨과 독자들에게 새 책 정보를 전하고 그들의 선택에 도움을 주는 일이 얼마나 큰 보람이었겠는가.

대체로 나는 가슴에 차오른 무언가가 머리의 동의를 얻으면 지체없이 실행하는 편이다. 달리 말해 대책이 없다. 이미 학교를 두 번이나 그만둔 경력이 있으니(고등학교를 3개월 다니다 그만두었고, 검정고시를 거쳐 남들보다 한참 늦게 들어간 대학도 3학년 1학기를 마치고 그만뒀다) 오죽할까. 2년 2개월 동안 신명나게 일하던 서점을 떠났다. 그런데 그 뒤 한 달여의 시간은 지옥 자체였다. 놀고먹을 팔자가 애당초 아니었던 것이다. 서점을 그만둔 다음날 바로 시작한 일이 나를 절망으로 인도하여 한 달도 못 되어 발을 끊고 칩거하며 일이 없이 보내는 미쳐버릴 듯한 상황에서 하늘의 문이 열리며 구원의 음성을 듣게 되다니. 세상에, 나 같은 인간을.

1990년 7월, 마포의 창비로 출근하게 되었다. (한기호 소장이 당시 직속 상사이며, 나를 창비로 이끈 분이다.) 나의 반생애는 그렇게 주조되기 시작했다. 당연히 난 세상에 출판사는 창비밖에 없는 줄 알았다. 그러다 1999년 11월, 9년 4개월을 근무한 회사에 돌연 사표를 냈다. 이번에도 가슴의 요구에 이성이 동의한 것이다. 그러고 나서 두 군데 출판사를 다니다 도저히 적응을 못 해 힘들어하던 내게 주변에서 삼인을 소개했다.

내게 삼인은 지금은 중단된 계간 〈당대비평〉을 먼저 떠올리게 하는 회사였다. 올해 2월 발행한 『2007년 삼인 도서목록』에 소개된 책이 138종이다. 1996년 출판을 시작하여 지금까지 어려운 여건에 힘든 분야(목록 대부분이 사회과학과 인문학)의 책을 펴내며 묵묵히 걸어가는 모습은 밖에서 본 삼인이나 안에서 느끼는 삼인이나 한결같음을 알게 한다.

삼인과 〈당대비평〉

1982년 세상을 놀라게 했던 부산 미문화원 방화사건의 주범 문부식 선생이 계간지 〈당대비평〉을 준비함을 알게 된 때는 창비 재직 시절이었다. 대표적 계간지를 내던 회사에서 당연히 관심을 갖고 지켜볼밖에.

1997년 가을 창간호를 당대에서 발행한 후 〈당대비평〉은 단 4호(1년)를 끝으로 삼인에 새로운 둥지를 틀었다. 당연히 내게 삼인은 중량감 있는 잡지를 내는 회사로 먼저 떠올랐다.

몇 명 되지 않은 직원 사이에서 잘 웃고 분위기 잘 맞추던 문부식 주간이 개인적 발전을 위해 일본 유학 준비를 하던 모양이다. 여러 사정이 있었겠지만 회사와 원활한 협의 없이 진행되던 일이라 결국 타협점을 못 찾고 헤어졌고, 〈당대비평〉도 2002년 가을에 통권 20호를 마지막으로 삼인을 떠났다. 지난 5년간 어려운 여건에서도 단 한 차례도 때를 거르지 않고 독자에게 전해지던 연이 다한 것이다. 이후 잡지 간행에 대한 소망을 저버리지 못한 문 주간은 일본 유학을 포기하고 잡지 발행을 위해 출판사를 옮겼으나 그것도 오래가지 않았다. 〈당대비평〉은 삼인 같은 집을 다시 얻기 쉽지 않을 거라고 생각한다. 집과 주인의 이야기는 뒤에서 다시 언급하겠다. 문부식 선생은 신촌 산울림 소극장 건너편에서 '키 작은 자유인'이란 카페를 운영하고 있다. 가끔 그 가게를 찾아 술 한잔 기울이는 것으로 오래도록 함께하지 못한 연에 대한 아쉬움을 달랠 뿐이다.

도서출판 샨티

산스크리트어로 평화를 뜻하는 샨티는 삼인이 출판영역을 확대하고자 등록한 자회사였다. 다른 회사에서 일하던 기획자가 합류하여 의욕적으로 일을 진행하고자 했다. 문부식 주간이 떠난 삼인은 편집장이 주간을 맡으면서 삼인과 샨티의 출간을 책임지게 되었다. 그는 현암사에서 현 삼인의 홍승권 대표와 같이 일하던 동료였다. 뛰어난 편집자인 그는 삼인 설립 때부터 같이 일한 창사 멤버인데 두 사람의 견해가 가끔 나뉘었다. 옆에서 보기엔 별거 아닌 듯한데 골은 깊어갔고 또 한 번의 이별이 준비되었다. 당시 도서출판 샨티 이름으로 발행한 도서가 18종이었다. 거기다 3종을 더하여 총 21종의 책과 저작권 그리고 각 거래서점의 잔고까지 이체하여, 도서출판 샨티는 거래처가 완비되고 즉시 출고 가능한 상품을 갖춘 출판사로 만들어져 독립했다. 홍 대표가 내게 의견을 물었을 때 '그러면 좋겠지요'라고 쉽게 답했지만, 정말 그러한 배려가 놀라울 따름이었다. 도서출판 샨티는 지금도 우리와 벽 하나만 사이에 두고 한 건물 한 층에 있다.

삼인의 책들

목록에 실린 138종의 도서를 살펴보면, 문화관광부 선정 우수학술도서 『전쟁과 학교』 등 7종, 학술원 선정 우수학술도서 『과거의 힘』 등 4종, 문화관광부 선정 우수교양도서 『코끼리는 생각하지 마』 등 6종, 백상출판문화상 수상 도서 『독도, 지리상의 재발견』 등 2종, 한겨레 선정 올해의 책 『전략의 귀재들, 곤충』 등 6종, 출판인회의 선정 이달의 책 『만들어진 고대』 등 4종, 대산문화재단 평론부문 수상도서 『시적 인간과 생태적 인간』, 그 밖에 우수환경도서, 간행물윤리위원회 이달의 청소년도서, 문예진흥

334

원, 출판문화협회 이달의 청소년도서 등을 합하면 총 37권이다.

입사하여 6년된 지금 인상 깊은 몇 권을 다시 한 번 점검해보겠다.

2003년 6월, 728쪽에 이르는 두툼한 책이 나왔다. 제목도 매혹적인 『욕망하는 천자문』! 정가 25,000원이 당연하다 여겨졌다. 한자문화권인 우리 사회에서 충분히 이목을 집중시킬 만했다. 우선 언론의 서평란에서 빠질 리 없었다. 양재동에 있는 예스24를 방문했을 때 책을 받아본 인문팀장은 보도자료까지도 칭찬했다. 메인화면의 '오늘의 책'을 장식했으며, 오랫동안 잘 팔리는 책으로 남을 것이라는 강렬한 기대를 저버리지 않았다. 중장년 독자가 대부분이었겠지만 한자학습 열기가 분위기를 고조시켰다. 당연히 청소년판을 기획할 만했다. 저자에게 우리 생각을 전했다. 그러나 쉽지 않았던 모양이다. 이 책은 그해 문화관광부 우수교양도서로 선정되어 또 한 번 우리에게 명예와 부를 선사하기도 했다.

삼인은 느슨한 협의구조를 회의 방식으로 채택하고 있다. 기획회의에서 누군가가 어떠한 아이디어를 제시했을 때 충분히 토론한 뒤 대체적인 합의가 이루어지면 채택하고, 애매한 경우엔 누군가 강력하게 반대하면 즉시 기각한다. 반면 모두가 반대해도 누군가 강력히 그 가치를 주장하고 추진의사를 확고히 밝히면 채택하기도 한다.

『네 멋대로 써라』는 작가이며 철학자인 데릭 젠슨의 저서로 원제를 번역하자면 '물 위를 걷다 – 읽기, 쓰기, 그리고 혁명'이었다. 이 책을 회의에서 소개한 편집부 윤진희는 상당히 자신 있게 이야기했지만 반응은 조금 냉담했다. 특히 원서의 첫 제목 '물 위를 걷다' 때문에 더욱 애매했을 것이다. 몇 차례 회의도 반응이 시큰둥했는데 그의 고집은 질겼다. 편집자의 이런 고집은 칭찬받아야 한다. 이럴 때 예의 그 협의구조가 힘을 발휘한다. 의견은 채택되었고, 편집 실무도 그의 몫으로 돌아갔다. 이왕 내기로 했으니 시장을 살펴보기로 했다. 교보문고 인문과 종교 매장 사이에 'ㄷ' 자 모양의 기형적 공간이 있다. 그곳은 원래 영업부 사무실이었다. 그쪽 평대에 글쓰기 관련 책들이 집중적으로 진열되어 있었다. 놀랍게도 중쇄를 거듭한 책이 꽤 많았다. 논문을 쓰기 위한 지침서도 있지만 잠재적 작가 지망생을 위한 책도 많고 또한 상당한 독자가 형성되어 있음을 확인했다. 2005년 9월 책으로 엮어져 나오기 전에 교정지를 읽었다. 한마디로 재미있었다. 표지 시안이 몇 개 나왔다. 제목은 원제를 외면하고 『네 멋대로 써라』가 채택되었다. 발랄하고 상쾌한 표지로 의견이 모였다. 그해 상반기 삼인은 적잖이 어려웠는데 이 책이 무거운 분위기를 반전시켰다. 이 책 또한 〈한겨레〉가 뽑은 2005년 올해의 책에 선정되었다.

지금은 회사를 그만두고 전문번역가의 길을 가는 유나영이 미국의 인지언어학자 조지 레이코프의 책을 소개했다. 부제가 '미국의 진보 세력은 왜 선거에서 패배하는가'인 『코끼리는 생각하지 마』(이하 『코끼리』)이다.

2006년 4월 발행된 이 책은 5월 31일에 실시될 지자체 선거를 앞두었던 터라 더욱 기대되었다. 국회에 근무하는 아내에게 20권을 건넸다. 책마다 보도자료를 정확히 넣고 맨 위부터 전하라고 졸랐다. 말하자면 당의장, 원내대표부터 입김이 센 이들에게 되도록 정확히, 즉 직접 전달해 달라고. 가능하면 대통령께서도 이 책을 보실 수 있게 해보라고. "내가 뭐 터무니없는 책으로 사기 치겠냐. 이게 얼마나 당신과 당신 주변 사람들에게 절실히 필요한 자료인지 아느냐"며 난생처음 '빽'을 써보려고 했다.

5월 지자체 선거는 여당에게 치명타를 안겼고, 6월부터 출고가 늘기 시작한 『코끼리』는 7월은 6월의 두 배, 8월은 7월의 두 배로 수직상승했다.

선거를 목전에 두고는 책이 눈에 들어오지 않았겠지. 당장 유세하러 다니며 얼굴을 알리고 악수하기에 바쁜데. 대패한 충격이 좀 가라앉고, 원인 분석이니 향후대책이니 하는 등 좀더 이성적인 상황이 되고 난 다음에야 이 책이 눈에 띄었으리라. 나중에 아내에게 들은 이야기에 따르면, 어느 날 원내대표가 급히 『코끼리』를 찾기에 자기가 보던 책을 건네주었다고 한다. 그전에 이미 전달되었을 텐데 어디 두시고.

여름휴가를 혼자서 맞았다. 7월 초에 열흘 넘게 유럽 순방을 다녀온 아내가 여름휴가를 자진 반납한 것이다. 고위 공직자의 당연한 처신이다. 열두 살인 아들은 수년 전부터 나랑 함께 여행하길 싫어한다. 아이 기분을 못 맞추니 당연하다. 진주에서 한가히 보내는데 낯선 번호의 전화가 왔다. 건대 앞에 있는 '인서점'이었다. "네, 이틀 후에 올라갑니다. 가서 뵙지요." 『코끼리』 이야기였다. 100부 현매출고를 먼저 지시했다. 10여 년 만에 심 사장님과 마주앉았다. 그분이야 원래 그러하셨지만 내가 흰머리가 더 많아졌다.

얼마 전 청와대 비서실과 현역 초선의원 등 적잖은 인원이 모인 자리에 한 말씀해 달라는 초청을 받으셨단다. '『코끼리』를 읽어봤냐? 바로 그거다. 프레임의 중요성을 역설한 이 책에 선거 패배의 답이 있다. 읽어봐라' 라고 하셨단다. 나 말고도 정치권에 줄을 대고 이 책을 소개하고 팔려는 우군이었던 것이다. 『코끼리』는 대학의 부교재로도 많이 채택되고, '2006년 문화관광부 우수교양도서'로도 선정되었다.

그림자조차 밟지 않으려 하고 존경하는 스승이 내게도 있지만, 이현주 선생을 대하는 홍승권 대표의 태도는 솔직히 이해하기 힘들 정도다. 그렇지만 선생을 뵈면 공감이 간다. 지난해 봄 충주 출장길에 충주 엄정면에 있는 댁을 처음 방문하여 한 시간여 머물렀다. 농가를 개축한 수수한 집에서 정말 오관으로 그 집의 품위를 느낄 수 있었다. 넓고 근사하고 화려한 집은 물론 아니다. 그분 안내로 뒤안도 돌아보고 하면서 "선생님, 집이 정말 좋습니다" 했지만, 돌아와 아내와 주변에게 내 느낌을 전하였다. 정말 집이 주인을 닮아가더라고.

장일순과 이현주, 두 선생의 대담 형식으로 쓰여진 책 『무위당 장일순의 노자이야기』는 1990년대 초 다산글방에서 출간되어 꽤 잘 나가던 책이었다. 그런데 저자에 대한 도리를 지키지 않아 삼인으로 넘어왔다. 2003년 11월 개정판 발행 이래 현재 8쇄를 기록한 우리의 소중한 책이다. 출판인의 자세가 어떠해야 하는지 생각하게 하는 대목이다.

출판사와 사람

앞서 두 번의 결별을 소개한 바 있다. 또 다른 경우를 소개해야 이 글의 주제가 정리될 듯싶다. 샨티를 독립시킨 후 삼인은 편집과 기획인력의 부재를 우려했다. 채용 공고도 내고 소개도 부탁했다. 그러나 이력서를 놓고 마주앉아 이야기하다 보면 우리와 인연을 맺기 어려운 사람들뿐이었다. 난 초등학교 때부터 양희은을 아주 좋아했다. 거나하게 취하여 노래방에 가서 아껴 부르는 가사처럼 "도무지 알 수 없는 한 가지. 사람을 찾는다는 것은 참 쓸쓸한 일인 것" 같았다. 긴 밤을 여러 번 지새우고 드디어 결론이 내려졌다. 편집 실무를 진행할 신입사원을 채용하고 문단에 이름이 알려진 이를 기획주간으로 영입하기로.

좋은 말은 멀리 달려봐야 진가를 알고 사람은 오래 사귀어야 본질을 안다는 성현들의 말씀은 옳았다. 기대와 현실의 간극은 분명했다. 오래지 않아 영입한 주간은 사직을 했고 떠난 자리는 공백이 이어졌다. 편집실무 직원들은 자기 역량을 최대화하려는 의욕을 보였지만 회사가 보기엔 불안했다. 나야 영업부장일 따름이지만 그동안의 과정을 지켜보았으니 조금은 더 객관적이었던 듯싶다. 회사는 또다시 경력이 풍부한 편집기획자를 영입했다. 이번에는 집과 사람의 조화가 잘 이루어지지 않았다. 1년을 넘기고 그와 모든 편집부 직원들이 차례로 회사를 떠나는 초유의 사태를 겪었다. 2005년 봄부터 여름까지 우리는 정말 많이 고뇌하고 또 머리를 맞댔다. 물론 대전제는 있었다. 어떠한 경우에도 삼인의 막을 내려서는 안 된다, 단 한 사람이 외로운 깃발을 들고 기약 없는 길을 가더라도 그 한 사람마저 힘이 부쳐 쓰러지지만 않는다면.

세상의 일이란 당연히 사람에 의해 이루어지고 깨어지고 하지만 소수의 인원이 꾸려가는 작은 출판사는 특히나 구성원의 힘, 그 가운데서도 분위기를 이끄는 선두의 힘이 중요하다고 생각한다. 삼인호의 선장은 훌륭하다. 요는 조타수, 항해사, 갑판장 등인데…

한미 FTA에 목맨 한국의 잘 나가는 자동차 업계는 설비가 자산이겠지만 출판은 처음부터 끝까지 사람의, 사람에 의한, 사람을 위한 일이라고 생각한다.

내가 만난 사람들

연초가 되면 연례행사로 맨 먼저 준비하는 일이 있다. 물론 1월 1일 가족과 새해맞이 여행을 하러 다닌 것도 꽤 오랜 연례행사다. 심지어 15시간 넘게 운전해 해운대에 다다른 경우도 있었다. 감포 이견대, 해운대, 광안리, 양양 낙산사 등을 가거나, 가깝게는 가양대교에서 한강 위로 떠오르는 해를 보기까지 거의 해마다 다녀온다.

그것 말고 며칠을 준비하는 의식이 있다. 머리를 단정히 정리하고, 세탁한 양복을 입고 구두도 광택을 내고 차를 몰아 파주로 간다. 출판단지에 접어들어 전화를 건다. "선생님, 저 이춘호입니다. 제가 근처에 일이 있어 왔습니다. 가까이 왔으니 잠시 뵙고 인사나 드리고 싶습니다."

올해도 그랬다. 난 그 근처를 네 번이나 갔다 되돌아왔다. 정황을 파악하고 갔는데 번번이 선생께서 계시지 않으셨다. 그래 스무 번이라도 다시 오지 뭐.

"선생님, 또다시 이렇게 한 해를 시작합니다. 선생님께 새해 인사를 드릴 수 있음은 지난 한 해 그다지 잘 살진 못했지만 그래도 큰 과오는 저지르지 않고 살았기 때문이겠죠. 이 자리에서 선생님을 찾아뵙는 기쁨을 누리고, 또 내년을 기대하며 다시 한 해를 시작하고자 합니다."

"그래, 또 올 한 해 열심히 살아보세."

행여 선생의 그림자를 밟을까 조심하는, 스무 번의 반도 안 채우고 2007년 새해 인사를 드릴 수 있었던 분은 두말할 나위 없이 백낙청 선생이다.

10년이 훨씬 넘었다. 도쿄 북페어와 일본 출판계를 견학하는 출장 기회가 주어졌다. 창비 대표이사인 고세현 선배를 포함해 여섯 명이 4박 5일 일정으로 일본을 다녀왔다. 낮에는 북페어 또는 출판사나 유통회사 방문, 저녁엔 일본 현지 필자 면담, 호텔에 돌아와서는 그날의 업무평가 등 서울에서보다 훨씬 더 빡빡한 일정이다. 첫날 와다 하루키 선생과의 저녁 약속엔 호텔에 도착한 짐을 확인해야 한다고 나와 몇 명을 남겨두고 편집부 직원들만 갔다. 그날 밤 11시쯤 다음날 일정 점검이 있었다. 서경식 선생과의 만남이었다. 선생께 부담을 덜 드리려는 배려에서 고세현 편집국장과 편집부장 두 사람만 가기로 했다. 내가 끼어들었다. 난 이번 출장 일정 중 가장 기대한 것은 서경식 선생을 만나 뵙는 일이었다고. 다음날 저녁 서경식 선생과 함께 보낸 세 시간여를 지금도 뚜렷이 간직하고 있다. 글과 생각과 행실이 온전히 일치하는 드문 인물을 만났던 것이다. 물론 단 세 시간여의 만남으로 판단한 나의 주관적인 느낌의 한계는 분명하지만. 창비라는 근사한 회사에서 훌륭한 분들을 얼마나 많이 봐왔겠는가.

1990년 여름 마포의 창비 복도는 제본소에서 갓 들어온 책이 오전에 수북이 쌓였다가 오후가 되면 바로 나가고 다음날 다시 들어오기를 반복했다. 그 유명한 『소설 동의보감』이 뜨기 시작한 해였다. 러닝셔츠 차림으로 열심히 책을 나르고 있는데 사진으로 뵌 유명 저자께서 오셨다. 편집부 직원에게 확인했다. 리영희 선생 아니냐고, 나중에 인사나 드리게 해 달라고 졸랐다. 한참 후 선생께서 다시 복도를 지나가실 때 다가섰다. "선생님 몇 년 전 제가 마산에서 직접 전화드린 적이 있었습니다. 선생님 회갑연을 신문에서 읽고 축하전화를 드렸는데요." 하고 운을 뗐다. 배웅나왔던 이시영 주간께서 영업부 신입사원이라고 하며 소개하셨다. "그래, 자네도 창비에서 많은 문인, 필자 만나면서 의식을 넓혀가게. 물론 그러려고 창비에 왔겠지만." 정말 그랬다. 그분의 당부와 기대는 철저히 이루어졌다.

마산의 서점에서 일하던 2년 2개월간은 정말 행복했다. 하루 13시간의 중노동에 휴일이 월 2회만 주어졌는데도 어찌 그렇게 책을 많이 읽을 수 있었던지! 역시 그때는 청춘이었다. 에드가 스노우의 『중국의 붉은 별』에서 인민해방군 총사령관 주덕에 대한 묘사가 눈에 띄었다. 당연히 밑줄을 그어가며 읽었다. "그는 처첩도 거느렸다. 그는 그의 처첩과 자식들을 위하여 운남의 성도에 궁궐 같은 집을 지었다. 남들 눈에 그는 자신이 원하는 모든 것, 즉 부와 권력, 사랑, 자식, 아편의 꿈, 우뚝한 명예, 그리고 유교의 미덕을 전파할 여유가 보장되는 장래 등을 손에 넣었다. 그런데 그에게 단 한 가지 정말로 좋지 않은 버릇이 있었고 바로 이 버릇 때문에 그는 몰락하고 말았다. 그는 독서를 좋아했다."

나 그리고 이 글을 읽는 업계종사자들이여, 어이하여 모두 주덕이 범한 우를 거듭 반복하는가?

시간이 지나고 나이가 들면서 주변 동료들이 한둘씩 독립하여 출판사를 시작하기도 한다. 가끔은 날더러 채근하기도 하는데, 솔직히 난 여전히 어렵고 잘 모르겠다. 재주라곤 아무것도 없어 3년 전쯤부터 신촌에 있는 학원에 다니고 있다. 언어학자들의 연구에 따르면 입으로 200번 정도를 반복해 뱉어야 자연스런 말이 되어 나온다고 한다. 그래, 안 되면 300번 하지, 이러고 보낸 세월이 3년이 되어간다. 운전 중에는 정시마다 AP 뉴스에 귀를 곤두세우고 인터넷 시작 페이지를 CNN으로 해두었지만 여전히 왕왕대는 소리에 뭔가가 씌인 문자일 뿐이다. 그래도 이건 기를 쓰고 정복해보겠는데 출판은 정말 어렵다. 이런 무능한 영업부장이 자리를 차지하고 있으니 삼인에게도 당연히 짐이 될 수밖에. 최근 또 엄정한 올해 1/4분기의 실적에 전 직원이 고통분담하기로 결정했다. 누구도 먼저 말하지 않았는데도 자발적인 동조가 이루어졌다.

정리하자면 삼인은 인간에 대한 애정과 신뢰가 바탕에 확고히 깔린 덕이 있는 대표와, 진정으로 이해하고 함께하려는 이들이 뜻을 같이하는 집단이어서 행복히다.

이 글을 마무리하기 며칠 전 인사회에서 비보를 전하는 문자 메시지가 왔다. 마산 문화문고 3월 31일자로 폐업. 남다르다. 난 1988년 봄 문화문고에 책을 사러갔다가 채용공고에 덥석 응하여 물리학 공부 미련을 털고 이 일을 시작하여 현재에 이르렀다. 말하자면 친정이다. 이 원고를 넘기고 마산에 가려고 한다. 정말 엄청난 변화의 소용돌이가 끊임없이 일고 있다. 정말 CHAOS다.

◆**이춘호**── 1988년 서점에서 일을 시작한 게 계기가 되어 19년째 출판계에 종사하고 있다. 어느덧 머리는 반백을 넘겼다. 책을 좋아해서 이 일을 시작했는데 일 속에서 만난 사람들마저 좋다는 걸 거듭 확인하며 감사한다. 골라서 읽을 수 있는 눈을 가졌음이 행복하고, 오직 영역을 넓히고자 할 뿐이다. 가슴 한편에 물리와 수학에 대한 애정을 여전히 간직하고 있는, 대책 없는 이학도다. 이런 재주에 19년을 맞은 걸 보면 출판계 동료들의 가슴은 정말 우주다.

출판영업으로 끝을 보고 싶다는 소망을 향하여

신민식 위즈덤하우스 홍보마케팅분사장

내가 지금껏 살아오면서 가장 잘한 일은 단연코 '출판영업' 선택이다. 책을 좋아해서 출판을 하겠다고 호기롭게 시작했지만 현실은 녹록지 않았다. 지금도 출판은, 특히 출판영업은 고달프고 힘든데, 십수 년 전이야 말해 무엇 하겠는가. 그래서일까. 처음엔 다른 삶을 살아보고자 참 많이 발버둥쳤던 것 같다. 영업을 맡자마자 도매상이 줄줄이 부도나고, 일 못한다는 구박으로 머리숱이 줄던 1998년쯤 아주 구체적으로 삶의 반란을 준비했다. 반란이란 다름 아닌 일본으로의 밀항. 인생의 국면을 전환해보고 싶었다.

마침 일본에는 먼 친척뻘 되는 친구가 성공적으로 밀항생활을 하고 있었고, 은근히 말을 건네 보니 가능하다는 사인도 주었기에 착착 준비하였다. 여권도 만들고, 마누라한테도 내 의견을 전하여 반 강제적으로 승낙을 얻었다.

준비가 거의 끝나갈 무렵, 그 친구에게서 전화가 왔다. 일본이 아닌 서울 어디라고 하면서…. 그는 일본 정부로부터 돌아가라는 통지를 받고 서울로 올 수밖에 없던 절절한 사연을 늘어놓았고, 나는 그에게 위로의 말을 전하면서 나에게는 더 심심한 위로의 말을 삼킬 수밖에 없었다. 그렇게 반란은 허망하게 끝났다. 그때 반란이 성공했다면 나는 지금 어떤 모습일까. 내게 꿈을 준 출판의 세계를 맛볼 수 없지 않았을까. 출판영업을 통한 나의 경이로운 경험과 도전은 이 반란의 실패와 함께 시작되었다.

그 즈음 나는 21세기북스(지금은 북21이지만 내게는 21세기북스가 익숙하다)에서 영업팀장으로 있었다. 출판계에 입문한 지 5년쯤 되었지만 나는 어느 일 하나 똑바로 하지 못했다. 영업이래야 입금표를 쓸 줄 아는 정도였다. 그런 나였으니 IMF 구제금융 때문에 출판 서점업계가 험난한 격랑을 맞던 시기에 영업팀장의 중책을 잘 수행했을 리 만무하다. 지금 생각해보면 아무 일 없이 넘어 갔던 적이 하루도 없었던 듯하다. 성정이 대단하신 사장님은 아침마다 잘못을 지적하며 야단쳤고, 나는 애꿎은 담배만 축내야 했다. 그로부터 시간이 많이 지났지만 이쯤에서 나는 당시 같이 근무했던 동료들에게 고맙다는 말을 전하고 싶다— 나 때문에 아침 사무실 공기가 더할 수 없이 냉랭해졌지만 아무도 나를 탓하지 않았으므로….

며칠 전에 읽은 인디언 잠언 가운데 가슴에 와 닿는 문구가 있었다. "인생이라는 산을 오를 때 춥거나, 덥거나, 비가 오거나, 바람이 불거나, 혹은 더 어려운 상황이라 할지라도 중요한 것은 발걸음을 옮기는 것이다" "인생이란 산에는 결코 정상이 없다." 이 말을 그때 알았다면 힘든 날들을 더 잘 보낼 수 있었겠지만 그땐 이렇게 심오한 뜻을 새길 여유가 없었다. 그저 이겨내야 했다.

예나 지금이나 영업부와 편집부는 사이가 좋지 않다. 책을 보는 관점도 다르거니와 책 판매 여부에 따라서는 상당한 신경전이 펼쳐질 수밖에 없다. 그때 나도 그런 상황에 직면했는데, 책과 책 판매 부진에 대해 제대로 설명하지 못했다. 책을 잘 몰랐기 때문이다. 그래서 영업자로서 내 첫 번째 학습목표는 책을 아는 것이었다. 그렇다고 무작정 많이 읽는 게 해결법은 아니다. 영업자는 책의 종류를 많이 알고, 가능한 한 책 판매에 관련된 히스토리를 많이 알아야 한다. 책을 좀 알자는 생각이 들자 서점에 나갈 때면 아무 신간이나 찍어서 나름대로 가늠해보았다. '저 책은 몇 부쯤 나갈 것이다.' 3개월 쯤 지나 그 책의 판매를 확인해본다. 처음엔 당연히 틀린다. 그래도 점쟁이 같은 짓을 계속했다. 그러다 보니 근사값을 맞히는 확률이 늘어났다. 이러한 습관은 죽 이어져, 지금도 신간을 보면서 나갈지 나가지 않을지 중얼거린다.

내 영업은 사람 만나는 두려움에서 시작

영업은 사람을 만나는 일이다. 그런데 사람을 만난다는 것이 어떤 이에게는 결코 쉬운 일이 아니다. 나도 그랬던 것 같다. 생면부지의 사람에게 말을 붙여 본 적 없는 내가 무엇을 팔려고 사람을 만난다는 게 정말 곤혹스러웠다. 1996년 10월 21세기북스에 입사하여 받은 첫 보직이 정보개발본부 마케팅 담당이었다.

정보개발본부는, 지금은 거의 출간되지 않지만, 당시에는 상당한 수요가 있던 기업 비즈니스 매뉴얼을 출간했다. '인사부장 매뉴얼' '연봉제 매뉴얼' 같은 것이었는데, 이 영업은 일반 단행본 영업과 사뭇 다르다. 수요처가 개인이 아니라 기업이고, 가격도 단행본보다 월등히 비싼 편이어서 서점을 통해 판다기보다 서점을 통해 공급하고 수요는 출판사가 창출하는 것이었다. 그래서 주로 기업을 대상으로 한 직접 방문 판촉, 팩스나 DM판촉, TM판촉 같은 영업을 한다. 이른바 특판 활동을 한 셈이다.

346

그때 나는 기업을 직접 방문하는 일이 다른 어떤 일보다 싫었고 어려웠다. LG그룹의 한 회사 인재개발팀을 방문하기로 한 날이었다. 전화를 해야 하는데 용기가 나지 않아 트윈빌딩을 세 바퀴쯤 돌고 겨우 전화 버튼을 눌러 내 소개를 간단히 하고 방문 의사를 전했다. 그러자 전화기 저쪽에서 바빠 죽겠는데 무슨 출판사의 누군지도 모르는 사람이 다짜고짜 방문하겠다고 하니 귀찮다는 기색이 역력한 응답이 들려왔다. 그렇게 이루어진 첫 방문은 팸플릿 한 장 전하고 명함 한 장 받는 것으로 끝났다. 3분쯤 만나려고 나는 1시간 넘게 준비해야 했다. 지금도 기억이 선명하다.

한동안 그 일을 계속하였는데, 계속한 숫자만큼 사람 만나는 일이 자연스러워졌다. 언제부턴가 나는 그들과 책 이야기에 앞서 세상 돌아가는 이야기, 회사 분위기와 상사 때문에 겪는 애로 사항 등을 이야기하고 있었다. 처음엔 그렇게 높아 보이던 대기업 사람들의 삶도 나와 다르지 않음을 알았다. 나는 그렇게 사람 만나는 두려움에서 해방되었다. 영업은 무엇인가를 팔려고 사람을 만나는 일이 아니었다. 만남을 통해 관계를 형성하고, 그 관계가 자연스럽게 서로에게 도움이 되는 무엇인가를 만들어내게 하는 것이 영업이었다.

숫자가 말하는 사인을 읽어라

또 다른 숙제는 숫자와 친해지기였다. 숫자는 참으로 친해지기 어려운 친구다. 인간미라고는 눈을 씻고 찾아보아도 없고, 바늘로 찔러도 피 한 방울 나오지 않는 것이 숫자인데 사람 좋아하고 책 좋아했던 내가 숫자와 친해질 리 없었다. 더구나 초등학교를 지나서는 수학이라는 말만 나와도 지레 겁을 먹던지라 매출, 수익, 공급률, 반품률, 잔고 등의 숫자는 결코 만

만한 상대가 아니었다. 그런데 당시 사장은 계산기보다 숫자계산이 빠른 분이다. 그리고 '영업의 모든 것은 숫자가 말해준다' 고 해서 나를 숫자와의 싸움에서 벗어날 수 없게 하였다.

실제로 숫자는 많은 것을 말해준다. 일례로 부도난 서점이 있다고 치자. 그 서점과의 거래내역 숫자가 어느 시점에선가 빨간 카드를 보여준다. 수금 내역이든, 반품 내역이든 정상적인 때와 분명히 다른 모습을 보여준다는 이야기다. 그뿐만 아니다. 한 도서 상품의 사이클 궤적도를 모아두면 훌륭한 바로미터 구실을 한다. 그렇게 20-30개의 상품 사이클을 모아두면 후속 도서 영업에 더없이 좋은 자료가 될 것이다. 어디 그뿐이랴. 숫자가 말하는 사인과 이야기는 무궁무진하다. 그런데 나는 우둔하여 그것을 알기까지 다른 사람보다 시간과 노력을 훨씬 많이 들여야 했다.

책이 나를 영업인으로 만들었다

아주 더뎠지만 나는 점차 영업을 통해 세상을 바라보았다. 무엇인가를 계획하고 성취했을 때 오는 짜릿함도 나를 점점 영업인으로 만들었다. 내게 영업의 열정을 느끼게 해준 책은 역설적이게도 실패한 『심형래의 진짜 신나는 도전』이다. 이 책은 21세기북스가 비소설 분야로 진출하려고 야심차게 준비한 전략도서였지만, 우리는 비소설분야의 책을 출판해본 적이 없었다. 그래서 주 1회 전문가를 초청하여 자문을 받았다. 나는 그때 마케팅계획서의 중요성을 배웠다. 그 전에도 계획을 세우긴 했지만 계획 따로 실행 따로, 상황에 따라 대응하기 바빴다. 결과기 니오면 이런지런 변명으로 상황을 모면하고 또다시 같은 상황이 반복되기 일쑤였다. 그런데 그 전문가는 치밀한 계획을 세우고 계획에 따라 실행한 다음, 결과를 평가하

348

고 후속 계획을 세워야 함을 알려주었다. 모두 참 열심히 했다.

결과는 참담한 패배. 21세기북스 역사상 처음으로 일간지 광고까지 집행하였는데, 성공은 아마추어에게 미소를 보낼 만큼 한가하지 않았던 모양이다. 이 경험은 나를 새로운 영업 세계로 인도했다. 열심히 한 만큼 결과가 나오지 못한 이유를 분석했고, 다시는 패배하지 않겠다는 오기도 갖게 했다. 물론 그 뒤로도 일일이 거론하지 못할 만큼 많은 실패를 맛보았다. 그래도 성공의 타율을 점점 높였다. 성공 가능성을 조금씩 엿보면서 승부의 맛을 알아갔고, 승부의 희열은 열정을 가져왔다. 『심형래의 진짜 신나는 도전』 실패 이후 내 영업 이력에 새로운 전기를 마련할 책을 만나게 됐다. 내게 성공이라는 중요한 경험을 안겨준 책을 만나는 행운이 계속되었다.

그 첫 번째가 『클릭 미래 속으로』이다. 이 책을 생각하면 희비가 복잡 미묘하게 교차한다. 저명한 미래 트렌드 학자 페이스 팝콘이 제시한 21세기 미래 트렌드에 관한 책인데, 출간일이 IMF 외환위기를 어느 정도 수습하고 새로운 세기를 맞이하는 1999년 9월이었으므로 내가 조금 더 경험이 많았다면 더 많은 독자와 만났을 터이나 그러지 못했다는 아쉬움이 남는다. 그러나 내게는 처음으로 판매 부수 10만 부라는 숫자를 알게 해준 책이다. 이 책을 통해 베스트셀러가 출간 후 어떤 궤적을 그리면서 판매되는지, 어느 타이밍에 광고와 판촉을 해야 하는지 등등 영업에 필요한 소중한 요소를 학습했다.

두 번째로 기억에 남는 책이 그 유명한 『경호』이다. 지금도 더러는 '경호'로 주문서가 올 정도로 독특하고 특이한 제목이다. 이 책이 40만 부 넘게 판매되는 기염을 토했는데, 아마 21세기북스가 아니면 성공하기 어려였을 것이다. 출간 2개월이 지나고, 홍보와 광고, 포스터를 부착하였지만 독자들은 여전히 무슨 내용의 책인지 혼란스러워 했다. 그때 우리는 마술에 걸린 것처럼 성공을 확신했던 것 같다. 결과적으로 성공하였기에 확신이라는 표현을 쓰지만 어쩌면 무모한 도전이었는지도 모른다. 2개월여의 판촉활동 결과를 평가하면서 도서 내용 알리기에 더 힘쏟기로 하였다. 그 가운데 가장 유효한 방법은 기업대표에게 책을 기증하는 것이었다. 기업에서 책 내용을 알게 되면 당시 기업 내부 상황(『경호』 출간, 2001년 1월)으로 보아 틀림없이 책의 가치를 인정할 것이라고 판단했다. 나중에 얼핏 계산해보니 2700여 부를 증정한 것 같다.

3개월쯤 지나면서 효과가 나타나기 시작했다. 적게는 몇 십 부에서 많게는 만여 부에 이르기까지 기업의 주문이 쏟아졌다. 나중에 어떤 기업에서는 '경호'의 날을 제정하여 아침마다 '경호' 구호를 외친다는 기사까지 실릴 정도였으니 『경호』는 내게 끈기와 확신에 찬 도전이 어떤 결과를 가져다주는지 가르쳐준 스승인 셈이다.

그해 8월 잊을 수 없는 책을 다시 맞이하게 된다. 지금까지 총 100만 부 넘게(만화, 『열세살 키라』를 포함하면 더 많을 수도 있다) 팔린 『열두 살에 부자가 된 키라』이다. 이 책은 21세기북스의 어린이책 분야 첫 책이다. 내부적으로는 많은 우여곡절을 거쳐 출간하였다. 출간 과정이야 내가 이러쿵저러쿵 말할 게 아니므로 생략하고, 영업부에서도 생소한 어린이책 분야를 진출하려니 여간 어려운 게 아니었다. 우리가 겪어보지 못한 여러 가지 난관이 기다리고 있었다. 그래서 나는 동료들과 함께 어린이책 분야를 조사했다. 단행본과 무엇이 다른지, 어린이책은 어떤 경로로 판매되고, 가격과 기본 사양은 어떻게 다른지, 구매 성향은 어떤지, 실제 독자와 읽는 독자는 어떻게 다른지…, 이른바 시장분석을 처음으로 해보았다.

상당한 기간에 걸쳐 조사하고 분석하여 우리가 할 수 있는 방법을 도출하였다. 우리가 하던 경영경제서 시장 접근방식을 어린이책에도 접목시켜 풀어나가자는 것이었다. 유통망은 어린이 도매상 세 곳(어린이책, 책이랑, 서당)만 더 늘리고 나머지는 기존 도매상과 대형서점을 그대로 활용하기로 하였다. 또한 아동도서에서는 좀체 시도하지 않던 경제지 광고를 집행하였고, 판촉물(전단)을 배포하였다. 결과는 대성공이었다. 첫 광고가 나가면서부터 판매지수가 빠르게 올라갔고, 강남을 중심으로 배포한 전단의 효과도 기대 이상이었다. 을파소라는 이름으로 출간한 첫 책이 모든 서점의 어린이책 분야 1위를 석권하였으며, 당시에는 경이로운 현상이던, 종합베스트 20위권에 진입하는 이변을 나았다.

영업에서 마케팅으로

나는 요즈음 주제넘게 '영업'과 '마케팅' 개념과 그 차이에 대해 몇 군데에서 강의한다. 앞으로도 이 강의를 계속할 생각이다. 『열두 살에 부자가 된 키라』를 경험하고도 나는 '영업'과 '마케팅'이 어떻게 다른지 몰랐다. 아니 부끄럽게도 알려고 하지도 않았다. 그때가 출판에 입문한 지 9년, 영업을 본격적으로 시작한 지도 5년차에 접어들던 때이다. 생각은 실행을 이끌고 실행은 결과를 낳지 않는가. 마찬가지로 영업에 관한 생각이 영업자로서의 실행하게 하고 성공의 결과를 낳게 한다. 다른 산업처럼 영업과 마케팅 부서가 명료하게 분화되었다면 모를까, 출판처럼 통합된 판촉활동을 하는 경우 영업자는 마케팅 영역에 투자해야 할 시기가 온다. 그런데 이럴 때 무엇이 영업이고, 무엇이 마케팅인지 알지 못하면 허둥대게 된다. 나도 그랬다. 마케팅을 해보고 싶은데 도대체 마케팅이 영업과 어떻게 다른지 알 수 없었다.

'영업'은 판매자 욕구를 중시하는 판촉행위를 말하고, '마케팅'은 독자의 욕구를 파악하여 생산, 가격, 유통, 프로모션을 전개하는 전략과 전술을 통칭하는 개념임을 책을 읽다가 우연히 알았다. 중요한 깨달음이었다.

그 후 나는 많은 변화를 겪었다. 가장 큰 변화는 역시 일하는 곳을 옮긴 일이다. 21세기북스에서 중앙M&B출판 마케팅팀장으로 자리를 옮겼다. 독자들은 눈치챘겠지만, 본격적으로 마케팅에 전념할 기회가 생긴 것이다. 당시 중앙 M&B출판은 영업부와 마케팅 부서가 분리되어 있었다. 그러므로 서점영업이라는 부담에서 벗어나 홍보와 광고, 프로모션에만 집중할 여건이 마련된 셈이다. 단행본 출판사에서 이러한 시도는 국내 최초가 아니었을까 싶다. 이러한 결정을 한 회사나 그 결정을 순순히 받아준 영업부장에게 경의를 표한다. 우리나라 출판영업 환경에서 영업과 마케팅 부서를 분리하여 생각하기란 쉽지 않기 때문이다. 지금도 출판영업과 마케팅 환경은 상당부분이 서점이라는 접점을 통해 구현되고 실현되고 있어 영업부와 마케팅 부서의 활동을 구분하기 쉽지 않다. 또 각 부서의 비전과도 밀접한 관련이 있어 민감한 문제다.

아무튼 나는 바뀐 환경에 적응하며 새로운 직무를 수행했다. 기획안을 검토하고, 편집자들과 책의 사양과 제목을 논의하며, 책이 출간되면 홍보 활동을 전개하고, 광고문안을 다듬고 광고 매체를 선정하여 싣는 등 어설프게나마 마케팅 전반을 수행했다. 월 최소 30여 종이 출간되는 상황이라 아침부터 저녁까지 편집자와의 미팅과 교류가 끊이지 않았다. 물론 밤에도 술자리라는 명목을 빌어 일을 해야 했다. 참 많은 편집자들과 소중한 책에 대해 나름대로 한다고 하였지만, 나의 무능함으로 아쉬움을 많이 남기고 말았다. 일일이 거론하기 어렵지만 주마등처럼 스쳐가는 책들에게 미안한 마음을 금할 수 없다. 이러한 경험은 마케팅과 함께 편집자와의 커뮤니케이션이 얼마나 중요한지 알려주었다. 마케팅은 마케터 혼자서 하는 것이 아니다. 마케터는 편집자의 도움이 없이는 일을 할 수 없다. 생각해보면 마케터는 마케팅을 하는 사람이지만, 우리가 쉽게 가늠하는 마케팅 부서의 사람이 아니라 모든 상품의 개발과 마케팅까지 총괄하는 디렉터에 가깝다고 생각한다. 따라서 꼭 마케팅 부서의 사람을 마케터라 해야 하는지도 혼란스럽다. 내 소견으로는 마케팅의 개념을 더욱 잘 파악하고 더욱 잘 수행하는 사람이 마케터가 아닐까 생각한다.

마케팅 시스템 구축에 도전

영업이 개인 역량에 기대는 바가 크다면, 마케팅은 시스템과 조직력이 승부를 가르는 경우가 많다. 출판사 규모가 커지면 영업부 규모도 커진다. 두세 사람이 하는 경우와 십수 명이 일하는 경우 영업부서장의 역할은 확연히 다르다. 영업이 개인 역량에 따라 성과가 좌우되는 일이라 해도 부서장은 조직을 최적화할 구조를 만들어야 한다. 그런데 서점영업을 중심으로 한 영업조직의 조직화는 인력이 늘어난다고 더 효과적이지는 않다. 이미 거래하는 서점 수가 한정적인 상황에서 인력이 늘어난들 단위 생산성을 얼마나 더 높이겠는가. 내 경험으로는 6-7명이 넘어가면 오히려 과비용이 발생하여 생산성이 저하되었다. 그러면 어떻게 해야 하는가? 몇 년 동안 고민했지만 해답을 구하지 못했다. 다만 서점 영업자로만 인력구성을 하지 않는다면, 즉 서점을 대상으로 활동하는 영업과 독자를 대상으로 활동하는 마케팅을 분리하여 적절하게 운용하면, 인력 증가에 따르는 생산성 저하를 막고 어쩌면 생산성 증대를 기대할 수도 있다. 그런데 여기서부터 영업 조직의 영역을 벗어난 마케팅 조직을 구축해야 하는 숙제를 안게 된다.

2003년 가을, 중앙 M&B출판에서 북21의 영업본부장으로 복귀하였다가 사정이 생겨 2004년 여름에 북21을 사직하고 새로운 모색을 시도하고 있었다. 지금 몸담고 있는 위즈덤하우스 사장이 내게 꿈을 나누자고 하지 않았다면 조그마한 출판사를 운영하고 있을지도 모를 일이다. 그때 나는 내게 물었다. '출판을 통해 무엇을 할 수 있는가.' 뭔가 근사한 대답이 떠오르지 않았다. 겨우 떠오른 것은 영업자로 여기까지 왔는데 영업자로 끝을 보고 싶다는 소망이었다. 그 끝이 어디인지는 모르지만 출판 영업자가 밖에서 생각하는 것처럼(출판 영업하는 사람과 혼인한다니까 처가에서 굉장히 섭섭해 했다) 그렇게 천직賤職이 아니라 해볼 만한, 아니 어느 업종보다 자신의 꿈을 실현하는 데 근사한 업임을 보여주고 싶었다. 영업과 마케팅을 성공으로 이끌려면 먼저 공동의 목표를 향한 인식과 그를 실행할 시스템을 만들어야 한다.

나는 긴 시간 고민하던 영업과 마케팅에 대한 생각을 정리하여 우리 현실에 맞는 마케팅 조직과 마케팅 시스템을 위즈덤하우스에서 실험해보기로 하였다. 그래서 현재의 홍보마케팅분사원(이하 홍마분사)들과 2개월에 걸쳐 생각을 나누고 마케팅에 관한 개념을 인식하고 공동의 목표를 설정하려고 토의하고 또 논의하였다. 아침마다 20분씩 서로 이해하려 애썼고, 그러한 이해는 내부에서 밖으로 표출하려는 큰 힘이 되었다. 그 힘이 『살아 있는 동안 꼭 해야 할 49가지』 100만 부 돌파라는 선물로 다가왔다. 나와 우리 분사원은 이 책이 종합 1위에 올라갔을 때 진심으로 기뻤다. 종합 1위를 차지했기 때문이 아니라, 합심하여 하나의 목표를 성취했음이 진정으로 기뻤다.

출판 환경도, 영업 현장도, 영업자에 대한 시각도 참 많이 변한 것 같다. 21세기가 되면서 다른 모든 산업과 마찬가지로 출판도 변화의 격랑에 휩싸였다. 앞으로 우리는 어떤 모습의 출판을 하게 될까. 아니 어떤 모습의 출판영업자로 남게 될까. 4년 전쯤에 한 친구와 나는 우리 지식과 경험으로 5년을 버텨낼 수 있을까를 이야기한 적이 있다. 다행히 아직 살아남아 영업계 한 귀퉁이에서 책을 대하고 있지만 미래는 가늠하기 어렵다. 어쩌면 내가 알고 있는 모든 것을 버려야 비로소 영업자로 다시 태어나지 않을까. 시각장애인이 등불 찾는 격이다.

◆**신민식**── 1992년 도서출판 신서원에서 출판의 첫걸음을 시작했다. 신서원에서는 책도 만들고, 영업도 하고, 때론 인쇄소에서 감리를 보기도 했다. 21세기북스로 옮겨 약 10년간 주로 영업본부장으로 생활하였고, 중앙M&B출판에서 마케팅팀장을 잠시 맡기도 했다. 현재는 위즈덤하우스 홍보마케팅분사장이다.

비전을 만드는 법

임태주 웅진윙스 대표

다시 시장이 심상치 않다는 이야기가 들려옵니다. 월드컵 이후 나아질 줄 알았던 시장 상황이 예전의 여름시장 같지도 않고, 독자들의 성향도 밑바닥부터 변화가 일어나는 듯하다는 소리도 들립니다. 결국 매출 부진이 종잡을 수 없는 시장 환경 때문이라는 변명이 늘었습니다.

경영학에서는 지금처럼 예측하기 어렵고 불확실한 시장 환경에 대응해 기업들이 어떤 경영전략으로 접근하는가에 따라 산업조직론과 자원준거론으로 나누어 설명합니다.

각 산업은 이미 주어진 환경이기 때문에 기업이 환경요인에 크게 지배받을 수밖에 없음에서 출발하는 것이 산업조직론 관점입니다. 이러한 관점의 기업들은 경영전략을 수립할 때도 먼저 외부(산업)환경을 분석하고 이를 바탕으로 활동 방향을 결정합니다. 이들은 기업 운영에 필요한 자원과 능력은 외부시장에 이미 축적돼 있기 때문에 얼마든지 조달 가능하고 단기간에 구축할 수 있는 것으로 이헤히고 경영합니다.

산업조직론적 관점으로 출판 경영을 바라보면, 예컨대 겨울과 여름 시즌이 최대 호황기이므로 이 시즌에 맞춰 신간을 집중적으로 출간하는 계

356

획을 세우거나, 출판사업의 영속성을 확보하려고 고객의 니즈 이동 방향에 따라 출판 영역을 다변화하는 정책 구사 같은 예를 들 수 있습니다.

이에 반해 자원준거론 관점은 산업 환경을 주어진 것으로 보는 게 아니라 기업이 선택할 수 있다는 관점에서 출발합니다. 그래서 이들은 시장 환경에 의해 기업 경영이 통제되지 않도록 먼저 자사가 보유한 자원과 능력을 분석하고, 이를 바탕으로 내부 역량을 최대한 활용하는 경영전략을 수립합니다. 이 기업들은 시장 환경의 변동성과 위험성을 극복하려고 핵심 가치를 지닌 자원 확보나 역량 계발에 주력하는데, 특히 인적자원의 중요성을 인식해 유무형의 자원과 어떻게 조직화하고 시스템화해 기업 가치를 극대화할지를 중요시하는 경영형태를 보입니다. 출판계에도 이러한 자원준거론 관점으로 접근한 후발 경영자들이 기성 출판사들이 긴 시간 동안 이루지 못한 높은 성장성과 지속가능한 경영 시스템, 차별화와 경쟁 우위를 가진 자원과 역량으로 새로운 출판 모델을 선보여 괄목할 만한 성과를 보여줍니다.

관점에 따라, 즉 마음먹기에 따라 출판환경이라는 정체 모를 괴물도 선택과 통제 가능한 극복 대상이 될 수 있다는 것이지요. 시장 환경 때문에 일희일비하고, 독자의 잦은 배신 때문에 순결한 지향이 흐트러지지 않았으면 하는 바람입니다.

서두가 길었습니다. 저는 영업 현장을 떠난 지 꽤 오래되었고, 현장의 미세한 흐름을 민감하게 읽어내던 촉수도 무뎌질 대로 무뎌졌습니다. 이런 아둔한 자를 초대한 〈기획회의〉의 의도를 별 볼일 없는 식견이나마 영업 현장에서 땀 흘리는 후배들에게 조금이나마 도움이 될지도 모르니 훈수나 한번 뒤보라는 뜻으로 받아들였습니다. 예나 지금이나 영업자들의 가장 큰 고민은 역시 불투명한 미래, 비전 부재 같은 전망과 정체성의 문제인 것 같습니다. 저 또한 여전히 그 고민의 테두리 안에서 살아가고, 그래서 주제넘지만 이런 문제에 대한 제 나름의 생각을 독자들과 공유하고자 합니다.

미션을 명확히 인식하라

영업 현장을 왔다갔다 하다 보면 잦은 매너리즘에 시달리기도 하고, 직급 상승에도 불구하고 역할이 더 확장되지 않거나, 업무의 단순성으로 경력계발이 정체되거나 해서 직업에 대한 심각한 회의에 빠져들기도 합니다. 대개 이런 경우 자신의 미션에 대한 인식 부족이 주원인인 것 같습니다.

미션과 관련해서 어느 출판사 사장과 나눈 이야기가 생각납니다. 한 단체의 대량 특별 주문이 있었는데, 그쪽에서 요구한 구매 단가가 통상 매절 납품 단가 이하이어서 고민하다가 제작비와 인세를 따져보니 그 단가에도 이익이 발생하는 것으로 보여 영업 담당자에게 주문에 응하라고 지시했답니다. 그랬다가 영업 담당자에게 아주 호되게 당했답니다. 영업 담당자가 사장의 원가계산 방식에 문제가 있다며 고정비니 변동비니 하는 관리회계 개념을 들어 조목조목 반박하더라는 것이죠. 그 사장은 듣고 나서 소탐대실할 뻔했음을 인정했답니다. 속으로 그렇게 기쁘고 흡족하였다는 것이죠. 너무나 대견스러워 언제 그렇게 원가회계 공부를 했느냐 물었더니, 한 회사의 영업책임자이고, 회사의 사활이 걸린 매출과 수익을 관리하는 중요 직무를 수행하는데 원가회계 개념도 없이 자리에 앉아 있는 것이 부끄러워서 틈틈이 공부했다고 하더랍니다.

358

단적인 예에 지나지 않겠지만, 회사가 부여한 사명이나 책임을 명료하게 인식한 사람은 행동양식이나 동기부여에서 차이를 보입니다. 미션이 주는 또 하나의 미덕은, 미션 수행을 통해서 얻는 최종 성과의 질적 수준을 스스로 가늠할 수 있게 한다는 점입니다. 성과를 최고 수준으로 끌어올리려고 무엇을 더 보완해야 하는지, 어떤 조직과의 협력이 더 필요한지도 알게 됩니다. 이러한 과정에서 회사가 부여한 현실적 미션을 위해 자신이 존재하는 것이 아니라, 자신의 존재 가치를 실현하는 도구로서 미션이 필요함을 깨닫게 될 것입니다.

목표를 가져라

'Boys, Be Ambitious!'만큼 흔한 말이 '목표를 가져라!'일 것입니다. 결국 같은 말이기도 하지만 말입니다. 너무 흔해서 중요성이나 진정한 가치가 잘 드러나지 않는 말이기도 합니다.

목표에 관한 사례 연구 결과가 있습니다. 1979년 하버드경영대학원 졸업생들에게 "장래목표를 설정하고 기록한 다음 그것을 성취하기 위해 계획을 세웠는가?" 하고 물었더니 졸업생의 3퍼센트만이 목표와 계획을 세웠다고 했답니다. 연구자들은 10년 후인 1989년에 그 대상자들을 다시 인터뷰했는데, 놀랍게도 명확한 목표가 있었던 3퍼센트는 목표가 없었던 나머지 97퍼센트보다 평균 10배의 수입을 올리고 있음을 발견했다고 합니다. 두 그룹 사이의 유일한 차이는 졸업할 때 목표를 세웠는가입니다.

목표가 얼마나 중요한가를 설명하는 게 새삼스럽긴 합니다만, 요즘 유행처럼 번지는 개인 출판 창업과 연결지어서 생각해보겠습니다. 창업의 성패는 창업자의 출신 성분(에디터냐 마케터냐) 차이도 아니고, 자본 규모의 차이도 아니고, 창업 동기의 순수함이나 절박함의 차이도 아니고, 결국 창업을 위한 준비의 충실도가 흥망을 가름한다는 평범한 진실을 확인하는 경우가 많습니다. 출판 창업을 목표로 세워 이것저것 다양하게 경험하고 배움에 열의를 보이고, 시장도 꼼꼼하게 탐구하고, 자신이 경영자인 것처럼 고민도 해보고, 자신이 만들 출판사 모양을 오래도록 상상하고 그려본 분들이 대부분 창업에 성공하는 걸 보았습니다. 저는 그것을 목표의 힘, 목표가 주는 선물이라고 말하고 싶습니다.

출판 창업에 뛰어드는 많은 분이 쉽게 범하는 오류·착각은 자신이 시작하려는 일이 책을 만드는 가치 있는 일이라고만 생각하고, 영리를 목적으로 생산과 판매활동을 하는 사업이라고는 미처 면밀하게 생각하지 못하는 데 있습니다. 사업 규모가 크든 작든 자본과 인력을 가지고 기업을 영위하고, 자신이 경영자가 되어 무수한 경쟁자가 기다리는 '시장'이라는 전장에 뛰어든다는 생각을 잘 하지 않는다는 것입니다. 그들이 지닌 무기는 현장 영업 경력 10여 년, 또는 에디터 경력 10여 년의 경험과 노하우, 그동안 쌓은 인적 네트워크가 거의 전부로 실전에서 맞닥뜨리는 많은 문제를 해결하기에는 한계가 많습니다.

알다시피 경영은 기본적으로 크게 네 가지 관리활동의 집합입니다. 본원활동인 생산관리(기획편집)와 판매관리(마케팅·영업), 그리고 지원활동인 인사관리와 재무관리로 이루어지고, 경영자는 이 관리활동을 효율적으로 통합하고 운영하는 경영전략 활동을 수행해야 합니다. 그래서 자신이 경험하지 못한 다른 관리활동에 무지한 채 하는 출판 창업은 위험천만하다고, 그러한 경영 마인드를 배우고 익힐 때까지 시장이, 한정된 자본이 기다려주지 않는다는 것입니다.

조직이 경영자에게 요구하는 것이 또 있습니다. 경영철학이나 기업의 목적이라 할 수 있는 가치체계에 관한 것입니다. 출판사업은 다른 산업과 달리 정신적 가치가 중요하게 작용하는 지식사업인데다, 구성원 전체가 공유해야 하는 사업의 지향점이라든가, 사업체의 정체성이나 문화 같은 게 일관성 있게 운영 시스템에 녹아들어야 존재가치를 인정받는 사업조직입니다. 그런데 이런 것은 하루아침에 뚝딱 만들어지지 않습니다. 지향에 대한 치열한 내공도 깊어져야 하고, 사명감도 오래 담금질되어야 합니다. 이런 숙성의 시간이 필요한 일이 출판 창업인 것 같습니다. 즉 10년 노하우와 경험으로 창업할 게 아니라, 10년 전부터 수립하고 설계한 출판 창업이라는 목표로 창업해야 성공할 수 있지 않은가 싶습니다.

목표와 구체적인 계획이 있는 자가 만들어내는 10배의 차이, 목표의 마술을 잊지 않기를 바랍니다.

경영 마인드를 가져라

직장생활하면서 가장 많이 듣는 말 가운데 하나가 '주인의식을 가져라!' 입니다. 시키는 일만 수동적으로 하지 말고, 사장인 것처럼 애사심을 갖고 일하라는 이 말이 근로자 입장에서는 경영자들이 더 많은 질적인 노동력을 착취해서 더 나은 성과를 얻으려고 만들어낸 감언이설 같아 썩 달갑지 않기도 합니다. 그런데 분명한 것은 경영자 입장에서가 아니라 노동자 처지에서 바라봐도 주인의식을 가지고 일하는 사람과 주인의식 없이 일하는 사람의 생각, 열정, 성과, 비전이 분명히 다릅니다.

제가 다니는 회사는 '교육 서비스'가 주업이다 보니 직원들에 대한 교육

훈련이 가히 대학시절만큼 많이 이루어집니다. 연간 100학점을 이수해야 승진 대상이 될 수 있는데다, 핵심인재로 선발되면 각종 특별교육까지 부가됩니다. 도대체 일은 언제 하라는 말인가, 라는 의문이 저절로 나올 정도이지요. 그래서 저는 회사의 대표이사에게 이와 관련해 우문을 한 적이 있습니다. "이렇게 많은 비용을 들여 직원들의 역량계발에 투자를 하는 것은 좋으나, 요즘처럼 이직이 잦은 시대에 직원이 이직하면 결국 회사만 손해 아니냐?"가 제 질문의 요지였습니다. 대표이사의 답이 이랬습니다. "직원의 역량을 지속적으로 향상시켜 인재로 키워놓으면 물론 외부에서 스카웃 제의도 많이 들어올 것이고, 더러는 더 많은 연봉을 받고 전직도 할 것이다. 그런데 회사 입장에서는 직원들이 현재 상태보다 더 나은 역량을 보유하면 회사가 더 질 좋은 자원을 확보하고 더 높은 가치를 갖게 되니 좋고, 경영자 입장에서도 외부에서 아무도 스카웃 제의를 해오지 않는 경쟁력 없는 직원들과 일하는 것보다 늘 스카웃 제의를 두어 개씩 받는 인재들과 일하는 것이 보람 있고 행복한 일이다. 그러니 그것은 비용이 아니라 자산이며, 결코 손해가 아니라 눈에 보이는 이익이다."

직원 입장에서 한 생각과 경영자 처지에서 한 생각의 차이가 이렇게 큰 것이구나, 생각의 차이가 기업의 향방을 바꾸고 조직과 개인의 미래를 있게도 없게도 하는구나를 깨달았습니다.

요즘 조직구조를 팀제로 전환해서 운용하는 출판사가 매우 많아졌습니다. 사업부제, 팀제라는 독립적이고 경쟁적인 조직구조 운용에서 가장 중요한 성패 요인은 임파워먼트의 프로세스를 얼마나 체계적으로 만들고 효과적으로 운영하는가입니다.

이를 위해서는 두 가지가 전제되어야 한다고 생각합니다. 하나는 어떤

362

의사결정을 내릴 때 권한을 위임받은 자가 적어도 경영자의 경영 정책과 업무 원칙에 따라서 선택하고 판단하는 공유된 가치가 있는가입니다. 두 번째는 권한을 위임받은 자가 주어진 권한만큼 주요한 의사결정을 내릴 만한 합당한 역량과 전문성을 갖추었는가 하는 것입니다. 결국 직원 개개인이 경영자처럼 생각하고 판단하고 행동하지 않으면 그만큼 임파워먼트의 효과는 줄어들며, 권한과 책임을 통한 개인의 성장도 제한적일 수밖에 없습니다. 경영자처럼 사고하고 판단하려고 자기계발을 게을리하지 않으면 언젠가는 틀림없이 훌륭한 경영자가 되어 있을 것입니다. '주인의식을 갖자!'는 말은 감언이설이 아니고 진짜 보약이 되는 진실한 충고의 메시지입니다.

협상력과 커뮤니케이션 역량을 키워라

예전에는 출판영업이 거래처 담당자들과의 친밀한 인간적 관계나 다양한 판매채널 관리 노하우와 네트워크 형성이 거의 전부인 듯 했습니다. 그런데 IMF구제금융을 기점으로 도매상 연쇄부도, 소매점 줄폐업 등을 통해 이런 인간적 관계로 전개된 영업의 폐해가 여실히 드러났습니다.

출판 유통 환경에 관한 제도적 논의와 정비가 많았고, 이제는 영업 현장의 인식도 합리적인 경쟁시스템을 받아들일 만큼 성숙해진 듯합니다. 출판기업들도 원칙과 시스템에 기반을 둔 영업활동을 하고 있어서 유통 환경 질서도 바람직한 방향으로 가는 것으로 보입니다.

이러한 유통 환경은 영업자에게 영업 관리 능력뿐만 아니라 마케팅 역량까지 요구합니다. 게다가 시장이 성숙기에 접어들어 성장성이 둔화된 국면이라 전략적 경쟁보다 전술적 경쟁이 점점 더 치열해져 영업 담당자들이 눈코 뜰 새 없이 바쁘고 많은 스트레스를 견뎌야 하는 상황입니다.

영업의 성과는 결국 최후의 격전지인 서점에서 판가름납니다. 영업활동의 거의 전부가 서점과의 거래관계에서 이루어지는 협상 행위이고, 협상 결과가 영업의 성과로 나타난다고 볼 수 있습니다. 신간이 나올 때마다 배본부수와 공급가격을 논의해서 확정하는 일부터, 진열 공간 확보를 위해 동원하는 다양한 프로모션 활동에 이르기까지 모두 다 상호 협상에 의한 것이고, 협상 과정은 곧 상호 작용적인 의사소통, 즉 커뮤니케이션 과정이라 할 수 있습니다.

비즈니스 전선에서는 똑같은 상황에서 협상해도 결과는 천차만별입니다. 협상력의 차이가 곧 그 회사의 경쟁력 차이이기도 하고, 수익률 차이와 직결되기도 합니다. 영업현장을 들여다 보면 이렇게 중요한 영업 기술 협상력이 영업자들에게 많이 부족한 것 같습니다. 협상을 커뮤니케이션 과정으로 받아들이지 않고, 승자와 패자가 있는, 싸워서 이겨야만 하는 게임으로 받아들여 여전히 갑의 입장만을 고수하는 이도 있고, 협상력을 화려한 언변이나 선천적 자질 같은 것으로만 여기는 분도 있습니다. 협상은 씨름처럼 맞잡고 싸우는 것이 아니라 댄스처럼 본질적으로 상호 공동의 이익을 추구하는 행위이고, 본질과 원리를 이해하면 누구나 역량을 향상시킬 수 있는 인간관계의 한 형태로 볼 수 있습니다.

영업 현장에서 거래상들의 불협화음과 불편한 관계가 자주 형성되는 이유를 짚어보면 어느 한쪽의 일방적인 주장이나 일방적인 요구 때문임을 알 수 있습니다. 거래 관계를 협상 관계로 인식하면 자신의 이익은 반드시 상대방을 통해서 얻어야 하고 반드시 상대방의 이익도 전제돼야만 가능함을 알게 됩니다. 거래처와의 윈윈 관계는 언제나 자신의 이해를 관철하려고 상대방의 이해를 살피고 나를 이해시키는 설득 과정에서 생겨나고, 자신의 필요interest만큼 상대방의 필요도 헤아리는 관계에서 성립됩니다.

다만 내가 원하는 것을 더 얻어내려면 상대방이나 비슷한 사례에 관한 정보도 더 많이 알아야 하고, 설득의 논리도 개발해야 하고, 상대방이 내 이해를 받아들이는 대신 상대방에게 줄 여러 가지 옵션도 개발할 줄 알아야 합니다. 작고 하찮은 협상일지라도 이러한 요인을 준비하고 점검해서 전략적으로 접근하는 습관이 필요합니다.

덧붙이자면, 영업자는 가장 가깝고 중요한 내부고객인 편집자와 커뮤니케이션하는 역량계발에도 노력해야 합니다. 모든 출판사들의 해묵은 딜레마인 매출 부진의 책임이 편집자에게 있는가 영업자에게 있는가도 사실은 커뮤니케이션 문제이고, 출판사업 전체를 형성하는 가치사슬, 즉 출판업의 본질적인 순환 고리에 대한 근본적인 이해 부족과 소통 부재에서 발생한다고 볼 수 있습니다. 시간이 부족해서 그렇겠지만 영업자들은 대체로 신간을 텍스트로만 이해하려는 경향이 강합니다. 그러나 정말 좋은 영업자는 책의 레이아웃이나 디자인 등 이미지 측면과 그 책이 지니는 시대적·사회적 의미 같은 가치적 측면까지 살펴봅니다. 편집자들이 애쓴 보람을 느끼는 지점에 대한 관심과 격려는 최상의 커뮤니케이션이 될 것입니다. 책은 단순히 상품이나 물성적인 것이 아니라 영성을 지닌 유기체임을 늘 인식하면, 편집자들의 혼신의 결과물인 책의 이면, 즉 행간에 불어넣은 욕망이나 의도, 내재된 세계관까지도 읽을 수 있습니다. 그러면 분명히 그들에게 최고의 파트너로 신뢰받고 인정받는 영업자가 될 수 있습니다.

영업은 수익률 게임

경제학 이론에 승수이론乘數理論 또는 승수효과가 있습니다. 경제현상에서 어떤 경제량, 예를 들면 투자 증가가 파급적인 효과를 만들어 투입의 몇 배가 되는 산출 증가를 가져오는 경우가 있는데, 승수이론은 최초의 경제량 변화가 최종적으로 만들어내는 승수적 효과를 분석하고 이론화한 것입니다.

매출이 100억 원인 출판사가 비용 99억 원을 들여 1억 원의 수익을 발생시켰다면, 손익구조가 변하지 않는 한 수익 2억 원을 얻으려면 매출을 200억 원 해야 합니다. 이론상 그렇습니다. 그러나 이 출판사가 1퍼센트 정도의 비용 절감에만 성공하면 매출을 더 늘리지 않더라도 2억 원의 수익을 더 올릴 수 있습니다. 실제로도 매출을 두 배로 늘리기보다 수익을 두 배로 늘리는 일이 가능성이 더 크고 쉬우며 훨씬 경제적입니다. 이를 '원가 절감의 승수효과'라고 합니다.

또 요즘 선진 기업에서는 EVA(경제적 부가가치) 개념을 도입해서 경영성과 진단과 평가에 활용하고 있습니다. 기업이 영업활동으로 얻은 수익 중 사업에 투자된 자본을 빼고 실제로 얼마나 이익을 냈는가를 보여주는 경영지표입니다. 이 개념을 출판업에 적용하는 게 적절한지 모르겠지만, 출판경영도 본질적으로 여타 기업의 메커니즘과 다를 바 없으니 영업활동의 성과가 자본의 투하 가치 이상의 경제적 부가가치를 창출하는지 살펴보는 것도 의미 있을 것입니다. 기회비용 측면에서, 책을 생산하든 마케팅 행위를 하든 투자한 비용이, 아무 행위도 하지 않고 은행에 그만큼 적립해 두면 이자율이라도 벌어들이는 자본증식 기회 가치를 넘어서 효율성과 생산성을 창출하는가에 대한 근본적 질문을 잊지 말아야 합니다. 회사의 자원을 소비하는 것뿐만 아니라 자신의 노동과 지식과 시간이 새로운 잉여가치를 창출하는 데 기여하는지 점검해보아야 합니다.

영업 현장에 계신 분들이 특히 비용 절감에 관한 고민, 원가에 대한 개념 정립을 확고히 했으면 하는 바람이 큽니다. 영업은 매출 게임이 아니라 궁극적으로 수익률 게임이고, 수익이야말로 한 그루의 나무라도 덜 쓰러뜨리는 일과 직결된 소중한 가치임을 간과하지 않기를 바라는 마음 간절합니다.

◆**임태주**——경영학을 전공했으며, 시인으로 등단했다. 현암사를 시작으로 출판계에 발을 들여놓았다. 이후 문학동네, 시공사, 북토피아 등에서 영업, 마케팅, 기획 관련 업무를 했다. 현재 웅진윙스 대표로서 사업기획과 백오피스 업무를 총괄하고 있다. 요즘 새로운 출판조직 모델에 대한 고민을 즐기고 있다. SBI에서 마케터들을 대상으로 사업전략과 출판관리회계 과목을 강의하고 있다.

멀리 가려면 함께 가라

김경배 ㈜실천문학 영업이사

20대 후반의 나는 만사가 서툴렀으며 불확실한 미래가 두려웠다. 내 무모한 시도는 언제나 바람처럼 사라졌으며 그러한 경험은 나를 저돌적인 돈키호테로 만들었다. 그렇지만 기쁨은 슬픔이요 희망은 절망이었다. 그리고 절망은 또 다른 희망을 잉태하였지만, 하고 싶은 일은 많은데 자력으로 할 수 있는 일은 없었다. 현실은 언제나 냉정했고 암담했다.

머리는 하늘에 있고 몸은 지하에 있는 괴리가 사고와 기력을 나눠놓았다. 그 때문인지 나는 직업을 결정하지 못하고 떠돌았다. 나는 내가 설정하는 목표를 이루려고 현실 이해와 경험이 필요함을 깨닫는 데 많은 시간을 필요로 했다.

도서신문에 출근하다

환경이 바뀌면 사람의 정신 상태도 바뀐다고 했던가. 무기력하게 지내던 어느 날, 아주 우연히, 나는 생각을 바꿀 계기를 만났다.

"너, 영업을 더 하지 않을래?"

내 근황을 전하여 들은 선배가 찾아와 제안을 했다.

마포구 삼창프라자 2층에 있던 신문사는 〈도서신문〉 창간호를 준비하느라 분주했다. 나는 그곳에 광고국 사원으로 입사했다.

도서신문사는 신생회사 종사자들에게서 흔히 볼 수 있는 활기와 일에 대한 열정이 가득했다. 경영자는 사업체의 비전에 확신을 갖고 있었다. 그들의 강렬한 에너지는 내가 보는 세상을 출판과 광고란 측면에서 새롭게 현현시켜 놓았다. 나는 광고를 집행하는 출판사 리스트 150개를 작성하여 매일 열두 군데 이상을 방문하였다. 나의 활동을 출판사를 방문하기 위하여 이동하는 코스와 상담자와 나눌 화제를 개발하는 것으로 단순해졌다. 몸과 생각과 행동이 하나가 되는 시간이었다. 일을 하면 할수록 즐거움이 배가되었다.

출판계 사람 대다수는 책과 관련된 이야기라면 시간을 할애하고 몰입하며 즐겼다. 그들의 솔직하면서 단호한, 소신에 찬 활동과 선과 올바름을 추구하는 모습은 나를 기쁘게 만들었다.

정보를 모아서 가치로 환원하는 조직. 사실 유무를 떠나 출판계의 많은 이야기가 사무실 어디서나 떠도는 조직. 알고자 하는 것이 있으면 정보 접근이 용이한 조직이 신문사였다. 출판전문 신문사 근무는 출판계 전반의 상식과 이해력을 쌓는 데 용이한 방편이었다. 그 덕택에 내가 만나는 사람들과 그들의 세계에 대하여 빠른 시간에 이해할 수 있게 되었다.

그런데 일 년이 지나갈 무렵 문제가 발생하였다. 출판광고를 집행한 후 광고주가 광고비 대비 효용을 측정할 수 없다는 단점을 발견한 것이다. 광고주가 광고 효과를 불신한다는 느낌을 받았다. 나의 존재 이유가 광고 수주였는데, 내가 수주한 광고매체는 광고주에게 효용과 경비 대비가 부담스런 상품이었다. 사직서를 제출하고 혼자서 술을 마셨다. 주인장의 푸념을 들으면서 술집에서 나왔을 때는 먼동이 트고 있었다. 갈 곳이 없었다. 절망하거나 좌절하지 않았다. 마음은 편안했다. 미치도록 즐거운 일이 곧 일어날 것 같았다.

출판 영업 시작

출판사 영업부에서 직장생활을 다시 시작했다. 입사 석 달 만에 베스트 도서를 만지게 되었다. 표지와 제목 컨셉트를 여러 측면에서 검토한 책이 출판담당 기자와 유통업체 종사자들에게 우호적인 평가를 받았다. 독자도 좋은 반응을 나타냈다. 우리가 노력하여 표현한 결과가 몇 십만 명의 독자와 교감한다는 것이 놀라웠다. 책을 읽으면서 내가 느꼈을 즐거움을 수많은 독자가 함께한다는 사실에 뿌듯한 자부심을 가졌다. 출판영업을 배우고 활동하며 재미가 생겼다.

그런 어느 날, 고향 선배가 전화를 걸어왔다.

"오늘 밤에 출판기념회가 있는데 얼굴 좀 보자."

평소 좋아하던 대학선배가 첫 시집을 냈다고 한다. 출판기념회에 참석한 나는 익숙한 얼굴이 많아서 기분 좋았다. 그러나 선배가 참석자를 소개할 때 황당한 소리를 들었다.

"앞으로 우리 출판사 영업부를 책임질 김경배입니다."

요란한 박수 소리가 들렸다. 나는 선배의 체면과 출판기념회 분위기를 무시하고 나를 소개한 말을 부정할 만큼 냉정하지 못했다. 다음날 아침 선배에게 전화를 했다.

"미안하다. 오늘 밤에 소주 한잔 하자. 만나서 이야기할까?"

선배를 만나려고 찾아간 술집에는 소설가 현기영 선생이 자리를 잡고 있었다.

"빨리 오셨네요. 이 친구가 앞으로 영업을 담당하기로 했습니다."

결국 선배의 저돌적인 강요로 이직하기로 했다.

더불어 할 일이 생겼다

실천문학은 문학의 실천이란 명제 아래 1980년 설립된 회사였다. 강제 폐간, 세무사찰, 대표의 구속 등 험난한 이력을 겪으면서도 출판사 설립 정신을 올곧게 유지하였다. 계간지 〈실천문학〉을 바탕으로 문학·인문·사회과학 출판물을 발행하는 진보 성향의 이미지가 강렬했다. 그러나 영업부는 업무를 인수인계할 전임자나 영업 현황을 안내할 사람이 없는 상태였다. 그나마 1990년 초반에 전산처리한 영업 관리 프로그램에 자료가 남아 있어 다행이었다. 3년 동안의 도서 판매 현황과 거래처별 매출과 수금을 검색하고 분석했다. 그리고 실천문학 영업부가 직면한 과다재고 도서소화계획과 채권 회전일 개선 방안을 제시했다.

이러한 일을 효과적으로 수행하려면 조직에서 커뮤니케이션이 충분하게 이루어져야 함을 알고 있었다. 사회생활 6년 동안 다양한 체험이 무엇을 어떻게 해야 하는지 알려주었다. 영업자가 업무를 정확하게 파악하고 효과적으로 수행하게 하려고 업무 보고서를 표준화했고 부서에 기본적으로 비치할 서류를 만들었다. 사내 협의체계와 보고체계를 정비하여 업무의 책임 소재를 명확히 했다.

또한 거래처 관리 지침을 결정했다. 거래처 관리 지침은 실천문학의 경쟁력을 확보하고 영업 환경을 좋게 만들어 보자는 지향 설정이었지 현장에서 합의한 결과물은 아니었다. 보수적인 출판유통, 영업 현장에서 어설프게 변화를 시도하다간 유통업체에게 부메랑을 맞을 소지가 많았다. 목표를 설정했다고 일을 서둘러 진행하여 출판사의 이미지를 훼손할 수는 없었다. 거래처의 영업 특성을 이해하고 거래처 종사자들의 성격과 업무 스타일 파악에 주력했다. 영업 현장에서 이루어지는 상담 내용과 협상 결과를 눈여겨 살펴보았다.

자고났더니 세상이 바뀌었다는 막연한 이야기를 믿을 수 없었다. 거래처가 출판사를 위하여 거래 조건을 개선하리란 기대도 없었다. 그렇다고 위탁판매의 모순된 유통관행과 중복거래의 비합리적인 부분을 방임하기에는 실천문학의 도서 관리에 비효용적 요소가 너무 많았다. 영업부를 관리하면서 실천문학의 거래처만이라도 실천문학의 영업정책을 수용하여 서로가 더불어 하기를 희망했다.

전국에 산재한 130여 거래처를 영업자 두 명이 관리한다는 것은 무모한 과욕으로 보였다. 관리되지 않는 거래처는 거래처가 아니기 때문이다. 출판물 유통에서 산적한 문제를 해결하려고 복잡한 것은 단순하게, 흩어진 것은 한 곳으로 모아야 했다. 실천문학의 거래처를 단순하게 조정하여 도서 흐름을 명료하게 하면 영업력도 강화될 것이라 판단했다. 거래처가 인정할 명분과 실천문학의 논리를 수용할 거래처가 필요했다.

거래형태를 규정할 약정서를 만드는 것이 시급했다. 다른 출판사의 거래약정서와 도매업체가 소매서점과 체결한 거래약정서를 찾아 검토하였다. 다른 업태에서 사용하는 거래약정서 샘플을 수집하였다. 상품을 공급하고 채권을 행사하지 못하는 출판계의 도서 판매 방식은 관리 측면에서 모순투성이였다. 맨투맨 영업도 아니고 루트영업을 하면서 관리시스템이 구축되지 않았다. 출판사는 자신의 유통망을 확보하지 못한 허약한 제조업체의 전형을 고스란히 보여주었다.

영업을 몽상으로 할 수는 없었다. 출판계 현실을 인정하고 그에 근거하여 약정서를 꾸몄다. 회전일 개선 방안을 마련했다. 일대다의 관계에서 일대일의 관계, 실천문학과 거래처가 특별한 관계임을 내포하는 약정서를 마련했다. 그러면서 실천문학은 거래처와 공평하고 합리적 관계 설정을 희망한다는 원칙을 제시했다. 완고함과 이익 포기가 출판사의 영업정책을 세우고 시스템을 구축하는 수단이었다.

거래약정서 초안이 만들어질 무렵 시장에서는 도매업체의 부도가 연이어 발생하였다. 계속되는 거래처 부도와 새로운 분야의 출판물을 무리하게 발행한 탓에 적자는 더욱 늘어났다. 불투명한 도서 판매 흐름을 단순하게 조정하면서 회사의 불안한 경영 상태를 개선해야 했다.

수도권 13개의 도매업체 가운데 5개 거래처와 거래약정서를 체결하고 8개 거래처는 1년 동안 거래를 유보하기로 했다. 매출을 몰아주고 자금을 확보했다. 도서 흐름을 명확하게 함으로써 과잉생산을 하지 않았다. 반품률이 급격하게 떨어졌다. 그러나 회사의 경영 상태는 투자 실패 때문에 점차 나빠졌다. 대표이사와 경영진이 동반 사퇴하고 소설가 김영현이 사장으로 취임했다.

영업부장＋총무부장

신임 대표이사는 현상을 보는 직관과 통찰이 뛰어났으며, 아름다움에 환호할 줄 아는 순수한 사람이었다. 인간을 신뢰하고 배려할 줄 아는 사람이었다. 그는 회사의 인감도장과 통장, 발행하지 않은 은행도 어음과 수금한 타수어음을 건네며 총무부장을 겸임하라고 했다. 한 달이 지날 무렵 대표에게 면담 신청을 하고 술자리에서 만났다.

"뭘 믿고 제게 맡기셨어요? 들고 튀면 어쩌려고요!"

영업과 총무 데스크 겸임은 상반된 관점의 업무를 동시에 진행해야 한다는 부담이 있는 자리였다. 창과 방패라는 이질적인 역할을 함께 수행한다는 것은 잘해야 본전이니 누구나 체크할 수 있게 업무를 투명하게 진행하고 항상 공명정대하게 생활할 것을 충고한 선배의 말처럼 의욕을 앞세울 일은 아니었다. 무엇보다 술자리가 빈번한 나는 회사의 인감도장과 수금한 타수어음을 가방에 넣어 둘러메고 다니는 일이 몹시 불편했다. 아무리 술을 마셔도 가방에 신경이 쓰여서인지 취하지 않았다. 두 가지 업무를 동시에 수행하는 어려움을 토로하고 어음과 인감도장을 대표에게 반납할 생각이었다.

"내가 그래도 명색이 철학과 출신 아니냐. 관상을 부전공으로 공부했지. 김 부장 얼굴은, 십억 대라면 모를까 일이억 가지곤 사고를 칠 관상이 아니야. 십억 대의 운영자금이 사무실에 있으면 과감하게 회수할 테니까 걱정 말고 김 부장이 잘 운영해봐."

관상을 이야기하며 그는 나의 생각을 가로막았다. 그리고 개인의 능력이 조직을 발전시키는 것이지 조직이 개인의 삶을 보장하지 않는다면서, 기회 있을 때 부지런히 뛰어서 삶을 가꾸라고 했다.

"삼국지에 등장하는 참모 가운데 마음에 드는 인물은 누군가요?"

대표가 원하는 나의 역할이 무엇인지 궁금하여 화제를 바꾸었다.

"제갈량은 완벽주의자 같아서 인간적인 매력이 없고… 그렇지, 순욱! 순욱이 괜찮지."

"빈 사발을 받자 독약을 먹고 자살한 조조 참모 말입니까?"

374

"모가지 날려놓고, 땅을 치며 후회하고 그리워하게 하는, 그런 사람이 진정한 참모가 아닐까?"

대표는 삼국지 등장 인물 가운데 제일 좋은 참모는 순욱이라 했다. 하고자 하는 일에 사명감을 갖고 잘못된 것과 타협하지 않으면서, 통합적인 사유를 할 줄 알며, 올바른 것을 직언할 줄 아는 용기 있는 사람이 참모로서는 제격이라 했다. 그 때문인지 사장은 합리적인 이야기를 경청할 줄 알았으며 자신의 판단착오를 인정할 줄 아는 여유가 있었다. 그렇지만 나는 효용성과 생산성에 집착하고 차변과 대변의 함수 관계를 따지는 냉정한 사고를 끊임없이 하여야 했다.

업무를 바라보는 시선이 점차 정교(나만의 착각?)해졌다. 사무실에서 진행되는 많은 일이 자연스럽게 들려왔다. 원인이 보이고 과정이 그려지고 결과가 생기는 것이 보였다. 내 영업은 사전에 시장조사하고 무엇인가와 대비하여 장단점을 분석하고 우리가 투입한 만큼 원하는 것을 산출하고 그것을 시장에서 상담하고 만들어가는 일이었다.

내 업무는 관리요 촉진이었지 창조는 아니었다. 나는 도서를 통하여 독자를 계몽하거나 인도하려 하지 않았으며 의미를 과대포장하지 않았다. 거래처를 장악하여 자사의 이익을 도모하지 않았다. 사무실에서는 거래처의 입장을 생각하고 거래처에서는 회사의 처지를 전달하는 중개자 역할에 충실했다. 실천문학에서 발행한 도서가 독자들에게 편안하게 흘러갔으면 했다. 또한 어설픈 화제로 독자를 유혹하지 않았으며 세간의 평가에 흥분하거나 낙담하지 않았다.

대신 원고와 저자를 축으로 하여 시장과 호흡하는 판매계획서를 작성하는 데 많은 시간을 할애했다. 시장의 변화에 대응하는 논리를 개발하고 시장의 흐름을 검토하고 실천문학이 실행할 수 있는 판매촉진 수위 결정에 신속했다. 해야 할 것과 하지 말아야 할 것을 신중하게 변별했다.

일회일비하지 않아야

요즘 출판계 대다수 영업담당자는 판촉마케팅 없이는 도서를 판매할 수 없다고 생각하는 듯하다. 그렇지만 마케팅 지상주의는 과불급過不及이다. 출판계에서 생활하면서 책을 많이 팔려고 시도했다가 망한 출판사는 봤지만, 책이 팔리지 않아 망한 출판사는 아직 보지 못했다. 목표를 설정했다고 항상 성공하는 것은 아니었다. 인생도 사업도 실패와 성공이 교차한다. 누구는 어느 순간 화려하게 등장하여 순식간에 수명을 다하여 사라지기도 하고 누구는 조용히 자신을 일구다가 말년에 위명을 떨치기도 한다. 그러나 진정한 성공은 현재가 평범할지라도 세월 속에 굳건하게 자리 잡은 모습이어야 한다.

일회일비하지 않는 감정과 신념으로 사업을 일관되게 유지하는 것이 영업력을 배가하는 가장 큰 힘이었다. 힘을 제대로 발휘하려면 리듬을 타야 하듯 지속적인 성장을 위하여 조직의 응집력을 모았다가 풀어주고 풀었다가 모을 수 있어야 한다. 모두가 즐길 수 있는 일을 공유해야 한다.

실천문학에서 10년 넘게 근무하면서 신간도서를 400여 종 이상 배본했다. 기행서의 새로운 모범을 보여준 이용한 시인의 『사라져가는 오지마을을 찾아서』를 시작으로, 성장소설의 전범으로 일컫는 현기영 장편소설 『지상에 숟가락 하나』, 한국 출판시장에 평전 붐을 일으켰던 『체 게바라 평전』, 우리 시대 최고의 작가 박완서 선생의 장편소설 『아주 오래된 농담』과 여행이야기 기행산문집 『잃어버린 여행가방』, 섬진강 시인 김용택의 동시집『콩, 너는 죽었다』, 조정래 23년 만의 신작 장편소설『인간 연습』등 많은 책이 독자와 친밀하게 호흡했다. 그러나 독자에게 외면 받은 도서도 적지 않았다. 가장 아쉬운 도서는『문익환 평전』이다. 들인 품에 비해 독자의 반응은 싸늘했다. 광고 판촉비용으로 7000만 원을 들였지만 판매 부수는 1만 4000부에 그치고 말았다. 결과를 분석하면서 판매계획서에 부여한 의미가 부질없음을 확인했다. 다시는 반복하지 말아야 할 경험이었다. 화려한 실패라 규정짓고 우리만이 할 수 있는 의미 있는 작업이었다고 자족했다.

　유명필자와 도서 발행에 대하여 구두약속이 이루어지거나 기획이 설정되면 나는 긴장 상태에 돌입한다. 1년, 2년. 어떤 필자 원고는 5년 만에 받기도 하였으니 그 긴장은 긴 시간 동안 유지되었다. 그렇지만 계약금은 지불했는데 더는 글을 쓰지 못하는 경우도 종종 있으니 5년 만에 원고를 받는 것 또한 감사하고 고마웠다. 원고가 들어올 때까지 필자의 동정과 시장성을 유심히 들여다보며 자료를 모은다. 다른 출판사에서 판매된 도서보다 우리가 판매하는 신간도서가 더 팔리거나 비슷한 수준을 유지하면 다행이지만 그렇지 않을 경우 필자나 회사 주변 사람들이 실천문학의 영업력이 부족하여 판매가 부진했다, 라고 할까 봐 나는 노심초사이다. 누군가 실천문학을 부정적으로 인식한다는 것은 상상하기도 싫은 끔찍한 일이었다. 아직까지 끔찍한 일을 당하지 않았고 이제는 긴장을 즐길 수 있는 여유를 갖게 되었다. 이러한 여유는 판매계획서 때문에 만들어졌다.

　하나의 기준을 갖는다는 것은 나의 행보를 자유롭게 했고, 일어날 수 있는 현상을 예측하게 하였으며, 문제를 발견하고 예방하게 하였다. 연출하려 한 일이 의도대로 진행되었을 때 누릴 수 있는 풍성한 만족 때문에 나는 열정을 유지할 수 있었다.

그럼에도 나는 여전히 나만의 힘으로 단 한 권의 도서도 판매하지 못했다고 단언한다. 어떤 출판사를 살펴보아도 각 파트의 일을 개인이 모두 소화하지 못한다. 외주하거나 동료와 더불어 만들거나 하고자 하는 일을 누군가에게 의존하여야 한다. 출판사의 업무는 대부분 아웃소싱으로 이루어진다.

"빨리 가려면 혼자 가고 멀리 가려면 함께 가라."

아프리카 대륙의 속담인데, 요즘 자주 되뇌는 말이다. 자유로움과 질서, 시간과 공간의 의미를 되돌아보게 하는 말이다. 살면서 경계해야 할 것과 지향해야 할 것을 함축하면서 살아남으려면 무엇이 중요한지 말하고 있다. 그리고 함께하는 동료의 중요성을 일깨워준다.

이제는 나를 끌어주고 밀어준 고마운 사람들과 멀리까지 함께 가기 위하여 나를 정교하게 가꾸었으면 한다.

◆**김경배**── 1994년 도서신문사에서 출판계와 인연을 맺었다. ㈜실천문학에서 12년째 근무하며 영업, 총무, 광고 업무를 담당한다. 지금의 목표는 40대 중반 이후에도 열정을 유지할 체력을 보강하는 것이다.

출판영업에서 잊지 말아야 할 몇 가지!

홍대기 문학과지성사 영업부 팀장

열정을 배우다

학교를 마치고 직장을 선택하면서 가장 먼저 고려한 것은 어떤 일이 조금이라도 덜 그리고 느리게 지겨워질까? 였다. 그리고 넥타이를 가급적 안 매는 일이었으면 하는 바람이 있었다. 그래서 택한 것이 출판이었고 상경하여 우여곡절 끝에 선배의 소개로 출판계에 발을 들여놓았다. 그렇게 입사한 출판사가 명상이었고 맡게 된 일은 편집이었다. 당시의 명상은 주로 불교 관련도서나 건강의학서를 내었다.

명상의 이영기 대표를 만난 것은 대단한 행운이었다. 이 대표는 겉보기에 산적 두목 같은 덩치와 호랑이 같은 인상인데 실제로는 트렌드에 대한 예리한 감각과 정치한 사고를 하는 분이었다. 그러면서도 저자 집단과 폭넓게 교류했고 기획에서 편집실무, 제작과 영업에 이르기까지 다양한 경험이 있었다. 무엇보다 이 대표에게 배운 것은 경영상 큰 어려움을 겪음에도 불굴의 의지로 다시 일어서는 삶의 자세였다. 입사 초기 명상은 과도한 투자로 인한 경영난을 극복하려고 다양하게 활로를 모색했다. 이 대표와 나는 거의 1년을 넘게 회사에서 살다시피 하며 일주일에 한두 번 집에 들

379

어갈까 말까 할 정도로 재기에 열정을 불태웠다.

지금도 사무실에서 밤을 새우고 아침이면 삼청공원으로 운동하러 가면서 두런두런 이야기하던 그때가 가끔 떠오른다. 고난을 극복하려는 노력 끝에 낙이 오는 걸까? 1998년경 출판한 몇몇 책이 판매 호조를 보이면서 회사 살림이 한결 호전되었고, 얼마 뒤에는 상당한 사세를 갖추게 되었다. 하지만 이 시기에 나는 출판방향에 대한 이견으로 명상을 떠나게 되었다.

그러던 중에 소설을 쓰는 친구의 소개로 현재의 문학과지성사로 옮겼다. 업무는 낯설게도 영업부. 명상 시절에 제작이며 수금도 몇 번 해봤고 편집보다 영업일이 재미있을 듯싶었으며, 학창 시절 문학회활동을 통해 선망하던 출판사였으니 일단 들어가고 보자는 심산이었다. 나의 출판영업은 이렇게 엉겁결에 시작되었다.

엉겁결에 시작한 출판영업

당연히 신명났다. 원하던 문학전문 출판사에, 그것도 문학과지성사에 입사하다니 앞으로 펼쳐질 모든 일이 보랏빛 희망으로 가득했고 꿈길을 걷는 듯 행복한 나날이 계속될 것처럼 여겨졌다. 책에서만 보던 작가들을 드디어 만날 수 있고 밥을 굶으며 사서 읽던 시집들을 그저 볼 수 있다는 것만으로도 행복했다. 당시에는 영업부가 합정동의 도서관리부와 함께 있었는데 오전에는 영업부도 같이 주문을 받고 도서 출고를 돕다가 오후에는 서점으로 영업활동을 나가는 식이었다. 영업을 나갔다가도 가급적 빨리 회사로 돌아와 책을 뒤적이며 신났던 입사 초기 몇 달이 지날 무렵 창고를 파주로 옮겼고 영업부는 서교동 본사 건물로 이전하였다.

이때부터 조금씩 보이는 것이 있었다. 1975년 문학평론가와 작가 몇 분이 뜻을 모아 세운 문학과지성사는 창업 초기부터 내려오는 몇 가지 불문율이 있었다.

첫째, 인세를 10퍼센트 이상 지급한다. 둘째, 자비출판을 하지 않는다. 셋째, 아동물·교재 출판을 하지 않는다. 넷째, 문학서는 국내문학만을 다룬다. 다섯째, 편집동인 전원이 동의하는 책만을 발행한다 등등이었다. 지금이야 너무도 당연한 이야기겠지만 1970년대에서는 대단히 혁신적인 생각이었다. 그러나 그 원칙들은 인세조차 제대로 지급하지 않던 당시의 것이었고 저작권 계약 없는 해외저작물의 중복출판과 아동 전집물이 대부분이던 시대의 것이었다. 변화가 필요한 시점이었다.

경제와 사회 발전과 새로운 저작권 환경, 출판 시장 변화, 거기다 IMF 구제금융이라는 태풍을 겪은 독자들의 의식 변화는 대단해서 예전과는 판이해졌다. 변화는 시집과 인문서 시장에서부터 시작되었다. 시의 시대라 불리던 1980년대의 후광으로 그나마 유지되던 시집 시장이 극단적일 정도로 위축되었고 인문서 시장 또한 독자를 잃어갔다. 국내문학에도 나쁜 징후들이 여기저기서 나타났다. 새롭게 발행한 '문지스펙트럼'은 시장 진입이 원활하지 못했다. 기획위원과 직원 사이에 새로운 시리즈 필요성이 강하게 대두되었고 당시의 편집장 윤병무(현 이음출판사 대표)를 도와 새로운 시리즈 개발에 착수하였다.

변화는 시행착오의 연속

처음 선택한 시리즈는 아동물이었다. 마침 전집류 중심의 아동시장이 단행본으로 무게중심을 옮기던 시기였고, 문학과지성사도 아동문학에서 성인문학까지 이어지는 흐름을 형성해보자는 취지에서였다. 처음으로 시장 조사라는 것도 해보고 선배들에게 자문하면서 시장 진입을 준비하였다.

그러는 사이 기획위원회가 구성되고 시리즈 윤곽이 잡히기 시작하였고 1999년 겨울『까보 까보슈』를 필두로 아동물 시장의 문을 두들겼다. 문학성 있는 아동문학을 출간한다는 계획 아래 진행된 이 시리즈는 초기에 난항을 많이 겪었다. 작품 선정이나 시리즈 방향에는 별 문제가 없었지만 제본과 정가정책 문제는 심각했다.

무선제본을 하고 창문을 낸 커버를 입히는 것으로 책의 형태를 정했는데 파본이 너무 많이 나온다는 치명적인 단점이 있었다. 그래서 각종 도형으로 낸 창호 부분을 두껍게 라미네이팅하는 것으로 바꿨는데, 그것 또한 시간이 지나자 코팅한 부분이 찢기거나 울면서 오래된 책처럼 느껴졌다. 고민 끝에 선택한 것이 합지를 대지 않고 두꺼운 표지를 접어 붙이는 소프트 양장이었는데 이것도 문제가 있었다. 몇 권을 발행하면서 원가계산을 해보니 제본비가 과도했다. 손이 많이 가는 방식이다 보니 표지제본에만 1000원에 가까운 비용이 지출되어 자연스레 정가는 올라가고 공급가의 탄력성은 떨어져 결국 시장경쟁력이 약해졌다. 또다시 얇은 합지를 대는 소프트 양장으로 바꿨다. 비용은 일반 양장과 비슷해서 나름대로 시장에서 경쟁력을 가질 수 있게 되었다.

결국 시리즈 대여섯 권의 장정이 제각각인 꼴이 되고 말았다. 창고에는 반품된 책들이 우리를 원망하듯 아직도 쌓여 있다.

아! 시리즈를 하나 만들어 시장에 내놓고 자리 집기가 이렇게 힘들구나! 시장을 조사하고 새로운 시리즈 개발이 아동 총판 몇 군데와 거래를 트고 서점 여기저기 도서를 전시하고 이벤트를 벌이고 광고 집행과 별개

382

로, 다른 출판 영역의 업무와 연관된 복합적인 것임을 알게 되었다.

이렇게 변화의 첫 모색으로 시도된 덕분에 실수를 거듭했던 '문지아이들'은 현재 70종이 쌓이면서 해마다 십수만 부가 팔리는 시리즈로 자리 잡았다. '문지아이들' 발행은 이후 '문지푸른책' '문지만화' '아스테릭스'에 이어 최근의 '한국문학전집'과 '외국문학선' 발행에 이르기까지 새로운 시리즈 개발로 이어지고 있다.

모든 출판사는 다 유별나다

변화는 계속되어야 한다는데 내친 김에 조금 더 진행했다. 2000년 겨울쯤이었다. 당시 단행본 만화 시장에서는 유럽 예술 만화책이 몇 권 나오기 시작했는데, 만화를 즐겨보는 나로서는 대단히 반가운 일이었다. 코믹스 형태가 아니라 단행본으로 제대로 된 가격을 받고 서점에서 판매되는 만화 시장에 도전한다는 건 생각만 해도 흥분되었다. 그러면서도 회사 재정에 도움이 될 만한 책, 또 회사의 기획위원회가 출간을 흔쾌히 결정할 만한 책! 고민하던 중에 어린 시절에 보았던 『아스테릭스』가 떠올랐다.

발행 출판사와 저작권을 알아보고 시장조사를 마친 뒤에 기획서와 판매기획서를 제출했다. 역시 문학과지성사에서 만화 출간은 쉽지 않았다. 몇 달의 장고 끝에 봄이 끝날 무렵에서야 출간이 결정되었다.

문제는 또 있었다. 프랑스에서 날아온 것은 시디가 아니라 필름이었다. 출간된 지 오래된 책이라 그럴 수도 있지만 시간과 비용, 경험면에서 난감했다. 만화 출판 경험이 전혀 없는 터라 말풍선을 어떻게 처리해야 하는지, 인쇄 감리나 제본은 어떻게 할지. 실수를 되풀이할 수는 없었으므로 더 철저히 발품과 인맥을 동원하는 수밖에 없었다. 장정과 제본 형태와 부속을 정하고 『먼 나라 이웃 나라』의 저자 이원복 선생의 추천사 받기, 7세에서 77세까지 함께 읽는 가족만화라는 컨셉트로 해보자고 제안했고 그렇게 하기로 했다.

2000년 8월, 30권의 전체 시리즈 중 드디어 1차분 세 권이 출간되었다. 이원복 선생이 기꺼이 추천사를 써주었으며 서평도 상당히 호의적이었다. 자기가 기획한 책을 판다는 것이 얼마나 즐거운 일인가. 늦게까지 서점을 돌아다니며 전시를 부탁했는데, 판형이 크다고 전시를 곤란해하던 서점들도 하나둘 전시에 협조해주었다. 또한 막 기지개를 펴던 인터넷서점에서도 판매율이 호조를 보였다. 2001년 한 해에만 1차분이 1만 세트 가까이 팔리는 기염을 토했다. '아스테릭스' 시리즈 출간은 홍승우의 만화 『비빔툰』을 필두로 하는 '문지만화' 브랜드의 모태가 되었다.

하지만 영업의 맛, 출판의 맛을 조금씩 알아갈수록 안으로는 고민이 쌓였다. 더구나 전임자 사직으로 영업을 시작한 지 2년도 채 안되어 팀장 직함을 달았고 대표이사가 바뀌면서 전체적으로 변화를 모색하던 시기였으니 고민이 더해질 수밖에. 문학과지성사라는 작지 않은 조직에 몸 담으면서 영업자가 할 수 있는 일은 어디까지일까? 어떤 역할을 해야 할까? 어떤 자질과 소양을 갖추어야 할까? 변화는 형식의 강제가 아니라 한 조직이 지닌 특성을 정확하게 파악하는 데서 출발하여 사람과 의식을 바꾸는 것이다. 그것이 변하면서 형식을 바꾸는 것이 성공적인 변화의 열쇠이다. 모든 출판사는 서로 다르고 그 다름이 오히려 보편보다 훨씬 중요하리라. 아니 그 다름이 모여 전체가 되는 것 아닌가.

출판영업의 자기기준을 세워야

〈느낌표〉의 '책책책, 책을 읽읍시다!' 코너 덕분에 출판계가 술렁거렸던 적이 있었는데, 그해 겨울 김원일의 『마당깊은 집』이 운 좋게도 선정되었다. 문학과지성사가 오랜 기간 쌓아온 공덕이 가져다 준 선물이겠거니 하고 열심히 뛰어다니며 일을 벌였다. 아니 일을 벌일 필요도 없이 일이 알아서 굴러들어 왔다.

그러던 어느 날 구매상담하러 어느 대형서점에 들렀는데 서점 담당자가 2퍼센트의 추가 할인을 요구했다. 서점의 여러 가지 조건 때문에 불가피하다는 말과 대신 이러저러한 혜택을 주겠다는 것, 예전에 다른 출판사도 다 그렇게 했다는 이야기까지 했다. 그 자리에서 거절했다. 판매기획을 세우며 도매·소매, 구매 단위별로 공평하게 같은 공급가 정책을 정했고 이미 이런 상황을 이야기했기 때문이다. 덕분에 한 달 넘게 종합 1위를 지키면서도 그 서점 인터넷 메인 화면에는 한 번도 뜨지 않는 기이한 운명을 맞았다.

상황이 그러하니 그 서점을 방문하여 담당자들을 설득해야 했다. 하지만 가서 무슨 말을 어떻게 하여 해결할지 도무지 알 수 없었다. 고민하며 그 서점 주위를 한 시간 넘게 뱅뱅 도는데 마침 점심 식사를 하고 나오던 그 담당자가 이런 나를 지켜보고 있었다. 내 처지를 이해한 담당자와 같이 사무실로 올라가서 이 상황을 허심탄회하게 이야기했다. 물론 그 뒤로도 『마당깊은 집』은 그 서점 사이트의 메인엔 올라가지 못했다.

원칙을 지키다 보면 희생을 감수해야 하는 상황에 마주할 확률이 아주 높다. 물론 원칙, 자기 기준이 비단 공급률 문제이기만 하겠는가? 생활하는 데 자기기준이 있는 것처럼 영업에도 명확한 자기기준이 필요하다. '어떤 책을 어디서 어떤 방법으로 얼마에 팔 것이며, 거래처와 편집자와 저자와 경영진이 어떻게 관계 맺을 것이며, 회사의 출판방향에 맞는 영업전략은 무엇인가'라는 기본적인 문제부터 세세하게 답해야 한다. 세부적으로는 출장과 영업활동은 어떻게 할 것인가부터 부서에서 필요한 서류는 무엇이며 서점에서 주목할 부분은 무엇인가에 이르기까지.

위기가 주는 지혜가 바로 여기에 있다. 어려운 때일수록 원칙에 입각한 기준이 필요하다. 나름의 경험이 바탕이 되는 확고하고도 세밀한 기준을 세우지 못하면 결국 시장상황에 휘둘리고 감정적으로 대응하다가 더 깊은 수렁에 빠지기 때문이다.

마케팅의 기본은 영업

2004년과 2005년을 지나면서 출판 환경이 많이 바뀌었다. 그래선지 '영업' '영업자'라고 하면 왠지 '시대에 뒤떨어지는 구식' '20세기 유물'이라는 느낌이 먼저 와 닿는다. 너도나도 마케팅과 신사고를 부르짖는 마당이니 어쩌면 당연한 일이다. 과거엔 서점에서 인사하고 책 정리하고 전시 잘하고 수금 잘 하고 가끔은 술도 한잔 하고 신간을 밀어붙여 베스트셀러로만드는 것이 주된 영업 방식이었다. 그러던 어느 날, 몇 년 만에 수십 년 동안 이어지던 방식이 구태의연하게 된 것이다. 물론 한국 사회 변화가 출판계 변화를 강요했으며 거꾸로 출판 내용이 사회의 인식을 바꾼 결과이기도 하다. 유통 경로와 미디어 환경이 바뀌었고, 독자의 인식이 급격히 변화하였으며 경영자들의 마인드도 과거와는 사뭇 다르다. 당연히 영업방식과 영업자의 변화도 요구된다. 바야흐로 영업자의 시대가 가고 선망해마지 않던 마케터의 시대가 도래한 것인가?

그런데 21세기 출판시장에서 벌어지는 모양은 마케팅이라 하기에는 너무나 졸렬하다. 편법과 불법이 판치고 베스트셀러 만들기는 이제 공식처럼 집행된다. 몇몇 출판사가 베스트셀러와 인재를 독점하며 1000억 매출을 부르짖기도 하고, 조강지처라 믿었던 서점들마저 매대를 사고팔며 먼저 정을 뗀다. 규모의 경제와 자본의 무자비함과 경영 혁신은 제일의 목표인 매출증대를 신주단지처럼 모신다.

아! 그러니 잘 모르겠다! 지금 눈앞에 펼쳐진 마케팅 전성시대에 마케터로 자처하기엔 너무도 부족한 영업자인 내가 해야 할 일을 도대체 어찌 감당해야 할지… 그 해법 제시는 도무지 나의 능력이 아닌 모양이다.

다만 요즘의 상황을 살펴보며 생각한 몇 가지가 있다. 시장 환경이 많이 바뀌었지만 시장참가자의 태도 또한 바뀌었다. 이 혼란의 시발점이 서점인지 출판사인지, 또한 도서정가제 때문이었는지를 가리는 것은 의미가 없다. 시장참가자 다수가 자기기준을 세우지 못하고 이 상황에 적응하지 못한 채 서로를 흔든다. 더 큰 숫자를 내밀면 이기는 게임을 하는 아이들처럼 눈치를 보면서 말이다.

또 찬찬히 생각해보면 '영업'이라는 단어가 그리 부정되어야 할 것은 아닌 듯하다. 물이 더러워졌다고 그 대야에서 놀던 아이까지 강물에 흘려보내서는 안 되기 때문이다. 우리가 하는 영업에는 상당한 강점이 있고 시대적 합리성이 있다. 그를 전면 부정하는 것은 옳지 않아 보인다. 사람과의 관계를 중시하고 서점에서 책을 진열하고 회사의 재정확보를 위해 힘쓰는 일은 매우 중요하다. 시장조사를 하고 다른 부서와 긴밀히 협력하는 등 회사 내부의 일도 게을리하지 않는 것도 무시할 수 없다. 영업을 알지 못하고 마케팅을 말한다는 것도 말이 안 된다. 물론 마케팅이 영업보다 더

넓고 섬세하며 전사적으로 진행되는 것이니 조금 다른 차원의 이야기겠지만, 적어도 튼실한 영업 마인드 위에 올라서야 이뤄지는 개념이 되어야 함은 틀림없다.

잊지 말아야 할 것

출간을 앞둔 『바람의 그림자』를 한 도매업체의 임원에게 소개하며 재미있고 유익한 책이라고 했더니 그분은 딱 잘라 우리(서점)에게 좋은 책은 잘 팔리는 책이라 했다. 이에 나는 잘 팔릴 것이니 도와달라 하면서도 내심 적잖이 당황했었다. 수십 년 책을 보고 시장을 버틴 분이 어떤 의미로 그런 말을 했는지 너무나 잘 알지만 돌아오는 발걸음이 가볍지만은 않았다.

　세상에 사람을 가르는 수만 가지 기준이 있듯이 책을 나누는 기준도 수천 가지다. 잘 팔려서 회사와 서점에 도움을 주는 책과 안 팔려서 폐기목록에 오르는 책도 있고, 꼭 출판해야 하는 책과 내지 않아도 될 책이 있다. 사람에게 양식이 되는 책과 독이 되는 책. 영업인이기에 앞서 출판계 종사자로서 혹시 불량과자를 과대포장해서 팔지는 않은지, 정말 좋은 양식을 무능과 게으름 때문에 팔지 못하고 유통기한을 넘기지는 않은지, 판매 방법은 어떠해야 하는지 다시 생각해봐야겠다는 마음이다.

　나는 다른 사람들이 나와 같은 일을 했을 때 어떤 결과가 빚어질까를 기준으로 삼는다. 즉 내가 하려는 판매전략을 다른 사람들도 똑같이 한다면 시장이 어떻게 될까 생각한다. 머릿속에 원활한 시장과 활기찬 서점이 떠오르면 괜찮은 방법이지만 그렇지 않다면 해서는 안 되는 것이다.

의상대사의 『화엄경』「약찬게」의 "초발심시변정각初發心時便正覺"이라는

388

구절은 '처음 깨달음의 마음을 내는 그 안에 이미 깨달음이 성취되어 있다'는 뜻이란다. 출판을 시작했던 그 마음, 영업을 시작했던 그 마음이 어땠는지 기억하고 되새기고 그것을 지키기 위해 변화하고 노력하고 연구해야 한다. 육체뿐 아니라 영혼까지 팔라고 요구하는 이 신자유주의의 시대에 말이다.

◆**홍대기**——대구에서 출생하여 그곳에서 자랐다. 조금이라도 덜 지루해 할 일을 찾아 무작정 상경하여 도서출판 명상에서 편집일로 시작하여 지금은 문학과지성사에서 영업책임자로 일한다. 『마케팅원론』 『재무제표 읽는 법』을 읽으며 궁싯거리다가 이내 머리를 싸잡고 술 먹으러 도망치곤 한다.

❖ 한국출판마케팅연구소 도서목록

국내외 출판의 역사와 전망

일본 소출판사 순례기
고지마 기요타카 지음 | 박지현 옮김
280쪽 | 값 15,000원

읽는다는 것의 역사
로제 샤르티에·굴리엘모 카발로 엮음 | 이종삼 옮김
744쪽 | 값 35,000원

책으로 세상과 소통하다 기획자 노트 릴레이
한국출판마케팅연구소 펴냄 | 424쪽 | 값 15,000원

책으로 세상을 편집하다 기획자 노트 릴레이
기획회의 엮음 | 408쪽 | 값 15,000원

키워드로 읽는 책
기획회의 엮음 | 432쪽 | 값 16,000원

편집이란 어떤 일인가 기획의 발상부터 인간교제까지
와시오 켄야 지음 | 김성민 옮김 | 269쪽 | 값 12,000원

인쇄에 미쳐
마츠다 테츠 | 우치자와 준코 그림 | 박지현 옮김
220쪽 | 값 12,000원

열정의 편집
앙드레 쉬프랭 지음 | 류영훈 옮김 | 신국판 | 240쪽 | 값 9,800원

동아시아에 새로운 책의 길을 만든다
편집위원 류쑤리(중국), 하오잉(대만), 가토 게이지(일본), 한기호(한국)
박지현 옮김 | 200쪽 | 값 20,000원

아시아적 시각언어를 찾다

아시아의 책·문자·디자인
스기우라 고헤이 지음 | 박지현 외 옮김 | 368쪽 | 값 25,000원

스기우라 고헤이: 잡지디자인 반세기
스기우라 고헤이 지음 | 박지현 옮김 | 216쪽 | 값 38,000원

책읽기의 즐거움

책, 꽃만큼 아름답고 밥만큼 소중하다
이혜화 지음 | 272쪽 | 값 10,000원

취미는 독서
사이토 미나코 지음 | 김성민 옮김 | 296쪽 | 값 12,000원

맛있는 책읽기
강성희 지음 | 304쪽 | 값 12,000원

책으로 만나는 사상가들 1,2,3
최성일 지음 | 1권 424쪽·2권 256쪽·3권 356쪽
1권 값 16,000원·2권 값 12,000원·3권 값 16,000원

각주와 이크의 책읽기
이권우 지음 | 375쪽 | 값 10,000원

어느 게으름뱅이의 책읽기
이권우 지음 | 203쪽 | 값 8,000원

주례사 비평을 넘어서
김명인 지음 | 334쪽 | 값 12,000원

테마가 있는 책 읽기
최성일 지음 | 300쪽 | 값 12,000원

한국문학권력의 계보 해방 이후부터 1970년까지
문학과비평연구회 지음 | 352쪽 | 값 15,000원

책 만들기의 모든것 북페멤

01 어린이책 북페멤편집위원회 엮음 | 272쪽 | 25,000원

02 출판기획 북페멤편집위원회 엮음 | 400쪽 | 28,000원

03 청소년 출판 북페멤편집위원회 엮음 | 400쪽 | 20,000원

04 논픽션 북페멤편집위원회 엮음 | 324쪽 | 20,000원

05 장르문학 북페멤편집위원회 엮음 | 288쪽 | 20,000원

06 그림책 북페멤편집위원회 엮음 | 400쪽 | 28,000원

07 글쓰기의 힘 북페멤편집위원회 엮음 | 464쪽 | 15,000원

08 출판창업 북페멤편집위원회 엮음 | 360쪽 | 15,000원

한해의 출판 동향과 전망

책의 현장 2004
한국출판마케팅연구소 엮음 | 744쪽 | 값 30,000원

책의 현장 2003
한국출판마케팅연구소 엮음 | 580쪽 | 값 25,000원

책의 현장 2002
한국출판마케팅연구소 엮음 | 352쪽 | 값 15,000원

책의 현장 2001
한국출판마케팅연구소 엮음 | 327쪽 | 값 15,000원

네트워크 세상으로 통하는 엔터키

29개의 키워드로 읽는 한국 문화의 지형도
김기봉 외 28인 공동집필 | 328쪽 | 값 16,000원

21세기 문화 키워드 100
김성곤 외 75인 공동집필 | 444쪽 | 값 20,000원

21세기 지식 키워드 100
강수택 외 68인 공동집필 | 548쪽 | 값 20,000원

디지털 시대의 출판 어떻게 변화하는가

출판 마케팅 입문 제2판
한기호 지음 | 376쪽 | 값 18,000원

디지로그 시대 책의 행방
한기호 지음 | 280쪽 | 값 12,000원

IT는 인간을 행복하게 만드는가
우메사오 다다오 외 지음 | 400쪽 | 값 18,000원

우리에게 온라인 서점은 과연 무엇인가
한기호 지음 | 184쪽 | 값 8,000원

한국 출판의 활로, 바로 이것이다.
한기호 지음 | 340쪽 | 값 15,000원

구텐베르크 은하계의 행방
츠노 카이타로 지음 | 한기호·박지현 옮김
308쪽 | 값 12,000원

디지털 시대의 책 만들기
한기호 지음 | 303쪽 | 값 10,000원

e-북이 아니라 e-콘텐츠다
한기호 지음 | 208쪽 | 값 8,000원

캐릭터 소설 쓰는 법
오쓰카 에이지 지음 | 김성민 옮김
304쪽 | 값 12,000원

사랑 받는 책은 이유가 있다

21세기 한국인은 무슨 책을 읽었나
한국출판마케팅연구소 엮음 | 544쪽 | 값 25,000원

베스트셀러 이렇게 만들어졌다 1,2
한미화 지음 | 1권 306쪽·2권 368쪽
1권 값 15,000원·2권 값 18,000원

베스트셀러 죽이기
최성일 지음 | 216쪽 | 값 8,000원

우리시대 스테디셀러의 계보
한미화 지음 | 200쪽 | 값 8,000원

책과 말하다
박맹호 외 지음 | 340쪽 | 값 20,000